Trudi Canavan est australienne. Aussi loin qu'elle se souvienne, cette illustratrice et designer a toujours écrit, principalement à propos de choses qui n'existent pas.

À défaut d'être magicienne, Trudi est certainement alchimiste, car elle transforme en or tout ce qu'elle touche : sa Trilogie du magicien noir est un best-seller phénoménal, avec près d'un million d'exemplaires vendus dans le monde !

La Guilde des magiciens

www.castelmore.fr

Trudi Canavan

LA GUILDE DES MAGICIENS

La Trilogie du magicien noir – livre premier

Traduit de l'anglais (Australie)
par Justine Niogret

CASTELMORE

Titre original : *The Magicians' Guild – The Black Magician Trilogy* book one

Loi n°49-956 du 16 juillet 1949 sur les publications destinées à la jeunesse

ISBN : 978-2-36231-071-3

Castelmore
60-62, rue d'Hauteville – 75010 Paris
E-mail : info@castelmore.fr
Site Internet : www.castelmore.fr

Je dédie ce livre à mon père, qui a su allumer en moi
les deux feux de la curiosité et de la créativité.

Remerciements

Un bon nombre de personnes m'ont encouragée, soutenue et m'ont fait part de leurs critiques constructives durant l'écriture de cette trilogie. Merci à :

Maman et Papa, pour m'avoir appris que je pouvais être qui je voulais ; Yvonne Hardingham, la grande sœur que je n'ai jamais eue ; Paul Marshall, pour son infatigable capacité de relecture ; Steven Pemberton, pour les litres de thé et certaines idées idiotes ; Anthony Mauriks, pour nos discussions sur les armes et ses démonstrations de combat ; Mike Hughes, pour son désir fou d'être un des personnages ; Shelley Muir, pour son amitié et son honnêteté ; Julia Taylor, pour sa générosité, et Dirk Strasser, pour m'avoir lancée.

À Jack Dann, pour m'avoir donné confiance en mon écriture lorsque j'en avais le plus besoin ; Jane Williams, Victoria Hammond, et particulièrement Gail Bell qui a su me mettre à l'aise parmi les écrivains étrangers à la Fantasy au *Varuna Writers' Centre*, et Carol Boothman, pour sa sagesse.

Je ne peux pas oublier de remercier Ann Jeffree, Paul Potiki, Donna Johansen, Sarah Endacott, Anthony Oakman, David et Michelle Le Blanc, et les Petersen.

Un chaleureux merci à Peter Bishop et à l'équipe du Varuna. Vous m'êtes venus en aide sur de trop nombreux points pour que je puisse tous les citer.

Et le meilleur pour la fin, un merci spécial à Fran Bryson, mon agent et héroïne, pour avoir soutenu mes livres jusqu'à la fin ; et à Linda Funnell pour avoir dit : « oui, s'il te plaît ! »

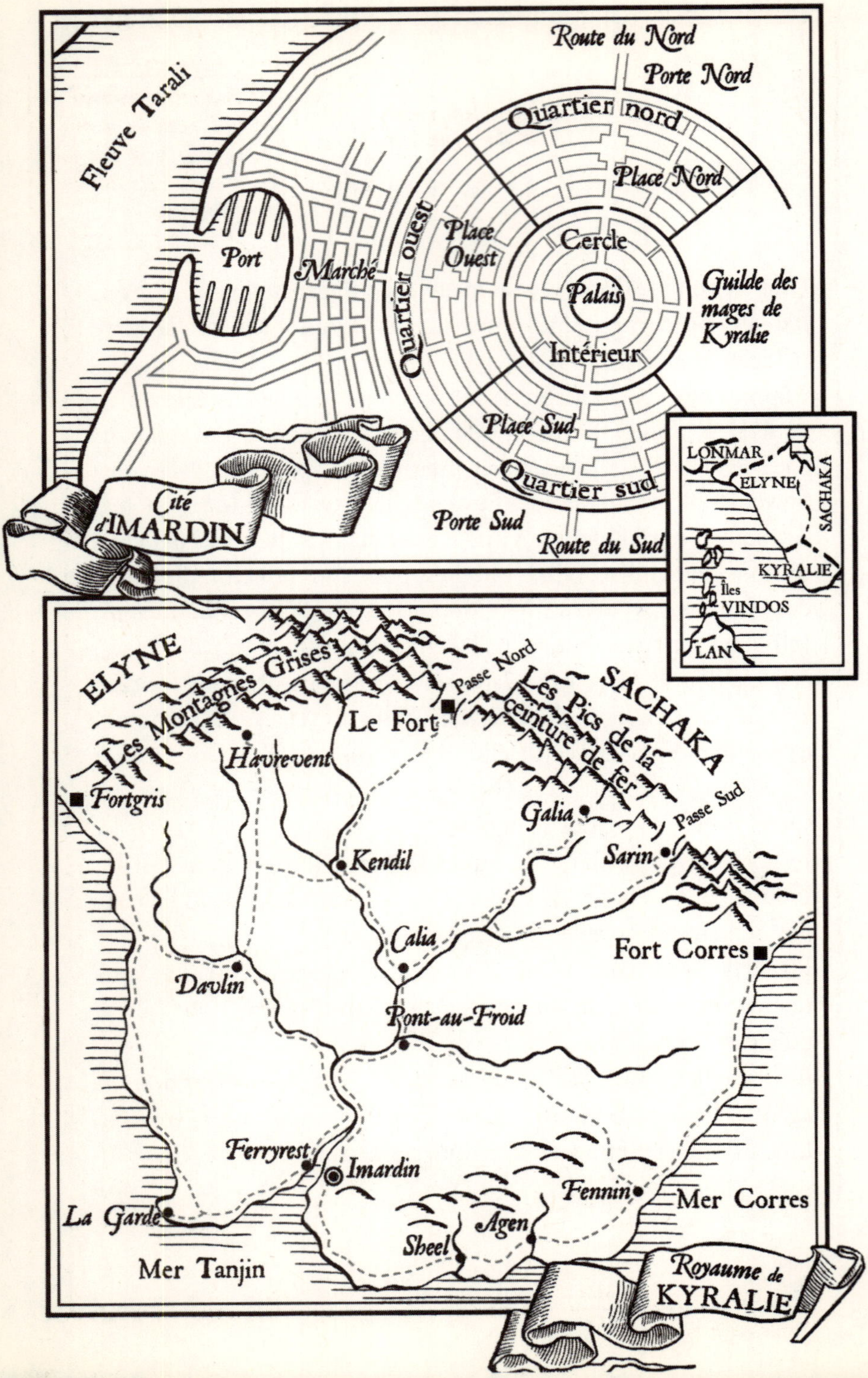
Fleuve Tarali
Route du Nord
Porte Nord
Quartier nord
Place Nord
Quartier ouest
Place Ouest
Cercle
Port
Marché
Palais
Guilde des mages de Kyralie
Intérieur
Place Sud
Quartier sud
Cité d'IMARDIN
Porte Sud
Route du Sud
LONMAR
ELYNE
SACHAKA
KYRALIE
Îles VINDOS
LAN
ELYNE
Les Montagnes Grises
Passe Nord
SACHAKA
Les Pics de la ceinture de fer
Le Fort
Havrevent
Fortgris
Galia
Passe Sud
Sarin
Kendil
Calia
Fort Corres
Davlin
Pont-au-Froid
Ferryrest
Imardin
Fennin
Mer Corres
La Garde
Agen
Sheel
Mer Tanjin
Royaume de KYRALIE

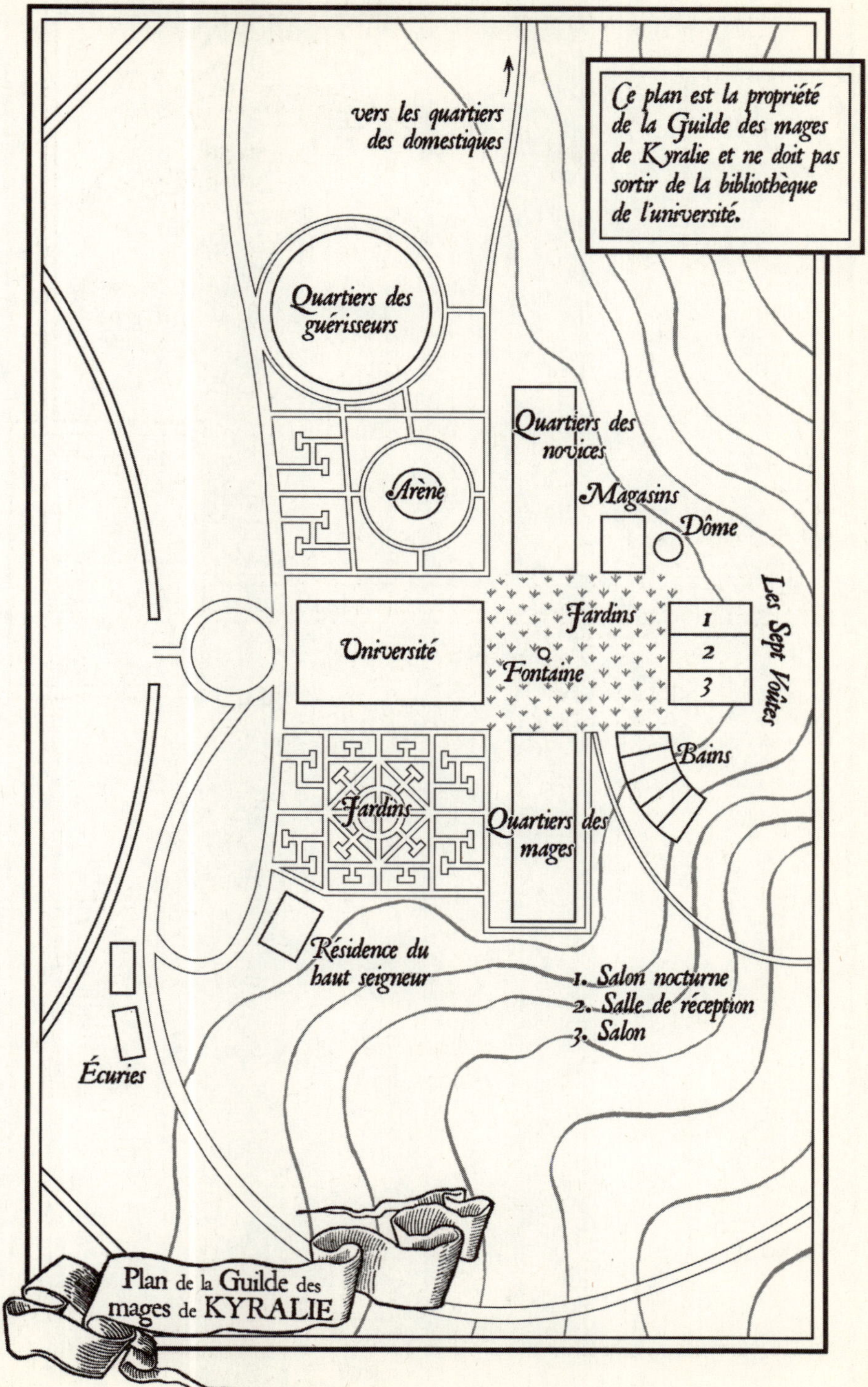

vers les quartiers des domestiques
Ce plan est la propriété de la Guilde des mages de Kyralie et ne doit pas sortir de la bibliothèque de l'université.
Quartiers des guérisseurs
Quartiers des novices
Arène
Magasins
Dôme
Les Sept Voûtes
Jardins
1
2
3
Université
Fontaine
Bains
Jardins
Quartiers des mages
Résidence du haut seigneur
1. Salon nocturne
2. Salle de réception
3. Salon
Écuries
Plan de la Guilde des mages de KYRALIE

Première partie

1

La Purge

À Imardin, on dit que le vent a une âme et qu'il gémit le long des rues étroites, désolé par ce qu'il y voit. Le jour de la Purge, il grondait au creux des voiles affalées du port, s'engouffrait sous les portes Ouest et hurlait contre les flancs des maisons. Là, comme attristé par les âmes en peine qu'il y rencontrait, il se faisait aussi doux qu'un murmure.

C'était en tout cas ce que s'imaginait Sonea. Alors qu'une autre rafale de vent froid la fouettait, elle serra encore plus son manteau râpé contre ses flancs. Baissant les yeux, elle grimaça en voyant la boue qui éclaboussait ses chaussures à chaque pas. Les chiffons dont elle avait rempli ses bottes trop grandes étaient déjà saturés d'eau, et ses orteils la brûlaient.

Un mouvement vif, sur sa droite, attira son attention, et elle fit un pas de côté pour éviter un homme qui titubait. Sortant d'une allée, il tomba à genoux dans la boue juste devant elle. Sonea s'arrêta et lui tendit la main, mais le vieil homme ne parut pas la voir. Il se releva et rejoignit le flot de silhouettes voûtées qui descendaient la rue.

En secouant la tête à l'abri de sa capuche, Sonea regarda autour d'elle. Un soldat montait nonchalamment la garde à l'entrée de la ruelle. Sa bouche s'ourlait d'un sourire dédaigneux, et son regard sautait de passant en passant. Elle posa les yeux sur lui, mais lorsqu'il tourna la tête dans sa direction, elle regarda vivement ailleurs.

Maudits soient les gardes, pensa-t-elle. *Puissent-ils trouver des farens venimeux cachés dans leurs bottes.*

Quelques noms de gardes gentils et serviables lui vinrent à l'esprit, mais elle n'était pas d'humeur à faire des exceptions.

Emboîtant le pas aux silhouettes qui avançaient en traînant les pieds, Sonea se fondit dans la foule et déboucha bientôt sur une artère plus large. Des maisons à deux ou trois étages se dressaient de chaque côté ; des visages étaient collés à leurs fenêtres les plus hautes. Sonea vit un homme aux riches vêtements qui tenait un enfant à bout de bras pour qu'il puisse mieux regarder la foule. L'homme pinçait les narines de dégoût, et, quand il tendit le doigt vers le bas, le petit garçon grimaça comme s'il avait goûté quelque chose de répugnant.

Sonea les défia du regard.

Feraient moins leurs malins si je balançais une caillasse dans leur fenêtre.

Au cas où, elle baissa les yeux. Mais s'il y avait des cailloux, ils étaient bien cachés sous la couche de boue.

Quelques pas plus loin, droit devant, elle aperçut un duo de gardes devant l'entrée d'une ruelle. Engoncés dans leur armure de cuir bouilli, un casque de fer sur la tête, ils semblaient peser deux fois plus que les pauvres hères qu'ils surveillaient. Ils portaient des boucliers de bois et à leur taille pendait un kebin – une massue équipée d'un crochet, fixé sous la poignée, conçu pour casser la lame d'un agresseur. En baissant les yeux, Sonea passa devant les deux hommes.

— … les choper avant qu'ils aillent sur la place, disait l'un d'eux. Sont une vingtaine. Le chef est taillé comme une barrique. Il a une cicatrice sur le cou, et…

Le cœur de Sonea rata un battement. *Est-ce que… ?*

Quelques pas au-delà des gardes, Sonea repéra un porche et se glissa dans ses ombres. Se penchant pour jeter un coup d'œil aux deux hommes, elle bondit en arrière quand des yeux noirs se posèrent sur elle.

Une femme la fixait dans l'obscurité, les yeux dilatés de surprise. Sonea recula d'un pas. L'inconnue l'imita, puis sourit à l'instant précis où elle souriait.

Juste un reflet !

Sonea avança et ses doigts rencontrèrent un carré de métal poli fixé au mur. Des mots y étaient gravés, mais elle en savait trop peu sur les lettres pour les déchiffrer.

Elle examina son reflet. Un visage aux joues creuses, des cheveux noirs coupés court. Personne ne l'avait jamais qualifiée de jolie et elle était encore capable de se faire passer pour un garçon en cas de besoin. Sa tante lui répétait qu'elle ressemblait bien plus à sa mère, morte depuis longtemps, qu'à son père. Mais Sonea la suspectait surtout de refuser de lui voir le moindre trait en commun avec ce beau-frère indigne.

Sonea approcha son nez de la surface polie. Sa mère avait été belle.

Si je me laissais pousser les cheveux, minauda-t-elle, *et si je portais un truc féminin…*

… Oh, et puis quoi encore ?

Elle tourna les talons avec une grimace pour son reflet, ennuyée de s'être laissée distraire par de telles futilités.

— … y a vingt minutes…, dit une voix proche.

Sonea recula, se rappelant pourquoi elle s'était cachée.

— Et c'est où qu'on doit les coincer ?

— Et j'en sais quoi, à ton avis, Mol ?

— Ah, j'aimerais être dans le coup ! T'as vu dans quel état ils ont mis Porlen, l'an dernier, les petits merdeux ? Il a fallu des semaines pour que les rougeurs se barrent, et il n'y a rien vu pendant des jours et des jours. Je me demande si je ne pourrais pas aller… Hé ! Pas par là, le gosse !

Sonea ignora l'avertissement du soldat, certaine que son compagnon et lui ne quitteraient pas leur poste, de peur que des miséreux n'en profitent pour se glisser dans la ruelle. Elle commença à courir, se faufilant dans la foule. De temps à autre, elle s'arrêtait pour chercher des visages familiers.

Elle n'avait aucun doute au sujet du groupe dont avaient parlé les gardes. Tout au long du rude hiver précédent, on avait raconté inlassablement ce qu'avaient fait les jeunes de Harrin pendant la dernière Purge. Elle avait été amusée d'apprendre que ses anciens camarades trempaient toujours dans ce genre d'histoire, bien qu'elle ait dû tomber d'accord avec sa tante sur un point : il valait mieux qu'elle se tienne éloignée de ces histoires. Maintenant, les gardes semblaient décidés à prendre leur revanche.

Ça prouve que Jonna avait raison… Elle m'écorcherait vive si elle savait ce que je suis en train de fabriquer, mais je dois quand même prévenir Harrin.

Sonea examina une nouvelle fois les visages, dans la foule.

Ce n'est pas non plus comme si j'allais me joindre au groupe, non, je dois seulement trouver un vigile… Là !

Un adolescent se tapissait dans l'ombre d'un porche, examinant les passants d'un regard méfiant. Il n'avait pas l'air de prêter attention à ce qui se passait autour de lui, mais Sonea remarqua que ses yeux volaient d'une entrée de ruelle à une autre. Alors qu'ils se posaient sur elle, Sonea ajusta son capuchon et fit ce qui aurait paru un geste obscène à beaucoup. Le jeune homme la fixa avant de lui adresser un signe en retour.

Certaine d'être devant un vigile, Sonea fendit la foule pour s'approcher de lui et s'arrêta près de lui, faisant semblant d'ajuster le cordon de sa botte.

— T'es avec qui ? lui demanda-t-il.

— Personne.

— C'est un vieux signal.

— J'ai pas été dans le coin pendant un moment.

L'adolescent réfléchit, puis demanda :

— Tu veux quoi ?

— J'ai entendu causer les gardes. Ils veulent mettre la main sur quelqu'un.

Le vigile eut un grognement méprisant.

— Pourquoi je devrais te croire ?

— Dans le temps, je connaissais bien Harrin.

Le garçon dévisagea l'adolescente un moment, puis il avança et lui saisit le bras.

— Eh ben, allons voir s'il se souvient de toi !

Le cœur de Sonea s'affola tandis que le garçon l'entraînait dans la foule. La boue était glissante, et elle savait qu'elle tomberait si elle essayait de ralentir. Elle marmonna une malédiction.

— T'as pas besoin de m'y emmener, dit-elle. Dis-lui juste mon nom, il sait que je ne l'emmerderais pas pour rien !

Le garçon l'ignora. Les gardes les suivirent des yeux alors qu'ils passaient devant eux. Sonea se débattit, mais le garçon la serrait trop fort. Il la poussa dans une petite rue adjacente.

— Écoute moi ! lui lança-t-elle. Mon nom, c'est Sonea. Il me connaît. Et Cery aussi.

— Alors, ça te fera plaisir de les revoir ! lâcha le gamin par-dessus son épaule.

La foule se pressait dans la ruelle. Sonea s'accrocha à un lampadaire pour forcer l'adolescent à s'arrêter.

— Je ne peux pas venir avec toi. Je dois aller voir ma tante. Laisse-moi…

La foule s'éclaircit en débouchant dans une rue plus large. Sonea grogna et leva les yeux au ciel.

— Jonna va me tuer.

Une patrouille de gardes s'engouffra soudain dans la ruelle, boucliers brandis. Quelques adolescents se campèrent aussitôt devant eux pour les abreuver d'insultes et de quolibets. Sonea vit l'un d'eux lancer un petit objet sur les soldats. Le projectile percuta le bois d'un des boucliers et explosa dans un nuage de poudre rouge.

Les gardes reculèrent de plusieurs pas, et un cri de joie monta de la bande d'adolescents.

Sonea reconnut deux silhouettes familières dans le dos des jeunes. L'une était plus grande et massive que dans son souvenir et se tenait droite, les mains posées sur les hanches. Les deux ans qui venaient de passer avaient effacé toute trace de l'enfance chez Harrin. Mais, à voir son attitude, Sonea devina que le changement était plus profond. Il avait toujours été le chef incontesté du groupe, prompt à calmer n'importe qui d'un coup de poing bien ajusté.

Sonea ne put s'empêcher de sourire en reconnaissant l'adolescent qui se tenait dans le dos de Harrin. Il devait faire la moitié de la taille du chef de bande. Cery n'avait pas grandi d'un poil depuis que Sonea l'avait vu pour la dernière fois, et elle savait à quel point cela l'ennuyait. Cery avait toujours été un membre respecté du groupe malgré sa petite stature, car son père avait jadis travaillé avec les voleurs.

Alors que le vigile la poussait en direction des deux garçons, Sonea vit Cery humecter un de ses doigts, le tendre vers le ciel, puis hocher la tête. Harrin cria. Aussitôt les adolescents tirèrent des petits sachets de leurs poches et les jetèrent sur les gardes. Un nuage cramoisi flotta bientôt au-dessus des boucliers, et Sonea ricana en entendant les gardes jurer et crier de douleur.

Sortant d'une allée dans le dos des soldats, une silhouette solitaire avança dans la rue. Sonea leva les yeux et son sang se glaça.

— Magicien ! cracha-t-elle.

Le garçon debout à côté d'elle vit la silhouette et sursauta.

— Hey, un mage, un mage ! cria-t-il.

Les adolescents et les gardes se tournèrent vers le nouveau venu.

Tous suffoquèrent alors qu'un vent brûlant les frappait. Une odeur déplaisante agressa les narines de Sonea et ses yeux la brûlèrent alors que la poussière rouge volait vers son visage. Puis le vent retomba brusquement et tout redevint calme et silencieux.

Après avoir essuyé ses larmes, Sonea battit des paupières et chercha sur le sol un peu de neige fraîche à poser sur ses yeux. Elle ne vit rien d'autre que de la boue, maintenant vierge de toute trace de pas. Ça n'irait jamais… Alors que sa vision s'éclaircissait, la jeune fille remarqua que la boue était parcourue de vaguelettes qui irradiaient toutes des pieds du magicien.

— Assez ! beugla Harrin.

Aussitôt, les adolescents s'enfuirent et passèrent en courant devant Sonea. Avec un cri, le vigile l'entraîna dans leur sillage.

La bouche sèche, Sonea vit un autre groupe de soldats au coin de la rue. Ils avaient tout calculé !

Et je me suis ramenée juste pour tomber dans leur piège !

Le vigile l'entraîna, suivant le groupe de Harrin qui courait vers les gardes. Quand ils furent à leur portée, les soldats levèrent leurs boucliers. Arrivés à quelques foulées d'eux, les jeunes s'engouffrèrent dans une allée. Sur leurs talons, Sonea vit deux hommes en uniforme adossés au mur, à l'entrée du passage.

— À terre ! cria une voix qu'elle pensa reconnaître.

Une main tira Sonea vers le sol, et elle tressaillit quand ses genoux heurtèrent les pavés sous la boue. En entendant des cris, elle regarda derrière elle et vit une masse de bras et de boucliers envahir la ruelle étroite, un nuage de poussière vermillon tourbillonnant autour des soldats.

— Sonea ?

La voix étonnée lui semblant familière, Sonea leva les yeux, et grimaça en voyant Cery accroupi à côté d'elle.

— Cery, elle m'a prévenu que les gardes préparaient un piège, lui glissa le vigile.

Le petit adolescent hocha la tête.

— On savait déjà…

Un sourire flotta sur ses lèvres, puis il tourna la tête vers les soldats et se rembrunit.

— Allez, tout le monde ! C'est le bon moment pour se barrer.

Il prit la main de Sonea, l'aida à se remettre sur ses pieds et la guida entre les adolescents qui bombardaient encore les gardes. Mais un éclair blanc emplit soudain la ruelle d'une lueur aveuglante.

— Qu'est-ce que c'était ? cria Sonea, cherchant à chasser de ses rétines l'image surimposée de la rue.

— Le magicien, siffla Cery.

— On court ! beugla Harrin.

À moitié aveuglée, Sonea avança en titubant. Quelqu'un la percuta dans le dos et elle tomba. Serrant son bras plus fort, Cery la remit debout et la tira en avant.

Ils se glissèrent hors du passage, dans la rue principale.

Les adolescents ralentirent, remontèrent leurs capuches, rentrèrent la tête dans leurs épaules et se fondirent dans la foule. Sonea les suivit. Cery et elle marchèrent un moment en silence. Puis une grande ombre s'approcha du garçon et dévisagea Sonea sous sa capuche.

— Hey ! Regardez qui c'est ! lança Harrin, les yeux écarquillés. Sonea ! Qu'est-ce qui t'amène ?

— Faut croire que je suis encore tombée dans un de tes pièges, Harrin, répondit la jeune fille en souriant.

— Elle a entendu les gardes parler d'une embuscade pour nous mettre la main dessus, expliqua Cery.

Harrin fit un vague geste de la main.

— On savait qu'ils tenteraient un truc et on a fait en sorte d'avoir une voie de dégagement.

Sonea hocha la tête en revoyant les soldats coincés dans la ruelle.

— J'aurais dû deviner.

— Alors, qu'est-ce que t'es devenue ? Ça fait… des années.

— Deux ans. On a vécu dans le quartier nord. Oncle Ranel avait dégotté une piaule dans une pension.

— J'ai entendu dire que ça douille dans ces machins et que tout coûte le double, juste parce que tu vis entre les murs de la ville.

— C'est vrai, mais on a survécu quand même.

— En faisant quoi ? demanda Cery.

— En réparant des chaussures et en reprisant des vêtements.

— Et c'est pour ça qu'on t'a pas vue de tout ce temps, conclut Harrin.

Sonea sourit.

Pour ça, oui, et parce que Jonna ne voulait pas que je fricote avec votre groupe de terreurs.

Sa tante n'avait pas été ravie d'apprendre qu'elle fréquentait Harrin et ses amis. Pas du tout…

— J'ai déjà vu des occupations plus excitantes, grommela Cery.

Bien qu'il n'ait pas beaucoup grandi pendant les deux dernières années, Sonea remarqua que son visage n'avait plus rien d'enfantin. Un long manteau lui descendait jusqu'aux chevilles, effiloché aux endroits où il l'avait raccourci, et probablement lesté d'une collection de crochets, de couteaux, de babioles et de bonbons cachés dans les poches et la doublure. Sonea s'était toujours demandé ce que ferait Cery, une fois lassé de détrousser ses pigeons et de crocheter ses serrures.

— C'était toujours plus sûr que de se balader avec vous, lui répondit-elle.

— On croirait entendre Jonna, répliqua Cery, vexé.

Autrefois, la pique aurait atteint Sonea.

— Jonna nous a sortis des Taudis…

— Au fait, les interrompit Harrin, si tu as une piaule dans une pension, qu'est-ce que tu fais là ?

Sonea se rembrunit à son tour.

— Le roi chasse les gens des pensions. Il ne veut pas qu'il y ait autant de personnes dans un seul immeuble, parce que c'est sale. Les gardes sont venus ce matin et ils nous ont foutus dehors.

Harrin marmonna une malédiction. Sonea se tourna vers Cery et vit que la pointe de taquinerie avait disparu de son regard. Elle détourna les yeux, touchée par leur compréhension.

Sur un mot du palais et en une matinée, tout ce que sa tante et son oncle s'étaient échinés à obtenir leur avait été arraché. Ils n'avaient pas eu le temps de comprendre ce qui se passait, seulement de rassembler leurs affaires avant d'être jetés à la rue.

— Où sont Jonna et Ranel, alors ? demanda Harrin.

— Ils m'ont envoyée en éclaireur pour voir s'il y avait pas moyen de reprendre notre ancienne chambre.

— Viens me voir si ce n'est pas possible, dit Cery en regardant son amie dans les yeux.

Sonea hocha la tête.

— Merci.

Alors qu'elle débouchait sur une grande place pavée, la foule se dispersa lentement. C'était la place Nord, où de petits marchés locaux se tenaient chaque semaine. Sonea et sa tante s'y rendaient régulièrement – s'y *étaient* rendues régulièrement.

Des centaines de personnes s'y massaient. Alors que beaucoup continuaient vers les portes Nord, d'autres s'y attardaient avec l'espoir de voir leurs amis avant de se perdre dans la confusion des Taudis. D'autres encore refuseraient de bouger d'un pouce avant qu'on les y force.

Cery et Harrin s'arrêtèrent au centre de la place, devant le bassin. Une statue du roi Kalpol dominait l'eau. Le souverain, mort depuis longtemps, avait largement dépassé la quarantaine lorsqu'il avait vaincu les bandits des montagnes, mais il était quand même représenté sous les traits d'un jeune homme, sa main droite brandissant une réplique de sa fameuse épée incrustée de pierres, et la gauche tenant un gobelet tout aussi rutilant.

Une autre statue se dressait autrefois sur cette place, mais elle avait été mise à terre trente ans auparavant. Bien que beaucoup de statues du roi Terrel aient été érigées au fil des ans, toutes, sauf une, avaient été détruites, et on disait que cette survivante avait été défigurée malgré la protection des murs du palais. En dépit de tout ce qu'il avait accompli durant son règne, les citoyens d'Imardin se souviendraient toujours du roi Terrel comme de l'instigateur des premières Purges.

L'oncle de Sonea lui avait souvent raconté cette histoire. Trente ans plus tôt, à la suite des plaintes de membres influents de la cour au sujet de l'insécurité dans les rues, le roi avait ordonné aux gardes de chasser de la ville tous les mendiants, miséreux et criminels potentiels. Fous de rage, les expulsés les plus puissants se regroupèrent. Armés par les riches contrebandiers et les voleurs, ils se défendirent. Confronté à des batailles de rues et à des émeutes, le roi, dépassé, se tourna vers la Guilde des magiciens.

Les rebelles n'avaient aucune arme contre la magie. Ils furent emprisonnés ou conduits de force dans les Taudis. Enchanté par les fêtes que donnèrent les Maisons en son honneur, le roi décida d'organiser une Purge chaque hiver.

À sa mort, cinq ans plus tôt, beaucoup de pauvres avaient espéré la fin des Purges. Mais le fils de Terrel, le roi Merrin, avait perpétué la tradition. En regardant la foule massée sur la place, il était bien difficile d'imaginer que ces miséreux, frêles et maladifs, représentaient une menace.

Sonea vit soudain que les adolescents s'étaient regroupés autour de Harrin, en l'attente de quelque chose. L'estomac de la jeune fille se noua d'appréhension.

—Je dois y aller, dit-elle.

—Non, pas encore ! protesta Cery. On vient tout juste de se retrouver.

—J'ai trop tardé. Jonna et Ranel doivent déjà être dans les Taudis.

—Alors, t'es déjà dans la mouise ! (Cery haussa les épaules.) T'as encore peur des roustes, pas vrai ?

Sonea lança au garçon un regard lourd de reproches. Sans se démonter, il lui sourit.

—Tiens...

L'adolescent posa de petits objets sur la paume de la jeune fille. Sonea baissa les yeux et étudia les sachets.

— C'est les machins que vous balanciez sur les gardes ?

Cery hocha la tête.

— Poussière de papea. Ça leur pique les yeux et ça leur file des démangeaisons. Mais ça fait rien aux magiciens… Dommage. J'en ai eu un, une fois, mais il ne m'avait pas vu venir.

Sonea lui rendit les sachets, mais Cery repoussa sa main.

— Garde-les. Ça sert plus à rien, maintenant. Les magiciens s'entourent toujours d'un bouclier.

— Mais tu jettes des pierres à la place ? Pourquoi tu t'embêtes ?

— Ça fait du bien, c'est déjà ça… (Cery jeta un coup d'œil gris d'acier dans la rue.) Si on ne faisait pas ça, ça serait comme si on se fichait de la Purge. On ne peut quand même pas les laisser nous éjecter de la ville sans leur en faire voir, non ?

En haussant les épaules, Sonea regarda les adolescents. Leurs yeux brillaient d'excitation. Elle avait toujours pensé que caillasser les magiciens était aussi inutile que stupide.

— Harrin et toi ne venez quasiment jamais en ville, fit-elle remarquer.

— Ouais, mais on doit en avoir le droit, si on en a besoin… Et c'est la première fois qu'on fera du grabuge sans que les voleurs y aient fourré leurs gros nez.

— Alors, c'est ça, le fin mot de l'histoire ? s'écria Sonea.

— Hey ! On y va ! aboya Harrin par-dessus le vacarme de la foule.

Alors que les adolescents criaient et commençaient à filer, Cery regarda Sonea en attendant sa réponse.

— Allez, viens ! la pressa-t-il. Ça va être marrant, juré…

Sonea fit non de la tête.

— T'as pas besoin de t'en mêler, tu pourras juste regarder si tu préfères. Après, je viendrai avec toi et je te trouverai un endroit où crécher.

— Mais…

— Allez ! (Il s'approcha d'elle, défit l'écharpe de son amie, la plia en triangle et la lui mit sur la tête avant de la nouer sous son menton.) Tu ressembles déjà plus à une fille, comme ça. Même si les gardes veulent nous coller aux basques, ce qui n'arrivera pas, ils ne te prendront pas pour un des petits emmerdeurs de notre bande. Voilà. (Il lui tapota la joue.) Bien mieux. Maintenant, viens. Je ne vais pas te laisser disparaître une deuxième fois.

— Oh, après tout, d'accord…, soupira Sonea.

La foule devenant plus dense, le groupe dut jouer des coudes pour se frayer un chemin. À sa grande surprise, Sonea n'entendit aucune protestation ni menace de représailles à propos des bousculades et des pieds écrasés. Au contraire, les femmes et les hommes devant qui elle passait se pressaient pour lui glisser des cailloux et des fruits pourris entre les mains, et lui souffler des encouragements. Pendant qu'elle suivait Cery, elle vit partout des visages tordus d'excitation et elle sentit un frisson courir le long de son échine. Les personnes raisonnables avaient déjà quitté la place Nord. Celles qui restaient voulaient voir de véritables affrontements et elles ne se souciaient plus de savoir à quel point ce serait vain.

La foule s'éclaircit tandis que le groupe s'y enfonçait. Du coin de l'œil, Sonea vit que des gens venus de rues transversales continuaient à grossir leurs rangs. De l'autre côté, les portes écrasaient de leur ombre les personnes présentes. Et devant eux…

Sonea s'arrêta et sentit fondre toute sa belle assurance. Alors que Cery continuait d'avancer, elle recula de quelques pas et se cacha derrière le dos d'une vieille femme. Des magiciens se tenaient à moins de vingt pas.

Sonea prit une grande inspiration et la relâcha lentement. Elle savait que les mages ne quitteraient pas leur poste. Ils se contenteraient d'ignorer la foule jusqu'à ce qu'ils soient prêts à la chasser de la place. Pour l'instant, il n'y avait aucune raison d'avoir peur.

Sonea se força à regarder autour d'elle pour localiser les adolescents. Un peu en avant, Harrin, Cery et les autres se frayaient un chemin dans la masse de badauds.

Sonea frissonna en jetant un dernier coup d'œil aux magiciens. Elle n'en avait jamais été aussi près.

Ils étaient tous vêtus d'une robe aux larges manches, serrée par un cordon à la taille. Comme le disait son oncle Ranel, ce genre de tenue était à la mode quelques centaines d'années auparavant. Aujourd'hui, porter les mêmes vêtements qu'un magicien était un crime.

Il n'y avait aucune femme parmi eux. D'où elle était, Sonea voyait neuf mages. Debout, seuls ou par deux, ils formaient une ligne en pointillé tout autour de la place. Si certains n'avaient pas plus de vingt ans, d'autres paraissaient réellement vieux. L'un de ceux qui étaient les plus proches, un homme d'une trentaine d'années aux cheveux longs, paraissait même séduisant. Dans le genre ténébreux et élégant. Étrangement, rien ne distinguait les autres mages du commun des mortels.

Un mouvement attira le regard de Sonea, qui vit Harrin armer son bras. Un caillou vola en direction des magiciens. Bien qu'elle sût ce qui allait arriver, l'adolescente retint son souffle.

La pierre s'écrasa contre un obstacle invisible mais dur et retomba sur le sol. Sonea reprit son souffle alors que d'autres adolescents commençaient à jeter des cailloux. Quelques-unes des silhouettes noires redressèrent la tête pour suivre les projectiles des yeux et les regarder rebondir contre le bouclier invisible. Les autres daignèrent à peine poser le regard sur les jeunes avant de reprendre leurs conversations.

Sonea fixa l'endroit où se dressait la barrière magique. Bien entendu, elle ne vit rien. Tout en s'avançant, elle prit un des sachets, dans sa poche, et le lança de toutes ses forces. Le sachet se désintégra en percutant le mur invisible. Un instant, un nuage de poudre rouge aplati d'un côté flotta dans l'air.

Sonea entendit un gloussement dans son dos, se retourna et vit une vieille femme lui faire un sourire édenté.

— En voilà un beau coup ! caqueta celle-ci. Vas-y, mets-leur en plein la vue !

Sonea glissa les doigts dans sa poche et y sentit une pierre. S'approchant jusqu'à être à quelques pas des magiciens, elle sourit, ravie de l'agacement qu'elle voyait sur certains visages. Ils détestaient qu'on les provoque, cela crevait les yeux, mais quelque chose les retenait malgré tout de riposter.

Une voix émergea du nuage de poussière. Le magicien élégant balaya la foule du regard, puis se tourna vers son compagnon, un homme plus âgé dont les cheveux grisonnaient.

— Pathétique vermine, lâcha-t-il. Combien de temps encore avant d'en être débarrassés ?

Quelque chose se rebella dans les entrailles de Sonea, qui resserra sa prise sur la pierre, la soupesa et constata avec plaisir qu'elle était lourde. Se tournant face aux magiciens, elle sentit la haine former une boule dans son estomac. Puisant de la force dans la rage d'avoir été jetée hors de chez elle ainsi que dans son ressentiment atavique contre les mages, elle jeta sa pierre sur celui qui avait parlé. Le caillou siffla dans les airs. Lorsqu'il approcha de la barrière invisible, Sonea pria pour qu'il la traverse et atteigne son but.

Un éclair de lumière bleue rida la surface invisible, et la pierre percuta la tempe du magicien avec un bruit mat. L'homme resta debout sans réagir, les yeux dans le vague, puis ses genoux se dérobèrent et son compagnon fit un pas en avant pour le rattraper.

Sonea en resta bouche bée. Alors que le magicien plus âgé étendait son ami sur le sol, les insultes des adolescents moururent et un silence de mort tomba sur la foule.

Les exclamations reprirent quand deux autres magiciens vinrent s'agenouiller à côté de leur compagnon. Les amis de Harrin – et bien d'autres personnes dans la foule – poussèrent des vivats.

Comme tout le monde murmurait au sujet de ce qui venait de se passer, le vacarme devint assourdissant.

Sonea regarda ses mains.

Ça a marché. J'ai traversé le bouclier, mais c'est impossible, à moins…

À moins d'être un magicien.

Son sang se glaça quand elle se rappela comment sa rage s'était concentrée dans la pierre, comment elle l'avait suivie des yeux et de l'esprit, et à quel point elle avait désiré qu'elle traverse le bouclier. Quelque chose en elle vibra d'impatience, avide de recommencer.

Levant les yeux, elle vit que plusieurs magiciens étaient à présent regroupés autour de leur compagnon. Certains s'étaient agenouillés, mais la plupart fouillaient la place des yeux.

Ils me cherchent, moi, pensa soudain Sonea.

Comme s'il l'avait entendue, l'un d'eux la regarda. L'adolescente frissonna de terreur, mais les yeux de l'homme ne s'arrêtèrent pas sur elle et continuèrent à balayer la foule.

Ils ne savent pas qui a fait ça.

Sonea gémit de soulagement. En regardant autour d'elle, elle remarqua que la foule se tenait à quelques pas derrière elle. Les adolescents battaient en retraite. Affolée, elle suivit le mouvement.

Le plus âgé des magiciens se redressa et ses yeux se posèrent sur elle sans aucune hésitation. Il pointa l'index vers la poitrine de Sonea et ses compagnons tournèrent la tête dans sa direction. Quand elle vit leurs mains se lever, Sonea frissonna de terreur. Tournant les talons, elle courut vers la foule. Du coin de l'œil, elle vit détaler les derniers adolescents. Sa vision se troubla alors que des éclairs frappaient des corps autour d'elle. Puis des cris déchirèrent l'air. Une vague de chaleur la percuta et se laissa tomber à genoux, haletante.

—Arrêtez !

Sonea n'avait pas mal. Baissant les yeux, elle sursauta en constatant que son corps était intact. Puis elle leva la tête et vit que les gens couraient toujours, ignorant l'ordre bizarrement amplifié qui résonnait encore dans le parc.

Une odeur de brûlé lui monta aux narines. En tournant la tête, elle découvrit un garçon étendu sur le ventre à quelques pas d'elle. Les flammes dévoraient avidement ses vêtements, pourtant, il ne bougeait pas d'un pouce. Sonea vit le moignon noirci qui avait autrefois été un bras, et son estomac se noua.

— NE LA BLESSEZ PAS !

En titubant, l'adolescente se releva et s'éloigna du cadavre. Comme des fugitifs la dépassaient de tous les côtés, elle se força à aller plus vite.

Elle rattrapa la foule devant les portes Nord et lutta pour les franchir. Poussant, frappant et griffant, elle s'enfonça dans la marée humaine. Sentant que les pierres, dans ses poches, l'alourdissaient, elle s'en débarrassa. Quelque chose lui crocheta la jambe et la fit trébucher, mais elle se releva d'un bond et continua.

Quand des mains agrippèrent sauvagement ses épaules, elle se débattit et voulut hurler. Mais son agresseur la força à se retourner… et elle plongea son regard dans les yeux bleus de Harrin.

2

Le concile

Depuis qu'il avait été intronisé mage trente ans plus tôt, le seigneur Rothen était entré dans le hall de la Guilde un nombre incalculable de fois. Mais il n'y avait jamais entendu résonner autant de voix qu'aujourd'hui.

Une marée de silhouettes en robe noire moutonnait devant lui. Des groupes s'étaient formés et il ne fut pas étonné de reconnaître les cliques et les clans habituels. D'autres mages passaient d'un groupe à un autre. Les mains s'agitaient et un « non » véhément perçait parfois le vacarme.

Habituellement, les mages faisaient preuve de la plus grande dignité durant ces assemblées. Mais avant que l'administrateur n'ait pris place, les participants déambulaient au centre du hall en discutant. Alors qu'il s'enfonçait dans la foule, Rothen saisit des bribes de conversation qui semblaient tomber du plafond. Le hall de la Guilde amplifiait très bizarrement les sons, et plus encore lorsqu'on parlait haut.

Il n'y avait rien de magique à cela, contrairement à ce que beaucoup d'invités semblaient penser : seulement un effet involontaire de la nouvelle architecture.

Le bâtiment d'origine comportait des chambres pour loger les mages et les apprentis, sans oublier les salles de cours et de réunions. Quatre siècles plus tard, le nombre de ses membres ayant augmenté dans de fortes proportions, la Guilde avait fait construire plusieurs nouveaux bâtiments. Les mages, n'ayant pas voulu démolir leur première demeure, avaient fait abattre les cloisons et installer des sièges. Depuis, les réunions, les cérémonies d'intronisation ou de remise des diplômes et les audiences de la Guilde s'y tenaient.

Une grande silhouette vêtue de violet fendit la foule et avança en direction de Rothen, qui sourit en voyant l'expression avide du jeune magicien. Dannyl avait l'habitude de se plaindre du manque d'animation à la Guilde. Aujourd'hui, il était servi.

— Eh bien, mon vieil ami ! Comment tout cela s'est-il fini ?

Rothen croisa les bras.

— Vieil ami, vraiment ?

— Jeune ami, si tu préfères. Qu'a dit l'administrateur ?

— Rien. Il a simplement voulu que je décrive ce que j'ai vu. Il semblerait que je sois le seul à avoir aperçu la fille.

— Une chance pour elle, répliqua Dannyl. Pourquoi les autres ont-ils tenté de la tuer ?

Rothen secoua la tête.

— Je doute qu'ils l'aient vraiment voulu…

Un coup de gong domina le vacarme et la voix amplifiée de l'administrateur résonna dans le hall :

— S'il leur sied, que les mages veuillent bien prendre place.

Regardant derrière lui, Rothen vit se refermer les lourdes portes. Le flot de robes noires se divisa lorsque les magiciens se dirigèrent vers leurs sièges, situés de chaque côté de la pièce. Du menton, Dannyl désigna quelqu'un.

— Nous sommes en bonne compagnie, aujourd'hui…

Rothen regarda à son tour. Les hauts mages étaient déjà assis, leurs sièges surplombant la salle afin de marquer leur rang. Deux escaliers étroits permettaient d'accéder à l'estrade où se trouvaient leurs fauteuils.

Au centre trônait un grand fauteuil incrusté d'or et brodé aux armoiries royales : un oiseau de nuit stylisé. Il était vide, mais les deux sièges qui le flanquaient étaient occupés par des mages qui portaient une ceinture d'or.

— Les conseillers royaux, murmura Rothen. Intéressant.

— Oui, approuva Dannyl. Je me demande si le roi Merrin estime que cette réunion mérite son attention.

— Pas au point d'y venir en personne.

— Bien sûr que non ! Et heureusement. S'il était là, il faudrait nous tenir correctement.

Rothen haussa les épaules.

— Cela ne change rien, Dannyl. Même si les conseillers n'étaient pas là, pas un mage ne prononcerait une parole qu'il ne pourrait pas répéter en face du roi. Non, ils viennent pour s'assurer que nous ferons plus que discutailler au sujet de la fille.

Ils prirent leurs places habituelles. Dannyl s'adossa à son fauteuil et balaya la pièce du regard.

— Tout ça pour une répugnante gamine des rues.

Rothen gloussa.

— Elle a provoqué un sacré remue-ménage, non ?

— Oh ! Mais Fergun n'est pas avec nous ? (Dannyl tourna la tête vers la rangée de sièges du mur opposé.) Ses suppôts sont venus, eux.

Bien que Rothen désapprouvât qu'on critique un autre magicien, surtout en public, il ne put s'empêcher de sourire. Les mages ne portaient pas Fergun dans leur cœur, et ses manières serviles n'étaient pas étrangères à cette inimitié.

— Selon les guérisseurs, le choc a provoqué une grande confusion et une agitation considérable. Ils ont jugé plus prudent de lui administrer un sédatif.

Dannyl pinça le nez. Il se régalait.

— Fergun *endormi* ? Il sera furieux quand il apprendra que le concile lui est passé sous le nez.

Le gong résonna de nouveau et le silence revint progressivement dans la salle.

— Comme tu peux l'imaginer, l'administrateur Lorlen a été *très* attristé d'apprendre que le seigneur Fergun ne pourrait pas nous donner sa version des faits, ajouta Rothen dans un murmure.

Dannyl étouffa un éclat de rire. Rothen vit que les mages avaient tous gagné leur siège. Seul l'administrateur Lorlen était debout, son gong dans une main et un petit marteau dans l'autre.

Contrairement à son habitude, Lorlen paraissait sinistre. Rothen retrouva son sérieux en se rappelant que c'était la première crise que vivait le mage depuis son élection. En ce qui concernait les tracas quotidiens de la Guilde, Lorlen avait fait ses preuves. Mais plus d'un magicien devait se demander comment il se sortirait de cette affaire.

— J'ai réuni le concile afin que nous puissions débattre des événements qui ont eu lieu sur la place Nord, ce matin même, commença-t-il. Nous avons deux sujets de la plus haute importance à traiter : la mort d'un innocent et l'existence d'un mage que nous ne contrôlons pas. Pour ouvrir la séance, attelons-nous à la tâche la plus urgente. J'appelle le seigneur Rothen comme témoin.

Dannyl jeta un regard étonné à son ami, puis il lui sourit.

— Évidemment… Depuis le temps que tu te tiens à l'écart de la fosse aux serpents. Bonne chance !

Rothen se leva.

— Merci de me le rappeler. Je m'en sortirai.

Sous le regard des mages, Rothen se leva, traversa le hall et se campa devant les hauts mages. Il salua l'administrateur de la tête et Lorlen lui rendit la pareille.

— Décrivez-nous ce que vous avez vu, seigneur Rothen.

Le mage choisit ses mots avec soin. Ceux qui prenaient la parole devant la Guilde devaient faire montre de clarté et de concision.

— Lorsque je suis arrivé ce matin sur la place Nord, le seigneur Fergun était déjà là. J'ai pris position à côté de lui, et joint mon pouvoir à celui du bouclier. Des voyous ont commencé à jeter des pierres, mais, comme toujours, nous les avons ignorés. (Rothen vérifia d'un coup d'œil que les hauts mages lui prêtaient toute l'attention requise. Il étouffa un frisson de nervosité. Dannyl avait raison : cela faisait longtemps qu'il n'était pas descendu dans la fosse aux serpents.) Ensuite, j'ai capté un éclair de lumière bleue du coin de l'œil et senti une turbulence dans le bouclier. J'ai vu qu'un objet volait vers moi. Avant que j'aie pu réagir, il avait frappé le seigneur Fergun à la tempe et lui avait fait perdre l'équilibre. J'ai rattrapé notre collègue avant qu'il ne heurte les pavés, je l'ai allongé par terre et je me suis assuré que ses jours n'étaient pas en danger. Puis, alors que d'autres collègues venaient m'aider, j'ai commencé à chercher le coupable. Beaucoup de jeunes paraissaient surpris et confus, mais une adolescente regardait ses mains, les yeux écarquillés. J'ai perdu sa trace alors que mes confrères arrivaient, et, comme ils n'ont pas pu localiser la semeuse de troubles, ils m'ont demandé de la leur désigner. Quand je l'ai fait, ils ont cru que je montrais un adolescent debout à côté d'elle, et… et ils se sont vengés.

Lorlen lui fit signe d'arrêter et chercha du regard le chef des guerriers.

— Seigneur Balkan, qu'avez-vous découvert en interrogeant les mages qui ont frappé l'enfant ?

Le magicien vêtu de rouge se leva.

— Les dix-neuf mages impliqués dans cette affaire pensaient que l'agresseur était le garçon dont nous parlons. Ils ont cru, à tort, qu'une fille ne pouvait en aucun cas être un magicien renégat. Ils ont voulu assommer la victime, pas lui faire du mal. La description des sorts, faite sous serment, m'incite à croire qu'ils disent la vérité. J'ai aussi conclu, à la suite de ces témoignages, que certaines ondes de choc se sont combinées pour former une vague de feu. C'est ce qui a tué le garçon.

L'image d'une silhouette carbonisée se forma dans l'esprit de Rothen et refusa de se dissiper. Écœuré, le mage fixa le sol. Même si les ondes ne s'étaient pas combinées, dix-neuf attaques auraient valu de tels dommages au garçon qu'il serait mort de toute façon.

Rothen ne pouvait s'empêcher de se sentir responsable. S'il avait pris les choses en main avant que les autres n'aient le temps de réagir…

— Voilà qui soulève des questions bien délicates, dit Lorlen. Il est peu probable que le peuple nous croie si nous lui assurons que tout cela n'est qu'une erreur. Des excuses ne suffiront pas. Pourquoi ne pas offrir une compensation à la famille du garçon ?

Plusieurs hauts mages hochèrent la tête et Rothen entendit des murmures d'approbation dans son dos.

— Si nous la trouvons, ajouta un des hauts mages.

— Je crains qu'une compensation ne suffise pas à sauver notre réputation, dit Rothen. Comment pouvons-nous regagner le respect et la confiance du peuple ?

Les murmures continuèrent, puis une voix lança :

— La compensation sera suffisante.

— Donnez-leur du temps… et ils oublieront, ajouta une autre.

— Ce n'était rien qu'un miséreux ! lança une troisième. Qui s'en soucie ?

Rothen soupira. Ces réflexions ne le surprenaient pas, mais elles éveillaient en lui la même colère que d'habitude. La Guilde existait et *avait été créée* pour protéger les gens – sans distinction entre les riches et les pauvres. Rothen avait déjà entendu des mages affirmer que les gens du commun étaient tous des graines de voleur qui ne méritaient pas la protection de la Guilde.

— Nous devons faire plus, ajouta Balkan. L'élite comprendra que la mort du garçon n'était qu'un accident. Les pauvres ne l'accepteront jamais, et tout ce que nous pourrons dire ou faire n'y changera rien.

L'administrateur Lorlen regarda tour à tour les hauts mages, qui hochèrent la tête en guise de réponse.

— Très bien, dit-il. Nous aborderons de nouveau ce sujet pendant le prochain concile, lorsque nous aurons le recul nécessaire pour évaluer l'effet de cette tragédie. (Il prit une profonde inspiration, rajusta sa robe, et parcourut le hall des yeux.) Passons au second point : la magicienne renégate. L'un d'entre vous, à part le seigneur Rothen, a-t-il vu cette fille ou a-t-il été témoin de son acte ?

Personne ne répondit. Lorlen fronça les sourcils, déçu. Beaucoup de débats, pendant les réunions, étaient menés par les trois hauts mages : dame Vinara et les seigneurs Balkan et Sarrin. Dame Vinara, qui dirigeait les guérisseurs, était une femme austère et pragmatique, mais capable d'une compassion étonnante. Le robuste Balkan, lui, était doté d'un grand sens de l'observation et tenait toujours à examiner toutes les facettes d'un problème avant d'en envisager la solution. Il ne se démontait pourtant pas lorsqu'il fallait prendre une décision rapide ou difficile. Le plus âgé du trio, le seigneur Sarrin, pouvait porter des jugements très durs, mais sans jamais oublier que différents points de vue restaient possibles.

C'étaient ces hauts mages que Lorlen regardait maintenant.

— Nous devons commencer par examiner les faits. Il n'y a aucun doute, aussi étrange que cela puisse paraître : une simple pierre a traversé un bouclier magique. Seigneur Balkan, comment est-ce possible ?

Le guerrier secoua la tête.

— Le bouclier utilisé pendant les Purges est très faible. Assez résistant pour arrêter les projectiles, pas assez pour s'opposer à la magie. Il est évident, au vu de l'éclair bleu et de la distorsion décrite par les jeteurs de sorts, qu'on a utilisé le don. Quoi qu'il en soit, pour que la magie traverse un bouclier, il faut qu'elle soit modelée pour ça. Je pense que l'attaquant a envoyé une frappe magique – une seule et unique – associée à la pierre.

— Mais pourquoi se servir d'une pierre ? coupa dame Vinara. Pourquoi ne pas frapper uniquement grâce à la magie ?

— Afin de camoufler le tir ? suggéra Sarrin. Si les mages avaient vu un sort venir sur eux, ils auraient eu le temps de renforcer le bouclier.

— C'est bien possible, répondit Balkan, mais la puissance du coup a seulement servi à franchir la barrière. Si les intentions de l'attaquant avaient été meurtrières, le seigneur Fergun aurait eu plus qu'un hématome à la tempe.

— Donc, cet agresseur n'avait pas prévu de lui faire grand mal ? conclut Vinara. Alors, pourquoi ce geste ?

— Pour nous montrer l'étendue de son pouvoir, ou peut-être nous défier, répliqua Balkan.

Le visage ridé de Sarrin se plissa encore de désapprobation. Rothen secoua la tête. Balkan le vit. Baissant les yeux sur lui, il demanda :

— Seriez-vous en désaccord, seigneur Rothen ?

— La fille ne s'attendait à rien du tout. À voir son expression, elle était choquée et surprise par l'acte qu'elle avait commis. Je crois qu'elle n'a jamais travaillé son don.

— Impossible ! Quelqu'un a forcement éveillé ses pouvoirs.

— Et lui a appris à se Contrôler, espérons-le, ajouta Vinara. Sinon, nous sommes en présence d'un problème d'une tout autre nature.

Aussitôt, le hall bruissa de murmures. Lorlen leva une main et le silence revint.

— Lorsque le seigneur Rothen m'a fait part de ce qu'il avait vu, j'ai convoqué le seigneur Solend dans mon bureau. Je lui ai demandé si, durant les années passées à étudier l'histoire de la Guilde, il avait entendu parler d'un mage ayant développé ses talents sans notre aide. (Lorlen se rembrunit.) Je dois vous annoncer que nous nous trompions. Un magicien latent peut découvrir ses pouvoirs sans l'aide d'aucun mage.

» Lors des premiers siècles d'existence de la Guilde, quelques individus venus suivre notre enseignement utilisaient déjà la magie à leur manière. Leurs dons s'étaient développés de façon naturelle, alors que leur corps arrivait à maturité. Depuis que nous acceptons et initions les novices dès l'enfance, le développement solitaire des pouvoirs n'existe pour ainsi dire plus. J'ai demandé au seigneur Solend de récapituler ses connaissances à ce sujet. Maintenant, je l'appelle devant nous afin qu'il nous en fasse part.

Un vieillard se leva péniblement et descendit les marches. Les mages retinrent leur souffle jusqu'à ce que l'historien ait rejoint Rothen. Solend salua avec raideur les hauts mages.

— Il y a cinq cents ans, commença le vieil homme d'une voix chevrotante, un homme ou une femme qui cherchait à apprendre la magie devait lier connaissance avec un mage et devenir son pupille. Les candidats étaient testés et choisis selon leur force et l'argent qu'ils consentaient à poser sur la table. À cause de cette tradition, la plupart des élèves commençaient leur apprentissage à un âge déjà mûr, puisqu'il leur fallait de longues années de travail ou un héritage coquet pour être en mesure de se payer un professeur.

» Parfois, un adolescent ou une adolescente montrait des pouvoirs déjà « épanouis », comme on disait à cette époque. Ces gens, baptisés des « naturels », la Guilde ne les refusait jamais. Pour deux raisons... Premièrement, leurs dons étaient toujours très développés. Deuxièmement, nous devions leur apprendre le Contrôle. (Le vieil homme marqua une pause, puis sa voix monta dans les aigus.) Nous savons ce qu'il advient lorsqu'un apprenti ne sait pas se Contrôler ! Si personne n'a éveillé les pouvoirs de cette fille, nous devons nous attendre à ce qu'elle soit plus puissante que la moyenne de nos élèves, peut-être même plus que la moyenne de nos mages. Si nous sommes incapables de la retrouver et de lui enseigner le Contrôle, elle deviendra un danger !

Un court silence suivit ces propos, puis des voix alarmées retentirent dans le hall.

— En admettant que ses pouvoirs, bien sûr, se soient développés sans aide extérieure, ajouta Balkan.

Il hocha la tête et ajouta :

— Il reste la possibilité, évidemment, qu'elle ait été entraînée par quelqu'un.

— Alors, nous devons la trouver – elle et ceux qui l'ont éveillée !

Le hall vibra à nouveau de murmures, mais la voix de Lorlen les couvrit tous :

— Si c'est une renégate, nous devons par décret les amener, ses professeurs et elle, devant le roi. S'il s'agit d'une « naturelle », nous sommes tenus de lui apprendre à se Contrôler. D'une façon ou d'une autre, nous devons la retrouver.

— Mais comment ? demanda quelqu'un.

Lorlen baissa les yeux.

— Seigneur Balkan ?

— Par une fouille systématique des Taudis, dit le guerrier. (Il se tourna vers les conseillers du roi.) Nous aurons besoin d'aide.

Lorlen plissa le front lorsqu'il vit qui regardait le guerrier.

— La Guilde demande l'assistance de la garde de la cité.

Les conseillers se consultèrent du regard avant de hocher la tête avec un bel ensemble.

— Accordé, dit l'un d'eux.

— Nous devons commencer au plus vite, ajouta Balkan. Cette nuit, si possible.

— Si nous demandons l'assistance de la garde, il faudra du temps pour nous organiser. Je suggère de commencer les recherches demain matin, répondit Lorlen.

— Qu'en sera-t-il des cours ? cria une voix.

Lorlen jeta un coup d'œil au mage assis à côté de lui.

— Je doute qu'un jour de plus ou de moins affectera grandement les novices.

— Un jour peut-être, mais trouverons-nous la fille en si peu de temps ? demanda aigrement le directeur de l'université, Jerrik.

— Si nous ne l'avons pas dénichée d'ici là, nous nous réunirons ici demain soir, répondit Lorlen. Nous verrons alors qui continue les recherches.

— Administrateur Lorlen, si je puis faire une suggestion…

Rothen sursauta en reconnaissant la voix. Il se retourna et vit Dannyl, debout au milieu des mages qui ne le quittaient pas des yeux.

— Oui, seigneur Dannyl ?

— Les miséreux nous empêcheront sûrement de mener à bien nos recherches et la fille se cachera. Nos chances seront meilleures si nous entrons déguisés dans les Taudis.

— Et à quel déguisement pensez-vous ?

— Moins nous éveillerons les soupçons, plus grandes seront nos chances. Je suggère que l'un de nous au moins se vête à la façon des pauvres. Ils sont peut-être capables de nous reconnaître si nous ouvrons la bouche, mais...

— Refusé catégoriquement, lâcha Balkan. Imaginez ce qui se passerait si l'un de nous était découvert habillé comme un mendiant. Nous serions la risée des Terres Alliées.

Plusieurs mages abondèrent en ce sens.

— Je suis d'accord, ajouta Lorlen. Nous avons l'autorité requise pour entrer dans n'importe quelle demeure de cette ville. Nos recherches seraient ralenties si nous ne portions pas nos robes.

— Et comment saurons-nous ce que nous cherchons ? demanda Vinara.

— Vous souvenez-vous de l'apparence de cette fille ? demanda Lorlen à Rothen.

Rothen acquiesça. Après avoir reculé de quelques pas, il ferma les yeux et invoqua le souvenir d'une adolescente chétive au visage maigre et enfantin. Puisant dans son pouvoir, il leva les paupières et se concentra. Une brume en suspension apparut devant lui et prit rapidement la forme d'une silhouette translucide. Alors que sa mémoire complétait ses souvenirs, des vêtements grossiers se matérialisèrent : un foulard terne autour de la tête, une épaisse tunique à capuche et des pantalons. L'illusion achevée, Rothen leva les yeux sur les hauts mages.

— C'est la fille qui vous a attaqués ? murmura Balkan. C'est encore une enfant.

— Un petit emballage peut dissimuler une grosse surprise, répliqua sèchement Sarrin.

— Et si ce n'était pas elle ? demanda Jerrik. Si le seigneur Rothen se trompait ?

— Pour le moment, nous devons supposer qu'il a raison, coupa Lorlen. Nous saurons bientôt si les rumeurs de la cité vont dans son sens, et nous trouverons des témoins parmi la population. (Il hocha la tête devant l'illusion.) Ça ira comme ça, je vous remercie.

Rothen secoua la main et l'image disparut. Lorsqu'il leva de nouveau les yeux, ce fut pour croiser le regard de Sarrin.

— Que ferons-nous d'elle une fois que nous l'aurons trouvée ? demanda Vinara.

— Si c'est une renégate, nous appliquerons la loi. Si elle ne l'est pas, nous lui apprendrons à se Contrôler.

— Bien entendu, mais après ?

— Je pense que la question que pose dame Vinara est celle-ci : devons-nous en faire l'une des nôtres ? dit Balkan.

Une nouvelle fois, tous les mages crièrent en même temps :

— Hors de question ! C'est probablement une voleuse !

— Elle a attaqué l'un des nôtres ! Elle doit être châtiée, pas récompensée !

Rothen soupira en entendant ces protestations. Aucune loi n'empêchait de tester les enfants de basse extraction, mais la Guilde se donnait uniquement la peine de chercher la magie chez les enfants des Maisons.

— La Guilde n'a pas pris d'élèves hors des Maisons depuis des siècles, rappela Balkan.

— Mais si Solend a raison, elle pourrait être une magicienne particulièrement puissante, objecta Vinara.

Rothen se retint de sourire. La plupart des magiciennes choisissaient la guérison… Dame Vinara saurait oublier les origines de la fille si elle y gagnait un guérisseur de talent.

— La puissance n'est pas une bénédiction quand un mage est corrompu, nota Sarrin. Elle pourrait effectivement être une voleuse, voire une ribaude. Quelle influence aurait-elle sur nos élèves ? Comment savoir si elle mérite nos efforts ?

— Ainsi, vous lui montreriez de quoi elle est capable, puis vous lui retireriez ses pouvoirs avant de la renvoyer à la pauvreté ? s'indigna Vinara.

Sarrin en convint. Vinara regarda Balkan, qui haussa les épaules. Rothen se mordit la langue pour étouffer la protestation qui lui montait aux lèvres. Avec une expression ne trahissant pas ses sentiments, Lorlen fixa les trois hauts mages en silence.

— Nous devrions lui donner une chance, insista Vinara. S'il y a une possibilité qu'elle se conforme à nos règles et devienne une jeune femme responsable, alors nous devons lui donner sa chance.

— Plus nous éveillerons ses pouvoirs, plus il sera malaisé de les rendormir, lui rappela Sarrin.

— Je sais. (Vinara se pencha en avant.) Mais ce que je propose n'est pas impossible. Imaginez la façon dont nous serons perçus si nous l'accueillons parmi nous. Un peu de générosité sera plus efficace pour nous sortir du mauvais pas de ce matin que détruire ses pouvoirs et la renvoyer dans les Taudis.

Ce fut au tour de Balkan de froncer les sourcils.

— C'est vrai, et faire savoir que nous lui ouvrons nos portes pourrait nous épargner la peine de la rechercher. Une fois qu'elle saura qu'elle peut devenir une magicienne, avec la position sociale et l'opulence que cela sous-entend, elle viendra à nous.

— La crainte de perdre cette opulence l'encouragera à ne plus arpenter les mauvais chemins où elle s'est égarée, ajouta Sarrin.

Dame Vinara acquiesça, balaya la salle du regard et riva les yeux sur Rothen.

— Qu'en pensez-vous, seigneur Rothen ?

— Je me demande si elle croira une seule de nos promesses après ce qui s'est passé ce matin…

— J'en doute, lâcha sombrement Balkan. Nous devrons d'abord la capturer, puis lui exposer nos bonnes intentions.

— Dans ce cas, ne nous soucions plus de savoir si elle viendra à nous, conclut le seigneur Lorlen. Nous commencerons nos recherches demain, comme prévu.

Il sourit et se tourna vers le siège qui le surplombait.

Rothen leva les yeux. Entre les fauteuils de l'administrateur et celui du roi, se trouvait un siège réservé au chef de la Guilde, le haut seigneur Akkarin. Le magicien vêtu de noir n'avait pas prononcé un mot pendant le concile, comme à son habitude. Akkarin était connu pour savoir inverser la conclusion d'un débat en quelques phrases pondérées, mais il restait généralement silencieux.

— Haut seigneur, avez-vous une raison de suspecter la présence de mages renégats dans les Taudis ? demanda Lorlen.

— Pas la moindre. Il n'y a aucun renégat dans les Taudis, répliqua Akkarin.

Rothen était assez près pour capter le bref regard qu'échangèrent Vinara et Balkan. Il rit sous cape. Le haut seigneur était redouté pour sa perspicacité.

Lorlen se retourna pour faire face à la salle. Il frappa le gong et, alors que le son envahissait le hall, le bourdonnement des voix diminua jusqu'à n'être plus qu'un faible murmure.

— La décision de prendre ou non la fille en charge sera différée jusqu'à ce que celle-ci ait été découverte et évaluée. Pour le moment, nous tournerons nos efforts vers cette unique tâche : la trouver. Nous commencerons ici même à quatre heures du matin. Ceux d'entre vous qui pensent avoir des raisons valables de rester à la Guilde devront adresser une requête à mon assistant. Je déclare que cette réunion est close.

Dans un claquement de bottes et un froissement de robes, tous les mages se levèrent. Rothen recula pour laisser le passage au premier des hauts mages qui descendit de l'estrade et se dirigea vers les portes. Il attendit que Dannyl passe au milieu des autres mages et lui fit signe de le rejoindre.

— As-tu entendu le seigneur Kerrin ? lui demanda Dannyl. Il veut que la fille soit punie parce qu'elle a attaqué son meilleur ami, Fergun. Personnellement, je pense qu'elle n'aurait pas pu trouver de plus belle cible.

— Écoute-moi, Dannyl…, commença Rothen.

— … et maintenant ils veulent que nous allions fouiller la boue des Taudis, grogna une voix dans son dos.

— Je ne sais pas ce qui est le plus tragique : qu'ils aient tué le garçon ou manqué la fille ? répliqua une autre voix.

Consterné, Rothen se retourna pour foudroyer du regard l'homme qui venait de parler. Le vieil alchimiste, trop occupé à contempler le sol, ne s'en aperçut même pas. Une fois qu'il se fut éloigné, Rothen secoua la tête.

— J'étais sur le point de te sermonner au sujet de la charité, Dannyl. Mais finalement, qui s'en soucie entre ces murs ?

— Pas grand monde, acquiesça Dannyl en faisant un pas de côté pour laisser passer l'administrateur Lorlen et le haut seigneur.

— Et si nous ne la trouvons pas ? demanda Lorlen à son compagnon en noir.

Le haut seigneur eut un rire sans joie.

— Oh, vous la trouverez, d'une façon ou d'une autre – mais d'ici demain, je parierais que beaucoup d'entre vous réclameront une solution plus spectaculaire… et moins puante.

Rothen regarda sortir les deux hommes.

— Suis-je donc le seul à me soucier de ce qu'il adviendra de cette pauvre fille ?

— Bien sûr que non, dit Dannyl en tapotant l'épaule de son ami. Mais j'espère que tu ne songes pas à sermonner le haut seigneur, vieil ami.

3

Amitiés anciennes

— C'est une espionne !

La voix était jeune, masculine… et inconnue.

Où suis-je ? pensa Sonea.

Couchée sur quelque chose de confortable, pour commencer. Un lit ?

Mais je ne me souviens pas d'un lit…

— Une espionne ? Tu délires, mon pauvre.

Maintenant, c'était la voix de Harrin. Sonea comprit qu'il prenait sa défense et ce qu'avait dit l'inconnu la frappa enfin. Il ne faisait pas bon être une espionne dans les Taudis. Si Harrin avait été du même avis que l'autre type, Sonea aurait été dans les ennuis jusqu'au cou… Mais espionne pour le compte de qui ?

— Qu'est-ce qu'elle serait d'autre ? insista la première voix. C'est une magicienne ! Et les mages s'entraînent pendant des années et des années.

Magicienne ? La mémoire revint d'un coup à Sonea : la place, la pierre…

— Magicienne ou pas, je la connais depuis aussi longtemps que Cery, répondit Harrin au garçon. Elle a toujours été impec.

Perdue dans ses pensées, Sonea entendait à peine la conversation. Elle se revoyait jeter la caillasse et la revoyait percuter le bouclier avant de frapper le magicien.

Je l'ai fait, pensa-t-elle. *Je l'ai vraiment fait, sauf que c'est impossible…*

— Mais tu l'as dit toi-même, elle s'est barrée d'ici pendant deux ans. Qui sait avec qui elle a pu traîner ?

Sonea se rappela comment elle avait puisé au fond d'elle-même un pouvoir qu'elle n'aurait pas dû posséder…

— Elle était avec sa famille, Burril, répliqua Harrin. Je la crois, Cery la croit, et c'est marre.

… Et la Guilde sait que c'est moi qui ai fait le coup !

Le mage l'avait vue et il avait pointé l'index sur elle. Le souvenir du cadavre carbonisé lui revint en mémoire et elle frissonna.

— Eh ben, je t'aurai prévenu. (Burril n'avait pas changé d'avis, mais il s'estimait vaincu.) Si elle te plante un couteau dans le dos, tu n'oublieras pas qui t'a prév…

— On dirait qu'elle se réveille, murmura une seconde voix familière.

Cery. Il s'approchait.

— Casse-toi, Burril, soupira Harrin.

Sonea entendit des pas s'éloigner, puis une porte se refermer.

— Tu peux arrêter de faire semblant de dormir, maintenant, Sonea, murmura Cery.

Une main effleura le visage de la jeune fille qui ouvrit les yeux. Penché sur elle, le jeune garçon souriait.

Sonea se redressa sur ses coudes. Elle était couchée sur un vieux lit, dans une pièce qu'elle ne connaissait pas. Quand elle posa les pieds par terre, Cery la regarda attentivement.

— T'as l'air mieux.

— Je me sens bien, oui… Qu'est-ce qui s'est passé ? Où je suis ? demanda-t-elle à Harrin. On est quel jour ?

Cery éclata de rire.

— Elle va bien !

— Tu ne te souviens pas ?

Harrin s'accroupit pour être à la hauteur de la jeune fille.

— Je me rappelle qu'on marchait dans les Taudis, mais… (Sonea secoua la tête.) Comment on a atterri ici ?

— C'est Harrin qui t'a portée, dit une voix féminine. Il paraît que tu tombais de sommeil, en chemin.

Sonea se retourna et vit une jeune femme assise sur une chaise. Ce visage lui disait quelque chose.

— Donia… ?

— C'est ça, répondit la fille en souriant. T'es dans la gargote de mon paternel. Il nous a laissés t'héberger et t'as roupillé toute la nuit.

Sonea regarda autour d'elle une nouvelle fois et se rappela le temps où Harrin volait des chopes pour toute la bande. La tambouille était épicée et leur faisait tourner la tête.

La gargote de Gellin était proche du mur extérieur, au beau milieu de la partie nord des Taudis, où on trouvait des maisons en meilleur état. Révoltés par le mépris que leur montraient les « vrais » citadins, les habitants des Taudis appelaient cette zone le « cercle extérieur ».

Sonea devina qu'elle était dans une des chambres que Gellin réservait aux clients. Le lit, la chaise abîmée sur laquelle était assise Donia et une petite table remplissaient tout l'espace. Du papier décoloré couvrait les fenêtres. À en juger par la lumière pâle qu'elles laissaient filtrer, la matinée devait être à peine commencée.

Donia se leva et Harrin la saisit par la taille. Il l'attira à lui et elle lui sourit affectueusement.

— Tu crois que tu pourrais nous dénicher un truc ou deux à se mettre sous la dent ? demanda-t-il.

— Je vais voir ce que je peux faire…

Donia se glissa hors des bras du garçon et gagna la porte.

Sonea jeta un coup d'œil interrogateur à Cery, qui eut un sourire satisfait. Harrin se laissa tomber sur la chaise.

— T'es sûre que tu te sens mieux ? dit-il en fronçant les sourcils. La nuit dernière t'étais dans le potage…

— Je vais bien, maintenant. J'ai dû dormir comme une masse.

— Plutôt, ouais ! Toute la journée. Mais, dis-nous, Sonea. Qu'est-ce qui s'est passé ? C'est bien toi qui as jeté cette caillasse, non ?

Sonea déglutit péniblement, la gorge soudain très sèche.

Elle fut tentée de mentir à Harrin, mais Cery lui posa une main réconfortante sur l'épaule.

— T'en fais pas, Sonea. On ne dira rien à personne, si tu ne veux pas qu'on en cause.

— C'était bien moi, mais… Je sais pas comment c'est possible.

— C'était de la magie ? demanda Cery, tout excité.

— J'en sais rien, répondit Sonea, le regard fuyant. Je voulais que le caillou passe… et c'est ce qu'il a fait.

— Tu as traversé le bouclier magique, dit Harrin. Et y a besoin de magie pour faire ça, non ? Les pierres, d'habitude, elles ne passent pas.

— Et y a eu l'éclair, aussi, ajouta Cery.

— Et les mages ont eu chaud au derche !

— Tu crois que tu pourrais le refaire ? demanda soudain Cery.

— Le refaire ? répondit Sonea, incrédule.

— Pas exactement le même truc… On peut pas te demander de caillasser les mages, vu qu'ils ont pas l'air d'apprécier des masses. Essaie autre chose. Si ça marche, tu sauras que tu peux utiliser la magie.

— Je suis pas sûre de vouloir être fixée…

Cery éclata de rire.

— Pourquoi pas ? Tu penses à tout ce que tu pourrais faire ? Ce serait gigantesque !

— Personne te balancerait plus de torgnoles, pour commencer, lança Harrin.

— T'as tort ! répondit-elle. Les gens auraient encore plus de raisons de m'en coller. Personne peut sacquer les mages. On me haïrait comme eux.

— Personne peut sacquer les mages *de la Guilde*, précisa doctement Cery. Ils viennent tous des Maisons et passent leur temps à se regarder le nombril. Tout le monde sait que t'es une traîne-ruisseau, comme nous.

Un traîne-ruisseau. Après deux ans passés en ville, la tante et l'oncle de Sonea ne parlaient plus d'eux de cette façon – celle dont se nommaient eux-mêmes les habitants des Taudis. Ils s'en étaient sortis. Maintenant, ils étaient des travailleurs.

— Les traîne-ruisseau adoreraient avoir leur propre mage, continua Cery, surtout si tu commençais à leur rendre service.

— Leur rendre service ? Les magiciens, ils pensent qu'à leur pomme. Pourquoi les gens croiraient-ils que je suis différente ?

— Et... qu'est-ce que tu dirais de les soigner ? Ranel, il a une patte folle, non ? Tu pourrais la lui remettre en place !

Sonea réfléchit un instant. Elle comprit l'enthousiasme de Cery en pensant à la douleur de son oncle. Il serait *effectivement* merveilleux de soigner la jambe de Ranel. Et, si elle l'aidait lui, pourquoi ne pas aider les autres ?

Mais la façon dont Ranel avait traité les rebouteux qui s'étaient occupés de sa jambe lui revint en mémoire.

— Les rebouteux, personne leur fait confiance, alors pourquoi moi ?

— Les gens pensent qu'ils leur font autant de bien que de mal, répondit Cery. Ils ont la trouille de clamser.

— Et la magie leur fout encore plus les foies. Ils croiront que les mages m'ont envoyée pour leur faire manger les pissenlits par la racine.

— C'est complètement débile ! s'exclama Cery. Personne n'irait penser un truc pareil.

— Ah ! Et Burril, par exemple ?

— Burril, c'est un sac de fiente. Personne peut l'encadrer.

— Et même si tu as raison ? continua Sonea. J'y connais rien, moi, à la magie. Si les gens pensent que je peux les soigner, je vais avoir des enquiquineurs collés aux basques toute la journée et je ne serai pas capable de les aider.

— C'est juste, lança Cery à Harrin. Elle a raison. Ça pourrait très mal tourner. Même si Sonea voulait tenter le coup, pour la magie, on devrait garder tout ça secret pour le moment.

— Si quelqu'un demande si tu peux utiliser la magie, Sonea, renchérit Harrin, on répondra que t'as rien fait du tout – que les mages ont dû perdre leur concentration, un truc dans ce genre, et que la pierre est passée à cause de ça.

Sonea fixa un moment le garçon, cette nouvelle hypothèse lui redonnant de l'espoir.

— Peut-être que c'est ça… Peut-être que j'ai rien fait du tout.

— Si t'es incapable de te servir de la magie une seconde fois, on sera fixés. (Cery tapota l'épaule de Sonea.) Si tu peux, on s'assurera que ça arrive aux oreilles de personne. Dans deux ou trois semaines, tout le monde se dira que les mages se sont plantés. Attends un mois, peut-être deux, et personne se souviendra de toi.

On frappa à la porte et Sonea sursauta. Harrin se leva et laissa entrer Donia. La jeune femme portait un plateau chargé de chopes et d'un gros morceau de pain.

— Voilà, dit-elle en posant le plateau sur la table. Du bol pour tout le monde, histoire de fêter une vieille amitié. Harrin, papa a besoin de toi en bas.

— Je ferais mieux d'aller voir, alors. (Harrin prit une chope et la vida d'un trait.) On se revoit tout à l'heure, Sonea, dit-il.

Il prit Donia par la taille et l'entraîna en riant hors de la pièce.

— Et ça dure depuis combien de temps ? demanda Sonea à Cery.

— Ces deux-là ? répondit l'adolescent, la bouche pleine de pain. Quelque chose comme un an, je dirais. Harrin pense qu'il va l'épouser et hériter de la gargote.

Sonea éclata de rire.

— Et Gellin, il est au courant ?

— Disons qu'il ne l'a pas encore foutu dehors ! s'esclaffa Cery.

Sonea se coupa un morceau de pain noir à base de graines de curren additionnées d'épices. Dès qu'elle y planta les dents, son estomac se rappela à son bon souvenir. Elle n'avait pas mangé depuis la veille… Le bol était amer, mais bienvenu, après le pain salé. Lorsqu'ils eurent fini leur déjeuner, Sonea se laissa tomber sur la chaise et soupira.

— Et si Harrin tient la gargote, qu'est-ce que tu vas faire, toi ?

— Bof… Deux ou trois trucs. Tirer du bol à Harrin. Apprendre à ses gosses à tenir un rossignol. Au moins, on aura les miches au chaud, cet hiver. Qu'est-ce que tu voulais faire, toi ?

— J'en sais rien… Jonna et Ranel pensent que… Oh ! (Elle bondit sur ses pieds.) J'étais pas au rendez-vous ! Ils savent pas où je suis !

— Ils doivent bien traîner dans le coin, répondit nonchalamment Cery.

Sonea chercha à tâtons son escarcelle et la trouva accrochée à sa taille, aussi lourde que lorsqu'elle avait quitté sa tante.

— Tu trimballes un bon paquet de fric, dit Cery.

— Ranel pensait qu'il valait mieux se le partager et que chacun aille dans les Taudis tout seul. Ce serait vraiment la poisse si les gardes nous fouillaient tous les trois. Et je sais exactement combien j'avais d'argent !

— Moi aussi, je le sais, répondit Cery en riant, et tout est là. Allez, viens, je vais t'aider à retrouver tes vieux.

Il se leva, sortit et remonta un petit corridor. Sonea descendit derrière lui une volée de marches et entra dans une pièce qu'elle connaissait bien. Comme toujours, la salle où flottaient les vapeurs de bol résonnait d'éclats de rire et de joyeux bavardages ponctués de jurons pittoresques. Un homme aux épaules carrées traînait ses savates derrière le comptoir, où il servait un alcool décapant.

— Salut Gellin ! lança Cery.

L'aubergiste regarda Sonea du coin de l'œil et sourit.

— Hey ! Mais c'est notre petite Sonea, non ? (Gellin saisit la jeune fille par les épaules.) T'as bien grandi, aussi. Je me souviens de l'époque où tu me piquais de la tambouille, ma puce. Une fieffée petite voleuse que tu étais, vrai de vrai.

Sonea sourit et regarda Cery.

— L'idée venait pas que de moi, pas vrai, Cery ?

L'adolescent joignit les mains et cligna des yeux innocemment.

— Je ne comprends pas ce que tu veux dire, Sonea…

— Voilà ce qui arrive quand on se balade avec des voleurs ! s'exclama Gellin. Comment vont tes parents, au fait ?

— Tu veux dire tante Jonna et oncle Ranel ?

— Ouais, ces deux-là…

Sonea raconta qu'on les avait expulsés de la pension. Gellin hocha la tête en signe de compréhension.

— Ils se demandent sans doute où je suis, continua Sonea, et je…

Elle sursauta lorsque la porte de la gargote claqua contre le mur. Les clients se turent et se tournèrent vers l'entrée. Harrin haletait et son front luisait de sueur.

— Hey ! Fais un peu gaffe à ma porte ! s'emporta Gellin.

Harrin fouilla la pièce du regard et pâlit en voyant à qui parlait le patron. Il avança, saisit le bras de Sonea au vol et la poussa vers la porte de la cuisine, Cery sur les talons.

— Qu'est-ce qui se passe ? murmura Cery.

— Les magiciens fouillent les Taudis, voilà ce qui se passe, lâcha Harrin.

Sonea le regarda, horrifiée.

— Ils sont *ici* ? s'exclama Cery. Mais pourquoi ?

Harrin regarda Sonea avec insistance.

— Ils me cherchent, souffla-t-elle.

Harrin hocha la tête, puis se tourna vers Cery.

— Où on va ?

— Ça dépend. Où ils sont, *eux* ?

— Tout près. Ils approchent du mur extérieur.

Cery siffla entre ses dents.

— Si près que *ça* !

Sonea plaqua une main sur sa poitrine. Son cœur s'affolait. Elle allait se sentir mal.

— On a que quelques minutes. On doit se barrer d'ici. Ils fouillent chaque bâtiment.

— Alors, faut qu'on cache Sonea dans un coin qu'ils ont déjà fouillé.

Sonea s'appuya au mur. Ses genoux jouaient des castagnettes au souvenir du corps carbonisé…

— Ils vont me faire la peau ! cria-t-elle.

Cery la regarda dans les yeux.

— Non, assura-t-il.

— Ils ont tu-tué ce garçon…, bégaya Sonea.

Cery la prit par les épaules.

— On les laissera pas faire ça, Sonea.

Les yeux du garçon ne cillaient pas et, contrairement à son habitude, son ton était sinistre. Sonea le regarda à son tour et chercha dans son regard des doutes qu'elle ne trouva pas.

— Tu me fais confiance ? demanda-t-il.

Elle hocha la tête et il la gratifia d'un rapide sourire.

— Viens, alors.

Il la tira loin du mur et lui fit traverser la cuisine. Harrin fermant la marche, ils franchirent une autre porte et arrivèrent dans une allée boueuse. Sonea frissonna quand l'air glacé traversa ses vêtements.

Cery leur fit signe de s'arrêter et leur souffla de rester hors de vue pendant qu'il s'assurait que la voie était libre. Avançant jusqu'à la sortie du passage, il jeta un œil autour de lui, puis revint vers eux et leur indiqua de retourner sur leurs pas.

À mi-chemin, il s'arrêta et délogea une petite grille fixée dans le mur. Harrin jeta un regard incertain à son amie avant de s'aplatir au sol et de s'engouffrer dans le passage. Sonea le suivit et se retrouva dans un boyau obscur. De l'autre côté, Harrin l'aida à se relever. Au même moment, Cery sortit à son tour du conduit. La grille se referma en silence, preuve qu'on la graissait régulièrement.

— T'es vraiment sûr de ton coup ? demanda Harrin.

— Les voleurs seront bien trop occupés à empêcher les mages de fourrer le nez dans leurs affaires pour nous les briser, lui répondit Cery. En plus, on ne va pas traîner ici longtemps. Garde ta main sur mon bras, Sonea.

La jeune fille obéit, puis la paume de Harrin se posa fermement sur son épaule. Lorsqu'ils descendirent le passage, Sonea sonda l'obscurité du regard, le cœur battant.

De la question de Harrin, elle déduisit qu'ils s'étaient engagés sur ce qu'on appelait la « route des voleurs ». Utiliser le réseau de galeries souterraines sans l'autorisation des voleurs était interdit, et Sonea avait entendu des histoires terrifiantes sur les châtiments infligés aux contrevenants.

Aussi loin qu'elle se souvienne, les gens taquinaient Cery en l'appelant « l'ami des voleurs ». Mais il y avait toujours eu un peu de peur et de respect dans leurs plaisanteries. Le père de Cery avait été un contrebandier, elle ne l'ignorait pas. Il était donc possible que Cery ait hérité de certains contacts et privilèges. Elle n'en avait jamais eu la moindre preuve, mais elle soupçonnait que le jeune homme en jouait pour conforter sa position de bras droit de Harrin. Pour ce qu'elle en savait, Cery n'avait aucune accointance avec les voleurs et elle courait droit à sa perte.

Tout compte fait, il y avait moins de risques à rencontrer les voleurs qu'à crever le nez dans la boue, comme un certain garçon. Les voleurs, eux, ne la recherchaient pas…

Le passage s'assombrit jusqu'à ce que Sonea ne puisse plus discerner que de vagues nuances de noirs. Puis il s'éclaircit progressivement alors que les fuyards approchaient d'une seconde grille. Cery tourna dans un autre couloir et changea de direction, s'engouffrant dans l'obscurité totale d'un boyau transversal.

Ses compagnons le suivirent et les trois amis passèrent plusieurs croisements avant qu'il ne s'arrête.

— On devrait les avoir déjà vus, murmura Cery à Harrin. On restera assez longtemps pour acheter un truc, puis on partira. Tu rejoindras les autres, histoire d'être sûrs qu'ils n'ont rien dit à propos de Sonea. Les gens doivent penser qu'ils obtiendront quelque chose de nous en menaçant d'aller tout cracher aux mages…

— J'en fais mon affaire, assura Harrin. Je vais découvrir s'ils ont bavassé et je ferai en sorte qu'ils n'ouvrent plus leur gueule.

— Parfait, répliqua Cery. Maintenant, on est là pour acheter de la poudre d'iker, et c'est tout…

Ils entendirent des bruits étouffés, puis une porte s'ouvrit et ils avancèrent dans l'éclatante lumière du jour… et une basse-cour remplie de rassooks.

À la vue des intrus, les oiseaux levèrent leurs ailes embryonnaires et piaillèrent d'affolement. Leurs cris résonnèrent entre les quatre murs de la petite cour, et une femme sortit par une porte latérale. Elle vit Sonea et Harrin dans sa basse-cour et se rembrunit aussitôt.

— Hey ! Vous êtes qui ?

Sonea se tourna vers Cery. Accroupi sur le sol, derrière elle, il retournait du bout d'un index la poussière de la cour. Il se releva et sourit à la nouvelle venue.

— Je suis venu te dire bonjour, Laria…

La femme le dévisagea, sa grimace de colère vite remplacée par un sourire de bienvenue.

— Ceryni, mon poussin ! Ça fait toujours plaisir de te voir. Ce sont tes amis ? Bienvenue, bienvenue ! Entrez dans la maison, je vais vous faire du raka.

— Comment vont les affaires ? lança Cery.

Ils quittèrent la cour et suivirent Laria dans une pièce minuscule. Un vieux lit la remplissait à moitié, un fourneau et une table se disputant le reste de la place.

— Sale journée, dit la femme d'un air soucieux. J'ai eu des clients y a pas une heure. Des fouineurs…

— Ils n'avaient pas des robes, tes fouineurs ? demanda Cery.

— Si, et j'en ai mouillé ma culotte ! Ils ont fourré le nez partout, mais sans rien trouver, si tu me comprends. Les gardes aussi ont fouillé. Je sais qu'ils vont revenir et ils ne trouveront rien du tout non plus. Trop tard, que ce sera ! ajouta-t-elle en gloussant. (Laria se tut, le temps de mettre de l'eau à chauffer sur le fourneau.) Pourquoi vous êtes là, alors ?

— Toujours la même chose…

Une étincelle sournoise dansa dans les yeux de Laria.

— On se prépare des nuits blanches ? Combien tu offres ?

— Tu me dois une faveur, si je me souviens bien, lui rappela Cery.

La femme braqua les yeux sur l'adolescent.

— Bougez pas.

Elle disparut derrière la porte. Cery se jeta sur le lit dont le sommier craqua sinistrement.

— Calme-toi, dit-il à la jeune fille. Ils sont déjà passés. Ils ne remettront plus les pieds ici.

Sonea hocha la tête. Son cœur était toujours aussi affolé et son estomac menaçait de se retourner. Elle prit une grande goulée d'air et s'appuya contre le mur. L'eau bouillait déjà et Cery versa plusieurs cuillerées de poudre noire dans les bols que Laria avaient sortis. L'arôme familier et âpre du raka rassura Sonea.

— On en est sûrs, maintenant, Sonea, dit Harrin alors que Cery faisait le service.

— Sûrs de quoi ?

— Que ce que tu as fait était de la magie. Sinon, ils ne te chercheraient pas.

D'un geste impatient, Dannyl chassa l'humidité de sa robe, dont s'élevèrent des nuages de vapeur. Les gardes s'écartèrent, méfiants, avant de reprendre leur position une fois les volutes dissipées par le vent.

Ils marchaient en formation – deux devant lui et deux derrière. Une précaution ridicule. Aucun miséreux ne serait assez stupide pour les attaquer. Et même si l'un d'eux le faisait, Dannyl savait très bien que ce seraient les quatre soldats qui lui demanderaient de l'aide, pas l'inverse.

Notant le regard morne de l'un d'eux, Dannyl éprouva une pointe de culpabilité. Au matin, les gardes étaient encore vifs et déférents. Sachant qu'il lui faudrait passer la journée en leur compagnie, Dannyl avait tenté d'être amical et courtois.

Pour les gardes, c'était une sorte de permission – mille fois plus intéressante que rester des heures debout devant une des portes de la ville ou que patrouiller dans les rues. En dépit de leur ardeur, quand il s'agissait d'entrer de force dans les magasins et les bordels des pauvres hères, ils n'avaient pas été d'une grande aide. Dannyl n'avait besoin de personne pour forcer une porte verrouillée ou ouvrir une caisse, et les miséreux, même à contrecœur, avaient été coopératifs.

Dannyl en avait assez vu pour savoir que ces gens étaient habitués à cacher ce qu'ils ne voulaient pas qu'on trouve. Il avait aussi remarqué beaucoup de sourires de façade sur les visages tournés vers lui. Quelles chances avaient une centaine de magiciens de dénicher une fille banale parmi des milliers de pauvres ?

Pas une ! Se souvenant du discours du seigneur Balkan, le soir précédent, Dannyl serra les mâchoires.

« Imaginez ce qui se passerait si l'un de nous était découvert habillé comme un mendiant. Nous serions la risée des Terres Alliées. »

Parce que, maintenant, nous ne nous ridiculisons pas ?

Une odeur piquante monta aux narines du magicien qui jeta un coup d'œil au caniveau où se déversait le trop-plein d'un égout.

Les misérables piégés dans son champ de vision déguerpirent à toute vitesse. Dannyl se força à prendre une grande inspiration et se composa un visage neutre.

Il ne prenait aucun plaisir à effrayer les gens. Les impressionner ? Oui. Leur inspirer le respect ? Encore mieux. Mais pas la terreur. Il n'aimait pas que les habitants s'écartent toujours de son chemin et qu'ils le dévisagent sournoisement. Les enfants, plus intrépides, le suivaient le long des rues, mais ils détalaient encore plus rapidement dès qu'il leur jetait un coup d'œil. Les hommes et les femmes, jeunes ou vieux, le regardaient prudemment. Tous semblaient vindicatifs et matois. Dannyl se demandait combien, parmi eux, travaillaient pour les voleurs…

Le mage s'arrêta.

Les voleurs…

Les soldats s'immobilisèrent et l'interrogèrent du regard. Dannyl les ignora.

Si ce qu'on racontait était vrai, les voleurs en savaient plus sur les Taudis que n'importe qui. Connaissaient-ils la cachette de la fille ? S'ils l'ignoraient, pourraient-ils l'apprendre ? Voudraient-ils aider la Guilde ? Peut-être, si la récompense était motivante…

Comment réagiraient les autres magiciens si Dannyl leur proposait de traiter avec les voleurs ?

Ils seraient horrifiés. Outragés.

Dannyl regarda la flaque d'eau puante qui tenait lieu d'égout. Les mages seraient plus réceptifs après quelques jours de recherches dans les Taudis. Plus il attendrait pour leur faire sa proposition, meilleures seraient ses chances de succès.

Mais chaque heure écoulée donnait à la fille plus de temps pour se cacher. Dannyl sourit. Quel mal y aurait-il, s'il proposait aux voleurs de traiter avec lui *avant* de présenter son idée à la Guilde ? S'il attendait d'avoir l'accord de ses pairs, et que les voleurs refusent de collaborer, il aurait perdu beaucoup de temps pour rien.

Dannyl se tourna vers le garde le plus âgé.

— Capitaine Garrin, savez-vous comment contacter les voleurs ?

Le capitaine leva tellement les sourcils qu'ils disparurent sous son casque.

— Non, seigneur.

— Moi, je sais, seigneur.

Dannyl regarda le benjamin des soldats, un échalas appelé Ollin.

— Avant de m'engager, je vivais ici, seigneur, ajouta Ollin. Les gens qui prennent des messages pour les voleurs, ce n'est pas ce qui manque, si on sait qui regarder.

— Je vois… (Pensif, Dannyl se mordit l'intérieur de la joue.) Trouve une de ces personnes pour moi. Demande-lui si les voleurs seraient d'accord pour travailler avec nous. Tu me transmettras la réponse. À moi, et à personne d'autre.

Ollin hocha la tête, puis regarda le capitaine. Vivante image de la désapprobation, le gradé n'en désigna pas moins un soldat et grogna :

— Prends Keran avec toi.

Dannyl regarda les deux hommes descendre la rue jusqu'au coin, puis il se remit en route, concentré sur les possibilités qui s'offraient à lui.

Une silhouette familière sortit d'une maison, un peu plus bas sur la chaussée.

— *Rothen !*

L'homme s'arrêta, et le vent qui s'engouffrait dans les plis de sa robe la fit virevolter.

— *Dannyl ?*

La réponse mentale de Rothen était faible et incertaine.

— *Je suis là.*

Dannyl envoya à l'autre magicien une image rapide de la rue, accompagnée d'une sensation de proximité.

Rothen se tourna vers lui et se redressa en le reconnaissant. En approchant, Dannyl remarqua que Rothen, les yeux écarquillés, était blanc comme un linge.

— Tu as trouvé quelque chose ?

— Non. (Rothen regarda les maisons minables, de l'autre côté de la rue.) Je n'avais aucune idée de ce qui se passait ici.

— On dirait un terrier de harrel, non ? ricana Dannyl. Un vrai capharnaüm !

— Tu as raison, mais je voulais parler des gens. Leurs conditions de vie sont effroyables... Je n'aurais jamais imaginé...

Dannyl ignora ce que lui disait son ami.

— Nous n'avons pas une chance de la retrouver, Rothen. Nous sommes trop peu nombreux.

— Tu crois que les autres ont fait mieux que nous ?

— Si c'était le cas, on nous aurait contactés.

— C'est exact..., acquiesça Rothen. Ça m'a travaillé, aujourd'hui : comment savons-nous qu'elle est toujours en ville ? Elle aurait pu se faufiler hors des murs. (Il baissa la tête.) Je suis d'accord avec toi, je crois que nous perdons notre temps. J'en ai fini pour aujourd'hui. Rentrons à la Guilde.

4

La traque continue

Le soleil du petit matin baignait d'or les vitres givrées. La pièce était chauffée grâce à un globe qui lévitait entre deux parois de verre encastrées dans le mur, et il faisait délicieusement bon. En finissant de nouer sa ceinture, Rothen entra dans le salon pour accueillir ses amis.

Les deux panneaux permettaient au globe de chauffer simultanément la chambre et le salon. Un magicien d'un certain âge se plaça devant et tendit les mains vers la source de chaleur. Bien qu'ayant dépassé les quatre-vingts ans, Yaldin n'avait laissé en chemin ni son corps robuste ni son esprit aiguisé. Il profitait pleinement de la longévité et de la bonne santé que lui valait son art.

Un mage plus jeune, très élancé, se tenait derrière Yaldin.

Les yeux mi-clos, le pauvre Dannyl semblait prêt à s'endormir sur place.

— Bonne journée ! lança Rothen. On dirait que le temps s'éclaircit.

— Le seigneur Davin pense que nous pourrons profiter de quelques jours de chaleur avant le plein hiver, répondit Yaldin.

— Davin ressasse la même chose depuis des semaines, marmonna Dannyl.

— Il n'a pas précisé *quand* ça devrait arriver.

Rothen sourit, se souvenant du vieux proverbe kyralien : « Le soleil se moque de plaire aux rois ou aux magiciens. »

Le seigneur Davin, un alchimiste excentrique, avait commencé à étudier le climat trois ans plus tôt, afin de prouver que l'adage était faux. Depuis quelque temps, il noyait la Guilde sous les prédictions, et Rothen pensait que ses succès étaient plus certainement dus à la chance qu'au génie.

La servante de Rothen, Tania, entra par la grande porte et déposa sur la table un plateau lesté de petites tasses ornées d'un filet d'or et d'une assiette de gâteaux artistiquement présentés.

— Sumi, seigneurs ?

Dannyl et Yaldin acceptèrent avec impatience. Alors que Rothen leur faisait signe de s'asseoir, Tania jeta une mesure de feuilles séchées dans une théière d'or et y versa de l'eau bouillante.

Yaldin soupira et secoua la tête.

— Pour être honnête, je ne sais même pas pourquoi je me suis porté volontaire aujourd'hui. Si Ezrille n'avait pas insisté, je ne l'aurais jamais fait. « Avec la moitié seulement de nos effectifs, combien de chances avons-nous ? » lui ai-je demandé. Et elle m'a répondu : « Plus que si personne n'y va. »

— Ta femme est avisée, répondit Rothen en souriant.

— Je pensais qu'il y aurait plus de volontaires pour chercher la fille, intervint Dannyl, surtout après ce que le conseiller royal a dit. Si ce n'est pas une renégate, le roi exige qu'elle soit formée.

— Je suspecte quelque chose…, marmonna Yaldin. Les conseillers ne veulent pas d'une miséreuse dans la Guilde.

— Eh bien, c'est trop tard ! Nous avons même trouvé une nouvelle recrue pour l'équipe de recherches, rappela Rothen en acceptant la tasse que lui tendait Tania.

— Fergun ! s'écria Dannyl. La fille aurait dû frapper plus fort !

— Dannyl ! (Rothen brandit un index sous le nez du jeune mage.) Si la moitié de la Guilde continue à chercher cette fille, c'est à cause de Fergun. Il a été très convaincant, au concile de la nuit passée.

— Je doute qu'il campe encore longtemps sur ses positions, dit Yaldin. J'ai filé aux bains quand nous sommes enfin rentrés, hier, mais Ezrille m'a dit qu'elle sentait encore sur moi l'odeur des Taudis.

— J'espère que notre petite magicienne fugueuse ne sent pas si mauvais, dit Dannyl en clignant de l'œil à l'attention de Rothen. Sinon, « comment se savonner derrière les oreilles » sera la première leçon que nous devrons lui donner.

Rothen frissonna en se souvenant des yeux écarquillés de la gamine, sur son visage pâle et émacié. Il avait rêvé des Taudis toute la nuit. La veille, il était passé de bouge en bouge, regardant des hommes et des femmes maladifs, des vieillards tremblant de froid dans leurs haillons, des enfants maigres rongeant de la nourriture à demi pourrie, des infirmes difformes…

Il fut tiré de ses ruminations par de petits coups frappés à la porte. Rothen se tourna vers le battant et lui adressa un ordre mental. Il s'ouvrit, et un jeune messager entra dans la pièce.

— Seigneur Dannyl.

Le messager s'inclina très bas devant le jeune mage.

— Parle, lui ordonna Dannyl.

— Le capitaine Garrin m'a chargé de vous dire que les soldats Ollin et Keran ont été retrouvés battus et dépouillés. L'homme auquel vous vouliez parler ne souhaite pas rencontrer de mage.

Dannyl fixa un moment le messager, puis il fronça les sourcils. Le silence s'éternisa et le jeune magicien, gagné par l'embarras, demanda :

— Sont-ils gravement blessés ?

— Contusionnés, seigneur. Rien de cassé.

Dannyl renvoya le messager d'un geste nonchalant.

— Remerciez le capitaine de ma part. Vous pouvez vous retirer.

Le messager salua de nouveau et quitta la pièce.

—De quoi voulait-il parler? demanda Yaldin une fois la porte refermée.

—Il semble que les voleurs ne soient pas bien disposés à notre égard, répondit Dannyl.

Yaldin se pencha pour prendre un gâteau.

—Et pourquoi le seraient-ils? (Le vieux mage oublia le gâteau et lorgna le jeune homme.) Tu n'as quand même pas…

—Ça valait la peine d'essayer. Après tout, ils sont censés savoir tout ce qui se passe dans les Taudis.

—Tu as voulu contacter *les voleurs*!

—Aucune loi ne m'en empêche.

Yaldin posa la main sur ses paupières.

—C'est vrai, Dannyl, répondit Rothen, mais le roi et les Maisons verraient d'un très mauvais œil une alliance entre la Guilde et les voleurs.

—Qui parle d'alliance? (Dannyl sourit et trempa les lèvres dans sa tasse.) Pensez-y: les voleurs en savent plus sur les Taudis que nous ne pourrions jamais en apprendre. Ils sont en meilleure position que nous pour trouver la fille – et je suis certain qu'ils préféreraient la localiser par leurs propres moyens plutôt que nous voir fouiner dans leur territoire. Il nous suffira de faire croire au roi que nous avons assez persuadé – ou intimidé les voleurs – pour qu'ils nous prêtent main-forte et nous aurons toute l'approbation qui nous manque.

—Tu passeras un long et difficile moment à tenter d'expliquer ça aux hauts mages, répondit Rothen, les sourcils froncés.

—Ils n'ont pas besoin d'être *tout de suite* au courant.

—Si, justement, affirma Rothen en croisant les bras.

—Je suppose que tu as raison, admit Dannyl en levant les yeux au ciel. Mais je suis certain qu'ils me pardonneront si mon plan fonctionne, et si je leur donne quand même un moyen de se justifier auprès du roi.

—Peut-être qu'il vaut mieux que ça ne fonctionne pas, grommela Yaldin.

Rothen se leva et s'approcha d'une fenêtre. Il gratta un peu de givre et regarda les jardins entretenus avec soin qui s'étendaient devant lui. Le mage repensa aux miséreux frissonnants et sous-alimentés qu'il avait vus dehors. Était-ce ainsi que vivait la fille ? Leur traque l'avait-elle chassée de l'abri douteux d'une pension pour la précipiter dans la rue ? L'hiver arrivait à grands pas, et elle pouvait mourir de froid ou de faim avant que ses pouvoirs n'aient eu le temps de devenir instables et dangereux. Le mage tapota sur le rebord de la fenêtre.

— Il y a plusieurs factions de voleurs, c'est ça ?

— Oui, répliqua Dannyl.

Rothen se retourna pour regarder son ami.

— L'homme que tu as tenté de contacter parle-t-il au nom de toutes ?

— Je l'ignore, admit Dannyl. Peut-être que non…

Yaldin fixa Rothen en silence, puis il se frappa le front.

— Vous deux, vous allez nous plonger tête la première dans un puits de soucis !

Dannyl tapota l'épaule du vieil homme.

— Ne t'en fais pas, Yaldin. Seul l'un de nous a besoin d'y aller. (Il sourit à Rothen.) Laisse-moi faire. Pour l'instant, donnons aux voleurs une raison de nous aider. J'aimerais jeter un coup d'œil aux passages souterrains que nous avons trouvés hier. Je parie qu'ils préféreraient ne pas nous voir fourrer notre nez là-dedans.

— Je peux pas sacquer ces souterrains, râla Sonea. Y a pas de fenêtres. Ça me fout la chair de poule !

Elle grimaça et gratta les piqûres qu'elle avait récoltées pendant la nuit. Sa tante lavait régulièrement leur literie avec une infusion d'herbes, histoire de se débarrasser des bestioles. Pour une fois Sonea regretta les manières casanières de Jonna. Elle soupira et fit le tour de la pièce du regard.

— J'espère que Cery n'en prendra pas plein la poire pour m'avoir planquée ici.

Donia haussa les épaules.

— Depuis des années, elle rend deux ou trois services à Opia et aux filles du *Chausson Fourré*. Elles se fichent que tu restes quelques jours dans leur réserve. La mère de Cery a bossé ici, tu sais. Baisse la tête, ajouta Donia en posant un grand saladier en bois sur la table devant Sonea.

L'adolescente obéit… et tressaillit quand de l'eau glaciale lui ruissela sur le crâne. Après plusieurs rinçages, Donia retira le saladier désormais rempli d'une eau glauque. Elle frotta les cheveux de Sonea avec une serviette usée jusqu'à la trame, recula et examina la jeune fille d'un œil critique.

— Ça a fait que dalle ! conclut-elle en secouant la tête.

Sonea posa une main sur ses cheveux. La pâte que Donia lui avait appliquée collait toujours malgré les rinçages.

— Rien de rien ?

Donia s'approcha et palpa les mèches de Sonea.

— Ben… C'est un peu moins foncé, mais pas comme si on allait voir à travers non plus. (Elle soupira.) Et puisqu'on ne peut pas les couper plus court… Mais… (Elle recula et haussa les épaules.) Les mages courent après une fille, selon les rumeurs, et ils peuvent ne pas te reconnaître, de toute façon. Tu ressembles à un garçon avec des tifs comme ça, du moins au premier coup d'œil. (Elle plaqua les mains sur ses hanches et recula encore.) Pourquoi tu les coupes si court, au fait ?

— Justement parce que je ressemble à un garçon, répondit Sonea en souriant. On me laisse tranquille.

— À la pension ?

— Non, partout. Je faisais la plupart des courses et des livraisons pour Jonna et Ranel. La jambe de mon oncle le ralentissait trop et Jonna était la meilleure ouvrière. Je ne supportais pas d'être enfermée à la pension tout le temps, alors j'y allais. La première fois que j'ai livré un commerçant, j'ai vu un ouvrier et un garçon d'écurie harceler une jeune boulangère. Comme je n'avais pas envie que ça m'arrive, j'ai commencé à m'habiller et à me conduire comme un garçon.

Donia fronça les sourcils.

— Et ça a marché ?

— La plupart du temps. (Sonea sourit tristement.) Des fois, ressembler à un garçon n'est pas la bonne solution non plus. J'ai même eu une servante qui me courait après ! Une autre fois, j'ai été coincée par un jardinier – et j'étais sûre qu'il savait que j'étais une fille – jusqu'à ce qu'il me tripote. Il a failli tourner de l'œil, rouge comme une brique, et il m'a fait jurer de ne rien dire à personne. Y a vraiment de tout, dehors.

— Les filles, ici, appellent ces clients les « mines d'or », gloussa Donia. Opia leur fait payer la peau des fesses parce que les gardes la pendront s'ils apprennent qu'elle ne loue pas que des filles. Il n'y a pas de loi contre les clientes, en revanche… Tu te souviens de Kalia ?

Sonea hocha la tête, elle revoyait très bien la jeune fille maigre qui avait servi dans une gargote, près du marché.

— Son père l'a vendue aux clients pendant des années, continua Donia. Sa propre fille ! L'année dernière, elle s'est barrée et a monté le *Chausson* avec Opia. Au moins, comme ça, elle voit la couleur du pognon qu'elle gagne. En entendant des histoires pareilles, on se sent chanceuse, hein ? Papa fait gaffe que personne ne me tripote plus que de raison. Le pire que j'ai…

Elle se tut, regarda la porte, puis se précipita vers le trou de la serrure et y colla un œil. Souriant de soulagement, elle ouvrit le battant.

Cery se glissa à l'intérieur de la chambre, tendit un paquet à Donia puis regarda attentivement Sonea.

— Ça te change pas vraiment.

— La teinture a foiré… Les cheveux kyraliens ne se laissent pas faire facilement.

Cery haussa les épaules et désigna le paquet du menton.

— Je t'ai choppé des vêtements, Sonea. (Il repartit vers la porte.) Frappe quand tu seras prête.

Donia défit le paquet dès que le garçon fut sorti.

— Encore des fringues de mec… (Elle jeta à Sonea une paire de pantalons et une chemise à col montant, puis sortit du colis un cube d'épais tissu noir et hocha la tête.) Bon manteau, en tout cas.

Sonea enfila les frusques. On frappa à la porte au moment où elle jetait le manteau sur ses épaules.

— On s'arrache ! leur lança Cery en entrant dans la pièce.

Harrin le suivait, une petite lampe entre les mains. En voyant leurs expressions soucieuses, le cœur de Sonea rata un battement.

— Ils arrivent déjà ?

Cery acquiesça et se dirigea vers une vieille armoire, au fond de la chambre. Il l'ouvrit et poussa les étagères, qui basculèrent sans accroc, leur contenu se répandant sur le sol. Le fond du placard grinça sur ses charnières pour dévoiler un rectangle empli d'ombres.

— Ils fouillent depuis des heures maintenant, expliqua Harrin à Sonea alors qu'elle s'engageait dans le passage.

— Déjà ?

— On perd vite la notion du temps, là-dessous… On est déjà au milieu de la matinée.

Cery fit signe à Harrin et Donia de passer le seuil. Sonea entendit le battant se refermer avec un grincement étouffé, puis la lumière de la lampe révéla les murs humides du passage. Cery remit le placard en place, ferma le fond et se tourna vers Harrin.

— Éteins-moi ça ! Je me repère mieux dans le noir.

Harrin souffla la flamme.

— Et pas de bruit, non plus, leur précisa Cery. Sonea, tiens-toi à ma manche et suis le mur de l'autre main.

L'adolescente tendit le bras, saisit le tissu rêche du manteau de son ami et sentit une main se poser doucement sur son épaule.

Lorsqu'ils se mirent en route, l'écho de leurs pas résonna dans le passage.

Pas un rai de lumière n'éclairait leur chemin tandis qu'ils avançaient à tâtons dans les couloirs. Les échos sourds des gouttes d'eau tombant sur le sol arrivaient à leurs oreilles puis mouraient. Sonea se souvint que les passages devaient être creusés sous le niveau du fleuve, puisque le bastringue d'Opia se dressait pratiquement sur les berges. Ce n'était pas une pensée réconfortante.

Cery s'arrêta, les doigts de Sonea lâchèrent sa manche lorsqu'il recula vivement.

Sonea tendit la main et sentit une surface de bois rugueux, puis une autre. Soucieuse de ne pas perdre Cery en hésitant trop longtemps, elle se précipita dans l'égout, trébucha sur quelque chose, jura entre ses dents et continua plus prudemment. Dans son dos, elle entendait les pas hésitants de Harrin et de Donia.

Un rectangle gris très foncé apparut devant elle. Par une trappe, elle suivit Cery jusqu'à un long passage étroit. Une chiche lumière filtrait par les rares fissures de la paroi. Ils marchèrent encore dans le tunnel sur une bonne centaine de pas. Cery s'arrêta soudain avant le premier tournant.

Devant eux, les murs étaient illuminés par une source de lumière située derrière le coude du passage. Sonea voyait l'ombre de Cery bouger sur le mur. Une voix lointaine, masculine et cultivée, brisa soudain le silence.

— Ah ! *Encore* un passage dérobé ! Viens, allons voir jusqu'où il mène.

— Ils sont ici ! souffla Donia.

Cery fit signe de faire demi-tour, puis agita frénétiquement les mains en direction de Sonea. La jeune fille n'avait pas besoin qu'on l'incite à se presser. Elle suivit Harrin et Donia, qui rebroussaient chemin sur la pointe des pieds.

Même s'ils marchaient aussi vite et silencieusement que possible, leurs pas résonnaient dans l'espace exigu. Sonea tendit l'oreille, certaine d'entendre bientôt un cri derrière elle. Elle baissa les yeux et vit son ombre se découper plus distinctement sur le sol alors que la lumière se rapprochait.

Devant eux, le passage était obscur. Sonea regarda en arrière. La lumière était devenue si vive qu'elle aurait juré que le magicien était sur le point de passer le coin. Un instant, et il déboucherait dans le tunnel à son tour…

Sonea poussa un cri étranglé lorsque des mains saisirent ses épaules et la forcèrent à s'arrêter. Cery la plaqua contre le mur, qui sembla vouloir s'effondrer derrière elle, et elle tomba à la renverse.

Ses épaules allèrent frapper un autre mur. Cery la poussa sur le côté et se tapit avec elle dans le minuscule renfoncement ; ses coudes pointus rentraient dans les côtes de Sonea. Celle-ci entendit des briques racler les unes sur les autres et se remettre en place.

Leurs respirations résonnaient bien trop fort… Le cœur battant, Sonea tendit l'oreille jusqu'à ce que les voix étouffées leur parviennent à travers la brique. De la lumière filtra des fissures de l'ouvrage. La jeune fille se pencha en avant et colla son œil à l'une des brèches.

Un globe lumineux flottait juste devant elle. Fascinée, elle le regarda dériver jusqu'à ce qu'il disparaisse de sa vue, laissant des points rouges danser sur ses rétines. Puis une main blanche apparut, suivie d'une large manche violette et de la poitrine d'un homme – un homme en robe – un *magicien* !

Le cœur de Sonea battait la chamade. L'homme était si proche – à portée de main. Seule une paroi de vieilles briques les séparait.

Il s'arrêta.

— Un moment !

Le magicien paraissait désorienté. Il resta un moment immobile et silencieux, puis se tourna lentement pour faire face à Sonea.

La jeune fille sentit son sang se glacer dans ses veines. C'était le mage de la place Nord – celui qui l'avait vue. Celui qui l'avait reconnue dans la foule. Il semblait distrait, comme s'il écoutait quelque chose, puis il bougea la tête et, à travers la cloison, parut regarder Sonea dans les yeux.

La bouche atrocement sèche, Sonea sentit la terreur l'envahir et elle tenta d'avaler sa salive. Son cœur battait si fort qu'il allait la trahir ! Le mage pouvait-il l'entendre ? Ou entendre sa respiration ?

Peut-être qu'il capte même ce que je pense.

Sonea sentit que ses jambes étaient sur le point de la lâcher. On disait que les mages pouvaient faire des choses de ce genre.

Impossible qu'il me voie ! se dit-elle. *Je suis ailleurs… Je suis rien du tout… Personne ne peut me voir. Personne ne peut m'entendre…*

Une étrange sensation l'envahit, comme si quelqu'un lui avait enveloppé la tête dans une serviette pour occulter ses sens. Elle frissonna, certaine d'avoir fait quelque chose – mais cette fois, à elle-même.

Ou peut-être que le mage m'a fait un truc magique, pensa-t-elle soudain.

Abattue, elle rouvrit les yeux et ne vit que des ténèbres.

Le mage et sa lumière avaient disparu.

Dannyl jeta un regard dégoûté à l'immeuble, devant lui. Le plus récent bâtiment de la Guilde manquait singulièrement de la majesté et de la beauté que le mage admirait dans les autres, plus anciens. Certains ne juraient plus que par le style moderne, mais Dannyl considérait que cette construction était aussi ridiculement prétentieuse que son nom.

Les Sept Voûtes étaient un rectangle plat orné de sept arches pleines – sans aucune décoration. À l'intérieur, on trouvait les chambres, le salon, où on recevait les invités de marque, la salle de réception et le salon nocturne, où les mages se rencontraient tous les quatredis pour se délasser, boire du vin hors de prix et papoter.

Dannyl et Rothen se dirigeaient vers le salon par un après-midi frisquet – mais un peu d'air frais n'avait jamais découragé les habitués de ces réunions. Dannyl sourit en poussant la porte.

Une fois à l'intérieur, il oubliait la bévue architecturale qui avait présidé à la naissance du bâtiment et admirait sa décoration du meilleur goût.

Il apprécia d'une toute nouvelle manière le luxe de la pièce, après un second jour passé dans les tunnels humides et froids des Taudis. Des paravents recouverts de tissu bleu nuit et d'or maquaient les fenêtres. Des fauteuils garnis de coussins somptueux étaient disposés un peu partout dans la pièce. Les murs étaient décorés de tableaux et de gravures réalisés par les meilleurs artistes des Terres Alliées.

Dannyl nota que les mages étaient plus nombreux que d'habitude. Alors que Rothen et lui se mêlaient à la foule, ils reconnurent des visages familiers. Dannyl aperçut une tache noire du coin de l'œil.

—Le haut seigneur nous gratifie de sa présence ce soir, murmura-t-il.

—Akkarin ? Où ça ? répondit Rothen en fouillant la pièce du regard.

Il fronça les sourcils quand il repéra Akkarin.

—Intéressant. Cela fait combien de temps ? Deux mois ?

Dannyl prit un verre de vin sur un plateau.

—Au moins…

—L'administrateur Lorlen est avec lui ?

—Bien sûr, répondit Dannyl après avoir bu une gorgée. Lorlen parle avec quelqu'un, mais je ne peux pas voir qui.

Lorlen parcourait justement la salle du regard. Il leva la main à l'attention de Rothen et Dannyl lorsqu'il les vit.

—*Dannyl, Rothen. Je voudrais vous dire un mot.*

Surpris et un peu nerveux, Dannyl suivit Rothen. Les deux hommes s'arrêtèrent derrière le fauteuil qui avait bloqué la vue de Dannyl, l'empêchant de voir l'interlocuteur de Lorlen.

—Les Taudis sont une hideuse verrue sur la joue de cette ville, dit d'une voix cultivée l'homme assis en face d'Akkarin.

Des couveuses pour les crimes et les maladies. Le roi n'aurait jamais dû les laisser se répandre de la sorte. Nous avons aujourd'hui l'occasion d'en débarrasser Imardin.

Dannyl garda un visage de marbre et baissa les yeux sur l'occupant du fauteuil. Des cheveux blonds impeccablement coiffés brillaient sous les lumières de la pièce. L'homme avait les yeux mi-clos, les jambes croisées et les pieds pointés dans la direction du haut seigneur. Un petit pansement carré était collé sur sa tempe.

— Et que proposez-vous de faire, seigneur Fergun ? demanda Lorlen.

Fergun haussa les épaules.

— Nettoyer la zone ne serait pas difficile. Les maisons ne sont pas particulièrement bien construites et faire effondrer les tunnels demanderait peu d'efforts.

— Mais chaque cité grandit et se développe, objecta Lorlen. Il est naturel que les habitants construisent hors les murs, lorsqu'il n'y a plus assez d'espace à l'intérieur. Dans les Taudis, certains quartiers n'ont presque rien à envier à ceux de l'intérieur. Les immeubles sont du bel ouvrage et les égouts fonctionnent. Les occupants de ces zones en parlent comme du « cercle extérieur ».

Fergun se renversa dans son fauteuil.

— Même ces maisons-là communiquent avec les tunnels… Je vous assure que leurs occupants sont suspects. Chaque maison construite sur de tels passages devrait être considérée comme une preuve d'appartenance à une conspiration et démolie.

À ces mots, Akkarin fronça les sourcils. Lorlen jeta un coup d'œil au haut seigneur et sourit.

— Si le problème des voleurs pouvait être résolu si facilement… (Il leva les yeux sur Rothen et sourit de nouveau.) Bonne soirée, seigneur Rothen. Seigneur Dannyl…

Fergun regarda Dannyl, puis Rothen, et eut en guise de sourire un rictus malveillant.

—Ah, seigneur Rothen !

—Bonne soirée, haut seigneur, administrateur…, répondit Rothen en s'inclinant. Et à vous aussi, seigneur Fergun. Comment va votre tête ?

—Bien, bien, répondit Fergun en tapotant son pansement. Merci de vous en enquérir.

Dannyl ne broncha pas. Il était grossier, mais habituel, que Fergun « oublie » de le saluer. Qu'il l'ait fait en présence du haut seigneur, en revanche, avait de quoi surprendre.

Lorlen croisa les mains.

—J'ai remarqué que vous deux êtes restés dans les Taudis plus longtemps que la plupart d'entre nous, aujourd'hui. Avez-vous découvert des indices sur cette fille et le lieu où elle se cache ?

Rothen secoua la tête puis décrivit leur errance dans les souterrains. Dannyl le laissa parler, regarda le haut seigneur et eut le même frisson de nervosité que d'habitude.

Dix ans que je suis mage et je réagis toujours devant lui comme si j'étais novice, pensa-t-il.

Les devoirs et les intérêts de Dannyl l'amenaient rarement au contact du chef de la Guilde. Comme toujours, la jeunesse d'Akkarin le frappa et il se souvint que les querelles n'avaient pas manqué, cinq ans auparavant, lors de l'élection d'un si jeune magicien à la tête de la Guilde. Les hauts seigneurs étaient choisis parmi les mages les plus puissants, et les anciens avaient en général la priorité, en raison de leur meilleure connaissance de l'art et de leur maturité.

Akkarin ayant prouvé que ses dons étaient supérieurs à ceux des autres magiciens, ses connaissances et ses dispositions pour la diplomatie, acquises et développées durant ses voyages, avaient emporté la décision. On attendait d'un chef de la Guilde qu'il montre de la force, de l'habileté, de la noblesse et de l'autorité, et Akkarin en était largement pourvu. Bien que beaucoup aient glosé à l'infini sur son âge durant l'élection, les années comptaient finalement peu. Les décisions importantes étaient toujours soumises au vote, et les tracas quotidiens de la Guilde restaient sur les bras de l'administrateur.

Les réflexions sur la jeunesse du haut seigneur devaient toujours fleurir, d'ailleurs. Akkarin portait maintenant ses cheveux à l'antique façon que chérissaient les anciens – longs et adroitement noués sur la nuque. Lorlen aussi avait adopté cette mode distinguée.

Dannyl regarda l'administrateur, qui écoutait attentivement Rothen. Lorlen, le plus proche ami du haut seigneur, était devenu l'assistant de l'administrateur précédent sur une suggestion d'Akkarin. Deux ans auparavant, lorsque le titulaire avait pris sa retraite, Lorlen lui avait succédé.

Lorlen méritait amplement ce poste. Il était efficace, autoritaire, et, plus important encore, d'abord facile. Son rôle était loin d'être aisé, et Dannyl n'enviait pas ses longues heures de travail quotidien. Des deux positions, c'était la plus exigeante…

Lorlen hocha la tête dès que Rothen eut fini son rapport.

— D'après les descriptions des Taudis, je ne vois pas comment nous pourrons la retrouver. Pire, le roi a ordonné la réouverture du port demain !

— Déjà ? s'écria Fergun. Et si la fille s'échappe à bord d'un bateau ?

— Je doute que l'embargo l'ait empêchée de fuir loin d'Imardin, si elle l'avait voulu, répondit Lorlen. Comme votre ancien maître le disait souvent, seigneur Rothen : « Il suffirait que gouverner soit un crime pour que la Kyralie se gouverne seule. »

— Oui, le seigneur Margen était un puits de remarques de ce genre, confirma Rothen avec un petit rire. Toutefois, je ne crois pas que nous avons exploré toutes nos pistes. Dannyl m'a fait remarquer que les personnes les plus susceptibles de trouver la fille sont les pauvres eux-mêmes. Je pense qu'il a raison.

Dannyl regarda son ami. Rothen n'allait tout de même pas révéler leur plan à propos des voleurs !

— Pourquoi nous aideraient-ils ? demanda Lorlen.

— Nous pourrions offrir une récompense, dit Rothen avec un sourire en coin à l'attention de Dannyl.

— *Tu aurais dû me prévenir, vieil ami !* s'indigna le jeune mage.

— Une récompense ? s'exclama Lorlen. Oui, pourquoi pas ?

— Une idée excellente, acquiesça Fergun. Et nous devrions mettre à l'amende ceux qui entravent nos recherches.

Lorlen lui jeta un regard lourd de reproches.

— Une récompense suffira. Si cela vous convient, rien ne sera versé tant que nous n'aurons pas mis la main sur la fille, sinon, toute la population des Taudis prétendra l'avoir vue. Nous devons aussi dissuader les gens de l'attraper eux-mêmes…

— Nous pourrions afficher sa description aux coins des rues, avec les conditions de la récompense, plus une mise en garde pour qu'on ne l'approche pas, suggéra Dannyl. Nous devons encourager ceux qui pensent l'avoir vue à nous le rapporter, afin de nous faire une idée des zones qu'elle fréquente.

— Nous pourrions aussi avoir une carte des Taudis pour garder une trace de ces rapports, ajouta Fergun.

— Hum, ce serait même indispensable, répondit Dannyl, faisant mine d'être agréablement surpris par cette proposition.

Se souvenant du nombre de passages et de rues, il savait qu'une tâche pareille occuperait Fergun pendant de longs mois.

— Vous vous occuperez des affiches pour la récompense ? demanda Lorlen à Dannyl.

— Ce sera fait dès demain.

— J'informerai les autres dans la matinée. D'autres idées ? demanda l'administrateur en souriant.

— La fille a une Présence, dit le haut seigneur. Elle n'est pas entraînée et ne sait pas comment la dissimuler – ni qu'elle en possède une, d'ailleurs. L'un de vous a-t-il déjà tenté de la localiser mentalement ?

Tous restèrent un moment sans dire un mot.

— Je n'arrive pas à croire que nous n'y ayons pas songé ! s'écria Lorlen. Personne n'a pensé à chercher une Présence. Il semble que nous ayons tous oublié qui nous étions… et qui elle est.

— Une Présence, ajouta Rothen. Je crois que je…

— Oui ? demanda Lorlen pour inciter Rothen à finir sa phrase.

— J'organiserai une traque mentale demain, proposa Rothen.

— Eh bien, une rude journée vous attend, dit Lorlen en souriant aux deux mages.

Rothen inclina la tête.

— Il vaut mieux que nous nous couchions tôt, alors. Bonne nuit, administrateur. Haut seigneur, seigneur Fergun…

Les trois mages le saluèrent en retour.

Rothen franchit les portes du salon nocturne, Dannyl sur les talons.

En sortant dans l'air glacial, Rothen poussa un petit cri.

— C'est *maintenant* que je m'en aperçois ! dit-il en se frappant le front de la main.

— De quoi ? demanda Dannyl, perplexe.

— Aujourd'hui, quand je suivais un des tunnels, j'ai *senti* quelque chose. Comme un regard posé sur moi.

— Une Présence ?

— Peut-être bien.

— Qu'as-tu fait ?

— Rien. Ça n'avait pas de sens. Ce que je captais était près de moi, mais il n'y avait qu'un mur de brique.

— As-tu cherché une porte dérobée ?

— Non, parce que… (Rothen hésita un instant.) Parce que ça s'est arrêté.

— Arrêté ? (Dannyl semblait de plus en plus perplexe.) Comment ça aurait pu s'arrêter ? Une Présence ne s'arrête pas… à moins d'avoir été camouflée. Et la fille n'y a pas été entraînée.

— Mais qu'en savons-nous, au fond ? Si c'était elle, quelqu'un lui a sans doute appris… Ou elle s'est débrouillée seule…

— Pourquoi pas… Les enfants sont capables de dissimuler leur Présence au bout de deux parties de cache-cache.

Rothen hocha lentement la tête en examinant toutes ces nouvelles pistes.

— Je gage que nous serons fixés demain. Je ferais mieux de retourner au salon et de demander l'aide des autres. Beaucoup de ceux qui rechignent à entrer dans les Taudis seront heureux de participer à une traque mentale. Je veux que tu te joignes à nous, mon ami. Tes sens sont particulièrement aiguisés.

Dannyl haussa les épaules.

— Présenté comme ça, comment refuser ?

— Nous commencerons tôt… Tu voudras sans doute imprimer tes affiches le plus vite possible.

— Misère, gémit Dannyl. Encore une grasse matinée qui me passe sous le nez.

5

L'avis de recherche

— Cery ?

Cery cligna des yeux en soulevant sa tête de la table. Ce devait être le matin, mais, sous terre, il était toujours difficile d'en être sûr. L'adolescent se redressa et regarda en direction du lit. La chandelle avait presque fini de brûler. Sa lumière n'éclairait pas loin et Cery distinguait seulement le reflet des yeux de Sonea.

— C'est bon, je suis réveillé, dit-il en étirant ses épaules endolories.

Il prit la bougie sur la table, et s'approcha du lit. Sonea était couchée, les bras sous la tête, et regardait le plafond. En la voyant, Cery se sentit mal à l'aise. Il se souvenait d'avoir éprouvé la même chose, deux ans plus tôt, juste avant qu'elle ne quitte le groupe. Après sa disparition, il s'était enfin avoué, mais trop tard, ce qu'il avait toujours su : un jour elle partirait.

— Bonjour, dit Sonea.

Elle se força à sourire mais son regard resta voilé par l'angoisse.

— C'était qui, le garçon de la place, celui qui est mort ?

Cery s'assit sur le bord du lit et soupira.

— Son nom était Arrel. Je le connaissais pas plus que ça. Le fils d'une femme qui avait bossé au *Chausson*, je crois.

Sonea resta silencieuse un long moment, puis elle sursauta.

— Tu as vu Ranel et Jonna ?

— Non.

— Ils me manquent. J'aurais jamais pensé que je voudrais les revoir ! Tu sais, (elle se tourna sur le côté et regarda son ami dans les yeux), ils me manquent plus que ma mère. Étrange, non ?

— Ils se sont occupés de toi presque toute ta vie et ta mère est morte il y a longtemps…

— Des fois, je la vois en rêve, mais quand je me réveille, je me souviens jamais de son visage. Pourtant, je me rappelle la Maison où on vivait. C'était incroyable.

— La Maison ?

Cery n'avait jamais entendu cette histoire.

— Maman et papa étaient serviteurs dans une des Maisons, mais ils ont été fichus dehors quand papa a été accusé d'avoir volé un truc.

— Et c'était lui ?

— Probablement… Jonna l'accuse de tout ce que je peux faire de mal. Elle désapprouve le vol, même si c'est pour dépouiller de ses biens le dernier des couillons.

— Et où est ton paternel, maintenant ?

— Il a filé quand ma mère est morte… Il est revenu une fois, lorsque j'avais six ans. Il a filé un petit paquet de fric à Jonna, puis il est reparti.

Cery gratta un peu de cire qui avait coulé sur la bougie.

— Les voleurs ont tué mon père quand ils ont su qu'il voulait les rouler.

— C'est affreux ! s'écria Sonea. Je savais qu'il était mort, mais tu m'avais jamais raconté *ça* !

— Admettre que ton père était un abruti n'est pas marrant. Il a pris des risques débiles et il a été grillé. En tout cas, c'est ce que dit ma mère. Mais bon, il m'a appris plein de trucs.

— Comme la route des voleurs ?

— Ouais.

— C'est bien par là qu'on est passés ?

— Oui.

Sonea sourit.

— Alors, c'est vrai, hein ? T'es un voleur.

— Non. Mon paternel m'a montré la route, c'est tout.

— Mais t'as une sorte de permission ?

— Oui et non…

Sonea n'en demanda pas plus.

Baissant les yeux sur la flamme de la bougie, Cery se remémora le jour, trois ans auparavant, où il s'était glissé dans le passage pour échapper à un garde vexé qu'il ait fait l'inventaire de ses poches. Une ombre s'était dressée dans l'obscurité, avait saisi le garçon par le collet et l'avait traîné jusqu'à une pièce où on l'avait enfermé. En dépit de ses talents de cambrioleur, il avait été incapable de s'évader. La porte s'était ouverte plusieurs heures après et le jeune homme avait été ébloui par une lampe si brillante qu'elle l'empêchait de distinguer la personne qui la tenait.

— T'es qui ? avait lancé le type. C'est quoi ton nom ?

— Ceryni, avait répondu le garçon d'une petite voix d'écureuil.

Après avoir marqué une pause, l'homme s'était approché.

— T'es Ceryni, avait-il répété, de l'amusement dans la voix. Et un petit rongeur qu'on connaît bien, aussi ! Je me souviens de ton museau, maintenant. Le fils de Torrin. Alors, tu connais le prix à payer pour utiliser la route des voleurs sans leur autorisation ?

Terrifié, Cery avait hoché la tête.

— Très bien, petit Ceryni. T'es dans la merde, mais je crois que je peux t'en sortir un peu. N'emprunte pas la route trop souvent – mais si tu y es obligé, tu peux. Si quelqu'un te demande, réponds que Ravi t'a permis de le faire. Mais rappelle-toi que tu me dois un service. Si je te demande un truc, tu le fais. Si tu me prends pour un con, tu n'emprunteras plus *aucune* route. Tu me suis ?

Cery avait encore hoché la tête, trop apeuré pour répondre.

L'homme avait ricané.

— Bien. Maintenant casse-toi !

La lumière avait disparu ; Cery avait été traîné par des mains invisibles jusqu'à la sortie la plus proche, d'où on l'avait jeté dans la rue.

Depuis, il s'était rarement aventuré sur la route des voleurs. La dernière fois, il avait été surpris de si bien se rappeler les chemins. Il y avait déjà croisé d'autres personnes, mais aucune ne l'avait jamais arrêté ou interrogé.

Mais il avait beaucoup tiré sur la ficelle, ces derniers jours, et il n'avait pas l'esprit tranquille. Si quelqu'un lui mettait la main dessus, il devrait espérer que le nom de Ravi serait encore d'une quelconque influence. Cela dit, il était hors de question qu'il en parle à Sonea. Ça l'effraierait trop.

En posant les yeux sur son amie, il éprouva le même malaise qu'un peu plus tôt. Il avait souhaité qu'elle revienne, mais sans y croire. Elle était différente d'eux. À part. Il avait toujours su qu'elle se sortirait des Taudis.

Elle *était* spéciale, mais d'une manière qu'il n'aurait jamais imaginée. C'était une magicienne ! Mais elle avait été incapable de choisir le bon moment pour s'en apercevoir. Pourquoi n'avait-elle pas découvert son don en se faisant une tasse de raka ou en cirant ses godasses ? Pourquoi juste sous le nez des magiciens de la Guilde ?

Mais ça s'était passé comme ça et, maintenant, Cery devait faire tout ce qui était en son pouvoir pour la protéger. La cacher leur permettait de passer tout leur temps ensemble. Même si fréquenter trop souvent la route mettait en péril son accord avec Ravi, le jeu en valait la chandelle. Mais il détestait la voir si tracassée…

— T'en fais pas ! Tant que les mages fourrent leur nez dans les tunnels, les voleurs s'en cognent qu'on…

— Chut ! coupa Sonea en levant une main pour faire taire le garçon.

Il la suivit des yeux alors qu'elle quittait le lit et gagnait le centre de la pièce. Elle décrivit un cercle complet et étudia intensément les murs, ses yeux allant de droite à gauche. Cery tendit l'oreille, mais ne capta rien.

— Qu'est-ce que c'est ?

— Ils cherchent, souffla-t-elle.

— J'entends rien…

— Et tu ne les entendras pas ! Je peux les *voir*, mais pas comme je te vois. C'est comme si je les entendais, mais pas vraiment, parce que je ne comprends pas ce qu'ils disent. C'est plutôt comme… (Elle inspira à fond et relâcha son souffle, les yeux à la recherche de quelque chose qu'ils ne pouvaient pas voir.) Ils cherchent avec leur esprit.

Cery la regarda, impuissant. S'il avait douté du don de Sonea, cette révélation l'aurait à jamais convaincu.

— Ils peuvent te voir ?

Sonea lui lança un regard terrifié.

— J'en sais rien !

Cery serra et desserra les poings. Il avait été tellement sûr de pouvoir la protéger, mais il n'y avait pas un endroit – aucun mur assez haut – pour la garder loin de *ça*.

Il lui prit les mains.

— Tu peux faire en sorte qu'ils arrêtent de te voir ?

— Comment ? Je ne sais pas comment faire, répondit la jeune fille en serrant très fort les doigts de son ami.

— Essaie ! Essaie un truc, n'importe quoi !

Sonea secoua la tête, se tendit et respira plus rapidement. Cery la vit devenir toute blanche.

— Celui-ci paraît me regarder droit dans les yeux… (Elle se tourna vers Cery.) Mais il est passé au travers. Ils regardent à travers moi. (Un semblant de sourire flotta sur ses lèvres.) Ils ne peuvent pas me voir.

— T'en es sûre ?

— Oui !

Sonea dégagea ses mains et s'assit sur le lit, l'air soucieux.

— Je crois que j'ai fait quelque chose hier, quand ce mage a failli nous avoir. Je me suis jeté un genre de sort. Je pense qu'il nous aurait mis la main dessus, si j'avais pas fait ça. (Elle leva les yeux, se détendit et sourit.) C'est comme s'ils étaient aveugles.

Cery soupira de soulagement.

— Tu me causes bien du souci, Sonea. Je peux te protéger des yeux des mages, mais je crains que te mettre à l'abri de leurs esprits soit m'en demander un peu trop. Je ferais mieux de t'emmener ailleurs. Je connais un endroit, hors de la route, qui ira très bien pour quelques jours.

À part le bruissement des respirations, le hall de la Guilde était silencieux. Rothen ouvrit les yeux et regarda les hommes qui l'entouraient.

Comme toujours, épier des magiciens plongés dans leur travail mental le mit mal à l'aise. Il ne pouvait pas s'empêcher de penser qu'il les espionnait, leur dérobant un moment très intime.

Mais un amusement enfantin le gagna quand il passa en revue leurs différentes expressions. Certains plissaient les paupières, d'autres paraissaient étonnés ou surpris. La plupart semblaient en train de dormir, le visage lisse et serein.

En entendant un ronflement, Rothen sourit. Le seigneur Sharrel était tassé dans son fauteuil, sa tête chauve tombant lentement vers sa poitrine. Sur lui, les exercices de détente et de concentration avaient trop bien réussi.

— *Il n'est pas le seul à ne pas s'impliquer dans l'affaire, n'est-ce pas, Rothen ?*

Dannyl ouvrit un œil et sourit. En secouant la tête pour montrer sa désapprobation, Rothen regarda les mages les uns après les autres pour voir si le jeune magicien n'avait pas brisé leur concentration. Dannyl haussa les épaules et rebaissa sa paupière.

Rothen soupira. Ils auraient déjà dû trouver la fille ! Il regarda une dernière fois les rangées de mages en transe et soupira. Encore une demi-heure, décida-t-il. Il ferma les yeux, prit une grande inspiration et retourna à son exercice de relaxation mentale.

Tôt le lendemain, le brouillard qui enveloppait la ville avait été repoussé par un soleil radieux. Debout à la fenêtre, Dannyl profitait d'un moment de silence. Le vacarme des presses à imprimer, plus efficaces que les scribes, lui avait laissé les oreilles bourdonnantes.

Il sourit. Maintenant que la dernière fournée d'avis de recherche avait été imprimée et envoyée, il n'avait plus rien à faire. La traque mentale n'avait rien donné, et Rothen était déjà à pied d'œuvre dans les Taudis. Dannyl ne savait pas s'il était heureux de sortir par ce beau temps ou dégoûté de devoir encore parcourir les tunnels.

— Seigneur Dannyl, dit une voix, une foule de gens vous réclame devant les portes de la Guilde.

Surpris, Dannyl se retourna et découvrit l'administrateur Lorlen dans l'encadrement de la porte.

— *Déjà ?* s'exclama-t-il.

Lorlen acquiesça, déconcerté.

— Je ne sais pas comment ils sont arrivés ici. Ils ont échappé à deux patrouilles de gardes et franchi le cercle intérieur avant d'arriver. À moins que ce soient des vagabonds que nous avons manqués lors de la Purge.

— Combien sont-ils ?

— À peu près deux cents. Selon les gardes, tous jurent savoir où se trouve la fille.

Dannyl plaqua une main sur sa bouche et gémit en se représentant deux cents voleurs et mendiants massés devant les portes.

— Un vrai casse-tête, hein ? dit Lorlen. Que comptez-vous faire ?

Dannyl s'appuya à la table et réfléchit. Moins d'une heure s'était écoulée depuis qu'il avait envoyé les premiers messagers avec les exemplaires de l'avis de recherche. Les pauvres hères, à la porte, étaient l'avant-garde d'une horde d'informateurs.

— Nous avons besoin d'un lieu où les interroger, pensa Dannyl à voix haute.

— Pas à l'intérieur de la Guilde, répliqua Lorlen, sinon, ils inventeront n'importe quoi dans l'espoir de voir nos locaux.

— Quelque part en ville, alors.

Lorlen tapota sur le montant de la porte.

— Les gardes ont des halls un peu partout dans la cité. Je m'arrangerai pour qu'un de ces lieux soit mis à notre disposition.

— Pourriez-vous aussi demander à quelques gardes de rester afin de maintenir l'ordre ?

— Je suis sûr qu'ils se feront un devoir de vous assister…

— Je verrai s'il est possible de trouver des volontaires qui m'aideront à interroger les informateurs.

— Eh bien, on dirait que vous avez fait ça toute votre vie…

Lorlen recula d'un pas dans le couloir. Dannyl sourit et s'inclina devant le mage.

— Je vous remercie, administrateur.

— Si vous avez besoin de quoi que ce soit d'autre, envoyez-moi un messager.

Sur ces mots, Lorlen quitta la pièce.

Après avoir traversé la salle, Dannyl remit dans leur boîte ouvragée les crayons dont il s'était servi pour rédiger le brouillon de l'avis de recherche. Il sortit dans le corridor, fila vers ses quartiers, mais s'arrêta net en voyant un élève qui sortait d'une salle de classe et commençait à descendre l'escalier.

— Toi, là-bas ! cria Dannyl.

Le jeune homme s'arrêta et se retourna. Ses yeux croisèrent ceux de Dannyl, puis se baissèrent alors qu'il le saluait. Dannyl s'approcha du garçon et lui fourra le plumier entre les mains.

— Apporte ce matériel à la bibliothèque et dis au seigneur Jullen que je passerai le reprendre plus tard.

— Oui, seigneur Dannyl, répondit le novice en s'inclinant si bas qu'il faillit faire tomber la boîte.

Il tourna les talons et détala.

Au bout du couloir, Dannyl prit l'escalier. Plusieurs mages se tenaient en bas, dans l'entrée, et regardaient les gigantesques portes de l'université grandes ouvertes. Larkin, un jeune alchimiste récemment nommé mage, leva les yeux sur Dannyl alors qu'il posait le pied sur la dernière marche.

— Ce sont vos informateurs, seigneur ? demanda-t-il en riant.

— Des chasseurs de prime, répliqua sèchement Dannyl.

— Vous allez les faire entrer ici ? demanda une voix bourrue.

Reconnaissant le ton aigre, Dannyl se tourna et croisa le regard du directeur de l'université.

— C'est ce que vous voulez que je fasse, directeur Jerrik ?

— Certainement pas !

Dans son dos, Dannyl entendit Larkin étouffer un éclat de rire. Non sans effort, il parvint à ne pas s'esclaffer lui-même. Jerrik ne changerait jamais. Il était resté l'homme mécontent et aigri que Dannyl avait connu lors de son noviciat.

— Je les envoie dans un poste de garde, précisa ce dernier au vieux mage.

Puis il tourna les talons, se faufila entre les autres magiciens massés dans le hall et prit l'escalier.

— Bonne chance ! lui lança Larkin.

Dannyl agita vaguement la main en réponse. Devant ses yeux, la foule se pressait contre les barreaux ouvragés des grilles de la Guilde. Il grimaça et chercha un esprit qui lui était familier.

— *Rothen !*

— *Oui ?*

— *Regarde-moi ça.*

Dannyl projeta une image mentale de la scène. Il sentit l'agitation gagner son ami, puis l'amusement la remplacer, quand il devina qui étaient ces gens.

— *Des informateurs, déjà ? Que vas-tu en faire ?*

— *Leur dire de revenir plus tard et que nous ne donnerons pas un sou avant d'avoir mis la main sur la fille.*

Aussi vite et bien que le permettait la communication mentale, Dannyl expliqua à son ami que Lorlen avait réquisitionné un poste de garde pour réunir les « informateurs ».

— *Veux-tu que je vienne t'aider ?*

— *Je ne pourrais pas t'en empêcher, alors...*

Il devina l'amusement des mages plus âgés que lui, puis la Présence de Rothen s'effaça.

En s'approchant de la grille, Dannyl vit mieux les gens qui se pressaient contre les barreaux et se bousculaient. Une clameur monta à ses oreilles quand tous crièrent dans sa direction.

Les gardes regardèrent passer le mage avec un soulagement mêlé de curiosité.

Dannyl s'arrêta à dix pas des grilles. Il se redressa, profitant pleinement de l'avantage conféré par sa grande taille, croisa les bras et attendit. Lentement, le bruit mourut. Lorsque la foule fut silencieuse, Dannyl jeta un sort afin d'amplifier sa voix.

— Combien d'entre vous ont des informations à propos de la fille ?

Une clameur lui répondit. Dannyl leva une main pour la faire taire.

— La Guilde vous remercie de votre aide. Vous aurez l'occasion de nous parler, chacun à votre tour. Nous préparons un poste de garde à cet effet. L'adresse sera affichée aux portes de la ville dans une heure. Jusque-là, nous vous demandons de rentrer chez vous.

Des grognements de colère montèrent des derniers rangs. Dannyl leva le menton et prit un ton plus menaçant :

— Aucune récompense ne sera donnée avant que la fille ne soit en sécurité dans nos murs. À ce moment-là, nous paierons, mais uniquement ceux qui auront donné des informations utiles. N'approchez pas la fille. Elle pourrait être dange...

— La voilà ! brailla une voix.

Malgré lui, Dannyl frissonna. Quelqu'un fendait la foule et les pauvres hères protestaient parce qu'on les bousculait.

— Laissez-la passer, ordonna Dannyl.

La foule s'écarta et une vieille femme ratatinée vint se presser contre les grilles. Elle glissa une main osseuse entre les barreaux et fit signe au mage d'approcher. Dans son autre poing, elle serrait le bras d'une jeune fille aux vêtements crasseux usés jusqu'à la corde.

— C'est elle ! affirma la vieille femme, ses yeux globuleux rivés sur le mage.

Dannyl regarda la fille de plus près. Petite, des cheveux coupés à la diable entourant un visage émacié et pâle… Elle faisait pitié, tellement maigre que ses oripeaux pendaient lamentablement sur un corps sans formes. Sous le regard du magicien, elle fondit en larmes.

Dannyl se rendit compte qu'il était incapable de se rappeler à quoi ressemblait l'ectoplasme de Rothen.

— *Rothen ?*

— *Oui ?*

Dannyl envoya une image de la fille à son ami.

— *Ce n'est pas elle.*

— Ce n'est pas la bonne, déclara Dannyl, très déçu, avant de tourner les talons.

— Eh ! s'indigna la vieille femme, furieuse.

Le mage se retourna, croisa son regard inquisiteur et la força à baisser les yeux.

— Êtes-vous sûr, seigneur ? Vous ne l'avez pas regardée de près.

Dannyl vit la marée de visages avides tournés vers lui et comprit que ces gens attendaient une preuve tangible. Tant qu'il ne leur aurait pas démontré qu'on ne pouvait pas le tromper, d'autres escrocs amèneraient des gamines pour rafler la mise – et il ne pourrait pas déranger Rothen chaque fois.

Le mage approcha lentement des portes. La fille avait cessé de pleurer. Elle pâlit de terreur en le voyant marcher vers elle.

Dannyl lui tapota la joue et sourit. La fille le regarda enfin et voulut reculer, mais la vieille femme lui tordit le bras et le passa aux travers des barreaux.

Dannyl prit le poignet de la fille, envoya une sonde dans son esprit et capta immédiatement un nœud de puissance latente.

Surpris, il hésita un moment avant de lâcher la fille et de reculer.

— Ce n'est pas elle, répéta-t-il.

Les pauvres recommencèrent à crier, mais il y avait moins de rage dans leurs voix. Dès que Dannyl leva les mains, ils se turent.

— Retournez chez vous ! cria-t-il. Revenez cet après-midi.

Il tourna les talons si vite que sa robe tourbillonna spectaculairement autour de lui. Un soupir terrifié monta de la foule. Fier de son effet, Dannyl prit son temps pour regagner les marches.

Mais il se souvint du pouvoir qu'il avait senti chez la gamine et son sourire s'effaça. Il n'était pas particulièrement puissant. Si elle avait été une fille de Maison, il y aurait eu peu de chance qu'on l'envoie à la Guilde développer son don. Elle aurait eu plus de valeur, pour sa famille, comme fille à marier capable de fortifier la lignée magique de sa Maison. Si elle avait été un deuxième, voire un troisième fils, ses parents auraient été comblés. Même un magicien médiocre ajoutait du prestige au nom de sa famille.

Absorbé par ses pensées, Dannyl passa les portes de l'université. Que la seule pauvresse qu'il avait testée possède un potentiel était une pure coïncidence. Il était très possible qu'elle soit la fille d'une prostituée engrossée par un mage. Dannyl ne nourrissait aucune illusion sur les mœurs des autres magiciens.

Puis les mots du seigneur Solend lui revinrent en mémoire : « *Si personne n'a éveillé les pouvoirs de cette fille, nous devons nous attendre à ce qu'elle soit plus puissante que la moyenne de nos élèves, peut-être même plus que la moyenne de nos mages.* »

La fille qu'ils recherchaient tous pourrait être aussi puissante que lui. Voire plus…

Il frissonna. Soudain, il ne paraissait plus inimaginable que les voleurs détiennent secrètement des pouvoirs que seule la Guilde était autorisée à posséder. Une pensée angoissante… La prochaine fois qu'il marcherait dans les rues des Taudis, il ne se sentirait plus aussi invulnérable…

Dans le grenier, l'air était délicieusement chaud. La lumière de la fin de l'après-midi filtrait de deux petites fenêtres et dessinait des carrés dorés sur les murs. Les odeurs de la laine de reber et de la fumée se disputaient la primauté à l'intérieur de la pièce. Un peu partout, de petits groupes d'enfants se vautraient sur des couvertures en parlant à voix basse.

Dans le coin où elle s'était réfugiée, Sonea rivait les yeux sur la trappe du grenier, qui s'ouvrait lentement. Mais le garçon qui entra n'était pas Cery.

Les autres enfants l'accueillirent avec joie.

— Vous avez entendu ? dit-il en jetant un paquet de couvertures par terre. Les mages disent qu'il y a une récompense pour celui qui leur apprendra où se cache la fille.

— Une récompense !

— Pour de vrai ?

— Combien ?

— Cent jaunets ! répondit le garçon, les yeux écarquillés.

Un murmure excité courut parmi les enfants. Ils se serrèrent autour du nouveau venu et levèrent vers lui leurs visages impatients. Quelques-uns coulèrent des regards en coin à Sonea.

Elle s'obligea à les regarder avec une expression neutre. Ils n'avaient pas arrêté de la lorgner depuis qu'elle était arrivée ici. Le grenier, un refuge pour les enfants abandonnés, se situait dans la zone où les Taudis jouxtaient les marchés, et on apercevait le port par les minuscules fenêtres. Sonea avait dépassé l'âge requis pour être admise, mais Cery connaissait le propriétaire – un sympathique marchand à la retraite nommé Norin – et il lui avait promis une faveur en échange.

— Les mages veulent vraiment mettre la paluche sur la fille, hein ? dit une des gamines.

— Y a qu'eux qui ont le droit de jeter des sorts ! ajouta un garçon râblé.

— Beaucoup de gens la cherchent maintenant, dit le nouveau venu en hochant la tête comme un vieux sage. Ça en fait, des sous !

— C'est l'argent du sang, Ral, siffla la fille en fronçant le nez.

— Et puis ? répliqua Ral. Plein de gens s'en fichent. Ils veulent juste les jaunets.

— Moi, je leur dirais que dalle ! Je déteste les magiciens. Ils ont cramé mon cousin, y a des années.

— C'est vrai ? demanda une autre fillette, les yeux brillant de curiosité.

— Juré craché ! (La première gosse hocha la tête.) C'était pendant la Purge. Gilen jouait dans un coin. Il l'a sans doute bien cherché : un des magiciens l'a eu avec un sort. Il a été brûlé sur tout un côté du visage. Maintenant, il a une grosse cicatrice toute rouge…

Sonea frissonna. Brûlé. L'image d'un corps carbonisé envahit son esprit. Le grenier ne paraissait soudain plus si accueillant et elle quitta les enfants des yeux. Elle aurait voulu se lever et partir, mais Cery lui avait recommandé de rester tranquille et de ne pas attirer l'attention sur elle.

— Mon oncle a essayé de voler un mage, une fois, dit une fille à la longue queue-de-cheval.

— Ton oncle, c'était un peigne-cul, souffla un môme à côté d'elle.

La fille fit une grimace et lui lança un coup dans les mollets qu'il évita aisément.

— Comment il aurait su que c'était un magicien ? cria la fillette. Il avait un gros manteau sur sa robe…

Le garçon s'arrêta de ricaner quand la fille lui montra son poing.

— Hey, j'ai rien dit ! murmura le garçon.

— Il a voulu couper les cordons de sa bourse, continua la fille. Mais le magicien l'avait envoûtée pour être prévenu dès que quelqu'un posait le doigt dessus. Il s'est retourné à la vitesse de l'éclair, il a frappé mon oncle avec sa magie et lui a cassé les bras.

— Les deux ?

— Sans même le toucher ! Il a juste mis les mains, comme ça... (Elle leva les bras, les paumes face aux autres enfants.) La magie a frappé mon oncle comme si on lui avait abattu un mur dessus. C'est comme ça qu'il me l'a dit, mon oncle, vrai de vrai.

— Eh ben ! souffla le garçon.

La pièce resta silencieuse pendant quelques minutes, puis une nouvelle voix annonça :

— Les magiciens ont tué ma sœur.

Tous les visages se tournèrent vers un gamin décharné assis en tailleur.

— On était dans la foule. Les magiciens ont jeté leurs traits de lumière dans la rue, derrière nous, et tout le monde a commencé à courir. Maman a fait tomber ma petite sœur, mais elle n'a pas pu s'arrêter, parce que les gens la poussaient. Papa est revenu en arrière et il l'a trouvée. J'ai entendu qu'il maudissait les autres. Il disait que c'était leur faute si elle était morte. La faute des magiciens...

Le gosse ferma les yeux et regarda par terre.

— Je les *déteste* !

Plusieurs enfants hochèrent la tête en silence.

La première fillette poussa un soupir de soulagement.

— Vous voyez ? dit-elle. Vous aideriez les mages ? Moi, non. Cette fille leur en a fait voir, ça oui ! Si on a de la chance, la prochaine fois, elle fera mieux.

Les enfants échangèrent des grimaces et des sourires, et Sonea soupira de soulagement. Puis elle entendit la trappe s'ouvrir et sourit lorsque Cery entra dans le grenier. Il s'assit près d'elle, souriant lui aussi.

— On nous a donnés, murmura-t-il. La maison sera bientôt fouillée. Suis-moi.

Le cœur de Sonea rata un battement. Elle regarda attentivement Cery et vit que son sourire ne se reflétait pas dans ses yeux. Il se releva, et elle se redressa aussi. Quelques enfants la suivirent du regard alors qu'elle passait près d'eux, mais elle détourna la tête. Elle sentit leur intérêt grandir tandis que Cery ouvrait les portes d'une grande armoire, dans le fond de la pièce.

— C'est une entrée secrète vers les passages…, murmura-t-il en entrant dans le meuble. (Il posa sa main sur le bois, appuya doucement, puis fronça les sourcils et poussa plus fort.) C'est bloqué de l'autre côté !

Il jura entre ses dents.

— On est pris au piège ?

Cery regarda autour de lui. La plupart des enfants les fixaient, maintenant. Il referma la porte de l'armoire et s'approcha d'une des fenêtres.

— Pas le moment de te vanter… Tu sais toujours grimper aux murs ?

— Ça fait un bail…

Sonea regarda les lucarnes, aisément accessibles pour quelqu'un comme Cery.

— Fais-moi la courte échelle.

Sonea joignit les mains et grimaça lorsque Cery y posa son pied. Le poids du garçon la fit trembler. Il saisit une poutre, se hissa, sortit un couteau de sa poche et commença à travailler la fenêtre.

Quelque part, dans la boutique, une porte claqua. Sonea entendit des voix étouffées. La jeune fille s'étrangla de terreur lorsque la trappe du grenier s'ouvrit à la volée. Mais ce n'était que la nièce de Norin, Yalia.

D'un seul regard, la femme vit les enfants… et Sonea, avec Cery perché sur ses épaules.

— La porte secrète ? demanda-t-elle.

— Bloquée, répondit Cery.

Yalia baissa les yeux sur les enfants.

— Les magiciens sont ici ! Ils vont fouiller la maison.

Les petits commencèrent à poser des questions. Au-dessus de Sonea, Cery lâcha un juron imagé. Il bougea et la jeune fille faillit le faire tomber.

— Hey ! Tu ne ferais pas un très bon porteur, Sonea.

Cery glissa des épaules de son amie et lui flanqua au passage un coup de pied dans les côtes. Sonea lui lança une remarque acide et recula, les jambes flageolantes.

— Ils ne vous feront pas le moindre mal, dit Yalia aux petits. Ils n'oseront pas. Ils verront tout de suite que vous êtes trop jeunes. Ils ne cherchent que…

— Sonea ! siffla durement Cery.

La jeune fille leva les yeux et vit qu'il était passé par la fenêtre et lui tendait la main.

— Tu viens, oui ou non ?

Sonea se mit sur la pointe des pieds et prit la main de son ami. Avec une force surprenante, Cery la souleva jusqu'à ce qu'elle puisse saisir le bord de la lucarne. Elle y resta suspendue un instant, puis lança sa jambe pour qu'elle accroche le bord. Une fois la pointe de sa botte passée, elle s'y appuya pour sortir.

Le souffle court, elle s'allongea sur les tuiles froides. L'air était glacé et le vent traversa tout de suite ses vêtements. Levant la tête, elle vit un océan de toits.

Cery se pencha pour fermer la fenêtre et s'immobilisa. Le bruit de la trappe du grenier parvint à leurs oreilles, et les enfants commencèrent à chuchoter, leurs voix pleines de peur et d'angoisse. Sonea leva encore la tête et jeta un coup d'œil à l'intérieur.

Un homme en robe rouge, à côté de la trappe ouverte, fouillait le grenier d'un regard rageur. Ses cheveux clairs étaient plaqués en arrière sur son crâne et une petite cicatrice rouge lui marquait la tempe. Sonea se plaqua contre les tuiles, le cœur battant. L'homme lui semblait familier, mais il était hors de question qu'elle risque un second coup d'œil.

— Où est-elle ? demanda le mage.

— De qui vous parlez ? répondit Yalia.

— La fille… Je sais qu'elle était là. Où l'avez-vous cachée ?

— Je n'ai caché personne, dit une seconde voix masculine un peu chevrotante.

Norin, devina Sonea.

— Alors quel est cet endroit ? Et pourquoi ces parasites sont-ils ici ?

— Parce que je les laisse entrer. Ils n'ont nulle part où se réfugier pendant l'hiver.

— La fille était-elle là ?

— Je ne leur demande pas leur nom. Si la fille que vous cherchez était parmi eux, je n'en aurais rien su.

— Vous mentez, vieil homme, dit le magicien d'une voix sombre.

Quelques enfants gémirent et éclatèrent en sanglots. Cery prit Sonea par la manche et la tira vers lui.

— Je vous dis la vérité, répondit le vieux marchand. Je n'ai aucune idée de qui ils sont, mais il s'agit d'enfants, et…

— Connaissez-vous la peine que risquent ceux qui abritent les ennemis de la Guilde, vieil homme ? coupa le mage. Si vous ne me montrez pas l'endroit où vous la cachez, je ferai démolir votre bicoque pierre par pierre, et…

— Sonea, murmura Cery.

La jeune fille se tourna vers lui. Il lui fit signe de se dépêcher et commença à longer le bord du toit. Sonea se força à bouger et le suivit.

Elle n'osait pas marcher trop rapidement, de peur que le magicien puisse l'entendre. Le bord du toit approchait peu à peu. Sonea se pencha par-dessus pour s'apercevoir que Cery avait disparu. Elle capta un mouvement du coin de l'œil et vit deux mains agripper la gouttière.

— Sonea, siffla le garçon, tu dois descendre avec moi !

Lentement, la jeune fille fléchit les genoux et se laissa glisser le long du tuyau. En se penchant davantage, elle vit que Cery était deux étages au-dessus du sol. Il désigna du menton une maison d'un seul étage, toute proche de la demeure du marchand.

— C'est là qu'on va, lui dit-il. Tu me regardes et tu fais la même chose.

La gouttière craqua lorsque Cery s'y suspendit de tout son poids, mais il descendit vivement, se servant des colliers de fixation comme des barreaux d'une échelle. Il posa le pied sur le toit, en face, regarda Sonea et lui fit signe de venir.

La jeune fille respira un grand coup, saisit la gouttière et se laissa glisser dans le vide.

Elle y pendit un instant, tous les muscles de ses mains protestant, puis s'approcha du mur pour attraper le tuyau.

Descendant aussi vite qu'elle put, elle atteignit bientôt le toit, en contrebas.

Cery lui sourit.

— Fastoche, hein ?

Sonea fit jouer ses doigts, rougis par les arêtes des tuiles.

— Oui et non…

— Viens. On se tire d'ici.

Ils marchèrent prudemment, les bras enroulés autour du torse pour lutter contre le froid glacial. Ils atteignirent la maison voisine et montèrent sur son toit. De là, ils se laissèrent glisser le long d'une autre gouttière jusqu'à une allée étroite.

Pensif, Cery posa un index sur ses lèvres et avança le long du passage. Il s'arrêta à mi-chemin, et, après avoir regardé autour de lui, souleva une petite grille fixée dans un mur. Il se mit sur le ventre et passa rapidement de l'autre côté. Sonea le suivit.

Ils se reposèrent dans l'obscurité. Lentement, leurs yeux s'habituèrent, et Sonea distingua les briques d'un petit passage. Cery regardait les ombres, en direction de la maison de Norin.

— Pauvre Norin, soupira Sonea. Qu'est-ce qui va lui arriver ?

— Je n'en sais rien, mais ça n'a pas l'air bon.

— Tout ça à cause de moi !

— Non, des *mages*... et du salaud qui nous a donnés. Je vais y retourner et je saurai qui c'est. Mais avant, faut que je te mette en sécurité.

En regardant attentivement son ami, Sonea lut sur son visage une détermination qu'elle ne lui avait jamais soupçonnée. Sans lui, elle aurait été capturée des jours auparavant et serait déjà probablement morte.

Elle avait besoin de Cery, mais quel prix devrait-il payer, lui ? Il avait déjà promis de rendre des services, ou réclamé ceux qu'on lui devait, et risqué la désapprobation des voleurs en utilisant leurs tunnels.

Et si les magiciens finissaient par capturer Sonea ? Si Norin risquait de perdre sa maison simplement parce qu'on le suspectait de l'avoir cachée, que feraient les mages à Cery ? *« Connaissez-vous la peine que risquent ceux qui abritent les ennemis de la Guilde, vieil homme ? »*

Sonea frissonna et saisit le bras de l'adolescent.

— Cery, fais-moi une promesse.

— Une promesse ?

— S'ils nous attrapent, tu diras que tu ne me connais pas ! (Cery ouvrit la bouche pour protester, mais Sonea ne lui laissa pas le temps de parler.) S'ils ne peuvent pas ignorer que tu m'as aidée, enfuis-toi. Ne les laisse pas te mettre la main dessus !

— Sonea, je...

— Dis oui, c'est tout ! Je... je ne pourrais pas supporter qu'ils te tuent à cause de moi.

Cery écarquilla les yeux, puis posa une main rassurante sur l'épaule de la jeune fille.

— Ils ne t'auront pas. Et même s'ils réussissent, je viendrai te chercher. C'est plutôt ça que je te promets !

6

Rencontres souterraines

Sur l'enseigne de la gargote, on pouvait lire : « À couteaux tirés ». Un nom pas très encourageant, mais un coup d'œil au travers des carreaux révélait une pièce à l'ambiance feutrée. Ici, les consommateurs étaient assis et parlaient à voix basse, ce qui changeait des clients que Dannyl avait vus dans d'autres établissements.

Il poussa la porte et entra. La plupart des habitués l'ignorèrent totalement, même si quelques-uns lui coulèrent un regard en douce. Ce manque de curiosité changeait aussi des tavernes habituelles. Dannyl se sentit aussitôt mal à l'aise. Pourquoi cet endroit était-il si différent des autres gargotes dans lesquelles il avait dû mettre les pieds ?

Le mage n'était pas habitué à ce genre d'endroits, mais le garde qui avait contacté les voleurs de sa part lui avait donné de strictes instructions : aller dans une gargote, dire au patron qui on veut voir, attendre le guide, puis payer sa note. C'était apparemment de cette façon que se passaient les choses.

Habillé en magicien, Dannyl ne pouvait évidemment pas entrer dans un établissement de ce genre et espérer trouver l'aide qu'il y cherchait. Il avait donc désobéi à ses pairs et s'était déguisé en marchand.

Il avait choisi sa tenue avec soin. Aucun costume ne pourrait dissimuler sa grande taille, son évidente bonne santé et sa voix cultivée. L'histoire qu'il avait inventée évoquait des investissements malheureux et des dettes. Personne ne lui prêterait plus un sou ! Du coup, les voleurs étaient sa dernière chance. Un marchand dans cette situation serait aussi mal à l'aise qu'il l'était en ce moment, et il aurait beaucoup plus peur.

Dannyl prit une longue inspiration et fendit la foule jusqu'au comptoir. Le serveur était un homme maigre aux pommettes hautes et à l'expression aigrie ; des mèches grises striaient sa masse de cheveux noirs. Il posa un regard dur sur Dannyl.

— Qu'est-ce que ce sera ?

— À boire.

L'homme prit un bol en bois et le remplit à un des tonneaux, derrière le comptoir. Dannyl sortit deux pièces de sa bourse, une de cuivre et une d'argent. Cachant la grise, il posa la jaune dans la main tendue de l'homme.

— Oh !... Alors, on cherche une lame ? demanda le serveur, imperturbable.

Stupéfait, Dannyl regarda le serveur, qui lui fit un sourire torve.

— Pour quoi d'autre vous seriez ici, sinon ? Vous avez déjà fait ça ?

Dannyl secoua la tête, tentant de réfléchir très vite. Au ton de l'homme, il semblait y avoir quelque chose de secret à propos de cette *lame*. Aucune loi n'interdisait d'en détenir une, donc, « lame » devait être un mot utilisé pour autre chose : un objet ou un service illégal. Le magicien n'avait aucune idée de ce que cela pouvait être, mais le serveur avait déjà indiqué qu'il attendait de la discrétion à propos de cette affaire. C'était un début comme un autre.

— Je ne veux pas de lame, répondit nerveusement le mage. J'aimerais contacter les voleurs.

L'homme fronça les sourcils.

— Oh ? (Il baissa les yeux vers la pièce.) Y faut un peu plus de jaunets sur le comptoir pour les intéresser à la parlote… Si tu vois ce que je veux dire, mon gars !

Dannyl ouvrit les doigts pour dévoiler la pièce d'argent, et les referma vivement quand le serveur tendit la main. L'homme renifla, puis détourna la tête.

— Hey, Kollin !

Un garçon aux cheveux très longs apparut dans l'encadrement d'une porte, derrière le comptoir et étudia attentivement Dannyl.

— Emmène-le à l'abattoir ! lui lança le serveur.

Kollin acquiesça. Alors que Dannyl passait derrière le comptoir, le serveur lui barra d'un bras le chemin.

— Pour mon bol ! L'argent…

Dannyl lui tendit la pièce en hésitant.

— T'inquiète ! ajouta le serveur. Si les voleurs pensaient que j'arnaque ceux qui viennent me demander de les voir, ils me tanneraient la peau et la cloueraient sur l'enseigne pour faire un exemple.

Se demandant s'il avait été dupé, Dannyl posa la pièce sur la paume de l'homme, qui le laissa suivre Kollin.

Le garçon marchait vite, entraînant Dannyl dans un labyrinthe de ruelles et de passages où flottaient des effluves de cuisine, de viande, de légumes et de cuir huilé. Le garçon s'arrêta et fit un geste en direction de l'entrée d'une allée dont le sol était recouvert d'ordures et de boue. Le passage finissait en cul-de-sac après vingt pas.

— C'est l'abattoir. Entre, dit le garçon avant de tourner les talons et de s'éloigner.

Dannyl regarda autour de lui et s'engagea d'un pas hésitant dans l'allée. Aucune porte et pas de fenêtres. Personne en vue pour l'accueillir. Le mage jura entre ses dents en atteignant le mur du fond. Il avait effectivement été dupé. Vu le nom de l'endroit, il aurait plutôt redouté un guet-apens.

Dannyl se retourna et se trouva nez à nez avec trois hommes à la carrure impressionnante.

— On cherche quelqu'un, peut-être ?

— Oui.

Dannyl s'avança vers les gorilles. Tous portaient des gants et un long manteau, et le visage de celui du milieu était barré d'une cicatrice. Les types lui retournèrent son regard sans ciller.

Les malfrats habituels, pensa Dannyl.

Peut-être que c'était bien un guet-apens.

Le mage s'arrêta à quelques pas des brutes et sourit.

— C'est donc l'abattoir. Le nom est bien choisi. Vous êtes mon escorte ?

Le gorille du milieu tendit la main, paume vers le ciel.

— Oui, mais il faut le salaire.

— J'ai donné mon argent à l'homme de la gargote.

— Vous voulez une lame, oui ou non ? répondit le gorille en fronçant les sourcils.

— Pas la moindre lame, non… Je veux parler aux voleurs.

L'homme regarda ses compagnons, qui souriaient.

— Oh ! Et auquel en particulier ?

— Celui qui a la plus large influence.

— Ça pourrait être Gorin, glousssa-t-il. (Un de ses compagnons étouffa un ricanement. Toujours souriant, le type fit signe à Dannyl de le suivre.) Viens avec moi.

Les autres brutes reculèrent. Dannyl suivit son nouveau guide jusqu'à l'entrée d'une rue plus large. Se retournant une dernière fois, il vit que les deux types le regardaient toujours d'un air matois.

Ils suivirent un entrelacs de ruelles et de passages. Dannyl commençait à se demander si la porte arrière de chaque boulangerie, tannerie, cordonnerie et gargote n'était pas la même partout. Mais en reconnaissant une enseigne, il s'arrêta.

— Nous sommes déjà passés par ici, fit-il remarquer. Pourquoi tournons-nous en rond ?

Le gorille se retourna, dévisagea Dannyl, puis s'approcha d'un mur. Il s'agenouilla et souleva une grille de ventilation.

— Toi d'abord, dit-il en invitant le mage à entrer.

Dannyl s'accroupit et regarda à l'intérieur du trou – si sombre qu'il n'y voyait rien. Résistant à l'envie d'invoquer un globe lumineux pour faire un peu de lumière, il glissa une jambe dans la cavité et rencontra le vide là où il s'attendait à trouver le sol. Il jeta un regard interrogateur à son guide.

— La rue est à la hauteur du torse. Descends.

Dannyl saisit le bord, se laissa tomber et passa son autre jambe par l'ouverture. Il sentit enfin le sol sous ses pieds, et son épaule frotta contre un mur. Le gorille sauta dans le passage avec une aisance née de l'habitude. L'obscurité l'empêchant de voir davantage que la vague silhouette de l'homme, le mage garda ses distances.

— Suis-moi à la trace, lui dit le type en commençant à descendre le passage.

Dannyl lui emboîta le pas en tâtonnant autour de lui. Ils marchèrent quelques minutes et prirent de nombreux tournants. Puis, le magicien entendit que le gorille venait de s'arrêter et un grattement monta de quelque part.

— Il te reste du chemin à faire, dit l'homme. T'es bien sûr de toi ? Tu peux encore changer d'avis et je te ramènerai.

— Pourquoi voudrais-je le faire ?

— C'est une possibilité, voilà tout…

Une lueur apparut, puis grandit. Un homme se tenait à contre-jour dans la lumière, et Dannyl ne pouvait pas distinguer son visage.

— C'est pour Gorin, dit le gorille.

Il regarda Dannyl, puis fit un geste rapide dans sa direction avant de se fondre dans l'obscurité.

— Gorin, hein ? (La voix de l'homme n'avait pas d'âge – quelque chose entre vingt et soixante ans.) Comment tu t'appelles ?

— Larkin, répondit Dannyl.

— Ta profession ?

— Je vends des tapis simbarites.

Depuis quelques années, les fabriques de tapis avaient poussé comme des champignons dans tout Imardin.

— Tu as pas mal de concurrents…

— Ce n'est pas à moi que vous allez l'apprendre…

L'homme rit, puis demanda :

— Pourquoi veux-tu parler à Gorin ?

— C'est lui qui le saura.

— J'aurais dû m'en douter, dit le type en tendant la main vers l'un des murs. Tourne-toi. À partir de maintenant tu marches en aveugle.

Dannyl hésita avant de se tourner de mauvaise grâce. Il redoutait quelque chose dans ce goût-là. Un morceau de tissu tomba devant ses yeux, et le magicien sentit l'homme le nouer sur sa nuque. La lumière assourdie de la lampe ne révélait plus que le matériau usé du bandeau de fortune.

— Suis-moi, s'il te plaît.

Une nouvelle fois, Dannyl marcha, les deux mains posées contre les murs. Ce guide-là allait vite. Dannyl comptait ses pas. Dès qu'il en aurait l'occasion, il verrait jusqu'où le mènerait un millier de ses enjambées.

Quelque chose, sans doute une main, poussa Dannyl en arrière et il s'arrêta. Il entendit une porte s'ouvrir et on le fit avancer. Une odeur d'épices et de fleurs lui emplit les narines et il devina, à la douceur du sol, qu'il foulait un tapis.

— Reste là et n'enlève pas ton bandeau, dit le type avant que la porte claque.

Un bruit de pas et de voix étouffés filtrait du plafond, et le magicien devina qu'il se trouvait sous une de ces infâmes gargotes. Il tendit l'oreille et entreprit de compter ses inspirations. Comme il commençait à s'ennuyer, il levait les mains vers le bandeau lorsqu'il entendit un bruit dans son dos, comme celui de pieds nus sur un tapis. Il se tourna et tordit le tissu pour l'arracher, mais il s'immobilisa en entendant grincer la poignée de la porte et lâcha aussitôt son bandeau.

La porte ne s'ouvrit pas. Dannyl attendit, se concentrant sur le silence. Quelque chose attira son attention. Quelque chose de plus ténu qu'un frottement de pieds sur le sol…

Quelqu'un était là et rôdait derrière lui. Le mage prit une longue inspiration, tendit les bras devant lui et fit semblant de chercher un mur. La présence s'écarta de lui lorsqu'il s'en approcha.

Quelqu'un était dans la pièce avec lui. Quelqu'un qui voulait rester silencieux. Le tapis étouffait le bruit de ses pas et le vacarme de la gargote aurait couvert des bruits plus marquants. Le parfum floral de la pièce dissimulait les odeurs d'un corps humain. Seuls les sens de Dannyl – les sens d'un mage – lui avaient permis de détecter cette présence.

C'était un test. Dannyl aurait voulu savoir si c'était lui ou l'autre qui le passait et devait réussir à rester indétectable. Mais non, le test était forcément pour lui. Ils voulaient voir s'il s'apercevrait de quelque chose. Découvrir s'il était magicien.

Dannyl se concentra et découvrit une seconde présence furtive. Celle-ci ne bougeait pas. Le mage tendit les bras et avança de nouveau. La première présence l'évita vivement, mais il l'ignora et toucha la muraille, dix pas plus loin. Il parcourut de la paume la surface rêche en direction de la présence immobile. La première qu'il avait décelée recula, puis fonça vers lui. Le magicien sentit un courant d'air dans son cou. Se forçant à ne pas réagir, il continua son chemin.

Ses doigts rencontrèrent le bois de la porte, une manche, puis un bras. Quand on lui arracha son bandeau, il vit qu'un vieil homme se tenait devant lui.

— Je m'excuse de vous avoir fait attendre, dit-il.

Reconnaissant sa voix, Dannyl sut qu'il s'agissait de son guide. L'homme avait-il quitté la pièce un seul instant ?

Le guide ouvrit la porte sans donner la moindre explication.

— Si vous voulez bien me suivre.

Dannyl lui emboîta le pas et examina une dernière fois la pièce où ils se trouvaient. Il n'y avait personne.

Ils continuèrent leur chemin d'un pas moins vif, la lampe du vieil homme cahotant au rythme de ses enjambées. Sur les murs, à chaque croisement, était fixé dans la brique un petit panneau couvert d'inscriptions dans une langue que le mage ne connaissait pas. Dannyl aurait été incapable de deviner l'heure, mais il savait qu'il était entré dans la première gargote très longtemps auparavant. Il était fier d'avoir deviné qu'on le testait. Ses guides l'auraient-ils conduit jusqu'aux voleurs s'ils avaient percé à jour sa véritable identité ? Dannyl en doutait fort.

Il y aurait peut-être d'autres tests – il devrait se tenir prêt – et il ne savait pas combien de barrages il aurait encore à passer avant de parler à Gorin. D'un autre côté, il devrait en apprendre le plus possible sur les gens avec qui il comptait traiter.

— Qu'est-ce qu'une « lame » ? demanda-t-il en observant son compagnon.

— Un assassin, grogna le vieil homme.

Dannyl cligna des yeux. À l'évidence, l'enseigne *À couteaux tirés* n'avait pas été choisie au hasard. Pourquoi un nom aussi transparent n'avait-il jamais mis la puce à l'oreille de personne ?

Le mage aurait le temps de se poser cette question plus tard. Pour l'instant, il y avait des choses plus importantes à apprendre.

— Il y a d'autres noms codés que je devrais connaître ?

— Si quelqu'un vous envoie un « messager », ce sera pour vous menacer ou pour mettre cette menace à exécution, répondit l'homme.

— Je vois.

— Un « rat », c'est un traître aux voleurs. Vous ne voulez pas en devenir un, car les rongeurs ne vivent pas très longtemps.

— Je saurai m'en souvenir.

— Si tout se passe bien, vous deviendrez ce qu'on appelle un « client ». Tout dépend de la raison de votre visite. (L'homme s'arrêta et jeta un coup d'œil à Dannyl.) On sera bientôt fixés.

Il frappa au mur. On ne lui répondit pas, mais les briques commencèrent à s'écarter les unes des autres, et la paroi s'ouvrit. Le vieil homme fit signe à Dannyl d'entrer.

La pièce était petite. Une table la coupait en deux, calée entre les murs. En face de Dannyl, sur une chaise, derrière cette table, trônait un énorme personnage. Une porte s'entrouvrait dans son dos.

— Larkin, le marchand de tapis, dit l'homme d'une voix si grave qu'elle en devenait angoissante.

— Et vous êtes ? demanda Dannyl après s'être incliné.

— Gorin, répondit l'homme en souriant.

Il n'y avait pas de chaises pour les visiteurs. Dannyl s'approcha de la table. Gorin n'était pas une personne qu'on aurait pu qualifier d'esthétique, mais sa carcasse supportait plus de muscles que de graisse. Il avait les cheveux épais et bouclés et une barbe laineuse couvrait sa mâchoire. Il faisait honneur à son nom, celui des énormes bêtes qui halaient les barges le long du fleuve Tarali. Dannyl se demanda si c'était une facétie des hommes de l'abattoir. À moins que Gorin ait tout simplement la plus *large* influence.

— Vous êtes à la tête des voleurs ?

— Les voleurs n'ont personne à leur tête, répondit sèchement Gorin.

— Alors, comment puis-je savoir si je parle à la bonne personne ?

— Vous voulez passer un marché ? Vous le passez avec moi. Si vous me trahissez, je vous punis. Voyez-moi comme quelqu'un qui serait entre un père et un roi. Je vous tends la main ; si vous la mordez, je vous tuerai. Vous comprenez ?

— J'avais pensé à quelque chose de plus… égalitaire, protesta Dannyl. De père à père, pourquoi pas ? Je n'oserais pas vous suggérer de roi à roi, bien que cette idée me séduise.

Gorin eut un rictus.

— Que voulez-vous, Larkin, marchand de tapis ?

— Que vous m'aidiez à trouver quelqu'un.

— Oh ! (Le voleur hocha la tête. Il saisit un bloc de papier et un encrier.) Et qui ?

— Une fille. Entre quatorze et seize ans. Frêle, cheveux noirs, maigre…

— Une fugueuse ?

— En quelque sorte.

— Dites-moi pourquoi vous la cherchez.

— Un quiproquo.

Gorin fit signe qu'il comprenait.

— Où pensez-vous qu'elle soit allée ?

— Dans les Taudis.

— Si elle est vivante, je la trouverai. Si elle ne l'est plus, ou si nous ne la trouvons pas dans les temps – nous en parlerons dans un instant – votre contrat sera caduc. Son nom ?

— Nous ne connaissons pas encore son nom.

— Vous ne conn… (Gorin leva les yeux sur le magicien.) *Nous ?*

— Vos tests ne sont peut-être pas assez performants, dit Dannyl en se permettant un petit haussement d'épaules.

Gorin plissa les yeux jusqu'à ce qu'ils ne soient plus qu'une fente. Il déglutit et s'adossa à sa chaise.

— Nous parlons bien de la même chose ?

— Qu'auriez-vous fait de moi si j'avais échoué ?

— On vous aurait conduit très loin d'ici, répondit Gorin en se léchant les lèvres. Mais vous êtes là. Que voulez-vous ?

— Je vous l'ai dit. Que vous nous aidiez à trouver la fille.

— Et si nous refusons ?

Dannyl se rembrunit.

— Elle mourra. Ses pouvoirs la consumeront, et une partie de la ville avec. Je ne peux pas prévoir l'étendue des dégâts tant que je ne connais pas celle de son don. (Dannyl avança, posa les mains sur la table et plongea son regard dans celui du voleur.) Si vous nous aidez, nous saurons être reconnaissants – même si vous devez comprendre qu'il y a des limites à ce que nous pouvons faire à visage découvert.

Gorin ne répondit pas et se contenta de fixer Dannyl. Puis il tourna la tête et lança :

— Hey, Dagan, apporte une chaise pour notre hôte !

Dans la pièce sombre et humide, des caisses de marchandises étaient empilées contre le mur, la plupart éventrées. Des mares d'eau s'étaient infiltrées dans les coins du réduit, et une couche de poussière couvrait tout le reste.

— Alors, c'est là que ton paternel cachait ses machins ?

— Ouais, répondit Cery. Le vieil entrepôt de papa.

Il épousseta une des boîtes et s'assit dessus.

— Y a pas de lit, remarqua Donia.

— On s'arrangera, dit Harrin.

Il se dirigea vers les caisses et commença à farfouiller dedans.

Sonea n'avait pas encore passé la porte, stupéfaite à l'idée de devoir dormir dans un endroit aussi déplaisant. Elle soupira et s'assit sur une marche. Ils s'étaient enfuis trois fois la nuit dernière pour échapper à des chasseurs de primes et l'adolescente avait l'impression de ne pas avoir fermé l'œil depuis des jours. Elle soupira et se laissa aller un moment. Tous les sons lui parurent soudain assourdis : la conversation entre Harrin et Donia, les pas qui résonnaient dans le passage…

Les pas ?

Sonea ouvrit les yeux et regarda derrière elle. Une lumière luisait dans les ténèbres !

— Quelqu'un vient !

— Quoi ? (Harrin traversa la pièce en deux enjambées et se pencha dans le tunnel. Il écouta un moment, puis prit le bras de Sonea avant de lui montrer le fond de la pièce.) Cache-toi là-bas.

Sonea se précipita vers les caisses et Cery rejoignit Harrin devant la porte.

— Personne ne met jamais les pieds ici, dit-il, la poussière des marches n'a pas été dérangée.

— Alors, c'est qu'on nous a suivis.

Cery examina le passage et jura.

— Couvre ton visage, Sonea. Ils cherchent peut-être quelqu'un d'autre.

— On reste là ? demanda Sonea, totalement paniquée.

— Il n'y a que ce chemin pour sortir, répondit Cery. Il existait un passage, mais les voleurs l'ont fermé il y a des années. C'est pour ça que je voulais qu'on vienne ici en dernier recours.

Les pas se rapprochaient rapidement. Harrin et Cery reculèrent dans le réduit et attendirent. Sonea releva son capuchon et rejoignit Donia au fond de la pièce.

Des bottes apparurent dans le couloir. Puis, alors que leurs propriétaires descendaient les marches, se révélèrent des pantalons, suivis par les torses et enfin les visages des visiteurs. Quatre garçons passèrent la porte. Ils regardèrent Harrin et Cery, puis leurs yeux se posèrent sur Sonea et ils sourirent impatiemment.

— Burril, dit Harrin. Que viens-tu foutre ici ?

Un adolescent râblé aux bras énormes avança vers Harrin, le menton haut. Sonea frissonna en reconnaissant le nom du garçon qui l'avait accusée d'être une espionne.

Elle regarda les autres jeunes et eut un choc en voyant l'un d'entre eux. Evin. Un des garçons les plus calmes du groupe de Harrin, il avait appris à Sonea tout l'art de tricher aux cartes. Ce soir, elle ne lisait plus aucune amitié dans ses yeux, et encore moins dans la lourde barre de métal qu'il serrait dans sa main. Sonea baissa les yeux.

Les deux autres garçons tenaient des gourdins. Ils avaient sans doute récupéré ces matraques de fortune en chemin. Sonea évalua la situation. Quatre contre quatre... Donia ne s'était sans doute jamais battue, et aucun d'eux ne pourrait résister face à une des brutes de Burril. Ils seraient à peine capables d'en tenir une en respect en s'y mettant tous. Sonea s'empara d'une planche tombée d'une caisse.

— On est là pour la fille, dit Burril.

— Alors, Burril ? On est devenu une pourriture ? demanda Harrin, la voix vibrante de mépris.

— C'est la question que je voulais te poser…, répliqua Burril. Ça fait des jours qu'on t'a pas vu. Puis on tombe sur l'avis de recherche et on comprend enfin ! Tu veux garder tous les jaunets pour toi.

— Sûrement pas. Sonea est une amie. Et je ne vends pas mes amis.

— Oh, mais ça n'est pas *notre* amie, à nous…

— Alors, c'est ça ? demanda Harrin en croisant les bras. Il ne t'a pas fallu longtemps pour vouloir me piquer ma place. Tu connais les règles, Burril. Tu es avec ou contre moi. (Il jeta un coup d'œil aux autres brutes.) Et c'est pareil pour vous. Vous êtes avec cette ordure ?

Les adolescents ne bougèrent pas, mais ils regardèrent Burril, puis Harrin et se dévisagèrent les uns les autres. Leur expression était indéchiffrable.

— Cent pièces d'or, leur rappela Burril. Vous voulez laisser tomber tant de jaunets pour le plaisir de suivre ce débile ? Avec cette somme on pourrait vivre comme des rois.

Les jeunes se firent menaçants.

— Cassez-vous ! rugit Harrin.

Une lame étincela dans la main de Burril et il la pointa sur Sonea.

— Pas sans la fille !

— Non.

— Alors, on va la prendre.

Burril fit un pas en direction de Harrin. Alors que ses compagnons se déployaient, Cery se campa à côté de Harrin, les yeux brillants et les mains dans les poches.

— Allez, Harrin, dit Burril, inutile de nous battre. File-la-nous et on partagera le pognon, comme au bon vieux temps.

Harrin grimaça de colère et de mépris. Un couteau apparut dans sa main et il plongea vers Burril. L'adolescent évita le coup et para avec sa lame. Sonea retint son souffle lorsque le couteau déchira la manche de Harrin et y traça une ligne écarlate. Alors qu'Evin faisait des moulinets avec sa barre de fer, Harrin sauta hors de portée de ses agresseurs.

Donia prit le bras de Sonea.

— Arrête-les, Sonea, chuchota-t-elle, paniquée. Lance un sort !

— Mais… mais comment ?

— Fais quelque chose ! N'importe quoi !

Les deux autres brutes s'approchèrent de Cery, qui tira deux dagues de ses poches. Les adolescents hésitèrent un instant. Sonea vit les dragonnes passées autour des poignets de Cery, histoire qu'il puisse utiliser ses mains sans perdre ses lames. Elle ne put s'empêcher de sourire : il n'avait pas changé d'un poil.

Le plus costaud des adolescents se précipita en avant. Cery lui attrapa le poignet au vol et le tordit, utilisant l'élan de son agresseur pour le déséquilibrer. La brute trébucha et lâcha sa matraque quand Cery lui tordit le bras. Puis il abattit le pommeau d'une de ses dagues sur le crâne du garçon.

La brute s'effondra sur les genoux. Cery sauta hors de portée du deuxième type et de son gourdin. Derrière lui, Harrin parait une autre attaque de Burril. Profitant d'une brèche, entre les quatre combattants, Evin se faufila jusqu'à Sonea.

Ses mains sont vides, nota la jeune fille avec soulagement. Elle n'avait pas la moindre idée de ce qu'il avait fichu de la barre de fer. *Peut-être cachée dans son manteau…*

— Fais quelque chose ! cria Donia.

Sonea baissa les yeux sur sa planche et comprit que le sort de la place Nord, ici, ne lui servirait à rien. Il n'y avait aucun bouclier magique à traverser et elle se doutait que jeter le morceau de bois sur Evin ne l'arrêterait pas.

Elle devait tenter autre chose. Pourrait-elle ensorceler la planche pour frapper plus fort ?

Ce serait possible ?

Sonea leva les yeux sur le garçon.

Dois-je tenter ça ? Mais si je lui faisais quelque chose d'affreux ?

— Aide-les ! siffla Donia en reculant devant Evin.

Sonea prit une grande inspiration, jeta la planche en direction de l'adolescent et souhaita de toutes ses forces qu'elle le fasse battre en retraite. Sans même ralentir, Evin écarta d'une main le morceau de bois. Il tendit le bras vers Sonea, mais Donia se précipita devant elle.

— Comment tu peux faire ça, Evin ? lui lança-t-elle. Tu étais notre ami ! Je te vois encore jouer aux cartes avec Sonea ! C'est trop…

Evin prit la jeune femme par les épaules et la propulsa hors de son chemin. Sonea feinta et le frappa de toutes ses forces dans l'estomac. Il cracha, recula d'un pas et évita facilement ses coups, maintenant qu'elle visait son visage.

Un cri étranglé résonna dans la pièce. Sonea leva les yeux et vit l'adversaire de Cery battre en retraite, une main serrée sur son bras.

Quelque chose l'ayant frappée à la poitrine, Sonea tomba en arrière. En touchant le sol, elle se retourna pour tenter de rouler hors de portée d'Evin, mais il se jeta en avant et l'immobilisa sous son poids.

— Lâche-la ! hurla Donia.

Elle se précipita, brandissant une planche, et l'abattit sur le crâne d'Evin. Il roula sur le côté, le second coup de Donia ayant percuté sa tempe, et s'écroula, mou comme une poupée de chiffon.

Donia le menaça de son arme. Voyant qu'il ne bougeait plus, elle prit la main de Sonea et l'aida à se remettre debout. Les deux femmes virent que Harrin et Burril se battaient toujours. Cery ne quittait pas des yeux les deux autres brutes. L'une d'elles se tenait les côtes et l'autre était adossée au mur, une main pressée sur sa tête.

— Hé ! s'exclama Donia. On dirait qu'on gagne !

Hors de portée de Harrin, Burril lui jeta un regard noir. Il fourra la main dans sa poche et, d'un geste brusque, jeta quelque chose en direction de son adversaire.

Harrin jura lorsque la poussière de papea lui brûla les yeux. Puis il cligna des paupières et tenta de reculer.

Donia voulut se précipiter vers lui, mais Sonea lui saisit le bras pour la retenir.

Harrin se baissa pour éviter la charge de Burril. Hélas, il ne fut pas assez rapide. Un cri de douleur ponctua l'assaut et le couteau de Harrin tomba sur le sol. Cery se jeta sur Burril, qui se retourna juste à temps pour voir venir l'attaque.

Harrin s'accroupit en se frottant les yeux et tâtonna à la recherche de son couteau.

Burril repoussa Cery et fouilla encore une fois dans son manteau. Un nuage de poussière rouge vola en direction de Cery, qui ne fut pas assez rapide. Grimaçant de douleur, il recula.

— Il va les tuer ! cria Donia.

Sonea ramassa une autre planche. Elle ferma les yeux un instant, tentant de se souvenir de ce qu'elle avait fait sur la place Nord. Elle serra la planche de toutes ses forces, y projetant toute sa rage et sa colère. Concentrée sur son projectile, elle le jeta sur Burril.

L'adolescent grogna lorsque la planche s'abattit sur son dos, puis il fit face à la jeune fille, tendit les bras et avança vers elle. Donia cherchait quelque chose, n'importe quoi, à lui jeter dans les jambes.

— Utilise ta magie ! implora-t-elle en voyant Sonea s'accroupir à côté d'elle.

— J'ai essayé, ça n'a pas marché !

— Alors, essaie encore !

Burril glissa la main dans sa poche et en sortit un paquet minuscule. En le voyant, Sonea fut folle de rage. Elle se prépara à lancer la planche qu'elle tenait toujours, mais hésita.

Pensait-elle trop à propulser violemment son projectile ? La magie n'était pas physique… Elle regarda Donia lancer une caisse au visage de Burril. Inutile de jeter quelque chose à son tour…

Elle se concentra sur sa planche, lui donnant de l'élan avec son esprit afin qu'elle percute Burril avec assez de puissance pour lui faire perdre connaissance.

Elle sentit quelque chose se desserrer dans sa tête.

Un éclair illumina la pièce lorsque la planche s'enflamma. Burril hurla quand le projectile fondit sur lui et il se jeta par terre pour l'éviter. Le morceau de bois rebondit sur le sol, puis s'écrasa dans une flaque où il se mit à fumer.

Le paquet de poussière de papea était tombé hors de portée de Burril. Il leva les yeux sur Sonea, qui le fixa en se penchant pour saisir une autre planche.

Blanc comme un linge, Burril bondit vers la porte sans un regard pour ses acolytes et disparut.

Entendant un bruit étouffé dans son dos, Sonea se retourna. Evin s'était remis debout. Mais il recula à son tour et se précipita vers le couloir. Voyant leurs compagnons s'enfuir, les deux autres brutes se relevèrent et suivirent le mouvement.

Alors que le bruit de leurs pas s'éloignait, le rire de Harrin emplit la petite salle. Il se releva et se dirigea vers la porte.

— C'est quoi le problème ? cria-t-il. Vous pensiez qu'elle vous laisserait l'emmener comme ça ? (Il se tourna vers Sonea.) Bien joué !

— Joli final, approuva Cery.

Il se frotta les paupières, grimaça, sortit une flasque d'un pli de son gilet et commença à se rincer les yeux. Donia se précipita vers Harrin et examina ses blessures.

— Tu dois te faire recoudre. Cery, tu es blessé ?

— Non, dit-il en tendant la flasque à son amie.

Donia lava le visage de Harrin. Sa peau était déjà rouge et couverte de cloques.

— Tu vas te sentir mal pendant des jours. Sonea, tu penses que tu pourrais le soigner ?

Sonea secoua la tête.

— Je n'en sais rien. Le morceau de bois n'était pas censé prendre feu. Et si je veux soigner Harrin et que je le crame ?

— Quelle horrible idée !

— Tu dois t'entraîner, intervint Cery.

— Dans ce cas, j'ai besoin de temps et d'un local où je n'attirerai l'attention de personne.

— Une fois que cette bagarre sera connue, dit Cery en nettoyant ses dagues, les gens auront bien trop peur pour essayer de te mettre la main dessus. Ça nous laisse les coudées franches, non ?

— Ça paraît tiré par les cheveux, répliqua Harrin. Tu peux parier que Burril et les autres n'en souffleront pas un mot. Et même s'ils le font, y aura toujours quelqu'un pour croire qu'il peut faire mieux qu'eux.

Cery lâcha un abominable juron.

— Alors, on ferait mieux de se tirer d'ici, et au plus vite, dit Donia. On va où, Cery ?

L'adolescent se gratta la tête.

— Qui a des jaunets ?

Tous se tournèrent vers Sonea.

— Ils sont pas à moi ! C'est ceux de Jonna et de Ranel.

— Je suis sûre que ta vie leur tient plus à cœur que leurs jaunets, avança Donia. Ils ne t'en voudront sûrement pas.

— Et ils te diraient que tu es idiote d'hésiter, ajouta Cery.

Sonea chercha la boucle de sa bourse, cachée sous sa chemise.

— Si je me sors de cette situation, je pourrai toujours les rembourser. Cery, t'as intérêt à les retrouver vite pour les rassurer.

— Je m'en occuperai dès que tu seras en sécurité. Maintenant, on ferait mieux de se séparer. On se revoit dans une heure. J'ai un endroit qui me trotte dans la caboche, un coin où personne ne pensera à venir chercher Sonea. On ne pourra pas rester plus de quelques heures, mais ça nous laissera toujours un répit. La tête au calme, on trouvera bien où aller ensuite.

7

Dangereuses alliances

En sortant des écuries, Rothen ralentit devant les jardins de la Guilde. L'air était vif, mais encore agréable et le silence se révélait bienvenu après le brouhaha de la cité. Le mage inspira profondément et soupira.

Il avait interrogé un nombre incalculable d'informateurs, mais bien peu avaient quelque chose à lui apprendre. La plupart étaient en réalité venus pour mettre la main sur un indice qui les aurait conduits à la fille… et à la récompense. Plusieurs avaient fait le déplacement pour exprimer leurs doléances à Rothen.

Beaucoup d'informateurs s'étaient contentés de lui dire qu'ils avaient vu une fille seule désireuse d'échapper aux curieux. Après quelques jours dans les Taudis, il était devenu évident pour le mage que ça n'avait rien d'exceptionnel. Rothen en avait parlé avec d'autres magiciens et tous étaient d'accord avec lui.

Tout aurait été si simple s'il avait pu dire à quoi ressemblait la fille mentionnée sur les affichettes. Rothen repensa un instant au seigneur Margen, son ancien mentor, qui avait cherché toute sa vie un moyen de transférer les images mentales sur le papier sans jamais y parvenir. Dannyl avait pris le relais, mais sans grand succès.

Rothen se demanda comment se portait son ami. Un bref dialogue mental lui avait assuré qu'il allait bien et qu'il reviendrait sans doute à l'aube. Rothen avait détecté une note de fierté dans la voix du jeune magicien. Les autres mages avaient pu entendre leur conversation, mais ils seraient bien incapables de deviner ce que Dannyl était parti faire dans les Taudis…

— … sait… Rothen…

En entendant son nom, Rothen leva les yeux. Les épais feuillages du jardin lui cachaient le visage de celui qui parlait, mais il était certain d'avoir reconnu cette voix.

— … on ne peut précipiter ce genre de choses.

C'était l'administrateur Lorlen : son interlocuteur et lui se rapprochaient de Rothen. Devinant que les promeneurs passeraient tout près, le magicien se faufila dans une des courettes et s'assit sur un banc pour écouter.

— J'ai bien pris note de vos plaintes, Fergun, dit Lorlen. Je ne peux rien faire de plus. Lorsque nous aurons trouvé la fille, tout sera fait dans les règles. À l'heure actuelle, seule sa capture me soucie.

— Mais devons-nous supporter tous ces… ces tracas ? Rothen n'a pas eu connaissance de ses pouvoirs en premier ! C'est *moi* ! Comment pourrait-il s'opposer à mes arguments ?

L'administrateur répondit d'une voix douce, mais on sentait l'agacement le gagner. Rothen sourit derrière son buisson.

— Nous ne parlons pas de *tracas*, Fergun. Nous parlons des lois de la Guilde. Elles disent…

— Que le premier magicien à sentir le don chez une personne a, de fait, le droit d'en réclamer la tutelle, récita Fergun. *J'ai* été le premier à sentir son don, moi, et personne d'autre.

— Qu'importe, pour l'instant ! La question se posera une fois que nous l'aurons retrouvée.

Les deux hommes avaient dépassé Rothen et l'écho de leurs voix mourut. Le mage se leva du banc et se dirigea lentement vers le bâtiment de la Guilde.

Ainsi, Fergun avait l'intention de réclamer la tutelle de la fille. Lorsque Rothen s'était proposé pour ce rôle, il avait pensé que personne d'autre n'en voudrait. Et certainement pas Fergun, que les classes inférieures répugnaient depuis toujours.

Rothen sourit en pensant à Dannyl. Le jeune mage serait mécontent d'apprendre cette nouvelle. Il détestait Fergun depuis leur noviciat, et il serait encore plus déterminé à trouver la fille lui-même.

Cery n'avait pas mis les pieds dans une maison de bains depuis une éternité et il n'avait jamais poussé la porte des coûteuses cabines individuelles. Propre et réchauffé pour la première fois depuis des jours – et enroulé dans une épaisse serviette – il suivait l'employée jusqu'à un immense sauna et se sentait détendu. Enveloppée d'un épais peignoir, Sonea était assise sur un tapis simbarite. Son visage seul était visible, la peau rosie par toutes les attentions des employées de la maison. En la voyant si heureuse, Cery sentit sa bonne humeur monter d'un cran. Voire de deux.

— T'as vu comme on s'occupe de toi ? Je suis certain que Jonna nous aurait donné la permission.

Sonea se rembrunit et Cery regretta aussitôt ses paroles.

— Je m'excuse, Sonea… J'aurais pas dû dire ça. (Il se laissa tomber sur le tapis et s'appuya au mur.) Si on parle bas, ça devrait aller…

— Et maintenant, on fait quoi ? Rester ici est impossible.

— J'y ai pensé… Les choses ne tournent pas en notre faveur, tu le sais. J'aurais pu te garder loin des mages, mais la récompense change la donne. Je ne fais plus confiance à personne. Je n'ose plus demander de services, et… et je n'ai plus d'endroits où te cacher.

— Alors, quoi ? demanda Sonea, son visage perdant toutes ses couleurs.

Cery hésita. Après la bagarre, il avait compris qu'il ne lui restait plus qu'une option et qu'elle ne plairait pas à son amie. Pas plus qu'à lui, en tout cas. S'il lui était resté une personne en qui avoir confiance…

— Je pense que nous devons demander l'aide des voleurs.

— T'es cinglé ?

— Je serais dingue de penser que je peux régler ça tout seul. Un jour où l'autre quelqu'un te débusquera.

— Mais pourquoi les voleurs ? Qu'ont-ils à voir avec tout ça ?

— Tu as quelque chose qu'ils veulent.

Sonea fit la moue.

— La magie, c'est ça ?

— Ouais… Ils rêvent d'avoir leur propre mage, j'en mettrais ma main au feu. Une fois sous leur protection, on ne pourra plus te toucher. Personne ne se dresse sur le chemin des voleurs. Pas même pour cent jaunets.

Sonea ferma les yeux.

— Jonna et Ranel m'ont toujours dit qu'on ne se libère jamais des voleurs. C'est comme un hameçon. Même quand le contrat est rempli, on n'éponge jamais tout à fait sa dette.

— Je sais que tu as entendu des histoires plutôt moches. Tout le monde y a eu droit. Tu n'as qu'à suivre leurs règles et ils te traiteront comme il faut. C'est ce que mon vieux disait…

— Et ils l'ont tué.

— C'était un con. Il a voulu les doubler.

— Qu'est-ce que… ? Qu'est-ce que je pourrais faire d'autre ? Si je n'y vais pas, la Guilde me mettra la main dessus. Être l'esclave des voleurs doit quand même être moins terrible que la mort.

— Ça ne se passera pas comme ça, Sonea. Une fois que tu sauras te servir de tes pouvoirs, tu seras quelqu'un d'important. Les voleurs te laisseront faire ce que tu voudras. Ils y seront obligés. Après tout, si tu décides de refuser quelque chose, personne ne pourra t'y forcer.

Sonea le fixa si longtemps que Cery trouva son regard insupportable.

— Mais tu n'en es pas sûr, dit-elle.

Cery se força à la regarder en face.

— Voilà de quoi je suis sûr : c'est la seule possibilité qui nous reste. Je sais qu'ils te traiteront correctement.

— Mais ?

— Mais je ne suis pas certain de ce qu'ils te demanderont en échange.

Sonea s'appuya au mur et regarda dans le vide pendant quelques minutes.

— Si tu crois que c'est ce qu'on doit faire, je me fie à toi, Cery. Je préfère être coincée avec les voleurs que me rendre à la Guilde.

Devant le visage angoissé de son amie, Cery se sentit aussi mal à l'aise que d'habitude. Et cette fois, la culpabilité s'ajoutait au reste. Sonea était terrifiée, mais elle ferait face aux voleurs avec la détermination qu'elle montrait en toute circonstance. C'était encore pire pour Cery. Même s'il savait très bien qu'il ne pouvait pas la protéger tout seul, la livrer aux voleurs ressemblait fort à une trahison. Et il ne voulait plus la perdre.

Mais il n'y avait aucune autre solution.

Il se leva et se dirigea vers la porte.

— Je vais chercher Harrin et Donia, dit-il. Ça ira ?

Sonea ne lui répondit pas et se contenta de hocher la tête.

Une des employées se tenait dans le couloir. Quand Cery lui demanda où étaient ses deux amis, la femme désigna du menton la porte voisine. Cery frappa contre le battant en se mordant la lèvre.

— Entrez, lança la grosse voix de Harrin.

Harrin et Donia étaient assis sur un tapis simbarite. Donia séchait ses cheveux avec une serviette.

— Je lui ai dit et elle est d'accord, annonça Cery.

— Je suis toujours pas sûr que ce plan soit le bon, Cery, grogna Harrin. Et si on la faisait plutôt sortir de la ville ?

— Je doute qu'on aille bien loin. Tu peux être sûr que les voleurs savent tout sur elle, maintenant… Qui elle est, où elle a été et où elle a vécu. Ils savent à quoi elle ressemble, qui sont ses parents, où habitent Jonna et Ranel. Et il faudra pas beaucoup pousser Burril et ses copains pour apprendre qu'elle est…

— S'ils en savent autant, coupa Donia, alors pourquoi ne sont-ils pas venus la prendre ?

— Ça ne ressemble pas à leur façon de faire, répondit Cery. C'est donnant donnant. Les voleurs concluent des marchés pour que la plupart des gens qui travaillent avec eux soient contents et se retournent pas contre eux. Ils auraient pu venir à nous et nous proposer leur protection, mais ils l'ont pas fait. À mon avis, c'est parce qu'ils sont pas certains que Sonea a bien un don. Si on va pas à eux, ils enverront un des leurs la livrer à la Guilde. Et c'est pour ça qu'ils nous laisseront pas sortir de la ville.

Donia et Harrin échangèrent un long regard.

— Et Sonea, elle en pense quoi ?

— Elle a entendu parler d'eux, et pas en bien. Elle a peur, mais elle sait qu'elle a plus le choix.

— T'es bien sûr de toi ? demanda Harrin. Je croyais qu'elle t'avait tapé dans l'œil. Tu pourrais ne plus la revoir.

— Parce que tu penses que je la reverrai si les magiciens la chopent ? lança Cery, soudain rouge jusqu'aux oreilles.

— Non, répondit Harrin en haussant les épaules.

Nerveux, Cery fit les cent pas dans la pièce.

— J'irai avec elle. Elle a besoin d'un ami à ses côtés. Je peux me rendre utile.

Harrin se leva, prit l'adolescent par le bras et plongea son regard dans le sien.

— Alors, vous deux, vous ne traînerez plus trop dans le coin, hein ?

Cery secoua la tête. Encore une fois, il se sentait coupable. Quatre membres du groupe avaient déjà trahi Harrin, et rien n'empêcherait les autres de les suivre. Et, maintenant, même son meilleur ami le quittait.

— Je reviendrai dès que je pourrai. Gellin pense que je bosse déjà pour les voleurs, de toute façon.

Harrin finit par sourire.

— Eh bien, d'accord. Tu l'emmènes quand ?

— Ce soir.

Donia posa une main sur le bras de Cery.

— Et s'ils en veulent pas ?

Cery eut un pâle sourire.

— Ils en voudront, crois-moi.

Le couloir du quartier des mages était silencieux et vide. Les pas de Dannyl y résonnaient tandis qu'il se dirigeait vers la porte de Yaldin. Il frappa et attendit. Des voix étouffées filtraient à travers le panneau. Une voix de femme s'éleva au-dessus des autres :

— Il a fait *quoi* ?

Un instant passa, puis la porte s'ouvrit. Ezrille, la femme de Yaldin, sourit distraitement au mage et s'effaça pour le laisser entrer. Plusieurs chaises garnies de coussins étaient disposées autour d'une table basse ; Yaldin et Rothen y avaient pris place.

— Il a ordonné aux gardes de jeter l'homme hors de chez lui, acheva Yaldin.

— Simplement parce qu'il a laissé dormir des enfants dans son grenier ? C'est abject ! s'exclama Ezrille tout en faisant signe à Dannyl de s'asseoir.

Yaldin salua son visiteur de la tête.

— Bonjour, Dannyl. Tu veux une tasse de sumi ?

— Bonjour, répondit Dannyl en se laissant tomber sur une chaise. Un sumi serait le bienvenu, merci. La journée a été longue.

Rothen fronça pensivement les sourcils et Dannyl lui sourit en retour. Il se doutait que le mage était impatient d'apprendre ce qu'avait donné sa rencontre avec les voleurs. Mais, avant de la lui raconter, Dannyl tenait à savoir ce qui avait fait pousser de hauts cris à la calme Ezrille.

— Qu'est-ce que j'ai manqué ?

— Hier, l'un des nôtres a suivi un informateur jusqu'à une maison, dans un des quartiers les moins mal famés des Taudis, expliqua Rothen. Le propriétaire laissait dormir des orphelins dans son grenier et l'informateur soutenait qu'une fille plus âgée s'y cachait. Notre collègue jure que la fille et son compagnon se sont enfuis, avec l'aide du propriétaire juste avant qu'il arrive. Alors, il a ordonné à la garde d'expulser *manu militari* le malheureux et sa famille.

— Notre collègue ? répéta Dannyl. Qui… Serait-ce l'œuvre d'un certain Fergun ?

— C'est bien possible.

Dannyl jura, puis remercia Ezrille, qui lui tendait une tasse de sumi.

— Et ensuite ? demanda-t-elle. L'homme a été jeté dehors ?

— Lorlen a annulé l'ordre, bien entendu, dit Yaldin. Mais Fergun avait déjà pratiquement détruit la maison en cherchant des passages secrets.

— Je n'aurais jamais cru que Fergun puisse être aussi… aussi…, bafouilla Ezrille sans trouver ses mots.

— Vindicatif ? proposa Dannyl. Je suis étonné qu'il n'ait pas « interrogé » le pauvre homme.

— Il n'oserait pas, dit Yaldin d'une voix pleine de mépris.

— Pas encore, acquiesça Dannyl.

— Il y a pire, soupira Rothen. Ce soir, j'ai entendu quelque chose par hasard. Fergun veut la tutelle de la fille.

Dannyl en eut les sangs glacés.

— Fergun ? (Ezrille grimaça.) C'est un mage médiocre ! Je croyais que la Guilde encourageait les seuls magiciens de talent à prendre des pupilles.

— Exact, répondit Yaldin. Mais ce n'est pas une règle écrite.

— Combien de chances pour qu'il obtienne sa garde ?

— Il affirme qu'il est le premier à avoir eu connaissance de son don, puisqu'il en a senti les effets avant tout le monde.

— C'est un argument recevable ?

— J'espère bien que non, grommela Dannyl.

Cette nouvelle le tracassait. Il connaissait bien Fergun. Trop bien. Avec sa haine des classes inférieures, que voulait-il faire d'une malheureuse de cet acabit ?

— Il veut peut-être se venger de son humiliation sur la place Nord ?

Rothen secoua la tête.

— Maintenant, Dannyl, ça suffit…

— Tu dois avouer que c'est une possibilité !

— Fergun ne provoquerait pas tout un remue-ménage pour si peu, même s'il devait écorcher un peu son ego au passage, répondit Rothen. Il veut juste être celui qui a capturé la fille – et surtout, il désire que personne ne l'oublie.

Dannyl regarda ailleurs. Son ami n'avait jamais voulu comprendre que ce qui l'opposait à Fergun était plus grave qu'une chamaillerie de novices. Dannyl, lui, savait de quelle détermination le mage était capable lorsqu'il avait décidé de se venger.

— Je vois arriver de gros ennuis, lâcha Yaldin. La pauvre fille n'a pas idée de l'état dans lequel elle met la Guilde. Ce n'est pas tous les jours que deux mages se disputent la tutelle d'un novice.

— Je crois surtout que c'est le dernier de ses soucis, dit Rothen. Après ce qui s'est passé sur la place Nord, elle doit être persuadée que nous voulons l'assassiner.

— Malheureusement, soupira Yaldin, il est impossible de la détromper avant de l'avoir trouvée.

— Oh, je ne me fais aucun souci à ce propos ! dit posément Dannyl.

— Tu as une suggestion ? lui demanda Rothen.

— Je pense que mon nouvel ami le voleur a les moyens de savoir ce qui se passe dans les Taudis.

— Ami ? répéta Yaldin, incrédule. Voilà que tu les appelles tes « amis », maintenant.

— Associés, rectifia Dannyl avec un sourire cynique.

— Je devine que tu as été bien reçu ? demanda Rothen.

— Oui. Plus ou moins. Disons que c'était un bon début. J'ai parlé à un de leurs chefs, je crois.

Ezrille écarquilla les yeux.

— Il ressemblait à quoi ?

— Il s'appelle Gorin.

— Gorin ? Comme les bœufs ? s'étonna Yaldin. Quel drôle de nom.

— Les chefs reçoivent des noms d'animaux. Je pense qu'ils les choisissent en accord avec leur stature, parce Gorin porte bien le sien. Il est énorme et... bovin. Je n'aurais pas été surpris de lui voir des cornes.

— Qu'est-ce qu'il a dit ? demanda Rothen.

— Il n'a fait aucune promesse. Je lui ai expliqué à quel point il était dangereux d'être près d'un mage qui ne se Contrôle pas. Pour tout dire, il a paru plus intéressé par ce détail que par la contrepartie que je lui promettais...

— Les hauts mages ne seront jamais d'accord pour échanger des faveurs avec les voleurs, objecta Yaldin.

— C'est ce que je lui ai dit et il a compris, répondit Dannyl. Je crois qu'il se contentera de toucher de l'argent.

— De l'argent ? (Yaldin ne semblait pas en croire ses oreilles.) Je ne sais pas si...

— Puisque nous proposons une récompense, qu'importe qu'elle aille à un pouilleux ou aux voleurs ? demanda Dannyl. Tout le monde sait que cet argent reviendra aux Taudis, d'une façon ou d'une autre. Donc, pas dans une poche très recommandable.

— Il n'y a que toi pour trouver ça logique, Dannyl, finit par dire Ezrille.

— Oh, mais il y a mieux, si on sait s'y prendre. Tout le monde se tapera dans le dos en se félicitant du service que les voleurs auront rendu à la ville.

— J'espère bien que les voleurs ne verront pas ça de cet œil, s'amusa Ezrille. Sinon, ils refuseront de nous aider.

— Eh bien, que ça reste un secret entre nous, alors, souffla Dannyl. Je ne veux pas que les autres aient vent de cette affaire avant que nous soyons fixés sur la réponse de Gorin. Je peux compter sur votre silence ?

Il regarda ses trois compagnons. Ezrille hocha la tête avec enthousiasme, Rothen acquiesça et Yaldin grommela :

— Très bien. Mais sois prudent, Dannyl. Il n'y a pas que ta peau en jeu, dans cette histoire.

— Je sais, assura le jeune mage. Je sais...

La lumière d'une torche suffisait à rendre la route des voleurs plus rapide et plus intéressante. Les murs étaient composés d'une infinité de variétés de briques, de mystérieux symboles les ornaient et des panneaux avaient été fixés aux intersections.

Le guide s'arrêta à un carrefour, posa sa lampe à terre et sortit un morceau de tissu noir de sa poche.

— À partir de là, la route se fait en aveugle, dit-il.

Cery ne bougea pas pendant que l'homme lui attachait le bandeau sur les yeux. Le guide passa ensuite à Sonea, qui ferma les paupières lorsque le type serra le tissu rugueux autour de son crâne. Elle sentit une main se poser sur son épaule, puis une autre lui saisir le poignet et l'entraîner.

Elle tenta de se souvenir du chemin et des tournants, mais elle perdit rapidement tout repère. Cery et elle trébuchaient dans les ténèbres. Des sons étouffés leur parvenaient : des voix, des pas, des écoulements d'eau, et quelques bruits qu'ils ne parvenaient pas à reconnaître. Le bandeau piquait la peau de Sonea, mais elle n'osait pas se gratter, de peur que le guide s'en aperçoive.

Elle soupira de soulagement lorsque l'homme s'arrêta enfin puis lui retira le bandeau. Elle chercha le regard de Cery, qui lui sourit pour la rassurer.

Le guide sortit de son manteau un bâton poli et l'enfonça dans un trou du mur. Un instant passa, puis une partie de la cloison pivota et un homme costaud apparut dans le passage.

— C'est pour quoi ?

— Ceryni et Sonea veulent voir Faren, lui expliqua le guide.

L'homme hocha la tête, ouvrit la porte en grand et pointa le menton en direction des deux adolescents.

— Entrez…

Hésitant, Cery se tourna vers leur guide.

— J'avais demandé à voir Ravi.

— Ravi a dû se dire qu'il fallait que tu parles à Faren !

Cery ne répondit pas et passa la porte. Sonea le suivit, se demandant si un voleur portant le nom d'un insecte venimeux à huit pattes valait mieux qu'un confrère qui portait celui d'un rongeur.

Deux autres hommes aux épaules larges comme des armoires les regardèrent entrer dans la pièce. Ils ne se levèrent pas de leurs chaises pendant que le premier costaud refermait la porte, en ouvrait une autre, sur le mur opposé, et faisait signe aux deux adolescents de le suivre.

Accrochées aux murs de la salle suivante, des lampes constellaient le plafond de halos d'un jaune très esthétique. Le sol était couvert d'un grand tapis aux franges d'or. En face d'eux, assis derrière une table, Cery et Sonea virent un homme habillé de vêtements noirs très ajustés. Sur son visage à la peau sombre, d'effrayants yeux jaune pâle les scrutaient.

Le voleur était un Lonmar, un membre d'une fière race du désert qui vivait loin au nord de la Kyralie. Les Lonmars étaient rares à Imardin. Leur culture étant très particulière, peu d'entre eux appréciaient de vivre à l'étranger. Chez eux, le vol était considéré comme une hérésie. En dérobant quelque chose, n'importe quoi, même un minuscule objet, le fautif perdait une partie de son âme.

Et voilà que Sonea et Cery se tenaient devant un voleur lonmar.

L'homme plissa les yeux. S'avisant qu'elle plongeait son regard dans le sien, Sonea baissa immédiatement la tête. L'homme s'adossa à sa chaise et pointa un long doigt brun sur la jeune fille.

— Toi, approche !

Sonea marcha jusqu'à la table.

— Tu es celle que cherchent les mages, pas vrai ?

— Oui.

— Sonea, c'est ça ?

— Oui.

Faren sourit.

— J'attendais quelqu'un de plus impressionnant… (Il posa ses coudes sur le plateau de bois.) Comment puis-je être certain que tu es bien celle que tu prétends ?

— Cery a dit que vous sauriez, répondit Sonea en regardant son ami par-dessus son épaule. Que vous vous seriez renseigné sur moi.

— Il t'a dit ça, sans blague ? (Faren gloussa et suivit le regard de Sonea.) Un petit dégourdi, ce Ceryni, comme son papa. Oui, on s'est renseignés sur toi et sur lui, mais Cery nous est familier depuis plus longtemps. Avance, Cery. Ravi te fait passer le bonjour.

— Le salut d'un rongeur à un autre ? lâcha Cery d'une voix à peine tremblotante.

Les dents blanches de Faren brillèrent un instant, mais son sourire disparut rapidement. Ses yeux jaunes se posèrent à nouveau sur Sonea.

— Alors, tu peux faire de la magie, vrai ?

— Oui, répondit la jeune fille en avalant difficilement sa salive.

— Tu en as utilisé depuis ta petite surprise sur la place ?

— Oui.

Faren se passa la main dans les cheveux. Quelques mèches grises couraient sur ses tempes, mais sa peau était toujours douce et lisse. Une collection de bagues brillait à ses doigts, la plupart d'entre elles ornées de cabochons. Jusque-là, Sonea n'avait jamais vu d'aussi grosses pierres aux mains d'un traîne-ruisseau – mais cet homme ne courait plus depuis longtemps.

— Tu as choisi un bien mauvais moment pour découvrir tes pouvoirs, Sonea, dit-il. Les magiciens brûlent d'envie de te trouver. Leur traque nous a valu de gros ennuis – et la récompense promise t'en attire aussi. Et tu *nous* demandes de te cacher *d'eux*. Ne serait-il pas plus évident de te livrer et d'empocher l'argent ? Les recherches s'arrêtent. Me voilà plus riche. Les trouble-fête disparaissent du paysage…

— Nous pouvons passer un marché, proposa Sonea.

— Oui, nous pourrions… Qu'offres-tu en échange de ta vie ?

— Mon père m'a dit que vous lui deviez…, commença Cery.

Les yeux jaunes sautèrent sur l'adolescent.

— Ton père a tout perdu en essayant de nous tromper.

La réponse de Faren étant aussi cinglante qu'une gifle, Cery baissa la tête, avant de relever le menton et de planter ses yeux dans ceux du voleur.

— Mon père m'en a dit beaucoup et peut-être que je…

Faren claqua la langue et agita la main en direction du garçon.

— Tu pourrais nous être utile un jour, petit Ceryni… Mais pour l'instant tu ne possèdes aucun des amis que ton père avait dans sa manche – sans compter que tu nous demandes une grande faveur. La sentence qui menace le complice d'un magicien renégat est la mort, le savais-tu ? Aucune idée ne chiffonne autant le roi que celle-ci : voir des magiciens gambader librement dans les Taudis en se fichant comme d'une guigne de ce qu'il ordonne. (Les yeux jaunes glissèrent de nouveau sur Sonea et Faren sourit sournoisement.) Moi, je trouve cette idée intéressante. Je dirais même que c'est une idée de génie. (Il marqua une pause et croisa les mains.) Qu'as-tu fait de beau depuis la Purge ?

— J'ai mis le feu à quelque chose.

Les yeux de Faren brillèrent intensément.

— Vraiment ? Et quoi d'autre ?

— Rien.

— Pourquoi tu ne me montrerais pas ton pouvoir ?

— Maintenant ?

Faren montra un livre, sur son bureau.

— Essaie de le déplacer.

Sonea chercha le regard de Cery, qui acquiesça. La jeune fille se mordit la lèvre, puis se souvint qu'en consentant à chercher de l'aide chez les voleurs, elle avait aussi accepté de se servir de sa magie. Elle devait s'y faire et oublier à quel point elle détestait toute cette histoire.

— Vas-y, je te regarde, dit Faren en s'adossant à son siège.

Sonea prit une longue inspiration, fixa le livre et souhaita qu'il bouge.

Rien ne se passa.

Sonea se souvint de la place et de la bataille contre Burril. En ces deux occasions la rage l'avait envahie, elle s'en souvenait très bien. Elle ferma les yeux et pensa aux mages qui avaient fichu sa vie en l'air. C'était à cause d'eux qu'elle devait se vendre aux voleurs pour ne pas crever. Furieuse, elle ouvrit les yeux et projeta toute sa rage sur le livre.

Il y eut un claquement dans l'air et un éclair frappa la table. Faren sauta en arrière et jura quand le livre prit feu. Il saisit un verre d'eau et le jeta sur les flammes pour les éteindre.

— Je suis désolée, dit Sonea. La dernière fois aussi ça n'a pas marché comme je voulais…

Souriant, Faren leva une main pour la faire taire.

— Je crois que le don que tu possèdes vaut bien qu'on le protège, ma petite Sonea.

8

Messages dans le noir

Rothen regarda autour de lui et pensa qu'il avait eu tort d'arriver aussi tôt dans le salon nocturne. Au lieu de répondre une seule fois aux questions, il avait dû répéter son histoire à tous ceux qui le lui demandaient.

— J'ai l'impression d'être un novice qui rabâche sans fin ses formules, souffla-t-il rageusement à Dannyl.

— Tu pourrais peut-être écrire un rapport sur tes activités, chaque soir, et le clouer sur ta porte.

— Ça ne servirait à rien. Nos confrères se sentiraient floués si je ne leur racontais pas en personne. Et pour une raison inconnue, ils ne veulent entendre que moi. Pourquoi ne jouent-ils pas les sangsues avec toi ?

— Les privilèges de l'âge, répliqua Dannyl aussitôt.

— De l'âge ?

— Voilà justement du vin pour hydrater tes pauvres cordes vocales fatiguées, dit Dannyl en faisant signe à un serveur d'approcher.

Rothen accepta le verre et le sirota voluptueusement. Il était devenu l'organisateur officieux des recherches et tous, mis à part Fergun et ses partisans, se tournaient vers lui pour obtenir des instructions. Cette activité l'avait tenu éloigné des rues de la ville, et des communications mentales l'assaillaient de toutes parts, venant de mages qui lui demandaient d'identifier une fille qui leur semblait être la bonne.

Rothen sursauta lorsqu'une main se posa sur son épaule. Il se retourna et se trouva face à l'administrateur.

— Bonjour, seigneur Rothen… Seigneur Dannyl… Le haut seigneur voudrait s'entretenir avec vous.

Rothen vit le haut seigneur prendre place dans son fauteuil. Depuis son arrivée, le brouhaha des voix s'était transformé en un murmure.

On dirait que je suis encore bon pour un tour, pensa Rothen en se dirigeant vers le maître de la guilde, Dannyl sur ses talons.

Un verre de vin à la main, le haut seigneur posa les yeux sur eux et, d'un imperceptible hochement de tête, leur fit comprendre qu'il les écoutait.

— Asseyez-vous, je vous en prie, dit Lorlen en désignant deux chaises. Et racontez-nous où en sont vos recherches.

— Nous avons entendu plus de deux cents informateurs, expliqua Rothen en s'asseyant. La plupart ne nous ont rien appris. Quelques-uns avaient même capturé une pauvresse, malgré notre ordre de ne pas approcher la fille. D'autres ont eu l'air surpris quand ce qu'ils nous avaient désigné comme sa cachette s'est révélé être vide. Malheureusement, voilà tout le rapport que je peux vous faire.

Lorlen hocha la tête.

— Le seigneur Fergun pense qu'elle est sous la protection de quelqu'un.

Dannyl serra les lèvres et ne dit pas un mot.

— Et de qui ? Des voleurs ? suggéra Rothen.

— Ou d'un mage renégat. Elle a effectivement appris à cacher sa Présence très vite, trop vite.

— Un renégat ? (Rothen leva le regard vers le haut seigneur, se souvenant qu'Akkarin avait affirmé qu'aucun mage fugitif ne vivait dans les Taudis.) Qu'est-ce qui pourrait vous le faire croire ?

— J'ai senti de la magie, répondit Akkarin. Pas beaucoup, et pas longtemps. Je dirai qu'elle s'entraîne seule, puisqu'un maître lui aurait appris à dissimuler ses activités.

Rothen fixa le haut seigneur. Qu'Akkarin puisse capter de si faibles émanations de magie dans la cité était aussi étonnant qu'inquiétant. L'homme riva les yeux sur Rothen et le magicien baissa vivement les siens sur ses mains.

— Voilà des nouvelles… intéressantes, dit-il.

— Pourriez-vous… pourriez-vous savoir où est la fille ? demanda Dannyl.

Akkarin sourit.

— Elle utilise la magie au hasard : parfois elle produit une simple étincelle et, à d'autres moments, c'est comme un feu d'artifice. Vous pourriez sentir ses sorts si vous y prêtiez attention et si vous les attendiez. Mais la localiser sera impossible tant qu'elle n'utilisera pas son don de façon continue.

— Pourtant, nous nous en rapprochons un peu plus, dit Dannyl. Nous pourrions nous répartir le long des rues et attendre. Chaque fois qu'elle travaillera son don, nous saurons plus précisément où elle se cache.

Le haut seigneur hocha la tête.

— Où elle se cache ? Dans la section nord du cercle extérieur…

— Alors, nous partirons de là, demain… Mais nous devrons nous assurer que nos mouvements ne lui mettent pas la puce à l'oreille. Si des gens lui prêtent main-forte, ils peuvent avoir placé des sentinelles pour nous surveiller. Je pense que nous devrions nous déguiser.

Le coin droit de la bouche d'Akkarin se souleva un peu.

— Des manteaux devraient cacher vos robes comme il convient.

— Ce sera parfait, répondit Dannyl.

— Nous n'aurons pas de deuxième chance, les avertit Lorlen. Si elle apprend que nous savons quand elle se sert de sa magie, elle changera de cachette chaque fois.

— Alors, nous devrons agir vite. Plus nous serons nombreux, plus rapidement nous travaillerons.

— Je vais demander de nouveaux volontaires, dit Lorlen.

— Merci, administrateur, répondit Dannyl en inclinant la tête.

— Je dois avouer que je n'aurais jamais pensé être heureux d'apprendre que notre petite fugitive se sert de son don ! lança l'administrateur en s'adossant à son siège.

Rothen ne répondit pas.

Peut-être, pensa-t-il, *mais chaque sort de plus est un pas qui la mène à la catastrophe.*

En dépit de sa petite taille, le colis était lourd. Cery le laissa tomber sur la table, et le son qu'il produisit lui plut. Faren déchira le papier et dévoila une petite boîte de bois. Quand il l'ouvrit, de minuscules éclats de lumière éclairèrent le voleur et le mur, derrière lui.

Cery sentit sa poitrine se serrer lorsqu'il regarda dans le coffret et vit le nombre de pièces qu'il contenait. Faren prit une planchette garnie de quatre chevilles et commença à y enfiler les pièces. À chaque cheville correspondait le trou central d'une pièce : la ronde pour l'or, la carrée pour l'argent, et la triangulaire pour le cuivre. La dernière cheville, la plus familière pour Cery, resta vide. Lorsque la pile de jaunets atteignit dix pièces, Faren la transforma en « culot », bloquant les deux extrémités de la cheville avec deux disques de métal. Puis il la posa à côté de lui.

— J'ai un autre travail pour toi, Ceryni.

L'adolescent eut du mal à quitter des yeux le petit trésor. Mais il se redressa et fronça les sourcils lorsqu'il comprit ce que lui disait le voleur. Combien d'autres « travaux » devrait-il accomplir avant de voir Sonea ? Cela faisait plus d'une semaine qu'elle était chez Faren.

Mais Cery hocha la tête et ravala ses critiques.

— Ça consiste en quoi ?

— Un boulot en rapport avec tes capacités, dit Faren, les yeux brillants. Deux petites ordures se sont mis en tête de cambrioler des boutiques qui appartiennent à des gens que je connais. Je veux que tu trouves où vivent ces deux salauds et que tu leur délivres un message qu'ils ne seront pas près d'oublier. Il faut qu'ils sachent que je les observe. Est-ce dans tes cordes ?

— Bien sûr. À quoi ils ressemblent ?

— J'ai envoyé un de mes hommes interroger les boutiquiers. Il te renseignera, dit le voleur en tendant un bout de papier plié à l'adolescent. Va attendre dans l'autre pièce.

Cery tourna les talons, puis il hésita, regarda le voleur et se demanda si le moment était bien choisi pour parler de Sonea.

— Bientôt, répondit Faren à sa question silencieuse. Demain, si tout se passe comme prévu.

Dans le couloir, les gardes aux épaules carrées regardèrent Cery d'un air méfiant, et il se força à leur sourire. « Ne jamais faire d'un laquais son ennemi », lui avait souvent répété son père. Et encore mieux : réussir à en faire un ami. Les deux colosses se ressemblaient tant qu'ils devaient être frères. Mais une cicatrice, sur la joue de l'un d'eux, permettait de les distinguer.

— Je dois attendre ici, leur dit Cery. La chaise est libre ?

Messire Cicatrice haussa les épaules sans répondre. Ses yeux ne quittèrent pas une seconde la bande de tissu vert qui pendait au mur, bordée d'un galon doré.

— C'est bien ce que je pense ? demanda Cery en se levant.

— Un peu, que c'est ce que tu crois, ricana l'homme.

— Un ruban de selle de Vent Divin ? s'extasia l'adolescent. Comment est-il arrivé là ?

— Mon cousin est garçon d'écurie à la Maison Arran, répondit le garde. Il l'a pris pour moi. (Il se pencha en avant et caressa l'étoffe.) Ce canasson m'a fait gagner vingt jaunets.

— Il fait de bons poulains de course, on m'a dit.

— Mais pas un qui lui arrive au paturon.

— Tu as vu la course ?

— Non. Et toi ?

— Je suis passé en douce sur le côté des guichets. C'était pas facile, et je savais pas que ce serait le fameux jour de Vent Divin. J'ai juste eu du bol.

Le regard soudain rêveur, l'homme raconta la course.

Ils furent interrompus par un bruit, derrière la porte. Le garde silencieux ouvrit le battant et laissa entrer un grand homme sec vêtu d'un long manteau noir.

— Ceryni ? demanda le nouveau venu.

L'adolescent avança et l'homme l'examina. Le visage peu amène, il plissa le front avant de faire signe à Cery de le suivre. Le garçon salua les gardes de la tête et emboîta le pas à son guide.

— C'est moi qui dois te renseigner.

— À quoi ressemblent les types ? demanda l'adolescent.

— L'un est de ma taille, mais plus lourd. L'autre est maigre et plus petit. Ils ont les cheveux noirs et courts – genre coupés à la serpe. Le plus gros a un problème à un œil. Un des boutiquiers m'a dit qu'un de ses yeux avait une drôle de couleur, un autre a affirmé qu'il louchait. Sinon, ce sont juste des gars ordinaires.

— Armés ?

— Des couteaux.

— Quelqu'un sait où ils vivent ?

— Non, mais un des boutiquiers les a vus dans une gargote, ce soir. C'est là que tu commenceras tes recherches. Ils vont se balader longtemps pour voir si on les suit, alors, fais-toi discret.

— Bien sûr. Comment ils travaillent ?

Sans broncher, l'homme regarda Cery.

— À la pointe du couteau. Ils ont tabassé les boutiquiers et leurs familles. Mais ils n'ont pas traînassé pour s'amuser avec… Ils se sont tirés dès qu'ils ont eu ce qu'ils voulaient.

— Ils ont pris quoi ?

— Du fric, surtout. Des bouteilles qui traînaient par là. Tiens, on y est presque.

Ils émergèrent du passage dans une ruelle sombre. Le guide éteignit sa lampe et conduisit Cery dans une artère plus large avant de l'attirer à l'ombre d'un porche. Des bruits de réjouissances montaient d'une gargote et Cery regarda dans cette direction.

Son compagnon lui fit un signe rapide qui attira son attention : un vigile.

— Ils sont toujours à l'intérieur. On attend.

Cery s'adossa à la porte. Son compagnon restait silencieux, fixant intensément la gargote. La pluie commença à tomber, tapant sur les toits et dégoulinant en flaques froides sur le pavé. La lune se leva sur les maisons et emplit la ruelle de lumière, puis elle fut voilée par des nuages gris et devint une ombre fantomatique.

Les hommes et les femmes quittaient la gargote par petits groupes. Cery sentit son compagnon se tendre lorsqu'un groupe plus important sortit de la taverne en riant et en titubant. En y regardant de plus près, Cery vit que deux hommes se glissaient parmi les noceurs. Le vigile, dans son allée, fit un autre signe et le guide de Cery hocha la tête.

— C'est eux.

Cery sortit sous la pluie et suivit les deux hommes en restant dans l'ombre. L'un était fin soûl et l'autre le dirigeait entre les flaques. L'adolescent les laissa prendre de l'avance, écoutant celui qui était éméché reprocher sa sobriété à l'autre.

— Y a rien qui peut nous arriver, mon Tutull, rien, marmonnait-il. C'est qu'on est trop futés pour eux.

— Ferme-la, Nig !

Le duo prenait visiblement le chemin des écoliers pour rentrer chez lui. De temps à autre, Tullin s'arrêtait et regardait autour de lui. Il ne vit jamais Cery, caché dans l'ombre. Finalement, exaspéré par le verbiage de son ami, il coupa à travers les Taudis sur une centaine de pas et arriva devant un magasin abandonné.

Quand les deux hommes furent à l'intérieur, Cery s'approcha de l'immeuble pour l'examiner. Une pancarte gisait sur le sol et l'adolescent y reconnut le mot « raka ». Pensant au papier plié dans sa poche, il posa la main dessus.

Faren voulait que Cery livre son message de façon à terroriser les deux types. Il fallait leur faire comprendre que les voleurs étaient au courant de tout ce qui se passait dans les Taudis – en général, et particulièrement à leur propos. Qui ils étaient, où ils se cachaient, ce qu'ils avaient fait – et avec quelle facilité les voleurs pourraient les tuer… Cery se mordit la lèvre et réfléchit.

Il pourrait glisser le papier sous leur porte, mais ce serait bien trop facile. Et ça ne les effraierait pas autant que si quelqu'un s'introduisait dans leur tanière. Non, Cery devrait attendre qu'ils ressortent, puis se glisser à l'intérieur.

Ou bien… Rentrer chez soi et trouver un message n'est pas aussi percutant qu'en découvrir un à son réveil et comprendre que quelqu'un est venu là pendant qu'on dormait.

Cery regarda le magasin en souriant. La boutique faisait partie d'un ensemble de bâtiments mitoyens. On ne pouvait donc entrer que par la façade ou par l'arrière. L'adolescent remonta la rue et s'engagea dans l'allée jonchée de détritus qui passait derrière ces maisons. Comptant les portes, il sut qu'il était au bon endroit grâce aux sacs de feuilles de raka pourrissant contre le mur. Il s'accroupit et colla son œil au trou de la serrure.

Une lampe brûlait dans la pièce. Nig était vautré sur un lit et ronflait doucement. Tullin faisait les cent pas en se frottant le visage. Lorsqu'il marcha dans la lumière, Cery vit son œil torve et les cernes qui l'entouraient.

Le costaud n'avait pas dû bien dormir – sans doute angoissé à l'idée que les voleurs lui rendent visite. Comme s'il lisait dans ses pensées, l'homme marcha soudain vers la porte où était caché Cery. L'adolescent se raidit, prêt à s'enfuir, mais Tullin ne posa pas la main sur la poignée. Ses doigts se tendirent pourtant – pour se refermer sur un objet invisible, à la hauteur de sa taille, puis remonter hors de vue. Une corde, devina Cery. Il n'avait pas besoin de voir ce que Tullin avait suspendu au-dessus de la porte pour savoir qu'il y avait un piège…

Satisfait, Tullin gagna le second lit. Il se débarrassa de son poignard, le posa sur sa table de chevet, puis éteignit la lampe. Fouillant une dernière fois la chambre des yeux, il s'étendit sur le matelas.

Cery regarda la porte. Le raka arrivait à Imardin, comme les haricots, enveloppé dans sa cosse. Les grains étaient retirés de leur bogue par les vendeurs, puis grillés. Les déchets finissaient en général dans un tuyau qui débouchait dans la rue et les tas de débris pourrissants étaient récoltés par des gamins qui vendaient leur cargaison aux fermiers, hors de la ville.

Cery longea le mur et localisa la trappe de ce vide-ordures. Elle était fermée de l'intérieur par un simple verrou : rien de bien difficile à forcer. Il tira de son manteau une petite flasque, ainsi qu'un court morceau de roseau creux. Aspirant un peu d'huile dans le tube, il en oignit la serrure et les gonds de la trappe. Remettant la flasque et le roseau dans sa poche, il sortit son rossignol et commença à taquiner la targette.

Il travaillait lentement, mais ainsi Tullin aurait tout loisir de s'endormir profondément. Lorsque le pêne claqua, Cery ouvrit doucement la trappe et examina le petit espace. Rempochant le rossignol, il sortit de sa poche une pièce de métal poli enroulée dans un morceau de laine épaisse et s'en servit comme d'un miroir pour examiner le piège de Tullin.

Il faillit éclater de rire. Un râteau suspendu au-dessus de l'entrée ! Le manche était attaché par une corde à un crochet fiché dans le linteau. Les dents de métal étaient posées en équilibre sur un chevron et une ficelle reliait le tout à la poignée de la porte.

Trop simple, pensa Cery.

Il chercha d'autres pièges, mais n'en trouva aucun. Après avoir retiré son bras du vide-ordures, il sortit à nouveau ses outils et se campa devant la porte. Une rapide inspection de la serrure lui apprit qu'elle avait été forcée, probablement par les deux hommes.

Cery prit une petite boîte dans une de ses poches, l'ouvrit et y choisit une lame très fine. D'une autre poche, il tira un manche en bois, qu'il tenait de son père, et y fixa la lame. Il le glissa ensuite dans le trou de la serrure et chercha la poignée de la porte. Dès qu'il sentit la résistance de la corde, il pressa fermement dessus.

Retourné à la trappe, il vit que la ficelle pendait, molle et inoffensive. Satisfait, Cery rangea ses outils, enveloppa ses semelles de tissu et prit une profonde inspiration pour se calmer.

Après avoir ouvert la porte en silence, il se glissa dans la pièce et regarda les deux hommes endormis.

Son père lui avait souvent répété que la meilleure façon de ne pas réveiller quelqu'un était de faire comme si on s'en moquait. Cery observa les deux hommes. Ils dormaient, et celui qui avait bu ronflait toujours. Cery traversa la pièce et testa la poignée de la porte de la façade. Une clé dépassait du verrou. Il retourna sur ses pas.

Le couteau de Tullin luisait dans la pénombre. Cery s'approcha de la table en sortant le message de Faren de sa poche. Il le posa sur la table et planta la dague au milieu.

Voilà qui devrait faire l'affaire. Cery sourit avant de se faufiler jusqu'à la porte et de tourner la clé. Le pêne cliqueta et Tullin cligna des yeux sans les ouvrir vraiment.

Cery poussa la porte, sortit et fit claquer le battant derrière lui.

Un cri monta aussitôt de la pièce. Cery détala pour se cacher dans la poche d'ombre la plus proche, puis il se retourna pour regarder le magasin. La porte s'ouvrit à la volée et Tullin sonda la nuit du regard, la pâleur de son visage adoucie par le clair de lune. Des grommellements de protestation montèrent de la boutique, suivis d'une exclamation de terreur. Tullin perdit toute contenance et se précipita à l'abri du magasin.

Satisfait, Cery disparut dans l'obscurité.

Sonea maudit Faren entre ses dents. Sous ses yeux, un petit bâton gisait dans l'âtre. Elle avait travaillé avec plusieurs matériaux avant de juger que le bois était encore ce qui se faisait de plus sûr pour tester son don. C'était cher – les grumes étaient collectées dans les montagnes du nord et descendues le long du fleuve Tarali – mais pas encore *trop cher.* Et il y avait de quoi faire dans la pièce.

Sonea fixait la bûchette avec scepticisme. Lorsqu'elle quitta l'objet des yeux, elle se souvint du prix de sa frustration. Elle était entourée de tables en bois ciré et de chaises aux coussins rebondis. Dans les pièces contiguës, on trouvait des lits douillets, des placards regorgeant de nourriture et un assortiment d'alcools. Faren traitait Sonea comme un hôte de marque.

Mais c'était une cage dorée. La cachette souterraine n'avait bien entendu aucune fenêtre. On ne pouvait y accéder que par la route des voleurs, et elle était gardée nuit et jour. Seuls les intimes de Faren – son clan – en connaissaient l'existence.

Sonea soupira et ses épaules s'affaissèrent. À l'abri des mages et des chasseurs de prime, c'était maintenant l'ennui qui la poursuivait. Après avoir passé six jours sans voir autre chose que ces murs, le luxe de la suite ne la divertissait plus. Et même si Faren passait de temps en temps, Sonea n'avait rien d'autre à faire que tester son don.

C'était peut-être l'intention de Faren. L'adolescente baissa les yeux sur le bâtonnet et sentit le découragement la gagner. Bien qu'elle eût fait appel à son don plusieurs fois par jour depuis qu'elle était dans la cachette, il ne s'était jamais manifesté comme elle l'entendait. Lorsqu'elle voulait brûler un objet, il bougeait. Quand elle voulait le faire bouger, il explosait. Et si elle désirait le briser, il prenait feu. Elle l'avait dit à Faren, qui avait souri avant de lui répéter de s'entraîner.

Sonea prit une grande inspiration et se concentra. En plissant le front, elle souhaita que le morceau de bois roule sur les pierres de l'âtre.

Rien ne se passa.

Patience, se dit-elle.

Il fallait souvent plusieurs essais avant que la magie fonctionne. Sonea rassembla toute sa volonté dans un filet imaginaire et ordonna au morceau de bois de bouger.

Il resta parfaitement immobile.

Sonea soupira encore et s'assit sur ses talons. Chaque fois que la magie avait fonctionné, elle avait été en colère, emplie d'une frustration ou d'une rage visant la Guilde. Elle pouvait puiser ces émotions en elle, mais c'était fatiguant et déprimant.

Pourtant, les mages le font sans arrêt, se dit-elle. *Gardent-ils une bulle de haine pour y plonger quand ils en ont besoin ? Quel genre d'hommes peut donc faire ça ?*

Sonea regarda le bâton sans le voir. Elle savait que c'était ce qu'elle devrait faire : accumuler sa colère et sa haine, les garder pour le moment où elles lui serviraient. Si elle échouait, Faren la livrerait à la Guilde.

Je suis piégée…

Un son étouffé lui parvint, le bruit de quelque chose qu'on aurait fait claquer dans l'air. Sonea sauta sur ses pieds et regarda autour d'elle.

De vives flammes jaunes rampaient à la surface d'une petite table. Sonea sursauta, le cœur affolé.

C'est moi qui ai fait ça ? Mais je n'étais même pas en colère.

Le bois craquait alors que les flammes se multipliaient. Sonea s'approcha sans savoir que faire. Que dirait Faren lorsqu'il verrait que la cachette avait brûlé jusqu'à ses fondations ? Il serait sans doute en colère et un peu déçu que le « magichien » qu'il gardait dans une niche soit mort dans l'affaire.

La fumée montait maintenant jusqu'au plafond. Sonea se mit à quatre pattes, saisit un des pieds de la table en feu et le tira vers elle. Les flammes suivirent le mouvement et frôlèrent l'adolescente. Elle recula devant la chaleur, souleva la table et la jeta dans la cheminée où elle alla s'écraser contre le pare-feu et continua de brûler.

Sonea regarda les flammes consumer la table. Elle avait au moins découvert quelque chose, puisque les tables ne s'embrasent pas toutes seules. Il semblait bien que le désespoir, lui aussi, pouvait servir de source à la magie.

Rage, haine et désespoir. C'est une vraie partie de plaisir d'être mage.

— Tu as senti ça ? demanda Rothen d'une voix tendue.

— Oui, répondit Dannyl. Mais ce n'est pas ce que j'attendais. J'ai toujours pensé que capter une Présence était comme… *sentir* quelqu'un chanter. Là, on aurait dit un raclement de gorge.

— Un raclement magique, s'amusa Rothen. Une façon intéressante de décrire le phénomène.

— Si tu ne savais ni chanter ni parler, émettrais-tu des borborygmes ? Peut-être que la magie non contrôlée ressemble à ça. (Dannyl cligna des yeux, quitta la fenêtre et se frotta les paupières.) Il est tard et je suis trop fatigué pour bien travailler. On devrait aller se reposer.

Rothen hocha la tête, mais il ne bougea pas d'où il était. De la fenêtre, il regardait les dernières lueurs qui brillaient encore en ville.

— Nous avons tendu l'oreille pendant des heures. Rester plus longtemps est inutile, dit Dannyl. Maintenant, nous savons que nous pouvons entendre la fille. Va dormir, et demain nous commencerons la journée du bon pied.

— Je n'arrive pas à croire qu'elle soit si proche de nous et que nous soyons incapables de la trouver, répondit Rothen. Je me demande ce qu'elle a voulu faire.

— Rothen…, soupira Dannyl.

Le mage quitta son poste à la fenêtre.

— D'accord. Je vais essayer de dormir…

— Bien. (Satisfait, Dannyl posa la main sur la porte.) Je te vois demain.

— Bonne nuit, Dannyl.

Le jeune mage jeta un dernier coup d'œil dans la pièce et fut content de voir son ami marcher vers sa chambre. Il savait que Rothen prenait cette affaire très à cœur et que cela dépassait les limites du devoir.

Des années auparavant, lorsque Dannyl était encore novice, Fergun avait fait courir des bruits à son propos pour se venger d'une farce. Dannyl n'avait pas cru que Fergun serait pris au sérieux, mais quand les professeurs et les novices avaient commencé à le regarder d'un autre œil – puis qu'il s'était avisé qu'il ne pouvait rien faire pour leur redonner confiance en lui – il avait perdu tout respect pour ses pairs. L'enthousiasme qu'il avait montré pour ses leçons disparut. Ne travaillant plus, il avait accumulé les retards…

Puis Rothen l'avait pris à part. Avec une détermination qui semblait sans limites et un optimisme sans faille, il lui avait redonné le goût de la magie et de l'apprentissage. À croire qu'il ne pouvait pas refuser son aide à des adolescents en détresse. Même si Dannyl savait que la volonté de son ami n'avait pas fléchi depuis son noviciat, il se demandait si Rothen était convenablement préparé à cette possible tutelle. Il y avait une grande différence entre un novice aigri et une miséreuse tirée des Taudis et haïssant les magiciens.

Mais la situation, à coup sûr, deviendrait intéressante quand ils auraient mis la main sur elle.

9

Un visiteur inopportun

Un vent aigre crevait les rideaux de pluie et faisait claquer le manteau des passants. Cery resserra les pans du sien et plongea les mains au fond de ses poches. Il se lança résolument dans la rue et grimaça lorsque la pluie commença à lui gifler le visage.

La gargote les avait bercés, Harrin et lui, dans son agréable touffeur. Le père de Donia avait été d'une humeur généreuse, mais même le bol gratuit n'avait pas donné à Cery envie de rester – pas alors que Faren lui avait permis de voir Sonea.

Cery grogna lorsqu'un homme le bouscula et il riva un regard haineux sur le dos de l'inconnu pendant qu'il descendait la rue. Un marchand, devina-t-il, puisque la pluie glissait sur un manteau et des bottes neufs. Cery grommela une insulte et continua à se traîner vers son but. Quand il était revenu du magasin de raka, Faren avait voulu savoir à quoi il avait employé sa nuit. Il avait écouté le rapport de l'adolescent sans exprimer de joie ou de contrariété, et fini par hocher la tête.

Il me jauge pour savoir si je peux lui servir, avait pensé Cery. *Il veut savoir où sont mes limites. Je me demande ce qu'il va me trouver comme « travail » après ça.*

Cery leva les yeux et fouilla la rue du regard. Quelques malheureux se pressaient encore sous la pluie. Rien que de très habituel.

À quelques pas de l'adolescent, le marchand s'était arrêté et attendait devant une maison.

En passant devant l'homme, l'adolescent le regarda. Ses yeux étaient clos, comme s'il se concentrait. Cery tourna dans l'allée suivante et regarda derrière lui juste à temps pour voir le type se redresser vivement et fixer la rue.

Non, pensa Cery alors que tous ses poils se hérissaient.

Par-delà la rue.

Il examina l'homme, ses vêtements, sa façon d'être. Son haut-de-chausses lui paraissait inhabituel et pourtant il l'avait déjà vu. Un petit symbole luisait dans la lumière fade…

Le cœur de Cery rata un battement. Il tourna les talons et courut comme si sa vie en dépendait.

Rothen vit la silhouette d'un grand homme encapuchonné se dessiner au travers des gouttes. Il se tenait en face de lui, sur le trottoir opposé.

— *Nous sommes près du but*, lui dit mentalement Dannyl. *Elle est quelque part dans ces maisons.*

— *Maintenant, il faut trouver un moyen d'entrer*, répliqua Rothen.

La journée avait été longue et désagréable. Par moments, la fille s'était servie de son don plusieurs fois de suite, et les magiciens avaient bien avancé dans leurs recherches. D'autres fois, ils avaient attendu des heures avant qu'elle fasse un simple essai et s'arrête.

Rothen avait vite vu que son manteau, bien qu'il camouflât sa robe à la perfection, le signalait comme quelqu'un de trop bien vêtu pour les Taudis. Il avait aussi rapidement deviné que plusieurs hommes encapuchonnés rôdant dans le même quartier attireraient forcément l'attention. Du coup, alors qu'ils se rapprochaient de la fille, il avait renvoyé la plupart des mages à la Guilde.

Un bourdonnement, dans son esprit, attira de nouveau son attention.

C'est elle.

Dannyl quitta son poste et avança dans une allée. Interrogeant les autres magiciens du regard, Rothen sentit que la fille devait être quelque part sous la maison, sur sa gauche.

— *Je crois qu'il y a une entrée vers les tunnels, par ici*, dit Dannyl. *Une grille de ventilation dans le mur, comme celles qu'on a déjà vues.*

— *On ne peut pas s'approcher plus sans se faire connaître*, transmit Rothen aux autres mages. *C'est le moment. Makin et moi allons surveiller la porte principale. Kiano et Yaldin garderont un œil sur l'autre sortie. Dannyl et Jolen entreront dans le passage. C'est sans doute par là qu'elle voudra fuir.*

Lorsqu'ils furent tous en position, Rothen fit signe à Dannyl et à Jolen de s'engager dans l'allée. Dannyl ouvrit la grille et envoya une image mentale de ce qu'il voyait à tous les mages présents.

Dannyl se glissa par le goulet, dans le mur, puis il sauta sur le sol du passage. Il invoqua un globe de lumière et regarda autour de lui en attendant Jolen. Ensuite, ils se séparèrent, chacun remontant le chemin dans un sens.

Après une centaine de pas, Dannyl s'arrêta, envoya son globe en éclaireur puis continua jusqu'à ce qu'il atteigne un tournant.

— *Il n'y a rien, ici. Je crois que ça passe sous la rue. Je reviens vers vous.*

Un instant plus tard, Jolen leur envoya l'image d'un escalier étroit qui plongeait dans le sol.

Jolen le sonda, puis se pétrifia lorsqu'un homme en sortit sous son nez. Le nouveau venu jeta un regard au globe lumineux, tourna les talons et s'enfuit par un passage perpendiculaire.

— *Nous sommes repérés !* annonça Jolen.

— *Continuons !* lui répondit Rothen.

Dannyl coupa son flux d'images mentales afin de permettre à Rothen de se focaliser sur celles de Jolen. Arrivé au bas de l'escalier, Jolen commença à courir le long d'un passage étroit.

Quand il prit un tournant, un nuage de poussière, un bruit tonitruant et une effroyable sensation de danger envahirent subitement les sens de Rothen. Une grande confusion s'ensuivit, car tous les mages lui envoyèrent leurs questions en même temps.

— *Ils ont fait s'écrouler le passage*, répondit Jolen en leur montrant un tas de gravats. *Dannyl était derrière moi.*

Rothen en fut pétrifié.

— *Dannyl ?*

Au bout d'un moment, une voix mentale étouffée se fit entendre :

— *Je suis enterré… Attendez, voilà, je suis libre. Je ne suis pas blessé. Ils nous ont tendu un piège et nous ont attirés droit dedans. Continuez et trouvez-la.*

— *En avant !* lança Rothen.

Jolen tourna les talons et se précipita dans le passage.

En entendant une clochette tinter, Sonea se redressa. Un panneau s'ouvrit dans l'épaisseur du mur et Faren entra. Avec ses vêtements noirs et ses yeux jaunes brillants, il ressemblait vraiment à un insecte maléfique. Il sourit à l'adolescente en lui tendant un petit paquet.

— Voilà pour toi.

— Qu'est-ce que c'est ? demanda Sonea.

— Ouvre-le ! la pressa Faren.

Sonea s'assit et défit l'emballage. C'était un livre. Très vieux… Bien qu'il fût recouvert de cuir, plusieurs pages s'étaient échappées de la reliure. Sonea leva les yeux sur le voleur.

— C'est un vieux bouquin ?

— Regarde le titre.

Sonea obéit avant de regarder de nouveau Faren.

— Je sais pas lire.

Surpris, Faren cligna des yeux.

— Évidemment… (Un tic nerveux lui souleva la paupière.) Je suis désolé, j'aurais dû le deviner. C'est un livre de magie.

J'ai envoyé quelqu'un farfouiller chez tous les prêteurs sur gages et revendeurs. Apparemment les mages brûlent leurs vieux livres, mais il paraîtrait que celui-ci a été vendu par un serviteur rapace. Regarde à l'intérieur.

Sonea ouvrit le livre et y découvrit une feuille de papier. La prenant entre ses doigts, elle remarqua sa finesse. Une feuille de cette qualité coûtait aussi cher qu'un repas pour une famille nombreuse ou qu'un manteau neuf. L'adolescente la déplia et suivit des yeux les lignes de caractères noirs qui s'y enroulaient avec grâce. Un petit cri lui échappa lorsqu'elle vit le symbole frappé au coin du papier. Un « Y » lové dans un diamant – le sigle de la Guilde.

— Qu'est-ce que c'est ? souffla-t-elle.

— Un message. Pour toi.

— Moi ?

Faren acquiesça.

— Mais comment ont-ils su…

— Ils ne le savaient pas, justement, mais ils ont confié ce message à quelqu'un qui – et ça, ils ne l'ignoraient pas – était en contact avec nous. Cette personne nous l'a fait passer.

Sonea tendit le papier à Faren.

— Et ça dit quoi ?

— « À la jeune dame aux pouvoirs magiques. Puisque nous ne pouvons pas nous entretenir avec vous, nous vous envoyons ce message par l'intermédiaire des voleurs, avec l'espoir qu'il parvienne jusqu'à vous. Nous voulons vous assurer que notre intention n'est pas de vous causer du tort, de quelque manière que ce soit. Soyez assurée que le jour de la Purge, nous n'avons voulu blesser ni vous ni le jeune homme. Son décès a été un tragique accident. Nous voulons vous aider à contrôler votre don et vous proposer de rejoindre la Guilde. Vous devez savoir que vous êtes la bienvenue parmi nous. » Et c'est signé : « Seigneur Rothen de la Guilde des magiciens. »

Sonea fixait le message sans y croire. La Guilde voulait d'elle en son sein ? Elle, élevée dans les Taudis ?

Ce devait être un piège, un appât pour la faire sortir de sa cachette… Sonea se remémora le mage qui avait pris le grenier d'assaut, et qui l'avait appelée « ennemie de la Guilde ». Il ne savait pas qu'elle l'écoutait. C'était ça qu'elle devait croire, pas une lettre remplie de mensonges.

Faren replia le papier et le glissa dans sa poche. En voyant son sourire matois, Sonea sentit le doute la gagner. Comment être sûre que ce qu'il avait lu était bien ce que disait le message ?

Mais pourquoi mentirait-il ? Faren voulait que Sonea travaille pour lui, pas qu'elle aille rejoindre les mages. Sauf que… Peut-être qu'il la testait.

— À quoi penses-tu, jeune Sonea ? demanda Faren.

— Je pense que je les crois pas.

— Et pourquoi ça ?

— Ils ne voudraient jamais d'une pouilleuse.

— Et si tu découvrais qu'ils veulent réellement te prendre avec eux ? demanda Faren. Beaucoup de gens de basse extraction rêveraient d'être mages. La Guilde veut peut-être redorer son blason aux yeux du peuple.

— C'est un piège ! Les mages ont tué ce malheureux par erreur, ouais, parce qu'ils m'ont manqué !

— C'est ce que disent la plupart des témoins. Eh bien, nous devrons donc décliner l'invitation de la Guilde et nous occuper d'affaires plus importantes. (Faren pointa l'index sur le livre.) Je ne sais pas si ça te sera très utile. Quelqu'un viendra te faire la lecture, mais ce serait mieux que tu apprennes à lire.

— Ma tante m'a un peu montré, dit Sonea en feuilletant l'ouvrage. Mais c'était il y a longtemps. (Elle leva les yeux.) Je pourrai voir Jonna et Ranel bientôt ? Je suis sûre que Jonna saurait m'apprendre à lire.

Faren hocha négativement la tête.

— Pas avant que les magici…

Il fronça les sourcils et tendit l'oreille. Sonea entendit un léger tintement.

— Qu'est-ce que c'est ?

Faren se leva.

— Attends ici, lâcha-t-il avant de disparaître derrière un panneau coulissant, près de la cheminée.

Sonea reposa le livre sur la table et marcha jusqu'à la cheminée. Le panneau glissa à nouveau et Faren réapparut. Il traversa la pièce et alla se camper devant un mur.

— Viens ! lança-t-il. Suis-moi, et en silence.

Sonea lui jeta un regard perplexe avant de s'approcher de lui.

Le voleur prit un objet dans une de ses poches et le passa sur le panneau. Sonea regarda de plus près et vit un nœud de bois émerger du mur sur une longueur d'environ la moitié de son doigt. Faren posa la main sur cette excroissance et tira.

Le passage s'ouvrit, Faren saisit Sonea par le bras, la poussa dans la pénombre et referma le panneau derrière eux.

Lorsque ses yeux se furent habitués au noir, l'adolescente remarqua que cinq petits trous avaient été percés à hauteur d'épaules. Faren avait déjà collé son œil à l'un d'entre eux.

— Il y a des sorties plus rapides dans la pièce, lui dit-il, mais comme nous avons le temps, j'ai préféré la porte la moins aisée à ouvrir. Regarde...

Il s'écarta et Sonea cligna des yeux lorsqu'une flamme s'alluma dans les ténèbres. Faren leva une lampe sourde et ajusta le volet jusqu'à ce qu'un seul rai de lumière éclaire le tunnel. Derrière la porte, Sonea vit de nombreux verrous métalliques et des engrenages complexes.

— Alors, qu'est-ce qu'on fait, maintenant ?

Les yeux du voleur étincelèrent dans la pénombre lorsqu'il referma les verrous.

— Une poignée de mages te cherchent encore... Mes espions savent à quoi ils ressemblent, ils connaissent leurs noms et savent où ils sont. Nous leur avons envoyé de fausses informations pour les garder occupés ailleurs.

» Aujourd'hui, ils ont agi de façon étrange. Venus dans les Taudis en plus grand nombre que d'habitude, avec des manteaux pour cacher leurs robes, ils ont encerclé la zone et ont attendu : quoi, je l'ignore, mais ils se sont encore déplacés avant d'attendre à nouveau. Chaque fois, ils se rapprochaient d'ici. Il y a peu, Ceryni m'a dit que les mages étaient sur tes traces, qu'ils sentent peut-être ta magie, lorsque tu l'utilises. Je ne l'ai pas cru, avant que...

Faren se tut, puis il éteignit le rai de lumière et les ténèbres envahirent le passage. Sonea entendit le voleur reculer contre le mur. Elle avança et colla un œil à l'un des judas.

La porte d'entrée était grande ouverte sur l'obscurité. Au premier regard, Sonea crut que le couloir était vide, puis elle vit une silhouette entrer dans la pièce, sa robe verte volant autour d'elle.

— Mes gens les ont arrêtés en faisant s'écrouler le couloir, souffla le voleur, mais l'un d'eux est passé. Ne t'en fais pas : personne ne peut ouvrir notre porte. Voilà qui est... intéressant...

Le magicien s'était tourné dans leur direction et il semblait regarder Sonea. La jeune fille sentit son sang se glacer dans ses veines.

— Il peut nous voir ? murmura Faren. J'ai examiné les murs moi-même plusieurs fois.

— Il voit peut-être la porte, avança Sonea.

— Non, il devrait avoir l'œil collé dessus pour remarquer quelque chose. Et même s'il commençait à chercher les passages secrets, il y en a cinq qui conduisent dans la chambre. Pourquoi choisirait-il celui-ci ?

Le magicien avança dans leur direction et s'arrêta. Il regarda attentivement les lambris et ferma les yeux. Sonea éprouva une sensation déjà familière. Lorsque le mage rouvrit les paupières, l'étonnement avait disparu de son visage et il regardait Faren droit dans les yeux.

— Mais comment sait-il ? siffla le voleur. Tu es en train de faire de la magie ?

— Non, répondit Sonea d'un ton assuré qui la surprit elle-même. Je peux me cacher de lui. C'est toi qu'il sent. C'est toi.

— Moi ? Faren décolla son œil du judas et fixa l'adolescente.

— Ne me demande pas comment…

— Tu peux me cacher ? demanda le voleur d'une voix éteinte. Tu peux nous cacher tous les deux ?

Sonea recula contre le mur. Était-ce en son pouvoir ?

Elle regarda Faren, puis… le *regarda*. Soudain, on eût dit que ses propres sens s'aiguisaient – non, un sens qu'elle avait ignoré jusqu'à présent – et qu'elle pouvait voir l'*être* qu'était vraiment Faren.

Le voleur lâcha un juron.

— Arrête ça ! grogna-t-il.

Ils entendirent un frottement et ils reculèrent tous les deux.

— Il essaie d'entrer, dit le voleur. J'avais peur qu'il détruise le mur. Ça nous laisse quelques instants.

Il ralluma sa lampe et fit signe à l'adolescente de le suivre.

Ils avaient fait à peine quelques pas lorsqu'ils entendirent un des verrous gratter contre le bois. Faren leva sa lumière et se retourna.

Une par une, les clenches entraient dans leur logement de métal sans qu'aucune main ne les ouvre. Sonea vit les engrenages du mécanisme commencer à tourner avant que la lampe tombe à terre et que les ténèbres engloutissent tout.

— Cours ! siffla le voleur. Suis-moi !

Une main sur le mur, Sonea se guida à l'oreille, aux bruits de pas de Faren. Elle n'avait pas fait vingt enjambées quand un rayon de lumière projeta son ombre sur le sol. Dans son dos, l'adolescente entendit d'autres chaussures qui frappaient le plancher du couloir.

Le passage s'illumina soudain et l'ombre de l'adolescente rétrécit. Sonea sentit une vague de chaleur frôler son oreille et elle regarda, terrifiée, une boule de lumière passer devant elle. L'objet dépassa Faren et alla s'écraser plus loin dans le couloir pour former une barrière brillante.

Le visage blafard, Faren dérapa sur le sol et se retourna pour faire face à leur poursuivant. Sonea s'immobilisa à côté de lui. Une silhouette en robe avançait vers eux. Le cœur battant, Sonea recula jusqu'à sentir la chaleur et les vibrations de la barrière magique.

Grognant comme un animal, Faren serra les poings et marcha droit sur le magicien.

— Toi ! cria-t-il en pointant un index sur le mage. Toi ! Tu te crois où ? C'est *mon* domaine ! Qui t'a invité à entrer ?

Le mage ralentit et défia le voleur du regard.

— Les lois nous permettent d'aller où bon nous semble.

— Elles disent aussi qu'on ne peut pas blesser ou ennuyer quelqu'un sur sa propriété, riposta Faren. Et je trouve que vous en avez assez fait, ces dernières semaines…

Le mage leva les mains – un geste d'apaisement.

— Nous ne voulions pas tuer ce jeune homme. C'était une erreur. (Le mage regarda Sonea, qui frissonna.) Il y a beaucoup de choses à expliquer. Vous devez apprendre à contrôler vos…

— Qu'est-ce qui vous échappe ? coupa Faren. Elle ne veut pas être magicienne. Elle ne veut rien avoir à faire avec vous. Foutez-lui la paix !

— C'est impossible. Elle doit venir avec nous et…

— Non ! hurla Faren.

Sonea frissonna de plus belle en voyant le regard glacial du mage.

— Non, Faren ! Il va te tuer !

Le voleur ignora son avertissement. Bien campé sur ses jambes, il plaça les mains sur le mur, de chaque côté du couloir.

— Si tu la veux, grogna-t-il, viens la prendre.

Le mage hésita, puis il fit un pas vers Faren, les paumes levées dans sa direction. Un bruit métallique retentit.

Le magicien tendit les bras et se volatilisa.

Stupéfaite, Sonea sonda le sol à l'endroit où le mage se tenait une seconde auparavant. Un carré noir y béait.

Faren baissa les bras, inclina la tête en arrière et éclata de rire. Le cœur battant la chamade, Sonea avança jusqu'à la trappe, regarda et n'en vit pas le fond.

— Qu'est-ce… qu'est-ce qui s'est passé ?

Cessant de rire, Faren fit tourner une brique du mur. Fourrant une main dans le trou, il attrapa quelque chose qu'il tira vers lui avec un grognement. Le plancher de la trappe se remit en place, recouvrant le carré de ténèbres. Faren ramassa un peu de poussière et la dispersa sur le panneau pour le dissimuler.

— C'était vraiment trop facile, dit-il en s'essuyant les mains sur un mouchoir. (Il grimaça à l'attention de Sonea et mima une révérence.) Mon petit tour t'a plu, au moins ?

— J'ai bien aimé la chute, disons…, répondit Sonea en souriant.

— Et tu avais l'air d'y croire, pas vrai ? « Non, Faren ! Il va te tuer, Faren ! » (Le voleur plaqua une main sur son cœur et sourit.) Je suis touché que tu soucies de ma santé.

— Profites-en, ça durera peut-être pas. (Sonea tapota la trappe du pied.) Ça mène où ?

— Droit dans une fosse remplie de pieux aiguisés.

— Tu veux dire qu'il est… mort ?

— Aussi mort qu'on peut l'être, oui.

Sonea fixa la trappe. Sûrement pas… Pourtant si Faren l'avait dit… mais le mage aurait réussi à…

Soudain, elle se sentit glacée et malade. Elle n'avait jamais pensé qu'un mage puisse être tué. Blessé, à la limite, mais pas tué. Ce n'était pas possible. Que ferait la Guilde lorsqu'elle saurait qu'un de ses membres était mort ?

— Sonea. (Faren posa une main sur l'épaule de la jeune fille.) Il est vivant. La trappe donne sur un égout. C'est un passage secret vers l'extérieur. Il en sortira plus puant que la Tarali, mais toujours vivant.

Sonea hocha la tête, soulagée.

— Pense une seconde à ce qu'il aurait pu *te* faire... Un jour, tu devras tuer pour garder ta liberté. Tu as déjà réfléchi à ça ?

Sans attendre sa réponse, le voleur se retourna et se concentra sur la barrière de magie qui bloquait toujours le passage. Faren haussa les épaules et rebroussa chemin vers la cachette. Sonea le suivit en enjambant nerveusement la trappe.

— Nous ne pouvons pas rester, lâcha Faren en marchant. Un autre mage a pu se glisser jusqu'ici. Nous devons... (Il s'approcha du mur et y jeta un coup d'œil.) Ah, voilà, c'est ça !

Il toucha la paroi du doigt.

Sonea cria lorsque le sol se déroba sous ses pieds. Précipitée en avant, elle glissa le long d'une pente lisse. L'air se réchauffa en un instant et devint abominablement puant.

Sonea fit un vol plané, puis elle plongea dans les ténèbres. De l'eau envahit ses oreilles et son nez, mais elle eut la présence d'esprit de fermer la bouche. Touchant du pied une matière solide, elle poussa sur ses jambes pour regagner la surface. Elle ouvrit les yeux à temps pour voir Faren débouler d'un tuyau et faire un plongeon dans le même bassin qu'elle. Puis il se débattit pour regagner la surface et lâcha un juron.

— Mauvaise trappe, grogna-t-il en s'essuyant les yeux.

Sonea prit conscience qu'elle avait pied. Elle se leva et croisa les bras.

— Alors, *où* le mage a-t-il atterri ?

Faren regarda autour de lui, un éclair démoniaque éclairant ses yeux jaunes.

— Sur le tas d'ordures d'une gargote, quelques pâtés de maisons plus loin. Une fois qu'il en sera sorti, il puera le tugor pourri pendant une semaine.

Sonea entreprit de grimper sur le bord du bassin.

— Et c'est pire que ça ?

— Sans doute, pour un magicien… J'ai entendu dire qu'ils ne supportent pas ce genre d'odeurs. (Il sortit à son tour de l'eau.) Je crois que je te dois un bain et des vêtements propres, non ?

— Pour leur avoir presque permis de me mettre la main dessus ? Ça fera l'affaire, mais tu devras trouver autre chose pour te faire pardonner la promenade dans les égouts.

— Je verrai ce que je peux faire, dit Faren en souriant.

10

Chacun choisit son camp

Bien que l'air fût glacé par le vent hivernal et le ciel lourd de nuages gris, l'humeur de Rothen s'améliora dès qu'il mit un pied dehors. C'était un vaindredi. Pour la plupart des mages, le cinquième et dernier jour de la semaine était celui du repos. Pour les novices, en revanche, c'était celui des études et des devoirs, et les professeurs en profitaient souvent pour préparer leurs cours.

Ce jour-là, Rothen prenait en général une heure pour déambuler dans les jardins avant de regagner sa suite pour travailler. Mais cette semaine, il n'avait rien à faire. Puisqu'il était l'organisateur des recherches, les charges de son poste habituel avaient été confiées à un autre magicien.

Il passait le plus clair de son temps à coordonner les volontaires. Une tâche épuisante pour lui comme pour eux. Ils avaient passé les trois dernières semaines – vaindredis inclus – à chercher la fille. Rothen savait que certains refuseraient de participer à la traque si elle continuait sans interruption : il avait donc décidé de leur donner à tous un jour de repos.

Rothen arriva en vue de l'arène de la Guilde. Huit colonnes s'élevaient de sa base circulaire, formant un support pour le bouclier qui protégeait l'extérieur de ce qui pouvait se passer à l'intérieur. Les leçons des guerriers n'étaient pas réputées pour leur calme.

Pour l'instant, quatre novices se tenaient dans l'arène, mais aucune démonstration de lancers de sorts ne s'y déroulait.

Les novices répétaient en duo leurs passes d'armes. Ils travaillaient leur technique. Fergun se tenait quelques pas en retrait, son épée en main, et les observait avec attention.

Rothen ravala la phrase assassine qui lui monta aux lèvres. Les novices gâcheraient-ils vraiment leur précieux temps s'ils poursuivaient la fille au lieu de continuer ces pantomimes ?

Le maniement de l'épée ne faisait pas partie des cours proposés par l'université. Les novices qui voulaient apprendre à maîtriser cet art le faisaient sur leurs heures de repos. Il s'agissait d'une passion. Avoir un centre d'intérêt qui forçait les adolescents à sortir de leur chambre – et sans rapport avec la magie – était une assurance d'équilibre.

Pour sa part, Rothen n'avait jamais cru que la robe et la lame pouvaient cohabiter. Pour un mage, il existait déjà trop de façons de blesser un être humain. Pourquoi en ajouter à cette liste déjà longue ?

Assis sur les gradins de l'arène, deux magiciens se concentraient sur l'entraînement. Rothen reconnut le seigneur Kerrin, un ami de Fergun, et le seigneur Elben, un professeur d'alchimie. Tous les trois venaient de la puissante Maison Maron. Rothen leva les yeux au ciel. Les novices et les mages étaient censés, dès leur entrée dans la Guilde, laisser derrière eux toutes alliances et inimitiés entre Maisons. Mais bien peu le faisaient.

Fergun appela un de ses élèves. Le maître et l'apprenti se saluèrent avant de se mettre en garde. Rothen retint son souffle lorsque l'élève avança et attaqua sans peur. Fergun recula d'un pas, sa lame bougeant si vite qu'il devenait difficile de la voir. Le novice se pétrifia, baissa les yeux et découvrit la pointe de l'épée de Fergun, posée sur sa poitrine.

— Les cours du seigneur Fergun vous tentent ? demanda une voix familière derrière Rothen.

— À mon âge, administrateur ? répondit le mage en se retournant. Même si j'avais vingt ans de moins, je n'en verrais pas l'intérêt.

— L'escrime aiguise les réflexes, m'a-t-on dit, et elle aide à apprendre la discipline ainsi que la concentration, dit Lorlen. Le seigneur Fergun a maintenant de solides soutiens au cœur de la Guilde. Il a demandé si nous pouvions inclure le combat à l'épée dans notre programme.

— Je croyais que c'était au seigneur Balkan d'en décider, non ?

— Il a effectivement son mot à dire. Le chef des guerriers doit prendre sa décision avec les hauts mages. Mais c'est lui qui choisit le moment de le faire, s'il juge que c'est judicieux. (Lorlen sourit et changea de sujet.) J'ai vu que vous aviez laissé leur vaindredi aux mages ?

— Ils le méritaient. Ils n'ont pas hésité à travailler, même la nuit.

— Ces quatre semaines ont été bien remplies pour nous tous, acquiesça Lorlen. Avez-vous fait quelque progrès ?

— Pas vraiment, avoua Rothen. Pas depuis la semaine dernière. Chaque fois que nous sentons la Présence de la fille, c'est pour nous apercevoir qu'elle n'est plus au même endroit.

— Comme Dannyl l'avait prédit…

— Exact. Nous avons pensé qu'elle se déplaçait par cycles et que nous pourrions la localiser en utilisant la même méthode que la première fois.

— Et à propos de l'homme qui l'a aidée ? Croyez-vous qu'il fait partie des voleurs ?

— Peut-être… Il a accusé le seigneur Jolen d'avoir envahi son territoire. Bien que ce soit dur à croire, ça suggère qu'un Lonmar a rejoint les rangs des voleurs. L'homme pouvait être simplement le protecteur de la fille, ses accusations étant une façon de faire tomber notre mage dans son piège.

— Alors, il reste une chance qu'elle n'ait rien à voir avec eux ?

— Une chance, oui, mais mince… Je doute qu'elle ait l'argent nécessaire pour s'offrir des gardes du corps. L'homme qu'a vu Jorlen dans le tunnel et les pièces confortables où était gardée la fille, font plutôt penser que quelqu'un de riche et de bien organisé prend soin d'elle.

— Mauvaises nouvelles, quoi qu'il en soit… (Lorlen soupira et regarda les novices dans l'arène.) Le roi est fort mécontent de ce qui se passe et ça durera tant que nous n'aurons pas la fille sous notre contrôle.

— Jusque-là, je ne décolérerai pas non plus.

Lorlen regarda de nouveau Rothen.

— Je voulais m'entretenir d'un autre sujet avec vous…

— Lequel ?

Lorlen hésita, comme s'il choisissait ses mots avec soin.

— Le seigneur Fergun souhaite avoir la tutelle de la fille.

— Je le sais.

Lorlen fronça les sourcils.

— Vous êtes étonnamment bien informé, seigneur Rothen.

— Étonnamment, oui… Je l'ai appris par hasard.

— Et voulez-vous toujours avoir sa tutelle ?

— Je n'ai rien décidé. Pensez-vous que le moment est venu de trancher ?

— Je ne vois pas pourquoi vous devriez prendre cette décision à brûle-pourpoint. Le problème ne se pose pas encore. Mais, quand la fille sera parmi nous, si vous réclamez sa tutelle tous les deux, vous comprenez que je devrai réunir le concile ?

— Oui, je comprends… (Rothen hésita.) Puis-je vous poser une question ?

— Évidemment.

— Fergun a-t-il un argument valable pour étayer sa demande ?

— Peut-être… Puisqu'il a fait l'expérience des pouvoirs de la fille, il affirme avoir été le premier à savoir qu'elle possède le don. Vous avez dit avoir vu la fille après qu'elle eut utilisé la magie et avoir deviné que c'était elle à son expression. Bref, vous ne l'avez pas vue – ni sentie – faire appel à son don. La loi n'est pas claire dans un cas pareil. Lorsqu'une loi doit être adaptée à une situation, c'est toujours l'explication la plus simple qui l'emporte.

— Je vois…

Lorlen invita Rothen à le suivre et ils firent le tour de l'arène.

— Fergun est très déterminé, dit l'administrateur. Il a des appuis, mais beaucoup de mages sont prêts à vous soutenir.

— Ce n'est pas une décision facile, soupira Rothen. Préféreriez-vous que je m'abstienne de demander cette tutelle ? Je pourrais vous causer de grands torts et transformer la Guilde en fourmilière…

— Ce que je préférerais ? (Lorlen sourit et regarda le mage dans les yeux.) En ce qui concerne les soucis, les deux décisions en créeront autant. (Il salua Rothen avec un sourire rusé.) Bonne journée à vous, seigneur Rothen.

— Bonne journée, répondit Rothen.

Ils étaient en haut de l'escalier qui entourait l'arène. Les novices s'affrontaient en duel. Rothen s'arrêta et regarda, perplexe, Lorlen avancer vers les deux mages assis sur les gradins. Quelque chose dans le ton et le sourire de l'administrateur suggéra à Rothen qu'il devrait comprendre certaines choses à demi-mots.

Les deux mages levèrent la tête en voyant Lorlen approcher.

— Salutations, seigneur Kerrin, seigneur Elben…

— Administrateur.

Les deux hommes saluèrent Lorlen de la tête, puis ils se tournèrent vers l'arène en entendant crier un élève.

— Un professeur compétent, déclara Elben. Nous disions justement que le seigneur Fergun ferait un excellent tuteur pour cette pauvresse. Après une prise en main de plusieurs mois, elle sera aussi disciplinée et raffinée que n'importe lequel d'entre nous.

— Le seigneur Fergun est un homme responsable, répondit Lorlen. Je ne vois aucune raison qui l'empêcherait de prendre la tutelle d'une novice.

Bien qu'il n'en ait jamais eu envie avant cette affaire, pensa Rothen.

Il tourna les talons et continua sa promenade dans les jardins.

La tutelle d'un élève n'était pas une chose courante. Seuls quelques novices en bénéficiaient chaque année, et uniquement ceux qui avaient fait preuve d'un don hors du commun. La force et le talent de la fille ne pèseraient pas dans la balance, car elle aurait déjà besoin d'aide pour vivre parmi les mages. Si Rothen devenait son tuteur, elle serait assurée d'avoir toute l'assistance nécessaire.

Rothen doutait que les raisons qui poussaient Fergun à réclamer cette tutelle fussent de la même nature.

Si ce qu'avait dit Elben était une indication, Fergun avait l'intention de discipliner la petite sauvageonne des Taudis pour en faire une novice obéissante et docile. S'il réussissait, il récolterait de véritables brassées de laurier.

Il serait intéressant d'apprendre comment Fergun comptait y parvenir, puisque les pouvoirs de la fille étaient particulièrement développés et ceux de Fergun quasi inexistants. Si elle entrait de force dans son esprit, il ne serait même pas capable de l'arrêter.

C'était pour cette raison – entre autres – que les magiciens de moindre talent n'étaient pas encouragés à prendre la tutelle de novices doués. Les mages de seconde classe ne devenaient presque jamais tuteurs, même s'ils trouvaient des novices qui leur étaient inférieurs. Les prendre sous leur aile aurait attiré l'attention sur le manque de talent du maître et la faiblesse de l'élève.

Avec la fille, c'était différent. Personne ne se soucierait de savoir si les handicaps de Fergun limiteraient ses futures connaissances. À l'intérieur de la Guilde, on dirait qu'elle devrait déjà s'estimer chanceuse d'avoir trouvé un tuteur.

Si Fergun échouait, qui irait le lui reprocher ? Il pourrait toujours se réfugier derrière les origines de la fille… Et s'il négligeait sa novice, personne ne lui poserait la moindre question.

Rothen secoua la tête. Voilà qu'il pensait comme Dannyl! Fergun voulait aider la fille, une motivation tout de même assez noble. Au contraire de Rothen qui avait déjà été deux fois tuteur, Fergun avait une certaine gloire à y gagner et ce n'était pas critiquable. Visiblement, Lorlen partageait cette opinion.

Quoique… Qu'avait-il vraiment dit? « En ce qui concerne les soucis, les deux décisions en créeront autant. » Si Rothen avait vu juste, Lorlen pensait que confier le tutorat à Fergun causerait autant d'ennuis que la bataille pour la garde de la fille – et pourtant, les ennuis que lui vaudrait cet affrontement seraient nombreux.

Bref, et ce n'était pas dans ses habitudes, Lorlen avait laissé entendre à Rothen qu'il était de son côté.

Comme toujours, les hommes qui guidaient Sonea le long des couloirs restaient silencieux. Depuis la Purge, l'adolescente était en mouvement constant – mis à part les quelques semaines passées dans la cachette de Faren. La seule différence? Sonea n'avait plus peur d'être découverte pendant les trajets…

Le premier guide s'arrêta et frappa à une porte. Un visage familier, brun et rusé, apparut dans l'encadrement.

— Restez dehors et gardez la porte, ordonna Faren. Entre, Sonea.

La jeune fille obéit et son cœur bondit en reconnaissant le garçon qui accompagnait le voleur.

— Cery!

— Comment vas-tu? demanda le jeune homme en serrant rapidement son amie dans ses bras.

— Bien, et toi?

— Je suis content de te revoir, Sonea. Tu as bien meilleure mine.

— C'est parce que je me suis pas retrouvée nez à nez avec un mage depuis… hum, des jours, dit-elle en jetant un regard en coin à Faren.

— Oui, il semble que nous ayons été plus malins qu'eux, renchérit le voleur.

La pièce était petite mais confortable, et un grand feu crépitait dans la cheminée. Faren poussa les adolescents vers deux chaises où ils s'assirent.

— Tu as fait des progrès, Sonea ?

— Aucun, pour l'instant… J'essaie, encore et toujours, mais ça donne jamais ce que je veux. Au moins, maintenant, ça donne *presque* quelque chose – et chaque fois ! Avant, il fallait une dizaine d'essais pour obtenir un résultat.

Faren s'adossa à son fauteuil et sourit.

— Eh bien, moi, c'est ce que j'appelle des progrès. Le livre t'a aidée ?

— Non, je n'y comprends rien.

— La calligraphie est mauvaise ?

— Non, ce n'est pas ça. Ça se lit bien. C'est juste que… les mots sont compliqués et certaines phrases n'ont pas de sens.

— Si tu passais plus de temps à étudier, lui répondit Faren, tu comprendrais mieux. Je suis toujours à la recherche de nouveaux livres… À la recherche de rumeurs, aussi. On dit depuis des années qu'un voleur s'est lié avec un homme qui en sait beaucoup sur la magie. Je croyais que c'était une fable pour nous inciter à rester courtois envers les mages, mais je creuse quand même dans cette direction.

— Un magicien ? demanda Cery.

— Je ne sais pas, dit Faren en haussant les épaules. Je ne crois pas. J'en doute, même… Il est probable que ce n'est qu'un prestidigitateur. Cela dit, s'il possède quelques connaissances en magie, il pourra nous être d'un grand secours. Je vous le dirai lorsque j'en saurai plus. (Faren haussa les épaules.) Voilà toutes mes nouvelles, mais je crois que Cery en a d'autres.

— Harrin et Donia ont retrouvé ton oncle et ta tante.

— Ça y est ? s'écria Sonea. Où sont-ils ? Ils vont bien ? Ils ont trouvé un endroit pour dormir ? Est-ce que Harrin…

— Hey ! Une question à la fois ! coupa Cery, dépassé.

— Pardon. Dis-moi ce que tu sais.

— Eh bien, il semble qu'ils n'ont pas dégotté de chambre là où ils vivaient avant, mais ils en ont trouvé une, encore mieux, quelques rues plus loin. Ranel t'a cherché tous les jours. Ta tante et lui ont entendu dire que les mages traquaient une fille, mais ils n'ont pas fait le rapprochement. Jonna a soufflé dans les bronches de Harrin quand il leur a dit que tu étais avec nous pendant la Purge. Quand il leur a raconté ce que tu as fait, ils ne l'ont pas cru. Puis il leur a parlé de ta fuite, de la récompense et de la protection des voleurs, et ils ont changé d'avis. Une fois qu'il leur eut tout expliqué, Harrin a trouvé qu'ils prenaient plutôt mieux la chose qu'on aurait pu le croire.

— Ils lui ont donné un message pour moi ?

— Ils te font dire d'être prudente et de bien choisir à qui tu accordes ta confiance.

— Le deuxième conseil doit être de Jonna, dit Sonea avec un sourire acide. C'est bien qu'ils aient trouvé une chambre et qu'ils sachent que je ne me suis pas enfuie pour ne plus les voir.

— Harrin avait peur que ta tante lui tanne la peau, puisque nous t'avons demandé de nous suivre pendant la Purge. Ils disent aussi qu'ils passeront à l'auberge de temps en temps pour avoir de tes nouvelles. Tu veux que je leur porte un message ?

— Dis-leur que je vais bien et que je suis en sécurité... Ils pourront venir me voir ? demanda Sonea à Faren.

— Pourquoi pas ? répondit le voleur. Mais pas avant qu'on t'ait mise en sécurité. Il est possible que les mages sachent qui sont Jonna et son mari et qu'ils les fassent surveiller.

— Mais s'ils les connaissent, ils peuvent menacer de leur faire du mal si je me rends pas ! s'écria Sonea.

— Je doute qu'ils puissent se le permettre, la rassura Faren. Pas officiellement. S'ils tentent la manœuvre officieusement... nous trouverons un moyen de les en empêcher. Ne te soucie pas de ce genre de choses, Sonea.

Cery plissa les yeux. Sonea regarda attentivement son ami. L'apparente camaraderie entre Faren et Cery sonnait faux. Tous les muscles de l'adolescent étaient tendus et une ride se creusait entre ses sourcils chaque fois qu'il regardait Faren. La jeune fille ne s'attendait pas à ce que Cery se sente détendu en présence d'un voleur, mais il semblait bien trop anxieux.

Elle se tourna vers Faren.

— Cery et moi, nous pourrions parler un moment ? En tête à tête ?

— Bien sûr, répondit Faren en se levant. Cery, j'aurai quelque chose pour toi quand tu auras fini. Rien de bien urgent. Prends ton temps. Je te vois demain, Sonea, ajouta-t-il avant de fermer la porte derrière lui.

L'adolescente se tourna vers Cery dès que le pêne claqua.

— Est-ce que je suis en sécurité ici ? demanda-t-elle à voix basse.

— Jusqu'à présent, oui.

— Et plus tard ?

— Tout dépend de ta magie, dit Cery en baissant les yeux.

— Et si j'y arrive pas ? demanda Sonea, l'angoisse lui nouant la gorge.

Cery se pencha vers elle et lui prit la main.

— Tu réussiras. Tu as simplement besoin de t'entraîner. Si c'était si facile, il y aurait pas de Guilde, non ? D'après ce que j'ai entendu, il faut cinq ans aux novices avant d'être appelés « seigneur » et tout le tralala.

— Et Faren ? Il sait tout ça ?

— Il te laissera le temps, t'inquiète pas.

— Alors, je suis en sécurité.

— Oui, affirma Cery en souriant.

— Et toi ? Qu'est-ce que tu deviens ?

— Je me rends utile à droite et à gauche…

— Au bout de la laisse de Faren ?

Cery baissa les yeux.

— T'as pas à rester là, Cery. Je suis en sécurité, tu l'as dit toi-même. Pars d'ici avant que les voleurs te tiennent au bout d'un hameçon.

L'adolescent se leva et lâcha la main de son amie.

— Pas question ! Tu as besoin de quelqu'un que tu connais. Quelqu'un en qui tu peux avoir confiance. Je te laisserai pas seule avec eux.

— Mais tu vas pas devenir l'esclave de Faren simplement pour que j'aie un ami à qui parler ! Retourne chez Harrin et Donia. Je suis sûre que Faren te laissera venir ici de temps en temps.

Cery marcha jusqu'à la porte, puis il se retourna.

— Je reste parce que je le veux, Sonea. Depuis toujours, tout le monde dit que je travaille pour les voleurs. Maintenant, j'ai enfin une chance de le faire vraiment.

Sonea dévisagea son ami. Était-ce la véritable raison ? Quelqu'un d'aussi gentil que Cery voudrait-il devenir… quoi, d'abord ? Un adolescent sans foi ni loi qui tue pour un quart de jaunet ? La jeune fille baissa les yeux. Voilà qu'elle se mettait à parler comme Jonna. Cery avait toujours dit que les voleurs étaient souvent serviables et protecteurs.

Sonea ne pouvait pas – ne devait pas – empêcher Cery de faire ce qu'il avait toujours voulu faire. Si son rêve se révélait moins agréable qu'il le pensait, il était assez intelligent pour s'en libérer.

— Si c'est ce que tu veux…, dit-elle, la gorge nouée. Fais attention à toi.

— Comme d'habitude.

— Ce sera très agréable de t'avoir tout le temps sous la main.

— Rien ne pourrait me retenir loin de toi, Sonea.

Le bordel se dressait dans le quartier le plus sale et le plus répugnant des Taudis. Comme pour la plupart des autres bâtiments à lanterne rouge, le rez-de-chaussée abritait une gargote, et les chambres, à l'étage, étaient réservées aux plus jolies filles.

Toutes les autres « affaires » se traitaient dans les écuries, derrière le bâtiment.

En entrant, Cery pensa à ce que lui avait dit Faren. *« Il connaît presque tous les visages. Mais il ne connaît pas encore le tien. Tu n'as qu'à dire que c'est ta première fois. Tu lui proposes un bon prix pour ce qu'il présente. Et tu me ramènes la marchandise. »*

Pendant qu'il traversait la pièce, plusieurs filles aux traits pâles et tirés se faufilèrent jusqu'à lui. Un maigre feu qui ne réchauffait pas grand-chose brûlait dans la cheminée. Un serveur, derrière son comptoir, parlait mollement à deux clients. Cery sourit aux filles et les regarda comme s'il voulait en choisir une. Puis, selon ses instructions, il s'approcha d'une Elyne dodue à l'épaule ornée d'un tatouage en forme de plume.

— Tu veux t'amuser ? demanda-t-elle.

— Peut-être après... J'ai entendu dire que tu disposais d'une pièce pour faire des rencontres...

La fille hocha vigoureusement la tête.

— Oui, c'est vrai. En haut de l'escalier. Dernière porte sur la droite. Monte.

Elle prit la main de Cery et l'entraîna vers les marches, ses doigts fins tremblant dans ceux du garçon.

L'adolescent monta l'escalier et regarda en bas. La plupart des filles le fixaient, les yeux écarquillés de terreur.

Ébranlé, il détailla le palier et le corridor où il se tenait. La fille tatouée lui lâcha la main et désigna le fond du couloir.

— C'est là-bas. La dernière porte.

Cery lui glissa une pièce entre les doigts, avança, ouvrit la porte avec précaution et entra dans la pièce. La chambre minuscule était meublée d'une table et de deux chaises. Cery ferma la porte et regarda autour de lui. Des judas avaient été percés dans les murs, et il aurait mis sa main au feu qu'une trappe s'ouvrait sous le tapis simbarite usé. Une petite fenêtre donnait sur un mur, et c'était tout.

Cery ouvrit la croisée. Pour un établissement de ce genre, il trouvait que le bordel était bien calme. Dans le couloir, une porte grinça et des bruits de pas retentirent. Cery retourna à la table et se composa un visage méfiant.

Un homme se campa soudain dans l'entrée.

— C'est toi, le fourgue ? demanda-t-il gravement.

— Ouais.

Les yeux de l'homme parcoururent la pièce. Son visage aurait pu être beau s'il n'avait pas été si maigre – et si la lueur de folie, dans son regard, n'avait été aussi sauvage et glaciale.

— J'ai quelque chose à vendre, dit l'homme.

Il sortit ses mains de ses poches. L'une était vide, l'autre tenait un collier qui brillait de tous ses feux. Cery siffla entre ses dents et n'eut pas besoin de paraître surpris. Une pièce pareille n'avait pu appartenir qu'à un homme ou une femme très riche.

Cery tendit la main vers le bijou, mais l'homme le retira prestement.

— Je dois vérifier qu'il n'est pas faux, lui rappela Cery.

L'homme fronça les sourcils, les yeux brûlant de méfiance. Puis, de mauvaise grâce, il tendit le collier vers l'adolescent.

— Regarde, dit-il, mais pas touche !

Cery se pencha pour examiner les pierres. Il n'avait aucune idée sur la façon de distinguer les vraies des fausses – une lacune qu'il faudrait combler – mais il avait déjà vu faire des joailliers.

— Retourne-le, ordonna-t-il.

L'homme s'exécuta. Cery vit un nom gravé sur la monture.

— Tiens-le devant la fenêtre, pour que la lumière passe à travers les pierres.

L'homme souleva le collier et regarda Cery plisser les yeux.

— Tu en penses quoi ?

— Je le prends pour dix pièces d'argent.

L'homme laissa retomber sa main.

— Il vaut au moins cinquante jaunets !

— Et qui te donnera cinquante jaunets dans les Taudis ? lâcha Cery.

— Vingt jaunets ! cracha l'homme.

— Cinq.

— Dix.

— Sept.

— Tope là, capitula l'homme.

Cery tâta les pièces, dans le fond de ses poches, en sortit la moitié, fouilla dans ses autres cachettes et posa l'argent de Faren sur la table.

— Donne-moi le collier.

L'homme jeta le bijou sur la table et s'empara des pièces pendant que Cery saisissait le collier et le cachait dans une de ses poches. Le type regarda la petite fortune nichée entre ses mains et ajouta, les yeux brillants :

— Une bonne transaction, mon garçon. Tu es doué.

Il se retourna et sortit de la pièce. Cery le suivit et le vit entrer dans une chambre. En passant devant, l'adolescent entendit un petit cri de surprise.

— Nous ne serons jamais plus séparés, dit la voix du vendeur.

Cery jeta un coup d'œil dans la pièce et vit la fille tatouée. Assise au bord d'un lit, elle lança un regard terrorisé à l'adolescent. L'homme se tenait derrière elle, fixant les pièces dans le creux de ses mains. Cery descendit les marches.

Le voyant d'une humeur plus que morose, les filles de la gargote le laissèrent passer sans un mot. Les clients non plus ne lui adressèrent pas la parole.

Dehors, il faisait à peine un peu plus froid. En s'enfonçant dans l'obscurité d'une allée, Cery pensa à la maigre fréquentation du bordel et il eut un pincement au cœur en imaginant la vie misérable de ces filles.

— Tu as l'air de t'ennuyer, petit Ceryni.

Cery fouilla les ombres du regard et mit un long moment avant de distinguer un homme à la peau mate. Même quand il eut reconnu Faren, il s'étonna de ne voir que deux yeux jaunes et l'éclat de dents blanches.

— As-tu ce que j'ai demandé ?

Cery tira le bijou de sa poche et le tendit à Faren. Il sentit des doigts gantés frôler les siens, puis le collier changea de mains.

— Ah, c'est bien lui ! (Faren jeta un œil en direction du bordel.) La journée n'est pas terminée, Cery. Je voudrais que tu fasses encore quelque chose…

— Quoi ?

— Je veux que tu y retournes et que tu le tues.

L'adolescent eut l'impression qu'on lui enfonçait un couteau dans le ventre. Son cerveau sembla d'abord s'être vidé, puis il s'emballa.

Cery réfléchit à toute allure.

C'était encore un test. Faren voulait voir jusqu'où sa nouvelle recrue était prête à aller.

Que faire ? Cery n'avait aucune idée de la réaction qu'aurait Faren s'il refusait. Et il *voulait* refuser. Du fond des tripes. En avoir conscience était à la fois un souci et un soulagement. Ne pas désirer tuer ne veut pas dire qu'on en est incapable… Mais lorsque Cery s'imaginait en train de plonger son couteau dans les organes vitaux d'un homme, son corps refusait de bouger.

— Pourquoi ? dit-il, et il sut aussitôt qu'il venait de rater l'épreuve de Faren.

— Parce que je veux qu'il soit tué.

— Et pourquoi… pourquoi voulez-vous ça ?

— Tu me demandes de me justifier ?

Cery prit son courage à deux mains.

Voyons jusqu'où je peux le pousser.

— Oui.

— Très bien… L'homme que tu as vu se nomme Verran. Il était employé par un autre voleur, de temps à autre. Mais il lui arrivait parfois de se faire un peu d'argent en se servant de ce qu'il avait appris. Le voleur a fermé les yeux jusqu'à il y a deux ou trois nuits, quand Verran s'est « invité » dans une maison. Mais cette piaule appartient à un riche marchand qui a passé un arrangement avec le voleur. Lorsque Verran s'est introduit entre ses murs, la fille du marchand ainsi que des serviteurs étaient présents. (Faren se tut un instant et Cery l'entendit siffler de colère entre ses dents.) Le voleur m'a permis de punir Verran. Même si la fille avait survécu, il aurait été un homme mort.

Les yeux jaunes se posèrent sur Cery…

— Évidemment, tu te demandes si je n'invente pas tout ça. Il va falloir que tu décides si tu me fais confiance ou non…

Cery regarda la façade du bordel. Quand son esprit ne pouvait pas trancher, ses instincts prenaient le dessus.

Et ils lui soufflaient de penser aux yeux froids et sauvages de l'homme, puis à la peur, dans ceux de la fille. Ce type était capable d'actes ignobles. Ces yeux sans âme incitaient Cery à penser aux autres filles, à la tension ambiante, au manque de clients… Les deux seuls hommes présents parlaient au serveur. Étaient-ils des amis de Verran ? Des événements bizarres étaient en cours…

Et Faren ? Cery récapitula tout ce qu'il savait sur lui. Le voleur pouvait se montrer sans pitié si on l'y poussait, mais jusque-là, il avait été honnête et juste. Cery avait entendu de la colère dans sa voix, lorsqu'il parlait du crime de Verran.

— Je n'ai jamais tué personne, avoua Cery.

— Je sais.

— J'ignore si j'y arriverai.

— Tu le pourrais, si quelqu'un s'en prenait à Sonea. Je me trompe ?

— Non, mais c'est différent.

— Vraiment ?

Cery planta ses yeux dans ceux du voleur qui soupira.

— Ce n'est pas ce que je voulais dire… Ça ne marche pas ainsi ! Je te teste et tu dois le savoir. Tu n'es pas obligé de tuer cet homme.

Il est plus important que tu apprennes à me faire confiance et que je sache où sont tes limites.

Le cœur de Cery rata un battement. Il savait que Faren le jaugeait, mais il lui avait confié tellement de tâches différentes qu'il s'était demandé ce qu'il cherchait, exactement. Avait-il un rôle précis à lui faire jouer ?

Il devrait peut-être passer le même test, mais plus tard. S'il était incapable de tuer lorsque le besoin s'en faisait sentir, il risquait de mettre en danger d'autres personnes. Et s'il s'agissait de Sonea…

Toutes ses hésitations furent balayées.

— Cet homme doit être tué, dit Faren. Je le ferai moi-même, si… Bon, oublions ça. Nous le retrouverons plus tard.

Il tourna les talons et s'enfonça dans l'allée obscure.

— Cery ? dit-il en voyant que l'adolescent ne le suivait pas.

Le garçon sortit ses dagues. Sous les lumières du bordel, Faren posa les yeux sur les lames brillantes et recula.

— Je reviens, lança Cery.

11

En lieu sûr

Après une bonne demi-heure, la puanteur du bol paraissait moins déplaisante et son arôme réchauffait agréablement Dannyl. Le mage fixa sa tasse.

Se souvenant d'histoires de gargotes répugnantes et de tonneaux de bol où flottaient des ravis noyés, le mage n'avait pas réussi à goûter le mélange visqueux. Tout l'après-midi, de sombres pensées l'avaient agité. Si les miséreux avaient deviné son identité, ils pouvaient très bien avoir empoisonné son bol.

Ses craintes étaient sûrement sans fondement. Dannyl avait échangé sa robe contre des vêtements de marchand, en prenant garde à paraître un peu crasseux. Les autres consommateurs lui avaient à peine jeté un regard, la plupart étant dirigés vers la bourse pendue à sa ceinture.

Malgré tout, Dannyl restait convaincu que chaque homme et femme, dans la pièce, savait qui il était. Les clients s'ennuyaient ferme. Ils avaient envahi la gargote pour s'abriter de l'orage. Parfois, Dannyl les entendait jurer à propos du temps, voire de la Guilde. Au début, ça l'avait amusé. Apparemment, les habitants des Taudis trouvaient plus sûr d'accuser la Guilde de tous les maux que de critiquer le roi.

Un homme à la joue barrée d'une cicatrice ne quittait pas le mage des yeux. Dannyl se redressa et assouplit ses épaules avant de regarder autour de lui. Puis il riva ses yeux dans ceux de l'homme, qui parut soudain très intéressé par sa propre paire de gants. Avant qu'il plonge le nez dans son verre, Dannyl vit le rouge monter aux joues mates du type.

Dans les gargotes, le mage avait vu des hommes et des femmes de toutes les nationalités. Les petits Elynes étaient les plus nombreux, puisque leur contrée jouxtait la Kyralie. Les Vindos à la peau dorée grouillaient dans les Taudis, car beaucoup voyageaient pour trouver un travail. Les athlètes issus des tribus lannes et les Lonmars étaient bien plus rares.

L'homme était le premier Sachakien que Dannyl voyait depuis des années. Le Sachaka était proche de la Kyralie, mais une haute montagne et un désert séparaient les deux pays, décourageant la plupart des voyageurs. Les rares marchands qui avaient tenté l'aventure étaient revenus avec des histoires de Barbares qui se battaient pour survivre au milieu de terres arides. Ils parlaient aussi d'une cité corrompue pratiquement sans intérêt commercial.

Il n'en avait pas toujours été ainsi. Le Sachaka avait été un empire gouverné par des magiciens de grand talent. Mais la guerre perdue contre la Kyralie et la naissance de la Guilde avaient changé la donne.

Une main se posa sur l'épaule de Dannyl. En se retournant, il se trouva face à face avec un homme à la peau cuivrée. Le type hocha la tête et repartit.

Dannyl se leva et se fraya un chemin dans la foule jusqu'à la porte. Dehors, il évita les flaques de boue de l'allée. Trois semaines s'étaient écoulées depuis que la Guilde avait failli coincer la fille dans sa cachette souterraine – le jour où Jolen avait été piégé par le Lonmar. Depuis, en quatre occasions, Gorin avait refusé de voir Dannyl.

L'administrateur refusait d'admettre que les voleurs protégeaient la fille. Dannyl comprenait pourquoi. Rien ne pouvait déplaire plus au roi que la présence d'un mage renégat dans son royaume. Les voleurs étaient tout juste tolérés. Dans les Taudis, ils gardaient le crime sous le boisseau sans aucune contrepartie, à part le juteux contrôle du marché noir. Même si le roi décidait de se débarrasser des voleurs, d'autres prendraient aussitôt leur place.

Mais le souverain n'hésiterait pas un instant à raser les Taudis s'il apprenait de source sûre qu'un mage renégat hantait la ville.

Dannyl se demandait si les voleurs en avaient conscience. Il n'avait pas voulu aborder le sujet avec Gorin. Pour ne pas sembler menaçant, il avait préféré parler uniquement du danger que représentait la fille.

Le mage déboucha dans une rue plus large et se hâta de s'engouffrer dans une ruelle, entre deux immeubles. Au-delà, les Taudis devenaient un dédale sans fin. Le vent s'engouffrait dans chaque passage, pleurant comme un enfant affamé. Parfois il se taisait complètement. Durant une de ces pauses, Dannyl entendit des pas derrière lui. Il se retourna.

Il était seul dans l'allée.

Le mage reprit son chemin. Il tenta de brider son imagination, mais il ne parvint pas à oublier son poursuivant. Il entendait toujours l'écho d'autres pas dans le bruit des siens et, du coin de l'œil, il surprenait parfois un mouvement. Sa conviction devenant plus forte, Dannyl prit une rue transversale, déverrouilla rapidement la première serrure venue et se glissa à l'intérieur d'un bâtiment.

À son grand soulagement, la pièce était vide. Le mage colla son œil au trou de la serrure et se maudit lorsqu'il vit que la rue était déserte.

Mais une silhouette apparut.

Dannyl fronça les sourcils lorsqu'il reconnut la cicatrice sur le visage épais. Le Sachakien de la gargote ! L'homme fouillait l'allée du regard. Le mage aperçut un éclair vif, et une dague apparut dans la main de l'homme.

Heureusement pour toi que je t'ai entendu me suivre, pensa Dannyl.

Il envisagea de capturer l'homme et de le livrer au premier poste de garde venu, mais il préféra s'abstenir. La nuit tombait et il était pressé de regagner la chaleur et le confort de ses appartements.

Le Sachakien examina le sol avant de quitter l'allée. Dannyl compta jusqu'à cent, se glissa de nouveau par la porte et reprit son chemin. Il semblait que ses peurs à propos des miséreux étaient infondées : aucun d'eux n'était assez inconscient pour s'en prendre à lui armé d'un simple couteau.

Lorsque Cery entra dans la pièce, Sonea était penchée sur un grand livre. Elle leva les yeux et sourit en le voyant.

— Comment va la magie ? demanda le garçon.

Le sourire de Sonea s'effaça aussitôt.

— Comme d'habitude.

— Le livre ne t'aide pas ?

— Voilà cinq semaines que je m'entraîne, et la seule chose qui change, c'est que j'apprends à lire. Je ne vais tout de même pas faire la lecture à Faren pour qu'il me protège…

— Ce que tu dois assimiler demande du temps, lui dit Cery.

Surtout si tu peux tenter ta chance qu'une fois par jour, ajouta-t-il mentalement.

Depuis qu'elle avait failli être capturée, un groupe de magiciens réussissait à approcher de sa cachette chaque fois que Sonea utilisait son don. Cela avait forcé Faren à trouver d'autres points de repli. Cery savait que le voleur demandait des faveurs aux quatre coins des Taudis. Il savait aussi que l'homme ne regrettait pas tout ce que lui coûtait Sonea, en argent comme en services à rendre.

— Tu crois qu'il te manque quoi pour que ta magie fonctionne ? demanda-t-il à la jeune fille.

— J'ai besoin que quelqu'un me montre ! Faren t'a dit quelque chose à propos de la personne qu'il devait trouver ?

— Rien à moi, en tout cas… J'ai entendu des rumeurs, mais ça n'avait pas l'air très solide.

— Et je suppose que tu ne connais aucun gentil magicien qui voudrait confier tous les secrets de la Guilde aux voleurs ? Tu pourrais peut-être en enlever un pour moi.

Cery éclata de rire, puis se tut lorsqu'une idée le frappa.

— Est-ce que tu es…

— Chuttt ! souffla Sonea. Écoute !

Cery entendit un tapotement étouffé, au plafond, et bondit aussitôt sur ses pieds.

— C'est le signal !

Cery se précipita à la fenêtre et sonda la rue noyée d'ombres. Il vit une silhouette qu'il ne connaissait pas se tenir dans l'obscurité, à la place de la sentinelle.

Aussitôt, il jeta à Sonea son manteau.

— Glisse-le sous ta chemise et suis-moi !

Il saisit un pichet qui traînait sur la table et le vida sur les dernières braises de la cheminée. Le bois siffla et de la fumée envahit l'âtre. Cery jeta le pare-feu derrière lui, s'accroupit dans le foyer et commença à grimper dans la cheminée, calant la pointe de ses bottes dans les joints craquelés des briques chaudes.

— Tu veux rire ? grogna Sonea.

— Monte ! On va sur les toits.

Avec un juron, la jeune fille se faufila dans la cheminée.

Le soleil avait émergé des nuages et les tuiles reflétaient une lumière dorée. Cery se cacha dans l'ombre d'une cheminée.

— Il fait trop clair, dit-il. À tous les coups, on a été vus. On va rester là jusqu'à ce que le temps se couvre un peu.

— On est assez loin, tu penses ? demanda Sonea en s'installant à côté de son ami.

Cery regarda rapidement les gouttières.

— J'espère.

— On est au-dessus de la Rue Haute, c'est ça ? Toutes ces cordes, ces passerelles, ces poignées ! Ça rappelle des souvenirs, pas vrai ?

— Ça fait longtemps, dit Cery, touché par la mélancolie de l'adolescente.

— J'ai du mal à croire qu'on a fait des trucs pareils quand on était gosses. Aujourd'hui je n'aurais plus le cran.

— On était des gamins.

— Des gamins qui s'introduisaient dans des maisons et qui se servaient. (Sonea sourit.) Tu te souviens du jour où on est entrés dans la piaule de cette femme qui avait des dizaines de perruques ? Tu t'es jeté par terre et on t'a enfoui sous les faux cheveux. Quand elle est rentrée, tu t'es mis à pousser des grognements.

— C'est sûr qu'elle avait des raisons de crier…

À ce souvenir, les yeux de Cery brillèrent.

— Tout ce que je devais faire pour échapper à Jonna, quand elle devinait que je venais te chercher, la nuit…

— Mais tu y arrivais toujours !

— Parce ce que tu m'avais appris à crocheter vos serrures. (Cery regarda son amie longuement.) Pourquoi as-tu cessé de venir avec nous ?

Sonea soupira, les genoux serrés contre sa poitrine.

— Les choses avaient changé. Harrin surtout… Il ne me traitait plus de la même façon. Comme s'ils s'étaient tous souvenus que j'étais une fille et pensaient que je traînais avec eux pour chercher… Enfin, tu sais quoi… Ça n'était plus amusant du tout.

— Je ne t'ai jamais traitée comme ça. (Cery rassembla son courage.) Mais tu as aussi cessé de venir avec moi.

— Ça n'avait rien à voir avec toi, Cery. Je crois que j'étais fatiguée de tout ça. Il fallait que je grandisse et que j'arrête de faire semblant. Jonna répétait sans arrêt que le vol est un crime affreux. Je ne pensais pas que voler par nécessité était un mal, mais ce n'était pas ce que nous faisions. J'étais contente quand nous avons emménagé en ville, parce que je n'avais plus à penser à tout ça.

Cery hocha la tête. Il valait peut-être mieux qu'elle soit partie. Les garçons de la bande de Harrin n'avaient pas toujours été corrects avec les filles.

— Comment c'était de travailler en ville ? Mieux ?

— Un peu… On risque toujours de tomber dans un tonneau d'embrouilles, si on ne fait pas attention. Les pires, ce sont les gardes, parce que personne ne peut les empêcher de harceler les filles.

Cery essaya d'imaginer Sonea en train de repousser des gardes aux mains trop lestes. N'y avait-il pas un endroit au monde où on pouvait être à l'abri ? Il secoua la tête et souhaita emmener un jour Sonea dans un endroit où il n'y aurait ni gardes ni mages.

— On a perdu le livre, non ? demanda soudain la jeune fille.

Cery jura.

— Ouais…, fit Sonea. Il ne m'était pas d'une grande utilité, de toute façon.

Il n'y avait aucun regret dans sa voix. Cery se creusa la cervelle. Il devait y avoir une autre façon pour elle d'apprendre la magie. Il se mordit la lèvre et se souvint de l'idée qu'elle avait lancée dans la chambre.

— J'aimerais te faire sortir des Taudis, Sonea. Les mages seront partout, cette nuit.

— Hors des Taudis ?

— Oui. Tu seras plus en sécurité en ville.

— Tu es sûr ?

— Pourquoi pas ? C'est là qu'ils regarderont en dernier.

— Et comment tu comptes y arriver ?

— Par la Rue Haute.

— La Rue Haute ne nous fera pas passer les portes.

— Les portes, on s'en fiche ! Viens avec moi.

Le mur extérieur dominait les Taudis de toute sa hauteur. Haut de trente pieds, il était gardé par des soldats même si Imardin n'avait connu aucune menace d'invasion depuis des siècles. À son pied, une route avait été tracée afin d'empêcher les habitants des Taudis d'y construire leurs maisons.

À quelques pas de la muraille, Cery et Sonea descendirent des toits et se retrouvèrent dans une ruelle. L'adolescent saisit le bras de son amie, l'entraîna vers un tas de caisses et se faufila entre elles. L'air charriait une odeur piquante : un mélange de bois vert et de vieux fruits.

Cery s'accroupit et tapa sur le sol. Le son creux et métallique surprit Sonea. La terre s'écarta et une trappe s'ouvrit vers le haut. Un gros visage apparut, encadré de ténèbres. Une puanteur qui donnait la nausée montait du trou.

— Salut, Tul, dit Cery.

— Comment tu vas, Cery ? répondit Tul en souriant.

— Bien. Ça te dirait d'éponger ta dette ?

— Plutôt, oui ! Tu veux passer ?

— Nous deux, ajouta Cery en désignant Sonea.

L'homme hocha la tête et redescendit dans l'air vicié. Cery sourit à son amie et lui fit signe d'entrer dans le trou.

— Après toi.

Sonea passa un pied dans la trappe et sentit le barreau d'une échelle. Aspirant une dernière goulée d'air frais, elle descendit lentement dans la brume. Des bruits d'eau courante se répercutaient dans l'obscurité et l'air était lourd d'humidité. Alors que ses yeux s'habituaient au noir, elle vit qu'elle se tenait sur l'étroit bord d'un canal d'eaux usées. Le plafond était si bas qu'elle dut se baisser.

Le gros visage de Tul était comme posé sur un corps d'une égale démesure. Cery remercia l'homme et lui tendit quelque chose qui fit naître un grand sourire sur ses joues adipeuses.

Cery laissa Tul à son poste et guida Sonea dans l'égout, en direction de la cité. Après quelques centaines de pas, une autre silhouette et une seconde échelle apparurent. L'homme aurait pu être grand, mais son dos était voûté comme s'il avait toujours vécu dans le tunnel. Il leva ses yeux profondément enfoncés dans leurs orbites et regarda les deux jeunes gens approcher.

L'homme regarda soudain derrière lui. Du fond du tunnel monta un tintement étouffé.

— Vite ! lança-t-il.

Cery prit le bras de Sonea et courut.

L'homme sortit quelque chose de sous son manteau et commença à frapper cet objet avec une vieille cuillère. Le son courut le long du tunnel.

Cery et Sonea atteignirent l'échelle. Quand l'homme arrêta son *staccato*, les deux adolescents entendirent d'autres tintements dans leur dos. Le bonhomme grogna et secoua les bras.

— Allez, allez !

Cery gravit les échelons. Il y eut un bruit métallique, puis de la lumière apparut. Cery bondit. Sonea le suivit, captant un son lointain et bas dans le tunnel. Le bossu grimpa derrière elle et agrippa la poignée de la trappe.

Sonea regarda autour d'elle. Ils étaient dans une allée étroite, cachés dans les ombres. Sonea entendit une nouvelle fois le bruit, dans le tunnel, et se retourna.

Le bruit se transforma rapidement en un rugissement profond soudain étouffé par le bossu, qui sortit du passage et referma enfin la trappe.

Un instant plus tard, Sonea sentit une vibration monter le long de ses os. Cery colla sa bouche à son oreille et souffla :

— Les voleurs se servent de ces tunnels depuis des années pour passer de l'autre côté du mur. Quand les gardes les ont trouvés, ils ont décidé de remplir régulièrement les tuyaux. Ce n'était pas une mauvaise idée – au moins, ça les nettoie – mais les voleurs savaient quand les soldats ouvraient les vannes et les passeurs continuaient à travailler de la même façon. Alors, les gardes ont commencé à remplir les conduits de façon irrégulière.

L'adolescent s'accroupit et souleva avec précaution le volet de la trappe. Des torrents d'eau roulaient à quelques pouces du plafond et leur rugissement emplissait la rue. Cery referma rapidement le volet.

— C'est pour ça qu'ils sonnent les cloches…, souffla Sonea.

— Oui. Un avertissement.

Cery se retourna et donna quelque chose au bossu. Puis il se redressa et avança, suivi par Sonea, jusqu'à un coin sombre où un mur aux briques cassées leur permit de grimper sur le toit d'une maison. L'air devenait plus froid et Sonea sortit son manteau de sous sa chemise pour l'enfiler.

— J'espérais nous rapprocher un peu plus que ça, murmura Cery. On a quand même une chouette vue d'ici, non ?

L'adolescente acquiesça. Le soleil s'était couché, mais le ciel restait lumineux. Les derniers nuages de tempête dansaient au-dessus du quartier sud et le vent les poussait doucement vers l'est. Baignant dans une lumière orange, la cité s'étendait devant eux.

— On peut même voir un bout du palais, dit Cery.

Par-delà le mur, on apercevait les hautes tours et une partie du dôme scintillant.

— J'y ai jamais mis les pieds, dit Cery. Mais un jour, j'irai.

— Toi ? Au palais ?

— Je me suis juré d'entrer au moins une fois dans chaque endroit de la ville qui en vaut la peine.

— Et jusque-là, où as-tu été ?

Cery désigna les portes du cercle intérieur. Entre les battants, Sonea aperçut des murs et des toits de manoirs qui brillaient à la lumière jaune des flambeaux.

— Deux trois maisons, là-bas.

Sonea n'en crut pas un mot. Lorsqu'elle avait été envoyée en courses pour Jonna et Ranel dans le cercle intérieur, elle avait vu que les rues étaient gardées, les soldats interceptant tous ceux qui n'étaient pas vêtus de riches atours ou de la livrée d'une Maison.

Les clients lui avaient confié un jeton comme gage de son droit à être là.

Chacune de ses visites lui avait révélé de nouvelles merveilles. Sonea se souvenait des maisons aux formes et aux couleurs extravagantes, des terrasses et des tours si délicates qu'elles semblaient prêtes à s'écrouler sous leur propre poids. Même les quartiers des serviteurs étaient d'un luxe qu'elle n'avait jamais imaginé.

Les maisons de plain-pied qui l'entouraient lui étaient plus familières. Les nobles les moins riches et les marchands vivaient dans le quartier nord. Ils avaient peu de serviteurs et louaient les services d'artisans quand le besoin s'en faisait sentir. Jonna et Ranel s'étaient fait une clientèle durant les deux ans où ils avaient travaillé en ville.

Sonea regarda les rideaux colorés des fenêtres, autour d'elle. Derrière certaines, elle devinait les silhouettes des habitants. Elle baissa la tête, attristée en pensant à tous les clients que sa tante et son oncle avaient perdus lorsque les gardes les avaient chassés de la cité.

— Et maintenant ? Où on va ?

— Suis-moi, répondit Cery.

Ils marchèrent le long des toits. Contrairement aux habitants des Taudis, ceux de la cité se moquaient de plaire aux voleurs et retiraient leurs passerelles et leurs ponts de corde quand ça leur chantait. Cery et Sonea furent obligés de descendre jusqu'au sol pour traverser les rues et les allées. Les artères les plus larges étant surveillées par des soldats, ils durent laisser passer les patrouilles avant de courir se cacher à nouveau.

Ils marquèrent une pause au bout d'une heure, puis se remirent en chemin lorsque la lumière d'un fin disque d'argent apparut dans le ciel. Sonea suivit Cery en silence, se concentrant pour ne pas glisser dans l'obscurité. Quand ils s'arrêtèrent, une vague de lassitude la submergea et elle se laissa tomber sur le sol avec un grognement.

— On ferait mieux d'arriver bientôt, dit-elle. Je suis vannée.

— C'est plus très loin, répondit Cery. Juste là…

L'adolescente suivit son ami jusqu'à un grand et élégant parc boisé. Cery conduisit Sonea au pied d'un mur qui semblait ne jamais vouloir finir.

— Où sommes-nous ?

— Attends, tu vas voir, dit le garçon.

Sonea trébucha sur quelque chose et se rattrapa à un tronc. La rugosité de l'écorce la surprit. Elle regarda autour d'elle. Des arbres se dressaient partout, comme autant de sentinelles. Dans les ténèbres, ils paraissaient sinistres et angoissants – une forêt de bras griffus.

Une forêt ? se demanda-elle en frissonnant. *Il n'y a pas de parc dans le quartier nord, et je ne connais qu'une seule forêt à Imardin…*

Son cœur s'emballa. Elle rattrapa Cery et le prit par le bras.

— Qu'est-ce que tu fous ? lança-t-elle. On est dans la Guilde !

Les dents de Cery brillaient à la lumière de la lune.

— C'est vrai…

Sonea le regarda, ne voyant de lui qu'une silhouette auréolée par le clair de lune et ne devinant rien de son expression. Un soupçon la glaça. Sûrement qu'il ne ferait pas… Qu'il ne pourrait pas… Pas Cery ! Non, jamais il ne la vendrait aux mages.

Elle sentit la main du garçon se poser sur son épaule.

— Sonea, t'en fais pas. Réfléchis. Où sont les magiciens ? Dans les Taudis ! Tu es plus en sécurité ici que là-bas.

— Mais… Ils n'ont pas de gardes ?

— Quelques-uns aux portes, c'est tout.

— Ils font des patrouilles ?

— Même pas.

— Et un mur magique ?

— Non plus. (Sonea entendit le rire étouffé de Cery.) Ils doivent penser que les gens ont trop peur pour entrer ici.

— Comment tu sais s'il n'y a pas un mur ou des gardes ?

— Parce que je suis déjà venu.

— *Quoi ?*

— Quand j'ai décidé de visiter chaque maison, dans la cité, je suis venu ici et j'ai farfouillé un peu. Je n'aurais jamais cru que ce serait si simple. Je n'ai pas tenté d'entrer dans un des bâtiments, bien sûr. J'ai simplement regardé les mages par les fenêtres.

Sonea dévisagea Cery sans y croire.

— Tu as *espionné* des mages ?

— Sûr… C'était plutôt intéressant. Ils ont des salles de classe où ils donnent des cours aux plus jeunes mages, et des endroits où ils dorment. J'ai vu les guérisseurs travailler, l'autre fois. *Ça*, c'était quelque chose. Un garçon avait des coupures sur le visage. Quand le guérisseur a touché ses plaies, elles ont toutes disparu. Incroyable !

Il se tut et se tourna vers Sonea.

— Tu te souviens ? Tu as dit que tu voulais qu'on te montre comment faire de la magie ? Si tu les regardes, tu verras peut-être quelque chose qui t'aidera.

— Mais… c'est… c'est la *Guilde*, Cery.

— Je t'aurais pas amenée ici si j'avais pensé que c'est dangereux, dit le jeune homme en haussant les épaules.

Sonea ne répondit pas. Elle se sentait affreusement mal parce qu'elle ne lui avait pas fait confiance. Si Cery avait voulu se débarrasser d'elle, il lui aurait suffi de laisser les mages l'attraper dans le grenier. Jamais il ne la trahirait. Mais son explication était tout simplement incroyable.

Si c'est un piège, je suis déjà tombée dedans.

Sonea chassa cette pensée et se concentra sur ce que proposait Cery.

— Tu crois vraiment qu'on peut faire ça ?

— Sûr.

— C'est de la folie, tu le sais ?

— Au moins, viens voir par toi-même ! Allons jusqu'au bout du chemin et tu comprendras combien c'est facile. Si tu veux pas tenter le coup, on reviendra ici. Allez !

Sonea contrôla sa peur et suivit son ami. La forêt s'éclaircissait sensiblement. Au milieu des troncs, elle vit bientôt le mur. Cery s'en approcha prudemment en restant dans les ombres. Une fois parvenu à vingt pas de la route, il se précipita en avant et se cacha derrière un gros arbre.

Sonea le suivit et se plaqua contre un autre tronc. Ses jambes lui semblaient en coton et sa tête paraissait vide au point de risquer de s'envoler.

Cery désigna quelque chose du doigt.

Elle regarda le bâtiment et sentit une boule se former dans sa gorge.

12

Le dernier endroit où ils chercheraient

Le bâtiment était si grand qu'il semblait toucher les étoiles. Quatre tours le flanquaient, une à chaque coin du jardin. Entre elles, les longs murs blancs luisaient à la lumière de la lune. Des arches couraient sur les côtés du bâtiment, les unes au-dessus des autres, et de chacune pendait un rideau de pierre. Sur la façade, un large escalier montait vers deux immenses portes ouvertes.

— C'est magnifique, souffla Sonea.

— Pas vrai ? répondit Cery en souriant jusqu'aux oreilles. Tu as vu ces portes ? Elles font quatre fois ma taille. Au moins.

— Elles doivent être lourdes. Comment font-ils pour les fermer ?

— Un sort, sans doute…

Sonea sursauta en voyant une silhouette vêtue de bleu se découper entre les battants. L'homme descendit les marches et se dirigea vers un bâtiment plus petit, sur sa gauche.

— Ne t'inquiète pas, il ne peut pas nous voir, souffla Cery.

Sonea se tranquillisa un peu et quitta l'homme des yeux.

— Dedans, il y a quoi ? demanda-t-elle.

— Des salles de classe. C'est l'université.

Trois rangées de fenêtres couraient le long du bâtiment. Les deux dernières étaient presque totalement dissimulées par les arbres, mais Sonea parvint à distinguer de chaudes lumières jaunes au travers des feuillages. Un grand jardin s'étendait à gauche de la construction. Cery désigna un autre bâtiment, un peu à l'écart.

— C'est là que vivent les novices, dit-il. Il y a la même construction de l'autre côté de l'université, pour les mages. Par là-bas, (il désigna un bâtiment circulaire sur leur gauche, éloigné de plusieurs centaines de pas), c'est l'endroit où travaillent les guérisseurs.

— Qu'est-ce que c'est ? demanda Sonea en montrant des mâts incurvés qui se dressaient dans les jardins.

— Je sais pas, dit Cery en haussant les épaules. J'ai jamais réussi à deviner. Vers la droite, ça mène aux logements des serviteurs. Par la gauche, on rejoint les écuries. Il y a d'autres constructions derrière l'université, et un second jardin devant la résidence des magiciens. Il y en a aussi quelques autres sur la colline…

— Mais c'est immense…, souffla Sonea. Combien de magiciens vivent ici ?

— Un peu plus d'une centaine. Mais beaucoup d'autres résident ailleurs. Certains habitent dans la cité, d'autres à la campagne, ou encore à l'étranger. Environ deux cents serviteurs vivent ici. Les mages ont des domestiques, des lads, des cuistots, des scribes, des jardiniers, et même des fermiers.

— Des fermiers ?

— Il y a des champs à côté des logements des serviteurs.

— Ils ne pourraient pas acheter leur nourriture ?

— Je crois qu'ils font plutôt pousser des simples pour préparer des médicaments.

— Oh ! (Sonea regarda Cery, impressionnée.) Comment en sais-tu autant à propos de la Guilde ?

— J'ai posé beaucoup de questions, surtout depuis mon dernier petit tour ici.

— Pourquoi ?

— Par curiosité.

— Seulement ?

— Tout le monde se demande ce que les mages fabriquent, ici. Pas toi ?

— Ben… Des fois.

— Tu m'étonnes. Tu as plus de raisons que d'autres d'être curieuse à leur sujet. À propos, ça te dirait d'espionner un ou deux magiciens ?

Sonea leva le nez vers les bâtiments.

— Comment veux-tu qu'on regarde à l'intérieur sans qu'ils nous voient ?

— Le jardin monte jusqu'aux murs, expliqua Cery. Des chemins longent le bâtiment, avec une haie de chaque côté. On peut marcher entre les buissons sans que personne nous voie.

— Y a que toi pour faire un truc comme ça…

Sonea se mordit la lèvre, encore honteuse d'avoir douté de son ami. Cery avait toujours été le plus intelligent de la bande. S'il y avait une possibilité d'espionner la Guilde, il saurait comment faire.

Elle aurait dû lui dire de la ramener chez Faren. Si quelqu'un les découvrait… C'était tout simplement trop terrifiant pour y penser.

Cery attendait toujours sa réponse.

Ce serait une honte de ne pas tenter le coup, souffla une voix dans la tête de Sonea. *Et tu pourrais apprendre quelque chose d'utile…*

— D'accord. Par où on commence ?

Cery tendit le doigt vers le quartier des guérisseurs.

— On descend au jardin par ici, là où la route devient toute noire. Suis-moi.

Le jeune homme recula et se faufila entre les troncs. Après une centaine de pas, il retourna sur la route et s'arrêta sous un arbre.

— Les mages sont occupés à s'entraîner, à cette heure-ci, ou ils restent dans leurs appartements. On a tout le temps, jusqu'à la fin des cours du soir. Après, on se trouvera un trou et on se cachera. Pour l'instant, il faut faire gaffe aux domestiques. Coince ton manteau dans tes pantalons, sinon il se prendra partout.

L'adolescente obéit, puis Cery lui prit la main et l'entraîna vers la route.

— Mais s'ils regardent dehors ? Ils vont nous voir !

— Ne t'inquiète pas. Leurs chambres sont toutes illuminées, ils ne peuvent rien voir dehors, sauf s'ils collent le nez contre la vitre… et ils sont trop occupés pour ça.

Cery tira Sonea par la main et ils traversèrent la route. La jeune fille sonda la façade, mais elle ne vit personne. Quand ils se mirent à l'abri sous les arbres, elle poussa un soupir de soulagement.

Cery se coucha et rampa sous une haie. Sonea l'imita et sentit un matelas de feuilles dense sous son ventre.

— Les plantes ont un peu poussé, s'excusa Cery. Ça passait mieux la dernière fois, mais tant pis, faudra faire avec.

Ils avancèrent à quatre pattes à l'intérieur d'un étroit tunnel de végétation. Tous les vingt pas, ils devaient se faufiler pour contourner un tronc envahi par les feuillages. Après quelques centaines de pas, Cery s'arrêta.

— Nous sommes devant la maison des guérisseurs. On traverse un passage à découvert, puis on se recache dans les arbres devant le mur. Je passe en premier. Tu t'assures que personne ne vient et tu me suis.

L'adolescent s'étendit de nouveau sur le ventre, se faufila dans l'ouverture et disparut. Sonea avança à son tour et jeta un coup d'œil par la trouée.

Un chemin longeait la haie. Elle voyait le trou qu'avait fait Cery pour passer.

Elle rampa dans les buissons à la suite de son ami et le trouva assis devant un mur, le dos appuyé à un gros tronc.

— Tu crois que tu pourrais escalader ça ? demanda-t-il. C'est au deuxième étage que les novices ont leurs cours.

Sonea examina la maçonnerie composée de gros blocs de pierre. Le mortier était si vieux qu'il s'effritait. Deux corniches couraient autour du bâtiment, formant la base des fenêtres. Une fois que Sonea aurait atteint une croisée, elle pourrait s'installer sur une des frises et regarder à l'intérieur de la pièce.

— Sans problème, répondit-elle.

Cery fouilla dans ses poches. Il en tira une petite flasque, l'ouvrit et, du bout du doigt, commença à tartiner le visage de Sonea de pâte noire.

— Voilà. Maintenant on jurerait voir Faren. (Il sourit, puis redevint sérieux.) Reste derrière les arbres. Si j'entends venir quelqu'un, je couinerai comme un mullook. Tu ne bougeras pas et tu ne feras pas un bruit.

L'adolescente acquiesça et posa la main sur le mur. Puis elle glissa le bout de son pied dans une fissure, enfonça ses doigts dans le mortier effrité, chercha la prise suivante et commença à escalader la paroi. Une fois les pieds à la hauteur de la tête de Cery, elle regarda en bas et vit les dents de son ami briller dans l'ombre.

Ses muscles protestaient sous l'effort, pourtant elle ne s'arrêta pas avant d'avoir atteint la seconde corniche. Elle fit une pause pour retrouver son souffle, et pencha la tête vers la fenêtre la plus proche. De la taille d'une porte d'entrée, celle-ci était composée de quatre panneaux de verre. Sonea pencha prudemment la tête jusqu'à pouvoir regarder dans la salle.

Elle repéra un groupe de mages en robe brune tournés vers quelque chose, dans un coin de la pièce qu'elle ne pouvait pas voir. L'adolescente hésita, craignant qu'un des hommes ne regarde dans sa direction, mais aucun ne fit le moindre geste. Le cœur battant, elle avança sur la corniche jusqu'à voir ce qu'ils regardaient.

Un homme vêtu d'une robe vert sombre était debout dans le coin de la pièce. Tenant un bras en bois sur lequel avaient été gravés des lignes colorées et des mots, il se servait d'une baguette pour désigner des points précis sur le modèle.

La voix du mage était à peine assourdie par l'épaisseur du verre et, en tendant l'oreille, Sonea comprenait tout ce qu'il disait.

Mais bientôt, elle se sentit aussi frustrée qu'en lisant le livre de Faren. Le discours du mage était émaillé de mots incompréhensibles et de phrases emberlificotées. Pour ce qu'elle en saisissait, il aurait tout aussi bien pu parler une autre langue. Elle allait abandonner et redescendre vers Cery en se tordant les doigts, lorsqu'elle entendit le mage crier :

— Faites venir Jenia !

Les novices se tournèrent vers la porte. Une jeune femme entra dans la pièce, accompagnée d'un vieux domestique. Elle avait un bras en écharpe.

Elle sourit et éclata même de rire en réponse à une pique lancée par un des novices. Le professeur jeta un regard courroucé à la classe et les élèves se turent.

— Jenia s'est cassé le bras cet après-midi en tombant de cheval, leur expliqua-t-il.

Il fit signe à la jeune femme de s'asseoir. Dès qu'il commença à défaire son bandage, le sourire de Jenia disparut.

Le professeur dénuda l'avant-bras contusionné et enflé de la patiente. Le mage appela ensuite deux novices qui avancèrent, passèrent doucement leurs mains le long du bras cassé, reculèrent et firent un signe de tête affirmatif. Le professeur acquiesça à son tour, visiblement ravi.

— Maintenant, dit-il d'une voix forte, nous devons arrêter la douleur.

Obéissant au mage, un des élèves prit la main de la blessée dans les siennes. Il ferma les yeux, et il n'y eut plus un bruit dans la classe. Le visage de la femme exprima aussitôt un grand soulagement. Le novice lui lâcha la main et fit un signe de tête au professeur.

— Il est toujours préférable de laisser le corps se soigner seul, dit le mage, mais nous pouvons intervenir, au moins à l'endroit exact de la fracture, afin d'aider les chairs à désenfler.

L'autre novice passa lentement sa main sur la peau de la femme, et l'enflure se résorba à son contact. Lorsque le jeune homme recula, Jenia tentait déjà de remuer les doigts.

Le professeur examina le bras de la blessée et replaça l'écharpe, que Jenia regarda avec mépris. Le mage lui ordonna sévèrement de ne pas bouger le bras pendant deux semaines. Un des deux novices dit quelque chose et tous les autres rirent.

Sonea s'écarta de la fenêtre. Elle venait de voir à l'œuvre les légendaires pouvoirs de guérison des mages, quelque chose dont bien peu du traîne-ruisseau pouvaient se vanter. C'était aussi incroyable que tout ce qu'elle avait pu imaginer.

Mais elle n'avait toujours rien appris.

Ce doit être une classe pour les élèves déjà expérimentés, pensa-t-elle.

De jeunes novices n'auraient pas su comment soigner un bras cassé. Si Sonea trouvait une classe de débutants, elle pourrait peut-être comprendre ce qu'ils faisaient.

L'adolescente redescendit de son perchoir et Cery la tira par le bras dès qu'elle posa le pied sur le sol.

— Alors, tu as vu quelque chose ? murmura-t-il.

Sonea acquiesça.

— Je t'avais bien dit que ce serait facile, non ?

— Pour toi, peut-être, répondit la jeune fille en frottant ses mains blessées. J'ai perdu l'habitude.

Sonea se dirigea vers l'arbre suivant, força ses doigts gourds à s'accrocher aux interstices des briques, et remonta le long de la façade.

Le professeur de cette classe-ci, une femme, portait une robe semblable à celle du maître précédent. Elle restait silencieuse, observant les novices. Penchés sur leurs bureaux, ils griffonnaient frénétiquement sur leurs copies et feuilletaient des livres à la reliure fatiguée. Sonea capitula face à ses bras douloureux et redescendit.

— Alors ? demanda-t-il.

— Pas grand-chose…

Elle remonta un peu plus loin. La fenêtre suivante lui révéla une pièce pleine de novices qui transvasaient des liquides, des poudres et des onguents dans des petits pots. La croisée suivante lui permit de voir un jeune homme vêtu de vert assoupi, la tête posée sur un livre ouvert.

— Les autres pièces ne sont pas allumées, lui expliqua Cery lorsqu'elle fut redescendue. Je crois bien que c'est tout ce que tu verras ici. (Il se tourna vers l'université.) Il y a encore des classes par là-bas.

— Alors, allons-y !

Ils traversèrent la haie et se plièrent en deux pour s'enfoncer dans les buissons, de l'autre côté de la route. À mi-chemin du jardin, Cery s'arrêta et montra du doigt une trouée dans les branchages.

Sonea regarda et s'aperçut qu'ils avaient presque atteint les étranges mâts. Entourant une dalle de pierre, ils s'inclinaient les uns en direction des autres et se rejoignaient à leur sommet.

L'air vibrait d'ondes familières. Sonea frissonna. Troublée, elle posa sa main sur le dos de Cery.

— Avançons.

Cery acquiesça. En jetant un dernier regard aux mâts, il poussa son amie devant lui.

Ils durent traverser deux autres chemins pour atteindre le mur de l'université, dont Cery tapota la pierre.

— Tu pourras pas grimper, murmura-t-il, mais il y a beaucoup de fenêtres au rez-de-chaussée.

Sonea toucha le mur à son tour. La pierre était rugueuse mais l'adolescente ne voyait pas la moindre fissure ou lézarde. Comme si le bâtiment entier avait été creusé dans un bloc immense d'un seul tenant.

Cery se glissa derrière un tronc et fit la courte échelle à Sonea. La jeune fille se hissa à la hauteur de la fenêtre et regarda dans la salle.

Un homme en robe violette écrivait sur un tableau avec des stylets de charbon. Sa voix parvenait aux oreilles de Sonea, mais si étouffée qu'elle ne comprit rien. Les mots, sur le tableau, étaient aussi incompréhensibles que ce que le guérisseur disait. Le cœur serré, Sonea demanda à Cery de la redéposer au sol.

Ils rampèrent le long du bâtiment jusqu'à la fenêtre suivante. La scène qui se déroulait derrière se révéla aussi mystérieuse que la précédente. Des novices étaient assis, les yeux fermés. Derrière chaque élève, un autre se tenait debout et lui pressait les paumes sur les tempes. Le professeur, un homme austère en robe rouge, les surveillait en silence.

Au moment où Sonea se préparait à redescendre, le mage prit la parole :

— Revenez vers moi.

Sa voix était d'une douceur incroyable pour un homme au visage si dur. Les novices ouvrirent les yeux. Ceux qui étaient assis se massèrent les tempes et grimacèrent.

— Comme vous pouvez le voir, il est impossible d'entrer dans un esprit sans l'accord de son propriétaire, continua le professeur. Pas *impossible* à proprement parler, comme nous l'a prouvé notre haut seigneur, mais hors de portée de magiciens ordinaires tels que vous et moi.

Les yeux du mage clignèrent en direction de la fenêtre. Sonea sauta aussitôt en arrière et fit signe à Cery de l'imiter.

— Qu'est-ce que tu as vu ?

Sonea pressa une main sur sa poitrine.

— Je ne suis pas sûre…

Le mage était-il déjà en train de courir dans les couloirs de l'université pour aller fouiller les jardins ? Ou bien se tenait-il derrière la fenêtre, attendant que les intrus tentent de s'enfuir ?

Sonea déglutit nerveusement et se tourna vers Cery. Elle allait lui proposer de courir vers la forêt lorsque la voix du mage retentit dans la classe, aussi calme qu'avant. Sonea soupira, les yeux fermés.

Cery se pencha et regarda prudemment la fenêtre.

— On continue ? demanda-t-il à Sonea en souriant.

Ils se levèrent, se placèrent sous la fenêtre suivante et le garçon fit la courte échelle à Sonea.

L'adolescente aperçut des mouvements désordonnés et regarda dans la salle, médusée. Plusieurs novices s'écartaient ou s'accroupissaient pour éviter un minuscule globe lumineux qui volait dans tous les sens. Un mage en robe rouge suivait leurs évolutions. Assis sur sa chaise, un doigt tendu, il criait aux élèves :

— Ne bougez pas ! Toi, ne recule pas !

Quatre novices étaient immobiles. Le globe lumineux s'en approcha et fut repoussé loin d'eux comme une mouche importune. Peu à peu, d'autres élèves suivirent l'exemple des premiers, mais le globe était rapide. Quelques-uns des novices moins doués portaient de petites brûlures aux bras et au visage.

Soudain, la sphère lumineuse disparut. Le professeur sauta de sa chaise. Les novices se détendirent et échangèrent de longs regards. Sonea redescendit, anxieuse à l'idée qu'ils puissent la voir.

À la fenêtre suivante, elle vit un mage en robe violette faire une étrange démonstration avec des liquides colorés. Dans une autre salle, elle regarda des novices travailler sur des globules de verre fondu, malaxant les sphères luisantes pour en faire des sculptures torturées.

Au carreau d'après, elle écouta un mage séduisant expliquer comment faire du feu.

Une sonnerie retentit soudain. Surpris, le mage leva la tête, et les élèves commencèrent à quitter leurs chaises. Sonea abandonna son promontoire.

Cery l'aida à descendre.

— C'est la cloche de la fin des cours, lui expliqua-t-il. Il nous suffit de rester tranquilles. Les mages vont quitter l'université et rentrer dans leurs appartements.

Ils se recroquevillèrent contre le tronc d'un arbre et n'entendirent rien pendant quelques minutes. Puis des bruits de pas se dirigèrent vers eux.

— ... une grosse journée, disait une femme. Nous ne sommes plus assez nombreux, et l'épidémie de grippe n'arrange rien. J'espère que nous trouverons vite cette fille.

— Oui, répondit une autre femme. Mais l'administrateur a été raisonnable. Il a demandé aux alchimistes et aux guerriers de faire le plus gros du travail.

— C'est vrai. Au fait, comment va la femme du seigneur Makin ? Elle doit en être à huit mois, je me trompe ?

Les voix moururent peu à peu et furent remplacées par un rire viril.

— ... t'a pas raté. Il t'a eu comme un bleu, Kamo !

— Tu parles, répondit un garçon avec un fort accent. C'était une blague, il ne m'aura pas deux fois.

— Ah ! s'esclaffa un troisième jeune homme. *C'était* la deuxième fois !

Les garçons éclatèrent de rire. Sonea entendit d'autres bruits de pas sur sa gauche et les garçons se turent.

— Seigneur Sarrin, murmurèrent-ils avec respect lorsque le promeneur les eut rejoints.

Les garçons reprirent leur bavardage dès que le mage les eut dépassés, puis ils s'éloignèrent aussi.

D'autres groupes passèrent près de la cachette des deux adolescents. La plupart ne disaient rien. Peu à peu, l'activité autour de l'université se calma, puis cessa tout à fait. Depuis que Cery avait passé la tête dans la haie pour regarder le chemin, plus d'une heure s'était écoulée.

— On retourne dans la forêt, maintenant, dit-il. Les classes sont finies.

Sonea suivit le jeune homme sur le chemin, puis à travers la haie. Ils se faufilèrent dans les jardins et traversèrent la route en courant.

Une fois accroupi sous un arbre, Cery sourit à l'adolescente, les yeux brillant d'excitation.

— C'était du gâteau, hein ?

Sonea regarda en arrière, vers la Guilde, et ne put s'empêcher de sourire.

— Oui !

— Tu vois ? Je te l'avais dit. C'est simple : pendant que les mages sillonnent les Taudis à ta recherche, nous nous baladons sur leur territoire.

Ils sourirent tous les deux.

— Je suis quand même contente que ce soit fini, dit Sonea au bout d'un moment. On peut rentrer, maintenant ?

— Il y a une dernière chose que je voulais tenter pendant qu'on y est.

— Et c'est quoi ?

Cery ne répondit pas. Se levant, il disparut entre les arbres. Sonea hésita puis lui emboîta le pas. Il faisait sombre dans la forêt et elle trébucha plusieurs fois sur des racines et des branches. Quand Cery changea soudain de direction, Sonea s'aperçut qu'ils étaient de nouveau sur la route.

Ils montèrent la côte sur plusieurs centaines de pas, puis arrivèrent à un croisement où la pente devint plus forte. Cery s'arrêta et tendit un doigt.

— Regarde.

Un long bâtiment à deux étages était visible entre les troncs.

— Le dortoir des novices, expliqua Cery à Sonea. On est juste derrière. Tiens, on peut voir à l'intérieur…

Sonea aperçut un coin de chambre par une des fenêtres. Un lit simple et solide poussé contre le mur, un bureau étriqué, une chaise contre un autre bureau, et deux robes brunes pendues à un crochet.

— Pas très folichon…, souffla-t-elle.

— Elles sont toutes comme ça, acquiesça Cery.

— Pourtant les novices sont riches, non ?

— Mais ils ne peuvent sûrement pas choisir leurs tenues avant d'être de vrais mages.

— Et les chambres des magiciens, elles sont comment ?

— Agréables, lui répondit Cery. Tu veux en voir ?

Sonea hocha la tête, et l'adolescent lui fit signe de le suivre.

Il s'enfonça plus profondément entre les arbres, puis remonta la côte. Lorsqu'ils arrivèrent à la lisière de la forêt, Sonea vit plusieurs bâtiments et une large cour pavée qui s'étendait devant l'université proprement dite. Une des constructions, brillante comme du verre poli, suivait la courbe du sol et formait un escalier. Une autre, lisse et blanche, ressemblait à un bol renversé. La zone était entièrement éclairée par deux rangées de globes lumineux posés au sommet de longs mâts d'acier.

— Tous ces bâtiments, ils servent à quoi ? demanda Sonea.

— Je sais pas trop. Je crois que celui qui ressemble à du verre abrite les bains. Mais les autres... J'ai jamais vraiment trouvé.

Ils continuèrent à avancer et traversèrent la cour. Une fois à proximité des appartements des mages, Cery claqua des doigts.

— Mince, ils ont tous fermé leurs volets ! Si on contourne le bâtiment, on trouvera peut-être quelque chose.

Les jambes de Sonea commençaient à faiblir lorsqu'ils atteignirent les arbres. Bien que les troncs soient proches du dortoir, l'adolescente distinguait vaguement les meubles par la fenêtre que lui montrait Cery. La fatigue prenant soudain le pas sur la curiosité, Sonea se laissa tomber sur le sol.

— Je ne sais pas comment je retournerai jusqu'aux Taudis, grogna-t-elle. Mes jambes ne me portent plus.

— C'est sûr que tu t'es un peu ramollie ces dernières années, la taquina Cery en s'accroupissant derrière elle.

Sonea lui jeta un regard furibond.

— Reste là un moment, dit-il en se relevant. J'ai une dernière chose à faire. J'en ai pour une minute.

— Où tu vas ?

— Pas loin. T'en fais pas, je reviens tout de suite, dit Cery en disparaissant dans les ombres.

Trop fatiguée pour s'inquiéter, Sonea sonda la forêt du regard et aperçut entre les troncs une forme carrée et grise. Non sans surprise, elle découvrit qu'elle était assise à moins de quarante pas d'un petit bâtiment à deux étages.

Sonea se leva et s'en approcha, se demandant pourquoi Cery ne lui en avait pas parlé. Peut-être qu'il ne l'avait jamais remarqué... Le bâtiment construit dans une pierre différente, plus sombre que le reste de la Guilde, était presque invisible dans les ombres des troncs.

Comme pour l'université, une haie courait autour de la structure. Sonea fit quelques pas et sentit sous ses pieds les pavés d'un chemin. Les fenêtres où ne brillait aucune lumière l'invitèrent à continuer.

L'adolescente regarda en arrière et se demanda combien de temps Cery serait absent. Si elle ne traînait pas trop, elle pourrait jeter un coup d'œil et retourner au point de rendez-vous avant que le jeune homme soit revenu.

Elle se faufila dans la haie et regarda par la première fenêtre. La pièce était plongée dans l'obscurité et Sonea ne put presque rien voir. Des meubles, et rien de plus. Elle colla son nez à la fenêtre suivante, puis à une autre, mais vit partout la même chose. Déçue, elle se résignait à partir lorsqu'elle entendit un bruit de pas dans son dos.

Sonea se jeta dans la haie et aperçut une silhouette à un coin du bâtiment. Bien qu'elle ne vît presque rien, elle remarqua tout de même que le nouveau venu ne portait pas de robe. Alors qui ? Un serviteur ?

L'homme ouvrit une porte et la referma derrière lui. Lorsque le loquet retomba à sa place, Sonea soupira de soulagement. Elle allait se relever, mais un tintement parvint à ses oreilles. C'était tout près...

Elle regarda autour d'elle et vit une grille fixée dans le mur, juste au-dessus du sol. Le conduit était incrusté de saletés, mais l'adolescente vit tout de même l'escalier en colimaçon qui descendait vers une porte ouverte donnant sur une chambre éclairée. Sonea aperçut un homme aux cheveux longs vêtu d'un épais manteau noir. Deux épaules lui bouchèrent la vue un instant, le temps pour une autre silhouette de descendre les marches et d'entrer dans la pièce. Avant que le nouveau venu disparaisse de sa vue, Sonea reconnut la livrée d'un serviteur.

Elle entendit une voix sans comprendre ce qu'elle disait, et vit l'homme au manteau noir hocher la tête.

— C'est fait, dit-il.

Puis il retira son manteau.

Sonea sursauta lorsqu'elle vit ce qui se cachait dessous : cet homme portait les frusques d'un mendiant.

Et elles étaient tachées de sang.

L'homme baissa les yeux sur ses vêtements et grimaça.

— Tu as apporté ma robe ? demanda-t-il.

Le serviteur murmura une réponse. Sonea étouffa un cri de surprise lorsqu'elle comprit que l'homme était un magicien.

Quand il saisit sa chemise ensanglantée et la tira par-dessus sa tête, l'adolescente vit un ceinturon de cuir auquel pendait une dague.

Le magicien retira le ceinturon et posa son déguisement sur la table. Puis il plongea une serviette dans une bassine d'eau et commença à nettoyer les traces de sang qui s'étalaient sur son torse. Chaque fois qu'il rinçait la serviette, l'eau devenait d'un rose plus sombre.

Un bras se tendit, brandissant une robe noire. Le mage prit son vêtement et disparut hors de la vue de Sonea.

L'adolescente recula et s'assit. Une robe noire ? Elle n'avait jamais vu de mage en robe noire. Aucun des magiciens de la Purge n'était vêtu de noir. Celui-ci devait occuper une place spéciale dans la Guilde. Sonea se recoucha devant la grille et regarda la chemise tachée de sang. L'homme était peut-être un assassin.

Le mage reparut. Vêtu de sa robe, il avait attaché ses cheveux en queue-de-cheval. Il saisit son ceinturon et sortit sa dague du fourreau.

La poignée brilla dans la lumière. Les gemmes qui y étaient incrustées scintillaient d'éclats verts et rouges. Le mage examina la longue lame courbe, l'essuya sur la serviette et regarda le serviteur.

— Le combat m'a vidé de mes forces. J'ai besoin des tiennes.

Sonea entendit une réponse qu'elle ne comprit pas. Le domestique s'étant agenouillé, elle vit ses jambes et son torse, sa tête restant cachée. Il tendit un bras et le mage lui agrippa le poignet.

Il le retourna et fit courir sa dague le long de la peau de l'avant-bras. Le sang coula, le mage plaquant sa main sur la plaie comme pour la guérir.

Sonea sentit un battement sur une de ses tempes. Elle secoua la tête, certaine qu'un insecte s'était réfugié dans ses cheveux, mais le battement continua de plus belle. Elle se figea et frissonna lorsqu'elle comprit que la sensation venait de l'intérieur de sa tête.

Le battement s'arrêta aussi vite qu'il avait commencé. Sonea vit que le mage avait permis au serviteur de se relever.

Le magicien semblait intrigué, et ses yeux erraient dans la pièce comme s'il cherchait quelque chose.

— Étrange, dit-il. C'est presque comme si…

Il ne cherche rien dans la pièce, pensa soudain Sonea. *Il sent quelque chose dehors.*

Terrifiée, elle bondit sur ses pieds et s'éloigna de la maison.

Ne cours surtout pas. Ne fais pas un bruit.

Sonea résista à l'envie de se précipiter sous le couvert des arbres. Accélérant le pas une fois qu'elle fut sur le chemin, elle tressaillit chaque fois qu'une racine craquait sous son pied. La forêt était plus sombre que jamais.

L’adolescente paniqua lorsqu’elle se rendit compte qu’elle n’était plus sûre de savoir où attendre Cery.

— Sonea ?

La jeune fille sursauta en voyant une ombre bouger et soupira en reconnaissant Cery, qui tenait un paquet lourd et encombrant.

— Regarde ça, dit-il.

— Qu’est-ce que c’est ?

— Des livres !

— Des livres ?

— Des livres de magie. (Le sourire de Sonea s’effaça aussitôt.) Où étais-tu passée ? Je suis revenu et là…

— J’étais là-bas. (Sonea désigna la maison et frissonna. Le bâtiment était encore plus sombre, comme un monstre épiant les jardins.) On doit partir, maintenant !

— Tu as été là-bas ? s’exclama Cery. C’est la résidence de leur chef, le haut seigneur !

— Un de ces magiciens m’a entendue…

Cery écarquilla les yeux. Il regarda par-dessus son épaule, se retourna et courut entre les troncs, Sonea à sa suite, loin du bâtiment noir.

13

Haute influence

Une petite vingtaine de mages étaient présents lorsque Rothen entra dans le salon nocturne. Dannyl n'étant pas encore arrivé, l'alchimiste se dirigea vers deux chaises vides.

— La fenêtre était ouverte, dit quelqu'un. Quoi que ç'ait pu être, c'est passé par là.

Rothen nota de la panique dans le ton du mage et se tourna vers lui. Jerrik se tenait à quelques pas et s'entretenait avec Yaldin. Curieux de voir ce qui avait pu chiffonner le directeur de l'université, Rothen se dirigea vers les deux hommes.

— Mes respects, dit-il en les saluant de la tête. Quelque chose semble vous tracasser, directeur.

— Eh bien, nous avons un voleur parmi nos apprentis, répondit Yaldin. Jerrik a perdu des livres de valeur.

— Un voleur ? répéta Rothen. Et quels livres ?

— *Connaissances des mages suderons*, *Arts de l'archipel Minkin*, et *Carnets du jeteur de feu*, annonça Jerrik.

— Une bien étrange combinaison de volumes, dit Rothen en fronçant les sourcils.

— Des livres très chers, gémit Jerrik d'une voix geignarde. Ces exemplaires m'ont coûté vingt pièces d'or.

— Alors, votre voleur a eu du nez. Des livres de cette rareté seront difficiles à cacher. Si je me souviens bien, ce sont de gros volumes. Vous pourriez ordonner une fouille chez les novices.

— C'est justement ce que j'espérais éviter, grimaça Jerrik.

— Quelqu'un les a peut-être simplement empruntés, suggéra Yaldin.

— J'ai demandé à tout le monde, répondit Jerrik en secouant la tête. Personne ne les a vus.

— Vous ne m'avez pas demandé, à moi, dit Rothen.

Jerrik lui lança un regard méfiant.

— Non, je ne les ai pas non plus, le rassura aussitôt Rothen. Mais vous pouvez avoir oublié d'autres mages, comme moi. Vous devriez demander à toute l'assemblée lors du prochain concile. Il aura lieu d'ici deux jours et, entre-temps, les livres auront peut-être refait surface.

— Je ferais sans doute mieux de suivre votre conseil avant d'ordonner une fouille..., admit Jerrik.

Une silhouette bien connue de Rothen entra dans le salon nocturne, et le mage s'excusa. Se glissant près de Dannyl, il l'attira dans un coin tranquille.

— Des nouvelles ? demanda-t-il.

— Aucune, mais au moins je n'ai pas été suivi par des coupe-jarrets, cette fois-ci. Et toi ?

Rothen ouvrit la bouche pour répondre, mais il la referma lorsqu'un serviteur leur présenta un plateau lesté de délicats verres de vin. Rothen se servit, mais s'immobilisa en voyant une manche noire se tendre vers le plateau.

Akkarin prit un verre et s'avança pour faire face à Rothen.

— Comment avancent vos recherches, seigneur Rothen ?

Dannyl sursauta lorsqu'il se tourna et découvrit le haut seigneur.

— Nous avons failli attraper la fille il y a deux semaines, haut seigneur, répondit Rothen. Ses protecteurs ont utilisé une doublure. Le temps que nous réalisions qu'elle n'était pas celle que nous cherchions, la fille s'était échappée. Nous avons trouvé un livre de magie, aussi.

— Ce n'est pas une bonne nouvelle.

—Il est archaïque et dépassé, répondit Rothen en voyant le haut seigneur se rembrunir.

—Peut-être, mais nous ne pouvons permettre que de tels livres sortent de la Guilde, répliqua Akkarin. Une fouille chez les trafiquants devrait permettre de savoir combien de volumes sont en circulation dans la cité. J'en parlerai à Lorlen, et d'ici là… (Il se tourna vers Dannyl.) Avez-vous réussi à rétablir un lien avec les voleurs ?

Dannyl pâlit, avant de devenir cramoisi.

—Non, répondit-il d'une voix contrite. Ils refusent mes demandes d'entrevue depuis des semaines…

—Et je suppose que vous leur avez expliqué les dangers inhérents à la fréquentation d'un mage qui ne contrôle aucunement ses pouvoirs ?

—Oui, mais ils n'ont pas eu l'air de comprendre.

—Cela ne tardera plus. Continuez ! S'ils refusent de vous voir en personne, envoyez-leur des messages. Faites la liste des « soucis » qu'ils auront lorsque les pouvoirs de la fille deviendront incontrôlables. Dans peu de temps, ils s'aviseront que vous avez dit la vérité. Et tenez-moi informé.

—Certainement, haut seigneur.

Akkarin salua les deux mages de la tête.

—Bonne journée à vous.

Il tourna les talons et s'éloigna.

Dannyl lâcha un énorme soupir.

—Comment pouvait-il savoir ? chuchota-t-il.

—On dit qu'il est plus au courant de ce qui se passe dans la cité que le roi lui-même, répondit Rothen. Mais Yaldin a peut-être parlé à quelqu'un…

—Ça ne lui ressemblerait pas, dit Dannyl en cherchant le vieux mage des yeux.

—Non, effectivement. (Rothen tapota l'épaule de Dannyl.) On ne dirait pas que tu t'es fourré dans un guêpier. Simplement que tu viens de recevoir une requête personnelle du haut seigneur.

Sonea corna la page de son livre et soupira. Pourquoi les écrivains de la Guilde ne pouvaient-ils pas utiliser des mots normaux ? Celui qui avait pondu ce volume avait dû prendre plaisir à torturer ses phrases pour en faire un charabia incompréhensible. Même Serin, le vieux scribe qui apprenait à lire à l'adolescente, n'arrivait pas à lui expliquer la majorité des termes employés.

Sonea se frotta les yeux et s'affala sur sa chaise. Elle n'avait pas quitté la cave de Serin depuis des jours – une pièce étonnamment confortable, dotée d'une grande cheminée et de meubles parfaits pour étudier.

Sonea savait que cette chambre lui manquerait une fois qu'elle serait partie.

Faren l'avait emmenée chez Serin, dans le quartier nord, après la nuit où Cery et elle étaient allés à la Guilde. Le voleur avait décrété que Sonea ne ferait plus de tours de magie tant qu'il n'aurait pas trouvé de nouvelles cachettes, mieux placées et plus sûres. Pendant ce temps, lui avait-il dit, elle pourrait étudier les livres « trouvés » par Cery.

Sonea regarda de nouveau la page. Un mot dansait sous ses yeux, un étrange et ennuyeux tas de syllabes qui refusaient d'avoir un sens. L'adolescente le fixa, sachant que la signification de la phrase dépendait de ce mot exaspérant. Elle se frotta les yeux, entendit qu'on grattait à la porte et sauta sur ses pieds.

Elle colla son œil au judas, sourit et ouvrit le battant.

— Bonjour, dit Faren en se glissant dans la pièce. (Il tendit une bouteille à la jeune fille.) Je t'ai amené un petit encouragement.

Sonea déboucha la bouteille et renifla le goulot.

— Du vin de pachi ! s'exclama-t-elle.

— Exactement…

Sonea ouvrit un placard et en sortit deux tasses.

— Elles ne sont pas dignes d'un vin de pachi, mais c'est tout ce que j'ai, sauf si tu veux demander des verres à Serin.

— Elles feront très bien l'affaire. (Faren prit une chaise et s'installa. Il leva sa tasse remplie du liquide vert pâle, prit une gorgée, soupira de contentement et se détendit.) Évidemment, c'est bien meilleur épicé et chaud.

— Je n'en sais rien, répondit Sonea. Je n'en ai jamais goûté.

Elle trempa ses lèvres dans le vin et sourit lorsque le liquide frais et doux emplit sa bouche.

— Je savais bien que ça te plairait, dit Faren. J'ai aussi de bonnes nouvelles pour toi. Ton oncle et ta tante vont avoir un bébé.

— Pardon ?

— Tu auras bientôt un cousin. (Le voleur sirota son vin puis lança un regard interrogateur à Sonea.) Cery m'a dit que ta mère était morte lorsque tu étais enfant et que ton père s'était exilé peu après. L'un ou l'autre de tes parents a-t-il fait montre d'aptitudes pour la magie ?

— Pas que je sache…

— J'ai demandé à Cery d'interroger ta tante. Elle n'a remarqué le don ni chez tes parents ni chez tes grands-parents.

— Mais pourquoi chercher à savoir ça ?

— Les mages aiment connaître leurs lignées. Ma mère a des détenteurs du don dans son arbre généalogique. Je le sais car son frère – mon oncle – est un magicien, comme le frère de mon grand-père. S'il est toujours en vie.

— Tu as des mages dans ta famille ?

— Oui, même si je ne les ai jamais rencontrés et que ça ne changera sans doute pas.

— Mais… Comment c'est possible ?

— Ma mère était la fille d'un riche marchand lonmar. Mon père, un marin kyralien, travaillait sous les ordres d'un capitaine qui transportait souvent des cargaisons pour le père de ma mère.

— Et les circonstances de leur rencontre ?

— La chance, d'abord, puis le secret. Les Lonmars, comme tu le sais, gardent leurs femmes hors de vue des hommes. Ils ne cherchent jamais à savoir si elles possèdent le don. La Guilde est le seul endroit où apprendre à s'en servir et les Lonmars pensent qu'il est inconvenant pour une femme d'être loin de son foyer – voire d'adresser la parole à un homme qui n'est pas de sa famille.

Faren se tut et prit une gorgée de vin. Sonea attendit impatiemment qu'il ait bu.

— Quand mon grand-père découvrit que ma mère avait vu un marin en cachette, il l'a fait flageller et emprisonner dans une de ses tours. Mon père a abandonné son vaisseau, il s'est installé en Lonmar et il a cherché un moyen de libérer ma mère. Il n'a pas eu à attendre longtemps : lorsque sa famille a découvert qu'elle attendait un enfant, elle l'a chassée.

— Chassée ? Sûrement pour qu'elle ait une maison plus grande pour le bébé !

— Non. Pour ses parents, elle était salie et les avait couverts de honte. Leur tradition exigeait qu'elle soit marquée, afin que tout le monde connaisse son crime, puis qu'elle soit vendue au marché aux esclaves. Elle a été scarifiée une fois sur chaque joue, et une troisième au milieu du front.

— C'est monstrueux !

— Oui. Ces tortures nous semblent odieuses. Pourtant, les Lonmars se considèrent comme le peuple le plus civilisé qui soit. Mon père a racheté ma mère et a payé leur voyage jusqu'à Imardin. Leurs soucis n'ont pas pris fin pour autant. Mon père avait fait perdre un très bon client à son capitaine et aucun autre armateur n'a voulu prendre le risque de l'engager. Devenus pauvres, mes parents ont construit une maison dans les Taudis et mon père a trouvé un emploi dans un abattoir de gorins. Je suis né peu après.

Faren vida sa tasse puis sourit à Sonea.

— Tu vois ? Un voleur de bas étage peut avoir de la magie dans les veines !

— De bas étage ? grommela Sonea.

Faren ne s'était jamais montré si volubile. S'il continuait ainsi, que lui confierait-il d'autre ? L'adolescente lui versa encore du vin.

— Et ensuite ? Comment le fils d'un boucher est-il devenu un chef des voleurs ?

— Mon père est mort dans les émeutes qui ont suivi la première Purge. Pour continuer à nous nourrir, ma mère est devenue danseuse dans un bordel. Une vie très dure pour nous deux… Un des clients était un homme d'influence chez les voleurs. Il m'appréciait et m'a élevé comme son fils. Lorsqu'il a pris sa retraite, je l'ai remplacé et j'ai fait mon petit bonhomme de chemin…

— Alors, n'importe qui peut devenir un voleur ? demanda Sonea. Il suffit de connaître la bonne personne ?

— Être de bonne compagnie ne suffit pas, tu sais… Mais on dirait que tu as des plans pour ton jeune ami ?

— Cery ? Non, je pensais à moi, répondit Sonea.

Faren éclata de rire et leva sa tasse en l'honneur de l'adolescente.

— À ta santé…, jeune fille de peu d'ambition ! D'abord mage, ensuite voleur…

Ils vidèrent leurs tasses, puis Faren baissa les yeux sur la table et ouvrit le livre qui s'y trouvait.

— Le comprends-tu mieux ?

— Serin lui-même n'arrive pas à le déchiffrer. C'est écrit pour quelqu'un qui en sait plus que moi. J'ai besoin d'un livre adapté à mon niveau. Un livre pour débutants. Cery n'en a pas trouvé ?

— Il se serait mieux débrouillé si tu avais continué à jeter des sorts. La Guilde aurait été plus occupée. La semaine dernière, les mages ont fouillé chaque boutique qui aurait pu vendre des livres sous le manteau, à l'intérieur et hors des murs. S'il restait des volumes quelque part dans la ville, ils n'y sont plus.

— Alors, on va faire quoi ? demanda Sonea en se massant les tempes.

— Les mages traînent encore dans les Taudis, dans l'espoir que tu te serves de ta magie…

Sonea pensa soudain à sa tante et à son oncle, et au bébé qu'ils attendaient. Tant que les magiciens la chercheraient, elle ne pourrait pas les voir. Ils lui manquaient tant. Elle avait tellement de choses à leur dire.

L'adolescente regarda le livre et eut une bouffée de frustration et de colère.

— Ça ne s'arrêtera donc jamais ?

Sonea sursauta en entendant un grand bruit dans la pièce puis en voyant le reflet blanc de quelque chose qui éclatait sur le sol. Ensuite, elle reconnut les fragments d'un vase.

— Tu sais, Sonea, dit Faren, je doute que ce soit une gentille façon de remercier Serin pour son hospitali… (Il se tut soudain et claqua des doigts.) Ils savent que tu es ici. (Il jura et Sonea vit qu'il n'était pas content d'elle.) J'avais plusieurs raisons de t'ordonner de ne pas faire de magie ici !

— Je suis désolée, Faren, ça m'a échappé, répondit Sonea, rouge comme une brique. (Elle ramassa les morceaux du vase brisé.) D'abord je ne peux pas en faire quand je le veux, et voilà que j'en fais sans m'en rendre compte.

Faren se radoucit.

— Eh bien, si tu ne peux rien y changer, moi non plus…

Il leva soudain la main, se pétrifia et regarda la jeune fille.

— Qu'est-ce qui se passe ?

— Rien, juste… (Faren déglutit péniblement et regarda ailleurs.) Juste quelque chose qui me trottait dans la tête. Les mages n'étaient pas assez près pour te situer avec précision, mais, demain, ils grouilleront dans le quartier nord. Je ne crois pas qu'il faille te faire déménager maintenant… essaie juste de ne pas te servir de ta magie.

— J'essaierai, répondit Sonea.

— Larkin, c'est vous ?

Dannyl se retourna et reconnut un employé de gargote. Il acquiesça et le type lui fit signe de le suivre.

Le mage regarda le dos de l'homme un moment, incapable de croire qu'on acceptait enfin de l'amener quelque part, puis il se rua à la poursuite de son guide.

Dannyl réfléchit à la lettre qu'il avait envoyée à Gorin. Qu'est-ce qui avait fait changer d'avis le voleur ?

La neige tombait. Le guide courba le dos, resserra les pans de son manteau et commença à dévaler la rue. Les deux hommes atteignirent rapidement l'entrée d'une allée, où une silhouette encapuchonnée se dressa devant Dannyl pour lui barrer le chemin.

— Seigneur Dannyl ! Quelle surprise… et quel déguisement !

Fergun souriait de toutes ses dents. Dannyl le fixa, son incrédulité rapidement remplacée par de l'irritation. Au souvenir des années passées, cette époque où un Fergun plus jeune l'avait harcelé et nargué, il se sentit mal à l'aise – et cette réaction l'irrita encore plus. Dannyl redressa les épaules, et tira une satisfaction mesquine de dépasser Fergun d'une tête.

— Que veux-tu, Fergun ?

— Ce que je veux ? Mais savoir ce qui te prend à errer dans les Taudis avec de telles frusques sur le dos, *seigneur* Dannyl.

— Et tu penses que je vais te le dire ?

— Si tu ne me le dis pas, répondit le mage guerrier en haussant les épaules, je serai obligé de spéculer, tu le sais, non ? Nul doute que mes amis se feront une joie de m'y aider. (Fergun posa un doigt sur ses lèvres.) Tu veux qu'on ignore que tu es ici, ça crève les yeux ! Cacherais-tu un scandale ? Tremperais-tu dans une affaire honteuse pour t'habiller comme un pouilleux, histoire d'éviter d'être reconnu ? Ah ! Fréquenterais-tu les bordels ?

Dannyl jeta un coup d'œil par-dessus l'épaule de Fergun. Comme il s'y attendait, le guide avait disparu.

— C'était ton mignon ? demanda Fergun en suivant le regard de Dannyl. Un peu rustre… Mais tu me diras que je n'ai aucune idée de tes goûts !

Dannyl sentit la colère déferler dans ses veines comme de l'eau glacée. Les années passées depuis que Fergun et lui s'étaient affrontés n'avaient pas atténué la haine que provoquaient les piques de son confrère.

— Hors de mon chemin !

— Oh non ! répondit Fergun, les yeux luisant de plaisir. Pas avant que tu m'aies dit ce que tu trafiques.

Il ne serait pas bien compliqué d'envoyer Fergun au tapis, pensa Dannyl.

— Fergun, tu ne saurais pas fermer ta gueule, ni te vautrer ailleurs que dans la fange, même si ta vie en dépendait – et tout le monde en est conscient à la Guilde. Personne ne croira un mot venu de toi. Maintenant, dégage de mon chemin avant que je t'y force !

— Je suis certain que les hauts mages s'intéresseront à ce que tu fais, insista Fergun. Des lois très strictes définissent ce que les magiciens doivent faire et les endroits où ils sont obligés de porter leur robe. Les hauts mages savent-ils que tu les bafoues ?

— Ils ne l'ignorent pas tout à fait, répondit Dannyl, un sourire aux lèvres.

Fergun parut ébranlé.

— Et ils te laissent…

— Ils – ou plutôt *il* – me l'a demandé. (Dannyl sembla réfléchir.) Je ne sais pas s'il voit tout, comme on le prétend, mais il doit savoir ce qui vient de se passer et je ne manquerai pas de le lui rapporter.

— Ce n'est pas la peine, dit Fergun, soudain très pâle. Je lui parlerai moi-même. (Il recula d'un pas.) Vas-y. Finis ton travail.

Fergun tourna les talons et disparut.

Dannyl sourit en le regardant s'éloigner dans la neige qui tombait plus dru. Il doutait que Fergun rapporte quoi que ce soit au haut seigneur.

Dès que Dannyl se rendit compte qu'il était seul dans la rue, sa satisfaction s'estompa. Il fouilla les ombres du regard, là où son guide avait disparu. Il avait fallu que Fergun pointe son nez au moment où les voleurs acceptaient enfin de le voir !

Dannyl secoua la tête et rebroussa chemin en direction de la Guilde.

Derrière lui, des pas firent crisser la neige. Il se retourna et vit approcher son guide.

— C'était qui ? demanda l'homme.

— Un de nos… amis… s'est montré un peu trop curieux. Sans doute ce que vous appelleriez « un fouineur ».

— Je vois le genre, dit le type avec un sourire qui révéla des dents jaunâtres.

Il fit signe à Dannyl de le suivre.

Le jeune mage s'assura que Fergun n'était pas resté à traîner dans le coin. Puis il emboîta le pas à son guide.

— Augmentez graduellement la chaleur jusqu'à faire fondre la glace, lut Serin.

— Mais ça n'explique pas comment procéder ! s'exclama Sonea. (Elle se leva et fit les cent pas dans la chambre.) C'est… c'est… comme une gourde en peau avec un petit trou. Si tu presses la gourde, l'eau jaillit, mais tu ne peux pas viser ni…

Elle s'arrêta lorsqu'on frappa à la porte. Serin se leva, alla regarder par le judas, puis ouvrit.

— Sonea, dit Faren en congédiant Serin. J'ai des visiteurs pour toi.

Il avança en souriant. Derrière lui se tenaient un homme costaud aux yeux fatigués et une petite femme à la tête entourée d'une écharpe.

— Ranel ! Jonna ! cria Sonea en se précipitant dans les bras de sa tante.

— Sonea…, souffla Jonna. Nous étions si inquiets. Mais tu as l'air en bonne santé.

Au grand amusement de Sonea, Jonna regarda Faren d'un œil suspicieux. Appuyé au mur, le voleur souriait. L'adolescente alla embrasser Ranel.

— Harrin nous a dit que tu faisais de la magie…

— C'est vrai.

— Et il paraît que les magiciens te cherchent.

— Oui. C'est Faren qui me cache.

— Et à quel prix ? Celui de ta magie ?

— Exactement. Mais ça ne lui rend pas de grands services pour le moment. Je suis plutôt nulle.

— Tu ne dois pas l'être tant que ça, sinon il ne te cacherait pas. (Jonna regarda autour d'elle.) Hum ! Moins sale que je m'y attendais.

Elle tira une chaise, s'y installa, défit son écharpe et poussa un long soupir.

Sonea plaqua une main sur sa hanche et regarda sa tante.

— J'ai entendu dire que vous commenciez une nouvelle activité ?

— Nouvelle activité ?

— Me faire un petit cousin, je crois…

— Eh bien, je vois que la nouvelle est parvenue jusqu'à toi, répondit Jonna en se tapotant le ventre. Oui, il y aura un nouveau membre dans la famille l'été prochain.

Jonna lança un regard à Ranel, qui souriait fièrement.

En les voyant, Sonea se sentit déborder d'affection. Ils lui manquaient. La sensation qu'elle connaissait bien s'épanouit, mais elle la chassa d'un soupir.

Elle se leva, le visage impassible.

— Qu'est-ce qu'il y a ? demanda Faren.

— J'ai fait quelque chose… (Sonea rougit en remarquant que sa tante et son oncle la regardaient fixement.) Enfin, j'ai l'impression d'avoir fait quelque chose.

Le voleur regarda la pièce et sourit.

— Eh bien, tu as peut-être fait tomber un peu de poussière de derrière les murs.

— Que veut-il dire ? demanda Jonna.

— J'ai utilisé ma magie, expliqua Sonea. Sans le faire exprès. Ça arrive de temps en temps.

— Et tu ne sais pas quand ça se produit ? lança Jonna en serrant la main sur son ventre.

— Non.

Sonea regarda ailleurs. La peur qu'elle lisait dans les yeux de sa tante lui faisait mal, mais elle comprenait que Jonna puisse s'inquiéter. Elle devait se dire que la magie pourrait faire du mal à…

Non, pensa-t-elle. *Ne réfléchis pas à ça.*

L'adolescente se calma peu à peu.

— Faren, je crois que tu devrais les raccompagner. Juste au cas où.

Le voleur hocha la tête. Jonna se leva, très inquiète. Elle se tourna vers sa nièce, voulut parler, mais laissa retomber ses bras et referma sa bouche.

Sonea la serra un instant contre elle avant de reculer.

— Je vous revois bientôt, dit-elle. Quand tout ça sera fini.

— Prends soin de toi, recommanda Ranel.

— Juré.

Faren poussa le couple hors de la pièce.

Sonea écouta son oncle et sa tante s'éloigner dans l'escalier. Sur le sol, une étrange touche de couleur attira son attention. L'écharpe de sa tante.

Sonea la ramassa et sortit de la pièce. En haut des marches, elle vit que Jonna et Ranel se tenaient avec Faren dans la cuisine de Serin. Tous avaient les yeux rivés sur un point précis. L'adolescente s'approcha et vit ce qu'ils regardaient.

Le sol avait autrefois été couvert de grandes dalles de pierre. Il n'en restait plus qu'un amas de roc et de terre. La lourde table de bois qui trônait dans la salle avait laissé la place à un tas de bois tordu et éclaté.

Soudain, ce qui restait de la table s'enflamma. Faren se tourna vers Sonea et hésita un instant avant de parler.

— Comme je vous l'ai dit, elle passe un cap difficile. Sonea, retourne en bas et fais tes bagages. Je ramène tes visiteurs chez eux et j'envoie quelqu'un éteindre le feu. Tout va bien.

Sonea tendit l'écharpe à sa tante et, lentement, se retira au sous-sol.

14

Un allié involontaire

Rothen s'arrêta un moment dans une allée pour se reposer, ferma les yeux et utilisa un peu de son pouvoir pour récupérer.

Puis il rouvrit les yeux et les posa sur les congères, le long des bâtiments. Les températures clémentes des semaines précédentes n'étaient plus qu'un lointain souvenir, maintenant que les blizzards hivernaux avaient atteint Imardin.

Le mage s'assura une dernière fois que son manteau couvrait correctement sa robe et se prépara à sortir.

Il s'arrêta lorsqu'un frisson familier chatouilla son crâne. Fermant les yeux, il jura entre ses dents quand il comprit qu'il était très loin de la source de la communication mentale.

Rothen passa la porte et projeta son esprit vers Dannyl.

—*Dannyl ?*

—*Je l'ai sentie aussi. Elle est à quelques rues de moi.*

—*Elle a bougé ?*

—*Oui.*

Si elle a changé de cachette, se dit Rothen, *pourquoi utilise-t-elle encore ses pouvoirs ?*

—*Qui d'autre est avec toi ?*

—*Nous sommes là*, lui souffla le seigneur Kerrin. *Elle doit être à moins de cent pas.*

— *Sarle et moi sommes à peu près aussi loin*, annonça le seigneur Kiano.

— *Rapprochez-vous*, dit Rothen. *Et ne l'appréhendez pas seuls.*

Le mage traversa la rue et pressa le pas, passant devant un mendiant aveugle.

— *Rothen ?* appela Dannyl. *Regarde ça.*

Une vision éclata dans l'esprit de Rothen : une maison entourée de flammes, de la fumée s'en échappant.

Le mage se sentit gagné par la peur et le doute.

— *Tu crois que c'est elle qui...*

— *Ça pourrait être pire*, lui rappela Rothen.

Le mage s'engagea dans une nouvelle rue et ralentit en voyant la maison en flammes. La foule s'était déjà massée pour admirer le spectacle, et Rothen vit bientôt les voisins sortir de leurs maisons les bras chargés d'objets.

Une silhouette de haute taille se détacha des ombres d'une allée et avança vers le mage.

— Elle doit être tout près, dit Dannyl. Si seulement nous...

Ils s'immobilisèrent tous les deux lorsque la sensation les reprit, plus puissante.

— Derrière l'immeuble, dit Rothen en tendant le doigt.

— Je connais le coin ! cria Dannyl en s'élançant en avant. Derrière cette maison, une rue donne sur deux autres passages.

Ils se ruèrent dans la pénombre, entre deux immeubles. Rothen ralentit lorsqu'il sentit un autre choc, cent pas sur la gauche du premier.

— Elle bouge vite, grogna Dannyl en se mettant à courir.

— Ce n'est pas logique, répondit Rothen en le suivant. Rien pendant des semaines, et maintenant quelque chose chaque jour – et pourquoi diable utilise-t-elle toujours ses pouvoirs ?

— Peut-être qu'elle ne le fait pas exprès.

— Dans ce cas-là, Akkarin avait raison.

Rothen lança une sonde mentale.

— *Kiano ?*

— *Elle vient vers nous.*

— *Kerrin ?*

— *Elle est passée devant nous il y a un moment, elle allait vers le sud.*

— *Elle est cernée,* conclut Rothen. *Faites attention. Elle pourrait perdre totalement le contrôle de ses pouvoirs. Kiano et Sarle, avancez lentement. Kerrin et Fergun, prenez sur la droite. Nous arriverons sur elle…*

— *Je l'ai !* lança Fergun.

— *Fergun, où es-tu ?*

Le mage ne répondit pas. Puis :

— *Elle est dans les tunnels, devant moi. Je la vois au travers d'une grille.*

— *Reste où tu es,* ordonna Rothen. *Attends-nous !*

Un instant plus tard Rothen sentit une vibration, puis d'autres encore. Il capta l'angoisse des autres magiciens et avança prudemment.

— *Fergun ? Que se passe-il ?*

— *Elle m'a vu.*

— *Ne t'en approche pas !*

La vibration magique s'arrêta abruptement. Dannyl et Rothen échangèrent un regard, puis se précipitèrent en avant. Ils arrivèrent à un croisement et virent Fergun dans l'une des rues, l'œil collé à une grille, dans le mur.

— Elle est partie, dit-il.

Dannyl s'approcha de la grille, la poussa et passa la tête dans l'ouverture.

— Qu'est-il arrivé ?

— J'attendais Kerrin ici quand j'ai entendu des bruits de l'autre côté, répondit Fergun.

— Alors, il a fallu que tu tentes le coup tout seul et que tu la fasses fuir.

— Pas du tout. Je suis resté là, comme on me l'a ordonné, affirma Fergun avec un regard en biais pour Dannyl.

— La fille t'a vu la regarder ? demanda Rothen. C'est ça qui l'a effrayée ? C'est pour ça qu'elle a recommencé à utiliser ses pouvoirs ?

— Oui. Avant que ses amis l'assomment et prennent la fuite.

— Et tu ne les as pas suivis ? lança Dannyl.

— Non. Je suis resté là, comme on me l'a ordonné, répéta Fergun, visiblement mécontent.

Dannyl jura entre ses dents et remonta l'allée. Les autres mages arrivaient. Rothen alla à leur rencontre, leur expliqua ce qui venait de se passer, puis les renvoya à la Guilde avec Fergun.

Rothen retrouva Dannyl assis sur le pas d'une porte, occupé à tasser de la neige pour en faire une boule.

— Elle se laisse déborder par sa magie…

— Oui, acquiesça Rothen. Je vais annuler la traque. Une poursuite ou une confrontation détruiront sans doute le peu de Contrôle naturel qui lui reste.

— Qu'est-ce qu'on peut faire, maintenant ?

Surpris, Rothen regarda son ami.

— Négocier, pardi.

Les narines agressées par la puissante odeur de fumée, Cery se pressait dans le tunnel, croisant sur la route des voleurs des silhouettes qu'il entrevoyait à peine. Il arriva devant une porte gardée et s'arrêta pour reprendre son souffle.

Le vigile ouvrit la porte dès qu'il reconnut Cery. L'adolescent se précipita sur l'échelle de bois, derrière le battant, la gravit, poussa une trappe et entra dans une pièce chichement éclairée.

Il nota en un clin d'œil la présence de trois types qui l'épiaient dans la pénombre. Il vit aussi l'homme à la peau mate debout devant la fenêtre et la petite silhouette endormie sur une chaise.

— Que s'est-il passé ?

— Nous lui avons administré une drogue afin qu'elle dorme, répondit Faren. Elle craignait de faire encore plus de dégâts.

Cery se précipita pour s'agenouiller devant la chaise et examiner le visage de Sonea. Un gros hématome marquait sa tempe. La jeune fille était très pâle, ses cheveux étaient collés par la sueur. Cery baissa les yeux et vit que la manche de son amie était brûlée, sa main emprisonnée dans un bandage.

— Le feu s'étend, constata Faren.

Cery se campa à côté du voleur. En face, trois maisons se consumaient, les flammes faisant comme des yeux brillants aux fenêtres et se dressant tels des cheveux roux en bataille là où les toits avaient disparu. De la fumée commençait à sourdre entre les volets d'une autre maison.

— Elle m'a dit qu'elle avait rêvé – plutôt cauchemardé, se reprit Faren. Lorsqu'elle s'est réveillée, il y avait beaucoup de petits foyers dans sa chambre. Trop pour les éteindre. Plus elle s'est effrayée, plus les feux se sont répandus.

— Tu vas faire quoi, maintenant ? demanda Cery.

À sa grande surprise, Faren sourit.

— La présenter à une relation d'un de nos amis. (Le voleur se retourna et fit signe à l'un des hommes qui se tenaient dans l'ombre.) Jarin, porte-la.

Un costaud avança dans la lumière projetée par les incendies. Il se pencha pour soulever Sonea, mais quand il frôla ses épaules, l'adolescente ouvrit les yeux. Jarin retira aussitôt ses mains et recula.

— Cery ? marmonna Sonea.

Le jeune homme se précipita vers elle. Elle cligna lentement des paupières, luttant pour le voir clairement.

— Bonjour, toi, répondit Cery.

— Ils ne nous ont pas suivis, tu sais. Ils nous ont laissés partir. C'est curieux, non ? dit Sonea alors que ses yeux se refermaient.

Elle se força à les rouvrir et regarda par-dessus son épaule.

— Faren ?

— Tu es réveillée, s'étonna le voleur. Tu aurais dû dormir encore deux bonnes heures.

— Je ne me sens pas réveillée du tout, dit Sonea en bâillant.

— T'en as pas vraiment l'air non plus ! lança Cery. Rendors-toi. Tu as besoin de te reposer. On te conduira dans un endroit sûr.

Sonea hocha mollement la tête et ferma les paupières pour de bon. Son souffle devint lent et régulier. Faren fit signe à Jarin d'emmener la jeune fille.

Sans enthousiasme, l'homme prit Sonea dans ses bras. Les yeux de l'adolescente papillonnèrent encore, mais elle ne se réveilla pas. Faren saisit une lampe, s'avança vers la trappe, l'ouvrit et regarda au pied de l'échelle.

Ils marchèrent en silence le long des couloirs. Cery sentit son cœur se serrer en voyant le visage de son amie.

Son malaise était plus fort que jamais, le gardant éveillé la nuit et le tourmentant le jour. Cery avait bien du mal à se souvenir d'un temps où cette sensation ne le rendait pas malade.

Au début, il avait eu peur pour Sonea, mais il en était venu à redouter d'être à ses côtés. La magie de Sonea avait échappé à tout contrôle. Chaque jour – et parfois chaque heure – quelque chose autour d'elle explosait ou était carbonisé. Elle en avait encore ri le matin même, disant qu'elle devenait experte en incendies à éteindre et en objets volants à esquiver.

Chaque fois que son pouvoir faisait des siennes, les magiciens accouraient de toutes parts. En mouvement perpétuel, Sonea passait plus de temps dans les couloirs et sur la route des voleurs que dans les cachettes de Faren. Du coup, elle était exténuée et déprimée.

Plongé dans ses pensées, Cery prêta peu d'attention au trajet. Ils descendirent une volée de marches et passèrent sous une gigantesque dalle de pierre. Le jeune homme reconnut les sous-sols qui entouraient le mur extérieur et en déduisit qu'ils approchaient du quartier nord.

Il se demanda qui était le mystérieux ami du voleur.

Peu après, Faren s'arrêta et ordonna au malabar de poser Sonea. Elle était réveillée et semblait à même de voir ce qui se passait autour d'elle. Faren retira son manteau. Avec l'aide de Jarin, il glissa les bras de Sonea dans les manches avant de lui mettre la capuche sur la tête.

— Tu crois que tu pourras marcher ? demanda-t-il.

— Je vais essayer.

— Si nous croisons quelqu'un, tente de rester hors de vue.

Au début, la jeune fille eut besoin d'aide, mais, après quelques minutes, elle retrouva son équilibre. Ils marchèrent pendant une demi-heure et croisèrent de plus en plus de monde dans les passages. Faren s'arrêta enfin et frappa à une porte. Un garde leur ouvrit, les fit entrer dans une petite pièce et frappa à une autre porte.

Un petit homme à la peau cuivrée et au nez en trompette ouvrit le battant et regarda le voleur.

— Faren ! Quel bon vent t'amène ?

— Je viens pour affaires, répondit le voleur.

Cery fronça les sourcils. La voix de l'homme lui disait quelque chose.

— Entre, dans ce cas…

Faren passa le seuil, se retourna et désigna ses hommes.

— Vous, restez là. Toi et toi, (il désigna Sonea et Cery) vous m'accompagnez.

— Je ne… (Le petit homme hésita. Il regarda Cery et sourit.) Ah, mais c'est le petit Ceryni ! Alors, tu as gardé le rejeton crasseux de Torrin, Faren. Je me demandais ce que tu en avais fait.

Cery sourit en reconnaissant l'homme.

— Bonjour, Ravi.

— Entre.

Cery avança, Sonea sur les talons.

L'adolescent regarda autour de lui et croisa le regard d'un vieil homme assis sur une chaise, qui tripotait sa longue barbe blanche. Cery le salua de la tête, mais le type ne lui rendit pas la politesse.

— Qui est cette jeune fille ? demanda Ravi.

Faren abaissa sa capuche. Les pupilles noires et dilatées à cause de la drogue, Sonea regarda Ravi.

— Je te présente Sonea, dit Faren. Sonea, voici Ravi.

— Bonjour, souffla la jeune fille.

Très pâle, Ravi recula d'un pas.

— C'est bien elle, hein ? Mais comment je…

— Comment osez-vous l'amener ici !

Tous se tournèrent vers le vieil homme qui s'était levé et regardait Faren sans ciller. Sonea se recroquevilla sur elle-même.

Faren posa ses mains sur les épaules de l'adolescente.

— Tu n'as pas à t'en faire, Sonea, dit-il calmement. Il n'osera pas te toucher. S'il le faisait, nous devrions parler de son cas à la Guilde, et il n'aimerait pas que les mages sachent qu'il est toujours vivant.

Cery comprit soudain pourquoi le vieillard n'avait pas daigné répondre à son salut.

— Tu vois, continua Faren, vous avez beaucoup en commun, tous les deux. Vous êtes des mages protégés par les voleurs, et aucun de vous n'a envie que la Guilde le trouve. Maintenant que tu as vu Senfel ici, il sera obligé de t'apprendre à contrôler ton don. Parce que s'il refuse, les magiciens te mettront la main dessus et tu leur parleras de lui.

— C'est un mage ? souffla Sonea, les yeux écarquillés.

Cery lut de l'espoir dans le regard de son amie – et pas une once de peur.

— Un *ancien* mage, la corrigea Faren.

— Vous pouvez m'aider ? demanda Sonea au vieil homme.

— Non, répondit-il en croisant les bras.

— Non ?

Le vieillard fronça les sourcils et sourit gaiement.

— L'amener ici n'arrangera rien !

Le souffle de Sonea s'accéléra soudain. Voyant la peur revenir dans ses yeux, Cery lui prit les mains.

— Tout va bien, murmura-t-il. C'est le somnifère qui te fait un drôle d'effet…

— Non, tout ne va pas bien ! s'écria Senfel. (Il s'adressa à Faren :) Et non, je ne peux pas l'aider.

— Vous n'avez pas le choix, répondit le voleur.

— Vraiment ? Alors, filez à la Guilde. Dites aux mages que je suis ici. Je préfère qu'ils me trouvent plutôt que de crever quand elle perdra totalement le Contrôle.

Cery sentit Sonea se tendre et se tourna vers le vieux mage.

— Arrêtez de lui faire peur !

Senfel regarda le jeune homme, puis ses yeux glissèrent vers Sonea, qui leva le menton en signe de défi. L'expression du vieil homme s'adoucit un peu.

— Va à la Guilde, conseilla-t-il. Ils ne te tueront pas. Le pire qu'ils puissent te faire ? Bloquer tes pouvoirs pour que tu ne puisses plus les utiliser. C'est mieux que la mort, non ?

Sonea ne baissa pas les yeux. Senfel haussa les épaules et regarda durement Faren.

— Il y a au moins trois magiciens dans les parages. Les appeler ne me fatiguerait pas beaucoup et je suis certain qu'ils sauraient vous empêcher de partir tout en venant jusqu'ici. Voulez-vous toujours leur révéler ma présence ?

Faren serra les mâchoires.

— Non, répondit-il.

— Partez ! Et lorsqu'elle sera purgée de sa drogue, répétez-lui ce que j'ai dit. Si elle ne rejoint pas la Guilde, elle mourra.

— Alors, aidez-la ! lança Cery.

— Ce n'est plus possible. Mes pouvoirs sont trop faibles et elle est déjà trop avancée. Seule la Guilde peut faire quelque chose pour elle.

Après avoir tiré un tonneau de sous la table, le propriétaire de la gargote le fit rouler sur son support avec un grognement. Il jeta un regard lourd de signification à Dannyl en remplissant des tasses et en les distribuant à la tablée. Puis il en posa brusquement une devant Dannyl, croisa les bras et attendit.

Le mage lui tendit distraitement une pièce, mais le type ne le quitta pas du regard. Dannyl baissa les yeux sur sa tasse. Il n'allait pas pouvoir y couper. Il devrait boire la répugnante mixture.

Il leva la tasse, prit une minuscule gorgée et cligna les yeux de surprise quand une saveur douce et riche envahit sa bouche. Le goût lui était familier. De la sauce chebol. Sans les épices.

Quelques gorgées encore, et Dannyl sentit une agréable torpeur envahir son ventre. Il leva la tasse en direction du propriétaire qui vint le resservir. L'homme ne le quittant pas des yeux pour autant, le mage fut soulagé lorsqu'un jeune homme entra lourdement dans la gargote et échangea quelques mots avec le tenancier.

— Comment vont les affaires, Kol ?

— Comme ci, comme ça…

— Combien de tonneaux tu veux, cette fois-ci ?

Dannyl écouta les négociations des deux hommes. Lorsqu'ils furent d'accord sur un prix, le nouveau venu se laissa tomber sur une chaise et soupira.

— Il est passé où, le mec bizarre avec sa bague tape à l'œil ?

— Le Sachakien ? Quelqu'un lui a fait la peau y a deux semaines de ça. On l'a trouvé dans la ruelle, derrière la taverne.

— Vraiment ?

— Aussi vrai que je te vois.

Une fin qui lui allait comme un gant, pensa Dannyl en souriant.

— Et l'incendie de la nuit dernière ? Tu en as entendu parler ? demanda le tavernier.

— J'habite à côté. Il a dévasté toute une rue. Heureusement qu'on n'est pas en été, sinon il aurait rasé les Taudis.

— Les gens de la cité s'en tamponnent, parce que les feux ne passeront jamais le cercle.

Une main se posa sur l'épaule de Dannyl. Le mage leva les yeux et reconnut le jeune homme maigre que les voleurs lui avaient choisi comme guide. Le garçon désigna la porte.

Dannyl vida sa tasse d'une traite et la reposa. Il eut droit à un salut amical du tenancier lorsqu'il se leva.

Le mage lui sourit en retour et suivit son guide dans la rue.

15

Un chemin ou l'autre…

Sonea regarda l'eau suinter de la fissure, former une goutte, glisser sur le crochet fixé au mur puis plonger pour venir s'écraser par terre.

La jeune fille leva de nouveau les yeux et observa la naissance d'une autre goutte.

Faren avait très astucieusement choisi sa dernière cachette. Une cave de stockage vide aux murs de brique, avec un banc de pierre pour tout mobilier. Rien d'inflammable ni de précieux.

À part Sonea.

Sentant l'angoisse lui vriller les tempes, elle ferma les yeux et la chassa de sa tête.

Elle ne savait pas combien de temps elle avait pu passer dans le sous-sol. Des jours, des heures… Rien ne permettait de mesurer la fuite du temps.

Depuis son arrivée, elle n'avait pas senti le tiraillement familier. La liste des émotions qui déchaînaient ses pouvoirs était devenue si longue qu'elle ne pouvait plus la tenir à jour. Couchée dans la cave, Sonea s'était ingéniée à rester calme. Chaque fois qu'une pensée venait troubler son repos, elle prenait une longue respiration et vidait son esprit. Le détachement qu'elle en retirait ne lui déplaisait pas.

Le breuvage drogué de Faren y était peut-être pour quelque chose.

La drogue n'a fait qu'empirer les choses…

Sonea frissonna en se souvenant de son curieux rêve, après l'incendie. Elle avait cru rendre visite à un vieux mage, dans les Taudis. Bien que son esprit l'eût invité pour qu'il lui vienne en aide, l'homme ne lui avait été d'aucun secours.

Sonea inspira profondément et chassa ce souvenir.

Elle s'était lourdement trompée en pensant qu'elle avait besoin d'une boule de rage dans laquelle puiser sa magie. Elle en était venue à admirer les mages pour leurs capacités à se contrôler, mais savoir qu'ils n'étaient que des gens dépourvus de sentiments ne lui donnait aucune raison de les aimer.

On frappa doucement à la porte et le battant s'ouvrit lentement. Inquiète, Sonea se leva et se pencha pour jeter un coup d'œil par l'entrebâillement. Cery lui sourit, grimaçant un peu sous l'effort qu'il fournissait pour pousser la lourde porte en métal. Lorsqu'il l'eut assez ouverte pour passer, il s'arrêta et fit signe à son amie d'approcher.

— On doit déménager.

— Je n'ai rien fait du tout !

— Tu ne t'en es pas forcément rendu compte…

Sonea se glissa dans l'ouverture et pensa à ce que Cery venait de lui dire. La drogue l'empêchait-elle de sentir quand sa magie fonctionnait ? Elle n'avait rien vu partir en fumée ni exploser. Ses pouvoirs échappaient-ils toujours à son contrôle, mais sous une forme moins virulente ?

Se poser cette question réveillait de dangereuses émotions que la jeune fille repoussa vivement, se forçant à rester calme en suivant Cery. Arrivé devant une échelle rouillée, le jeune homme y grimpa et ouvrit une trappe ; de la neige fraîche glissa dans le passage.

Un courant d'air glacé souffla sur le visage de Sonea lorsqu'elle émergea à la lumière du jour. Ils étaient tous les deux dans une venelle déserte. Cery ne put s'empêcher de sourire en voyant son amie chasser la neige de ses vêtements.

— Tu en as aussi dans les cheveux, dit-il en tendant la main pour l'en débarrasser.

Mais il poussa un cri et secoua violemment ses doigts.

— Aïe ! Qu'est-ce que… (Il avança la main puis recula.) Tu as encore invoqué une de ces barrières, Sonea.

— Non, c'est pas vrai !

Sûre de n'avoir utilisé aucune magie, Sonea se pencha en avant et sentit une petite douleur en touchant le mur invisible. Par-dessus l'épaule de Cery, elle capta un mouvement du coin de l'œil et regarda ce qui se passait. Un homme venait d'arriver dans la ruelle et marchait vers eux.

— Derrière toi, Cery !

— Magicien ! siffla le garçon.

Sonea leva les yeux et jura. Un homme se tenait sur le toit qui les surplombait et ne la quittait pas du regard. Sonea retint son souffle lorsqu'il enjamba la gouttière. Mais, au lieu de tomber, il flotta et se posa sur le sol, léger comme une plume.

L'adolescente sentit une forte vibration quand Cery frappa son bouclier.

— Cours ! cria-t-il. Sauve-toi !

Sonea s'éloigna du magicien volant. Revenant sur sa décision de rester calme, elle fonça dans la ruelle. Le bruit des bottes martelant la neige, derrière elle, la fit paniquer. Elle accéléra et fut très fière d'atteindre le croisement avec plusieurs longueurs d'avance.

Elle dérapa dans la neige pour s'arrêter, se laissant glisser dans le passage de gauche…

… avant de se raccrocher au coin du mur. Un autre homme se tenait là, les bras croisés. Sonea cria et détala.

Elle s'engouffra dans la dernière rue libre, avant de glisser dans la neige pour freiner son élan. À quelques pas, un quatrième homme lui coupait toute retraite.

Elle jura et se tordit le cou pour regarder derrière elle. Le troisième type la regardait intensément, mais il n'avait pas esquissé un geste. Sonea jeta un coup d'œil au quatrième qui avançait vers elle.

Son cœur s'affola. Elle regarda en l'air, étudia les murs, composés de la brique rouge habituelle. Mais même si elle trouvait le temps d'y grimper, les mages la rattraperaient facilement. Son sang se glaça lorsqu'elle se rendit compte qu'elle était prise au piège.

Aucun moyen de m'échapper.

Sonea fut terrorisée en voyant que les deux premiers hommes avaient rejoint le troisième au croisement. Une sensation qu'elle connaissait bien éclata sous son crâne. De la poussière et des fragments de brique s'abattirent sur les mages lorsque le mur s'écroula, mais ils rebondirent assez loin de leurs têtes.

Les mages regardèrent le mur, puis braquèrent sur Sonea des yeux calculateurs. Soudain affolée à l'idée qu'ils croient à une attaque en règle et ripostent, l'adolescente recula. Elle eut de nouveau la sensation. Sa jambe la brûla. Baissant les yeux, elle vit la neige fondre et former une mare autour de ses pieds. De la condensation monta du sol, emplissant la ruelle d'un brouillard tiède et impénétrable.

Ils ne peuvent pas me voir! Sonea eut de nouveau un peu d'espoir. *Je peux me glisser entre eux.*

Elle tourna les talons et s'enfuit. L'ombre d'un homme lui bloqua le passage.

La jeune fille hésita, puis fouilla dans les plis de son manteau, où ses doigts gourds rencontrèrent la poignée froide de sa dague. Alors que le magicien se penchait pour l'attaquer, elle plongea en avant et se jeta sur lui. L'homme bascula en arrière mais ne tomba pas. Avant qu'il retrouve son équilibre, Sonea lui plongea la dague dans la cuisse.

La lame entra profondément dans la chair. Le mage cria de surprise et de douleur. Contente de ce résultat, Sonea retira sa dague de la blessure et poussa le mage hors de son chemin. Puis elle se remit à courir.

Des doigts lui prirent au vol le poignet. L'adolescente grogna et secoua le bras pour se libérer. Le mage resserra sa prise, commençant à lui faire mal, et la lame lui échappa des mains.

Une rafale de vent ayant chassé la brume de la ruelle, Sonea vit que les trois autres mages couraient vers elle. Paniquée, elle se débattit de plus belle, les deux pieds plantés dans le sol. Sans résultat. Avec un grognement, l'homme qui la tenait la tira par le bras pour la propulser sur le chemin des mages.

Sonea sentit des mains attraper ses bras. Elle lutta pour se libérer, mais rien n'y fit. Les mains la poussaient contre le mur et l'immobilisaient. Entourée de magiciens, elle les fixa, les yeux brillant de haine.

— Quelle sale petite peste ! grogna un des hommes.

Celui que Sonea avait blessé ricana. L'adolescente regarda le mage le plus proche et le reconnut. C'était l'homme qui l'avait vue pendant la Purge.

Il la fixait intensément.

— N'aie pas peur de nous, Sonea, dit-il. Nous ne te ferons pas de mal.

Un autre mage grommela quelque chose. Le plus âgé hocha la tête, et les magiciens relâchèrent leur prise.

Une force invisible plaquait Sonea contre le mur. Incapable de bouger et gagnée par le désespoir, elle eut le sentiment que sa magie échappait totalement à son contrôle. Trois mages se jetèrent au sol lorsque le mur s'embrasa et projeta des briques dans la ruelle.

Un homme vêtu d'un tablier de boulanger passa la tête par l'ouverture. Rouge de colère, il vit les quatre magiciens et écarquilla les yeux. Un des mages se tourna vers lui et lui fit un geste sec.

— Allez-vous-en d'ici ! aboya-t-il. Vous et tous les occupants de l'immeuble.

L'homme recula et disparut dans les entrailles de la maison.

— Sonea.

Le mage le plus âgé ne l'avait pas quittée des yeux.

— Écoute-moi. Nous ne te voulons aucun mal. Nous…

Sonea sentit une chaleur intense sur sa nuque. Elle tourna les yeux et vit que les briques chauffaient. Un fluide indéfinissable coulait le long du mur. L'adolescente entendit un mage étouffer un juron.

— Sonea, répéta le plus âgé, arrête de nous combattre ! C'est toi que tu vas blesser.

Dans le dos de la jeune fille, le mur commença à trembler. Les mages tendirent les bras pour ne pas tomber lorsque la vibration s'intensifia. Sonea cria quand le sol se craquela devant ses pieds.

— Respire lentement. Essaie de te calmer.

Sonea ferma les yeux et baissa la tête. Ça ne servait à rien. La magie ruisselait d'elle comme de l'eau qui coule d'un vase brisé. Elle sentit une main toucher son front et leva les paupières.

Le magicien retira sa main. L'air inquiet, il souffla un mot aux autres, puis s'adressa à Sonea :

— Je peux t'aider et te montrer comment arrêter tout cela – sauf si tu m'en empêches. Je sais que tu as de bonnes raisons de nous craindre et de te méfier de nous. Mais si tu refuses mon aide, tu te blesseras, et beaucoup d'autres personnes avec toi. Tu me comprends ?

Sonea le regarda, les yeux ronds. L'aider ? Pourquoi voudrait-il l'aider ?

Mais s'il avait eu l'intention de me tuer, comprit-elle soudain, *ce serait déjà fini.*

Le visage de la jeune fille ruisselait de sueur et elle vit que l'air frémissait de chaleur. Elle poussa un petit cri de douleur. Le mage et ses collègues ne semblaient pas affectés, mais quand même assez inquiets.

Bien qu'une part de la jeune fille se rebiffât à cette idée, elle savait que quelque chose de terrible arriverait si elle n'obéissait pas aux magiciens.

— Sonea, reprit le mage, nous n'avons pas le temps de t'expliquer. Je vais tenter de te montrer, mais ne résiste pas.

L'homme toucha le front de Sonea du bout d'un doigt et ferma les yeux.

Aussitôt, la jeune fille eut conscience que quelqu'un était dans sa tête et sut immédiatement que cet intrus se nommait Rothen. Et contrairement aux esprits qui l'avaient recherchée sans la trouver, Rothen la *voyait*.

Sonea ferma les yeux et se concentra sur cette Présence.

— *Écoute-moi. Tu as quasiment perdu tout contrôle de tes pouvoirs.*

Sonea n'entendait pas les mots de la manière habituelle, mais le message était clair – et il la terrifia. Soudain, elle comprit que son don la tuerait si elle n'apprenait pas à le contrôler.

— *Cherche dans ton esprit.*

Quelque chose – une pensée non verbalisée – une instruction. Chercher. Sonea prit conscience d'un endroit, en elle-même, aussi familier qu'étrange. Elle se concentra et il se fit plus précis. Une large sphère éblouissante, qui flottait dans les ténèbres.

— *C'est ton pouvoir. Il a accumulé beaucoup d'énergie, même lorsque tu en consumais. Tu dois en relâcher – mais de façon contrôlée.*

C'était ça, sa magie ? Sonea tendit la main vers la sphère. Un éclair fusa immédiatement dans sa direction. La douleur envahit son esprit, et quelque part, très loin, la jeune fille entendit un cri.

— *Ne cherche pas à la toucher – pas avant que je t'aie dit comment faire. Là, regarde-moi…*

Rothen attira son attention. L'adolescente le suivit, très loin, jusqu'à une autre sphère lumineuse.

— *Regarde.*

Sonea vit comment, par la seule force de sa volonté, Rothen puisait le pouvoir de sa sphère, lui donnait forme et le libérait.

— À toi, maintenant.

La jeune fille se tourna vers sa propre sphère et souhaita qu'un peu de cette énergie lui parvienne. La magie la submergea. Il suffisait de penser à ce qu'elle voulait. C'était aussi simple que ça.

— Voilà. Recommence, mais cette fois-ci, continue jusqu'à ce que tu aies épuisé toute ton énergie.

— Toute ?

— Ne t'inquiète pas. Tu es faite pour contrôler une telle quantité de pouvoir, et l'exercice que je viens de te montrer épuisera ta magie sans provoquer de dégâts.

La poitrine de Sonea se souleva lorsqu'elle prit une grande inspiration puis la relâcha. Puisant à nouveau dans son pouvoir, elle entreprit de lui donner une forme et de le relâcher. Dès qu'elle eut commencé, il lui sembla plus facile de lui imposer sa volonté. La sphère commença à fondre jusqu'à n'être plus qu'une étincelle perdue dans les ténèbres.

— Voilà, c'est fait.

Sonea battit des paupières et regarda sans y croire le désastre qui l'entourait. Les murs étaient en miettes, des tas de briques s'étendant sur vingt pas aux alentours.

Les mages regardaient la jeune fille d'un œil suspicieux.

Bien que le mur, dans son dos, se soit écroulé, Sonea sentait toujours la force invisible qui la tenait debout. La pression se relâcha quelque peu, et elle sentit céder ses pieds et ses chevilles. Ses jambes tremblant trop pour qu'elle conserve son équilibre, elle glissa sur le sol. Le vieux mage sourit, s'agenouilla et lui posa une main sur l'épaule.

— Tu es en sécurité, pour l'instant, Sonea. Tu as utilisé toute ton énergie. Repose-toi. Nous parlerons plus tard.

Au moment où le mage la prit dans ses bras, une vague de vertige submergea Sonea, occultant toutes ses pensées, et elle plongea dans le néant.

Haletant d'épuisement et de douleur, Cery s'appuya contre le mur éventré. Les cris de Sonea résonnaient toujours à ses oreilles. Le jeune homme pressa les mains sur ses tempes et ferma les yeux.

— Sonea…, murmura-t-il.

Il laissa retomber ses bras, entendit trop tard les pas qui venaient vers lui et quand il leva les yeux, ce fut pour voir avancer l'homme qui lui avait bloqué le chemin.

Cery l'ignora. Dans la poussière et le chaos, il avait entrevu une tache de couleur vive. Il s'agenouilla et toucha un filet rouge qui ruisselait le long d'une brique cassée. Du sang.

Les pas approchèrent. La pointe d'une botte se posa près du sang – des bottes dont les boutons étaient ornés du symbole de la Guilde. Fou de rage, Cery se leva et lança son poing vers le visage de l'homme.

Le mage saisit le poignet du garçon et le tordit d'un geste dédaigneux. Sans point d'appui, Cery trébucha et tomba, sa tête frappant les briques du mur écroulé. Sa vision se brouilla. Cery grogna et se remit debout, les mains de nouveau pressées sur les tempes. Il aurait tout donné pour que le monde s'arrête de tourner follement autour de lui.

L'homme rit.

— Imbécile de traîne-ruisseau ! railla-t-il.

Passant ses longs doigts dans sa masse de cheveux blonds, le magicien tourna les talons et disparut.

Seconde partie

16

Présentations

La matinée touchait à sa fin et Rothen était fatigué. Il baissa les paupières, fit appel à un peu de magie de guérison, puis leva son livre et se remit à lire.

Avant d'avoir fini sa page, il ne put s'empêcher de regarder encore une fois la jeune fille endormie. Elle était couchée dans une petite chambre de la suite du mage, dans un lit qui avait autrefois appartenu à son fils. Certains magiciens n'avaient pas voulu qu'il la loge dans les quartiers des adultes. Rothen ne partageait pas leurs inquiétudes et il voulait pouvoir garder un œil sur elle – juste au cas où.

Aux heures les plus sombres de la nuit, il avait laissé Yaldin prendre le relais, histoire de se reposer un peu. Mais le sommeil l'avait fui, et il était resté immobile sur son lit, bien éveillé, à penser à elle. Il y avait tant à dire et expliquer. Il voulait être préparé à toutes les questions et accusations qu'elle pourrait lui lancer. Les différentes conversations qu'ils auraient un jour avaient tourné sans fin dans sa tête jusqu'à ce qu'il abandonne toute idée de se reposer et retourne auprès de la jeune fille.

Elle avait dormi toute la journée. La magie épuisait souvent les jeunes gens. Rothen regarda encore l'adolescente. Pendant les deux mois qui avaient suivi la Purge, ses cheveux noirs avaient un peu poussé, mais sa peau était restée aussi pâle – et elle était toujours aussi maigre. Rothen se souvint de la facilité avec laquelle il l'avait portée dans ses bras. Le temps passé avec les voleurs n'avait rien fait pour améliorer sa santé. Rothen la regarda encore une fois et retourna à sa lecture.

Il leva les yeux après s'être forcé à lire une autre page.

Elle le regardait.

Ses yeux glissèrent du visage de Rothen jusqu'à sa robe. Les draps qui collaient à son corps se soulevèrent lorsqu'elle se débattit et sauta au sol. Une fois debout, elle jeta un coup d'œil perplexe à sa grosse chemise de nuit en coton.

Rothen posa son livre, se leva et avança en prenant garde de bouger calmement. La fille recula, les yeux fous, jusqu'à ce que son dos touche le mur. Rothen tourna les talons, ouvrit la porte d'une armoire et en tira une robe de chambre bien chaude.

— Tiens, dit-il en tendant le vêtement. C'est pour toi.

Sonea fixa le vêtement comme s'il allait lui sauter à la gorge.

— Prends-la, l'encouragea Rothen en faisant un pas vers elle. Tu dois avoir froid.

Sonea se précipita en avant et lui arracha le vêtement des mains. Sans quitter le magicien des yeux un seul instant, elle glissa les bras dans les manches, noua la ceinture puis recula contre le mur.

— Je suis Rothen.

La jeune fille resta silencieuse et continua à fixer le mage.

— Nous ne te voulons aucun mal. Tu n'as rien à craindre.

Sonea plissa le front et serra les lèvres.

— Tu ne me crois pas. Je réagirais comme ça, si j'étais à ta place. Ma lettre t'est-elle parvenue, Sonea ?

Voyant du mépris s'afficher sur le visage de la jeune fille, Rothen étouffa un sourire.

— Bien sûr, tu ne l'as pas crue non plus... Dis-moi, qu'est-ce qui est le plus difficile à croire ?

Sonea croisa les bras, regarda par la fenêtre et ne répondit pas. Rothen maîtrisa son irritation. Il avait prévu sa résistance, même sous la forme de ce silence ridicule.

— Sonea, nous devons communiquer. Il y a un pouvoir en toi et, que tu le veuilles ou non, tu dois apprendre à le contrôler. Si tu refuses, il te tuera. Et je sais que tu en es consciente.

Sonea continua à regarder par la fenêtre en silence. Rothen se permit un soupir.

— Quelles que soient les raisons de ta haine, tu sais que refuser notre aide ne rime à rien. Hier, nous avons simplement vidé ton trop-plein de pouvoir. Il ne tardera pas à se reconstituer. Penses-y. Vite !

Rothen tendit la main vers la poignée de la porte.

— Qu'est-ce que je dois faire ?

La voix de la jeune fille était faible et haut perchée. Rothen eut un frisson de triomphe, mais il resta impassible. Lorsqu'il se tourna vers elle, son cœur se serra quand il vit l'angoisse qui voilait son regard.

— Apprends déjà à me faire confiance, dit-il à Sonea.

Le mage – Rothen – était retourné s'asseoir sur sa chaise. Le cœur de Sonea battait toujours la chamade – mais un peu moins fort – et la robe de chambre la rassurait vaguement, la rendant moins vulnérable. Le vêtement n'offrait aucune protection magique, mais, au moins, il cachait la chemise ridicule qu'elle avait sur le dos.

La chambre n'était pas bien grande. Un placard couvrait un des murs, et le lit en occupait un autre. Une petite table semblait perdue entre les deux. Les meubles étaient en bois ciré hors de prix. Un assortiment d'ustensiles en argent – à première vue pour écrire – trônait sur le bureau. Un miroir était accroché au mur juste au-dessus, et une peinture, pendue derrière le mage, embellissait la pièce.

— Le Contrôle est un talent subtil, dit Rothen. Je dois entrer dans ton esprit pour te montrer, mais je ne pourrai pas le faire si tu me résistes.

L'image des novices debout dans le dos de leurs camarades, les mains pressées sur leurs tempes, revint à l'esprit de Sonea. Leur professeur n'avait pas dit autre chose.

La jeune fille éprouva une étrange satisfaction à l'idée que ce mage ne lui mentait pas. Aucun magicien ne pourrait entrer dans son esprit si elle en décidait autrement.

Puis elle se rembrunit au souvenir de la présence, dans sa tête, de la source de magie qu'elle lui avait dévoilée, et de la façon de s'en servir.

— Vous m'avez déjà montré hier.

— Non. Je t'ai fait voir ton propre pouvoir et expliqué comment vider le trop-plein. C'est tout à fait différent. Pour t'apprendre à utiliser ton don, je dois me rendre « sur place » avec toi. Pour ça, il me faut entrer dans ton esprit.

Sonea regarda ailleurs. Laisser entrer un mage dans sa tête ? Qu'y verrait-il ? Tout, ou seulement ce qu'elle voudrait lui laisser voir ?

Mais avait-elle le choix ?

— Parle-moi, dit le mage. Pose-moi toutes les questions que tu veux. Si tu en apprends plus à mon propos, tu sauras que je suis une personne de confiance. Tu n'as pas besoin d'aimer la Guilde, ni même de m'apprécier, moi. Il te suffira de me connaître assez pour savoir que ce que je t'apprends doit être appris et que je ne te veux aucun mal.

Sonea le regarda avec attention. Il était dans la force de l'âge, peut-être même un peu au-delà. Ses cheveux étaient striés de gris, mais ses yeux restaient bleus et vifs. Autour de ses paupières et de sa bouche, de nombreux sourires avaient laissé une infinité de petites rides. Il semblait gentil et paternel – mais Sonea ne s'y trompait pas. Les salauds paraissent toujours honnêtes et agréables. Quand la méchanceté se lit sur leurs traits, ils n'arrivent à rien. La Guilde avait dû s'arranger pour la fourrer entre les pattes de son magicien le plus charismatique.

Elle devait voir au-delà. Plongeant ses yeux dans ceux de l'homme, elle soutint son regard. Sa confiance en lui-même la troubla. Comme s'il savait qu'elle ne trouverait rien de cruel en lui… ou s'il était sûr de pouvoir la bluffer.

D'une façon comme d'une autre, le pauvre homme n'était pas sorti de l'auberge avec elle, décida-t-elle.

— Et pourquoi devrais-je croire ce que vous dites ? demanda-t-elle.

— Parce que je n'ai aucune raison de te mentir…

— Si. Pour me faire faire ce que vous voulez.

— Et qu'est-ce que je veux, d'après toi ?

— Je ne sais pas encore…

— Ce que je veux, Sonea, c'est t'aider.

— Je ne vous crois pas !

— Et pourquoi ça ?

— Vous êtes un magicien. Vous dites que vous protégez les gens, mais je vous ai vus en tuer.

— Comme nous l'avons précisé dans notre lettre, nous ne voulions blesser personne sur la place – ni toi ni le garçon. C'était une terrible erreur. Si j'avais su ce qui allait arriver, je ne t'aurais pas désignée dans la foule.

» Il y a bien des façons de jeter un sort. Et la plus commune est un éclair. Le choc, plutôt faible, est fait pour paralyser les muscles d'un individu afin qu'il ne puisse plus bouger. Les mages qui ont jeté le sort ont tous utilisé le choc. Te souviens-tu de la couleur des éclairs ?

— Je ne regardais pas.

Trop occupée à devoir fuir pour sauver ma peau, pensa Sonea, mais elle garda cette remarque pour elle.

— Alors tu dois me croire lorsque je t'assure que tous les sorts étaient rouges – et seuls les chocs ont cette couleur. Mais, avec tant de mages en action, plusieurs chocs se sont fondus et combinés en une langue de feu. Ces mages n'ont jamais voulu faire de mal à qui que ce soit : leur seul but était d'arrêter le garçon. Je peux te jurer que notre erreur nous a valu beaucoup de tracas et une forte désapprobation de la part des Maisons et du roi lui-même.

— Le roi et les Maisons s'en moquent ! cracha Sonea.

— C'est faux. J'admets que leur réaction a plus de rapport avec la Guilde et son pouvoir qu'avec le garçon et sa famille, mais nous avons été PUNIS.

— Comment ça ?

— Des lettres de protestation. Des harangues publiques. Un avertissement royal. Ça ne te semble pas important, mais, dans le monde de la politique, les mots ont plus de pouvoir que des baguettes magiques brandies à bout de bras.

— La magie, c'est votre partie. C'est là que vous êtes censés être les meilleurs. Un mage peut faire une erreur, mais si grave…

— Tu crois que nous passons nos journées à apprendre comment réagir quand une gamine nous jette des cailloux magiques ? Nos combattants sont entraînés aux manœuvres plus subtiles et aux stratégies de guerre. Aucune situation rencontrée dans l'arène n'aurait pu nous préparer à une attaque de notre propre peuple – qui n'est pas notre ennemi !

Sonea grogna entre ses dents :

— Ennemi.

Elle vit Rothen grimacer en l'entendant. Sans doute qu'elle le dégoûtait. Pour les mages, les traîne-ruisseau étaient sales et répugnants, une véritable nuisance. Avaient-ils la moindre idée de la haine que leur vouaient les pauvres ?

— De toute façon ce n'était pas votre coup d'essai, dit-elle. J'ai vu des gens avec les brûlures que vous leur avez infligées. Et il y a eu ceux qui ont été écrasés pendant la panique que vous avez créée sur la place. Et beaucoup sont morts de froid une fois chassés de la cité. Mais ça non plus, ça ne doit pas être la faute de la Guilde, j'imagine ?

— Des accidents se sont produits dans le passé, admit Rothen. Des mages brutaux… Lorsque c'était possible, les victimes ont été soignées et nous leur avons versé un dédommagement. Quant à la Purge elle-même… Nous sommes nombreux à penser qu'elle n'a plus lieu d'être. Sais-tu comment elle a commencé ?

Sonea ouvrit la bouche pour cracher une réplique cinglante, mais elle se ravisa. Il serait intéressant de savoir comment *lui* pensait que la Purge était née.

— Il y a près de trente ans, une montagne a explosé, loin dans le Nord. Les cendres sont restées en suspension et ont empêché la chaleur d'atteindre le pays. L'hiver qui a suivi a été si long et si rude que nous n'avons pas connu d'été pendant un an. Partout, en Kyralie et en Elyne, les semences et le bétail mouraient. Des centaines, peut-être des milliers de paysans sont venus se réfugier dans la cité, mais il n'y avait pas assez de travail ni de logements pour tous.

» La ville s'est peu à peu remplie de gens touchés par la famine. Le roi a fait distribuer de la nourriture et a ordonné que les endroits tels que l'arène de courses soient utilisés comme dortoirs. Il a renvoyé certains fermiers chez eux, avec assez de provisions pour tenir jusqu'à l'été suivant. Mais il n'y avait pas suffisamment à manger pour tous.

» Nous avons juré aux gens que le prochain hiver ne serait pas si difficile, mais la plupart ne nous ont pas crus. Certains pensaient même que le monde allait geler et que nous mourrions tous. Ils ont oublié toute décence, faisant remarquer aux autres que bientôt plus personne ne serait vivant pour punir les scélérats. Marcher dans les rues était devenu dangereux, même en plein jour. Des bandes entraient dans les maisons et tuaient les gens dans leurs lits. Ce fut une période atroce. Je ne l'oublierai jamais.

» Le roi mobilisa la garde pour débarrasser la cité de ces bandes. Lorsqu'il fut clair qu'un bain de sang était inévitable, le souverain nous a demandé de l'aide. Puis l'hiver suivant arriva et il promettait d'être aussi rude que le précédent. Quand notre monarque vit que des troubles civils menaçaient, il décida de nettoyer les rues avant que la situation dégénère. Et il en va ainsi depuis ce temps-là.

» Beaucoup de citoyens pensent que les Purges auraient dû cesser il y a des années, mais les souvenirs sont vivaces et les Taudis sont bien plus étendus que pendant cette triste période. Bien des gens craignent le retour au crime si la cité n'est pas purgée chaque année, et plus encore maintenant, avec l'apparition des voleurs. Certains pensent qu'ils profiteraient des troubles pour prendre le contrôle de la cité.

— C'est n'importe quoi ! s'exclama Sonea.

La version de Rothen – comme elle l'avait prévue – était trafiquée pour plaire aux riches, même si certaines raisons expliquant la Purge lui paraissaient nouvelles et bizarres. Une montagne qui explose ? Et puis quoi encore ? Le mage voulait juste lui faire sentir à quel point elle était ignorante. Mais elle savait quelque chose de plus que lui.

— C'est la Purge qui a créé les voleurs ! Vous pensez vraiment que tous les pauvres que vous avez expulsés étaient des tueurs et des assassins ? Vous avez forcé des fermiers crevant de faim et leurs familles à partir de la cité. Ces gens-là se sont regroupés pour s'entraider. Ils ont passé l'hiver avec les bandits parce qu'ils ne voyaient plus l'intérêt de vivre selon les lois du roi. Il les avait foutus dehors quand il aurait dû les aider.

— Il les a aidés autant qu'il a pu.

— Pas du tout ! Et encore moins maintenant ! Vous pensez qu'il vide les rues des bandes et des tueurs ? Non, il chasse les gens de bonne volonté qui vivent de vos détritus ou qui ont un travail dans la cité, mais qui habitent dans les Taudis. Les hors-la-loi et les voleurs se moquent de votre Purge, parce qu'ils peuvent entrer et sortir de la cité comme ils veulent !

— Je m'en doutais…, souffla Rothen. Sonea, je n'aime pas plus la Purge que toi, et je ne suis pas le seul mage dans ce cas.

— Alors, pourquoi vous la faites ?

— Parce que notre serment nous oblige à obéir au roi.

— Du coup, vous pouvez l'accuser de tous vos méfaits. C'est facile.

— Nous sommes tous ses sujets…, lui rappela-t-il. La Guilde se doit de lui obéir pour que le peuple n'ait pas le sentiment que les mages cherchent à régner sur la Kyralie. Si nous sommes des tueurs sans pitié, pourquoi n'avons-nous pas déjà pris les rênes du pouvoir ? Pourquoi les mages ne règnent-ils pas sur la Kyralie ?

— Je n'en sais rien, mais ça change quoi pour les traîne-ruisseau. Quand avez-vous fait quelque chose de bien pour nous ?

— Nous avons fait beaucoup de bien. Tu ne le vois simplement pas.

— Ah oui ? Et quoi, par exemple ?

— Nous empêchons le port de se remplir de limon, entre autres. Sans nous, Imardin ne pourrait pas recevoir de bateaux et les marchands iraient ailleurs.

— Et en quoi le port intéresse-t-il les pauvres ?

— Il crée des emplois pour toutes les classes de la société. Les navires ont des équipages qui achètent à manger, à boire, et paient pour leurs loisirs. Les travailleurs gagnent de l'argent et le dépensent. Grâce à eux, les ouvriers emballent et transportent les produits que les artisans fabriquent. (Il haussa les épaules.) Tout ça est trop éloigné de toi… Si tu veux te référer à une aide qui te touche plus directement, pense à nos guérisseurs. Ils travaillent dur pour…

— Les guérisseurs ? cria Sonea. Qui a les jaunets pour se payer leurs services ? Pour une intervention, ils facturent ce que gagne un bon voleur pendant sa vie !

— C'est vrai, répondit calmement Rothen. Les guérisseurs ne sont pas si nombreux, à peine assez pour prendre en charge tous ceux qui viennent à nous. Les émoluments qu'ils demandent découragent ceux qui souffrent de maladies sans gravité et qui leur feraient perdre du temps. Du coup, ils préfèrent se tourner vers des médecins classiques. Ce sont ces docteurs qui s'occupent d'eux, ainsi que du reste de la population d'Imardin.

— Pas des traîne-ruisseau, répondit Sonea. Nous pouvons avoir des soins, mais en « bénéficier » est aussi dangereux que rester malade. J'ai entendu parler de deux ou trois médecins quand j'étais dans les quartiers nord, et ils prenaient un jaunet la visite.

Rothen soupira et regarda par la fenêtre.

— Sonea, si je pouvais régler les problèmes de pauvreté dans la cité, je m'y attellerais avec joie. Mais on ne peut pas tout faire. Même un magicien a ses limites.

— Ah oui ? Si la Purge vous révolte, n'y allez pas ! Dites au roi que vous ferez autre chose pour lui, mais pas ça. C'est déjà arrivé. Comme quand le roi Palen a refusé de signer l'Alliance. (Sonea entrevit un sourire sur le visage du magicien.) Dites au roi de construire des égouts corrects dans les Taudis. Son grand-père l'a fait pour la cité, pourquoi ne le ferait-il pas pour nous ?

— Tu ne veux pas que les pauvres viennent vivre dans la cité ?

— Il y a des quartiers très bien dans le cercle extérieur. La ville n'arrêtera pas de grandir. Le roi devrait peut-être construire un autre mur…

— Les murs sont obsolètes. Nous n'avons plus d'ennemis. Mais tes autres propositions sont… intéressantes. Et que penses-tu, à part ça ?

— Vous devez aller dans les Taudis et soigner les gens !

— Nous ne sommes pas assez nombreux.

— C'est toujours mieux que rien du tout. Pourquoi le bras cassé d'un fils de Maison serait plus important que celui d'un traîne-ruisseau ?

Rothen sourit de cette tirade et Sonea pensa amèrement que ses réponses amusaient le mage. Pourquoi se serait-il senti concerné, du reste ? Il voulait lui faire croire qu'il sympathisait avec elle. Il faudrait plus que ça pour qu'elle lui fasse confiance.

— Vous ne bougerez jamais ! lança-t-elle. Vous continuerez à dire que vous nous aideriez si c'était possible, mais, si ça vous intéressait, vous auriez déjà fait quelque chose. Aucune loi ne vous en empêche, alors pourquoi ne réagissez-vous pas ? Je vais vous le dire : parce les Taudis puent et sont sales, et parce que vous préféreriez qu'ils disparaissent. Là, vous vous sentiriez mieux. (Sonea tendit les mains vers les meubles délicats.) Tout le monde sait que le roi vous paie rubis sur l'ongle. Alors, si vous vous sentez désolés pour nous, vous pourriez nous donner de l'argent. Mais vous préférez tout garder pour vous...

Le mage sourit et Sonea fut soudain consciente qu'il l'avait piégée. Comprenant qu'il avait réussi à la provoquer, elle décida de se taire.

— Si nous versions une somme d'argent importante à n'importe laquelle de tes connaissances, penses-tu qu'elle serait distribuée afin d'aider les autres ?

— Oui !

— Aucune personne que tu connais ne serait tentée de la garder pour elle ?

— Quelques-unes, je suppose...

— Ah ! Mais tu ne me feras pas croire que tous les traîne-ruisseau sont égoïstes, pas plus que tu ne peux penser que tous les mages sont des monstres. Tu me dirais sans ciller, j'en suis sûr, que les gens que tu connais, malgré les vols et la contrebande, sont tout à fait fréquentables. Donc, juger les mages d'après les erreurs de quelques-uns ou la richesse de leur famille n'a aucun sens.

Sonea détourna le regard. Ce que le mage avait dit semblait juste, mais, étrangement, elle se sentait mal à l'aise.

— Peut-être, s'entêta-t-elle. Mais je ne vois toujours pas de magiciens dans les Taudis en train d'aider les gens.

— Parce que nous savons très bien qu'ils refuseraient notre assistance.

Sonea hésita. Il avait vu juste, mais si les traîne-ruisseau haïssaient les mages, c'était parce que la Guilde leur avait donné des raisons de le faire.

— Ils ne refuseraient pas de l'argent.

— En supposant que je te donne une centaine de pièces d'or, qu'en ferais-tu ?

— J'achèterais à manger pour les pauvres.

— Cette somme pourrait nourrir quelques familles durant des semaines, et un plus grand nombre pendant une dizaine de jours. Après, ces gens seraient aussi pauvres qu'avant. Tu n'aurais rien changé du tout.

Sonea ouvrit la bouche et la referma. Elle ne trouvait rien à répondre. Il avait raison… et tort. Il y avait forcément quelque chose à faire.

Elle baissa les yeux et jeta un coup d'œil étonné aux horribles vêtements qu'on lui avait fait porter. Sachant très bien que changer de sujet donnerait l'impression au mage d'avoir remporté le débat, elle tira pourtant sur sa manche.

— Où sont mes vêtements ?

— Partis. Je t'en fournirai d'autres.

— Je veux les miens !

— Je les ai fait brûler.

Sonea le regarda sans comprendre. Son manteau, bien que sale et un peu déchiré, était encore tout à fait bon… et Cery le lui avait offert.

Rothen se leva lorsqu'on frappa à la porte.

— Je dois y aller, dit-il. Je serai de retour dans une heure.

Sonea le regarda partir. Lorsqu'il ouvrit la porte, elle entrevit une autre chambre luxueuse. Puis le mage ferma le battant et elle crut qu'elle allait entendre le bruit d'une clé. Il ne vint pas, lui redonnant espoir.

Elle s'approcha de la porte. Était-elle close par magie ? Des voix montaient de derrière le panneau de bois.

Essayer maintenant ne servirait à rien, mais plus tard…

La douleur lui vrillait les tempes, mais il sentait quelque chose de frais lui couler derrière les oreilles. Cery ouvrit les yeux et vit un visage de femme.

— Sonea ?

— Bonjour. (La voix ne lui était pas familière.) Il est temps que tu te réveilles.

Cery cligna des yeux et distingua mieux la femme. De longs cheveux noirs encadraient son visage d'une étrange beauté. Sa peau était sombre, mais pas autant que celle de Faren. Un nez droit, typiquement kyralien, ajoutait de la distinction à des traits plutôt allongés. Comme si Sonea et Faren ne faisaient plus qu'un.

Je rêve, pensa Cery.

— Oh non ! répondit la femme. (Elle regarda par-dessus l'épaule de Cery.) Le choc a été plutôt rude. Tu veux lui parler maintenant ?

— On va voir ce que ça donne…

Faren s'avança et la mémoire revint à Cery. Il essaya de s'asseoir, mais sa vision se brouilla et la tête lui tourna.

L'adolescent sentit des mains se poser sur ses épaules et les laissa le recoucher à contrecœur.

— Bonjour, Cery, dit Faren. Je te présente Kaira.

— On dirait toi, mais en plus joli…

— Merci pour elle, répondit Faren en riant. C'est ma sœur.

Kaira sortit du champ de vision de Cery. Il entendit une porte se fermer et se concentra sur Faren.

— Où est Sonea ?

— Les magiciens l'ont eue. Ils l'ont emmenée à la Guilde.

Cery repensa soudain à ce que lui avait dit Faren. Il sentit quelque chose de terrible lui nouer les entrailles.

Elle n'est plus là !

Comment avait-il pu se croire capable de la protéger ? Non, non ! Faren était censé prendre soin d'elle. Cery ouvrit la bouche pour le crier au voleur, mais il se retint.

Pas question ! Je dois la retrouver et la libérer. Et pour ça, j'ai besoin de l'aide de Faren.

Toute sa colère disparut aussitôt.

— Qu'est-il arrivé ? demanda-t-il au voleur.

— L'inévitable, soupira Faren. Ils ont mis la main sur elle. Je ne sais pas ce que j'aurais pu faire pour les arrêter…

— Et maintenant, on fait quoi ?

— J'ai été incapable de remplir ma part du contrat. Sonea, elle, n'a jamais pu mettre sa magie à mon service. Nous avons tous les deux fait ce que nous pouvions et nous avons échoué. Quant à toi… j'aimerais que tu restes avec moi.

Cery regarda Faren sans comprendre. Comment pouvait-il abandonner Sonea aussi facilement ?

— Tu es libre de partir si tu le souhaites…

— Et Sonea ?

— Elle est entre les mains de la Guilde, répondit le voleur.

— Entrer chez les mages n'est pas difficile. Je l'ai déjà fait.

— Ce serait une idiotie. Ils la gardent de près.

— Nous organiserons une diversion.

— Nous n'organiserons rien du tout ! (Les yeux brillants, Faren s'avança vers Cery.) Les voleurs ne se sont jamais dressés contre la Guilde et ils ne le feront pas. Nous ne sommes pas assez stupides pour croire que nous gagnerions.

— Les mages ne sont pas si futés. Crois-moi, j'ai…

— Non ! coupa Faren. Non… (Il inspira longuement.) Ce n'est pas aussi aisé que tu le crois, Cery. Repose-toi. Guéris. Pense à ce que je viens de te proposer. Nous en reparlerons bientôt.

Cery entendit la porte s'ouvrir et se refermer. Il voulut se lever, mais sa tête lui faisait si mal qu'elle semblait vouloir prendre feu. Il ferma les yeux et se coucha, haletant.

Il pourrait tenter de convaincre le voleur de l'aider à libérer Sonea, mais ce serait du temps perdu. S'il voulait la sauver, il devrait le faire tout seul.

17

Les résolutions de Sonea

Sonea passa une nouvelle fois la pièce en revue. Bien que petite, elle était luxueuse.

D'après ce qu'elle voyait, l'adolescente aurait pu se trouver dans n'importe quelle maison du cercle intérieur, mais elle en doutait.

Elle écarta le rideau finement brodé, regarda par la fenêtre, poussa un petit cri et recula.

Les jardins de la Guilde s'étendaient devant elle. Le bâtiment de l'université se dressait sur sa droite, et la demeure du haut seigneur, à moitié dissimulée par les arbres, sur sa gauche. Sonea se trouvait au deuxième étage de ce que Cery avait appelé « le bâtiment des mages ».

La Guilde grouillait de magiciens. Où que Sonea portât son regard, elle voyait des silhouettes en robe : dans les jardins, derrière les fenêtres ou sur le chemin enneigé, juste sous ses carreaux.

Sonea referma le rideau.

Le désespoir la submergea.

Prise au piège. Je ne quitterai jamais cet endroit. Je ne reverrai plus Jonna, Ranel ni Cery.

La jeune fille cligna des yeux pour chasser ses larmes. Quelque chose bougea à la périphérie de son champ de vision ; elle se retourna et vit son reflet dans le miroir ovale.

Sonea fixa l'adolescente aux yeux rouges dont la bouche se tordait de mépris.

Tu vas capituler si facilement? demanda le reflet. *Te mettre à morver comme un bébé?*

Jamais!

La Guilde était pleine de mages pendant la journée, mais Sonea l'avait visitée de nuit et elle savait à quel point s'y déplacer sans être vu pouvait être facile. Si elle attendait le coucher du soleil et réussissait à se faufiler dehors, rien ne pourrait se dresser entre elle et les Taudis.

Sortir de la chambre serait la partie la plus difficile, évidemment. Les magiciens la gardaient prisonnière. Mais Rothen l'avait reconnu : les mages pouvaient faire des erreurs. Sonea attendrait. Le moment venu, elle serait prête à l'action.

Le visage du reflet était maintenant froid et déterminé. Sonea se sentit mieux… Elle s'approcha de la petite table, y prit un pinceau dont elle caressa le manche d'argent ciselé. Un tel objet, au marché noir, lui rapporterait de quoi se vêtir et se nourrir pendant des semaines.

Rothen avait-il pensé qu'elle risquait de lui voler ses affaires? Bien entendu, il s'en moquait, s'il était sûr qu'elle ne pourrait pas s'enfuir. Mettre la main sur de tels trésors ne lui servirait à rien tant qu'elle serait à l'intérieur de la Guilde.

Une pensée la frappa. Si elle était en prison, il s'agissait d'une bien étrange cellule. Elle s'était attendue à un cachot sordide, froid, sans aucun confort ni commodités…

Peut-être, après tout, que les mages lui proposaient réellement de se joindre à eux.

Sonea regarda son reflet et tenta de s'imaginer vêtue de la robe des mages. Sa peau devint aussi blanche que la neige, dehors.

Non, je ne serai jamais l'une d'entre eux! Sinon je trahirais tout le monde. Mes amis, les gens des Taudis, moi-même…

Mais apprendre à contrôler ses pouvoirs était une obligation. Le danger n'avait rien d'imaginaire et Rothen lui avait indéniablement appris des choses, même si c'était pour qu'elle ne détruise pas tout un quartier. Sonea doutait cependant qu'il prenne le temps de lui enseigner quoi que ce soit d'important. Elle frissonna en se souvenant de sa frustration et de sa terreur des dernières semaines. Ses pouvoirs avaient déjà provoqué tant de souffrances. Elle se passerait volontiers de se resservir de son don…

Mais, dans ce cas, que lui arriverait-il ? La Guilde la laisserait-elle repartir dans les Taudis ? Il y avait peu de chances. Rothen assurait qu'elle avait sa place à la Guilde. Elle ? Une petite pouilleuse des Taudis ? Non, elle n'y croyait pas non plus.

Alors, pourquoi lui avait-il fait cette offre ? Il y avait forcément une autre raison. La corruption ? Mais que pouvait vouloir la Guilde en échange de son apprentissage magique ?

Sonea fut stupéfaite quand elle comprit.

Les voleurs !

Si Sonea parvenait à s'échapper, Faren la reprendrait-il sous son aile ? Certainement, surtout si ses pouvoirs ne représentaient plus aucun danger. Une fois dans les petits papiers de Faren, il ne serait pas difficile de travailler contre les voleurs. Sonea pourrait employer la télépathie pour livrer n'importe quelle information à la Guilde.

Elle grogna de mépris. Même si elle acceptait de coopérer avec la Guilde, les voleurs mettraient très vite à jour son petit jeu. Aucun traîne-ruisseau n'était assez stupide pour vouloir les berner. Et même si Sonea se protégeait grâce à sa magie, elle ne pourrait rien faire pour sauver ses amis et ses parents des représailles qui s'ensuivraient. Les voleurs n'avaient aucune pitié quand on les provoquait.

Mais Sonea avait-elle vraiment le choix ? Que ferait-elle si la Guilde menaçait de la tuer si elle n'obéissait pas ? Ou si les mages s'en prenaient à sa famille et à ses amis ? Dans sa panique, elle se demanda si la Guilde avait entendu parler de Jonna et Ranel.

Elle chassa cette pensée, angoissée à l'idée que de trop fortes émotions lui fassent perdre tout contrôle. Se détournant du miroir, elle vit qu'un livre était posé sur la table de chevet et elle l'ouvrit.

Les pages étaient couvertes d'un texte calligraphié avec soin. Sonea en lut quelques lignes et s'aperçut, non sans surprise, qu'elle comprenait la plupart des mots. Les leçons de Serin lui avaient été plus profitables qu'elle l'aurait cru.

Le texte parlait de bateaux. Après un paragraphe, la jeune fille comprit qu'un mot sur deux finissait par le même son, comme les chansons des musiciens ambulants qu'elle avait entendus dans les gargotes et sur les marchés.

Sonea se raidit en entendant un tapotement contre la porte. Quand le battant s'ouvrit, elle reposa vivement le livre sur la table. Rothen se tenait dans l'encadrement, un paquet au creux du bras.

— Tu sais lire ?

Sonea se demanda quoi répondre. Avait-elle une raison de mentir ? Elle n'en trouva aucune et se rengorgea à l'idée de lui montrer que tous les traîne-ruisseau n'étaient pas illettrés.

— Un peu, admit-elle.

Rothen ferma la porte et désigna le livre.

— Montre-moi. Lis quelques lignes à voix haute.

Chassant ses doutes, Sonea prit le livre et commença à lire.

Aussitôt elle regretta de l'avoir fait. Toute sa confiance fondant sous le regard du mage, elle n'arrivait pas à se concentrer. La page qu'elle lisait était bien plus compliquée que celle qu'elle avait parcourue en premier. Chaque fois qu'elle trébuchait sur un mot, Sonea se sentait rougir un peu plus.

— Imm*euble*, pas immonde.

Vexée par l'interruption, Sonea referma le livre et le jeta sur le lit. Rothen sourit pour se faire excuser et posa le paquet à côté.

— Comment as-tu appris à lire ?

— Avec ma tante…, mentit Sonea.

— Et tu t'es entraînée récemment…

— Il y a toujours plein de choses à lire… Les panneaux, les enseignes, les avis de récompense…

— Nous avons trouvé un livre de magie dans une de tes cachettes. Tu y as appris quelque chose ?

Sonea frissonna d'angoisse. Rothen ne la croirait pas si elle lui répondait qu'elle n'avait pas lu le livre, mais, si elle l'avouait, il poserait encore plus de questions. Et il pourrait se douter qu'elle en avait lu d'autres. S'il savait que des livres avaient été volés à la Guilde, il devinerait qui était à l'origine du larcin. Et s'il pensait qu'elle avait été capable de se glisser dans la Guilde sans se faire voir, il prendrait plus de précautions pour la garder prisonnière.

Au lieu de répondre, Sonea désigna le paquet.

— Qu'est-ce que c'est ?

Rothen la regarda un instant avant de répondre :

— Des vêtements. Je te laisse un moment pour te changer, puis ma domestique t'apportera de quoi manger.

Le mage ferma la porte derrière lui. Une fois seule, Sonea défit le paquet. À sa grande surprise, Rothen ne lui avait pas apporté des robes, mais un pantalon, une chemise et un surcot à col montant. Des habits similaires à ceux qu'elle portait dans les Taudis, sauf que ceux-là étaient faits d'un tissu douillet et coûteux.

Sonea se débarrassa de sa robe de chambre et de sa chemise de nuit, puis elle enfila ses nouveaux vêtements. Maintenant qu'elle était décemment vêtue, sa peau lui paraissait quand même étrangement nue. La jeune fille regarda ses mains. Ses ongles avaient été coupés et sentaient le savon.

L'adolescente se hérissa. Quelqu'un l'avait donc lavée pendant qu'elle dormait ? Qui ? Rothen ?

Non ! Ce genre de corvée devait être laissé aux serviteurs. Elle se passa une main dans les cheveux et vit qu'on les avait nettoyés aussi.

Au bout de quelques minutes, on frappa délicatement à la porte. Sonea se souvint de la domestique et de la nourriture promise, et attendit que la femme entre. Personne n'ouvrit le battant, et on frappa de nouveau.

— Demoiselle ? dit une voix de femme au travers de la porte. Puis-je entrer ?

Sonea s'assit sur le lit et sourit. Personne ne l'avait jamais appelée « demoiselle ».

— Si vous voulez, répondit-elle.

Une femme d'une trentaine d'années entra. Vêtue d'une livrée gris clair, elle portait un plateau chargé.

— Bonjour, dit-elle avec un sourire nerveux.

Elle posa un instant les yeux sur Sonea, puis les baissa de nouveau. La jeune fille regarda la servante poser son plateau sur la table et disposer les plats. La femme tremblait d'anxiété. De quoi avait-elle peur ? Sûrement pas d'une fille des Taudis.

La servante posa les couverts sur le plateau avant de se retourner, de saluer Sonea et de sortir précipitamment de la pièce.

Sonea fixa la porte pendant plusieurs minutes. La femme lui avait fait une révérence. C'était… étrange. Et gênant. Elle n'arrivait pas à démêler ses sentiments…

Puis une odeur de pain chaud et de soupe épicée lui fit tourner la tête vers le plateau où attendaient un bol rempli à ras bord et une assiette de petits gâteaux. Son estomac grogna.

L'adolescente sourit. Les mages allaient apprendre qu'on ne pouvait pas la forcer à trahir les voleurs, mais ils n'avaient pas besoin de le savoir immédiatement. Si elle jouait un peu leur jeu, tout serait plus facile.

Et elle n'avait aucun scrupule à profiter d'eux.

Sonea entra dans le salon aussi nerveuse qu'un animal qui émerge d'une cage. Ses yeux fouillèrent la pièce pour chercher les portes. Enfin, elle regarda Rothen.

— Elle mène à une petite salle de bains, lui dit le mage en désignant une porte. Ma chambre est par ici, et par-là, on accède au couloir des quartiers des mages.

Sonea se tassa contre les étagères de la bibliothèque, et Rothen sourit de la voir chercher refuge auprès des livres.

— Prends celui que tu veux, ne te gêne pas. Les lire pourra t'aider, et peut-être t'expliquer ce que tu ne comprends pas.

Sonea fixa le mage, les sourcils froncés, et se rencogna davantage contre le meuble. Elle leva un doigt et le posa sur la tranche d'un livre, mais se pétrifia en entendant la cloche de l'université.

— C'est le signal du début des cours des novices, expliqua Rothen en lui faisant signe de le rejoindre à la fenêtre.

Sonea regarda par une autre croisée et frémit. Où qu'elle posât les yeux, des mages et des novices marchaient dans les allées pour se rendre à l'université.

— Que veulent dire les couleurs ?

— Les couleurs ? répéta Rothen.

— Celles des robes.

— Oh ! D'abord je dois te parler des différentes disciplines. La magie s'applique à trois domaines majeurs : la guérison, l'alchimie et la guerre. Les guérisseurs portent du vert. Ce domaine exige plus que de simples sorts thérapeutiques. Il faut aussi de grandes connaissances médicales et les mages qui choisissent cette voie doivent y consacrer leur vie. (Il jeta un coup d'œil à Sonea pour s'assurer qu'elle s'intéressait à sa réponse. C'était le cas.) Les guerriers portent du rouge. Ils étudient la stratégie et les façons dont la magie peut servir sur le champ de bataille. Certains pratiquent aussi des formes de combat traditionnelles, à l'arme blanche et à mains nues. (Rothen tira sur sa propre manche.) Et le violet représente l'alchimie, qui englobe tout ce qui peut être fait d'autre avec la magie. Comme la chimie, les mathématiques, l'architecture et bien d'autres domaines.

— Et le marron ? demanda Sonea.

— Il est porté par les novices. (Rothen désigna deux élèves qui se pressaient vers leur classe.) Tu vois que leurs robes sont plus courtes que les nôtres ? Ils ne reçoivent leurs véritables tenues qu'une fois leur diplôme reçu. C'est aussi à ce moment-là qu'ils choisissent leur discipline.

— Et s'ils veulent en exercer plus d'une ?

— Ils n'en auront tout simplement pas le temps...

— Et combien d'années étudient-ils pour être mages ?

— Tout dépend de leur rapidité à maîtriser les talents de base. En général, il faut cinq ans.

— Et celui-ci, montra Sonea du doigt. Sa ceinture est d'une autre couleur.

Rothen baissa les yeux sur le seigneur Balkan, qui marchait dans une allée, le visage contracté comme s'il ressassait un problème insoluble.

— Ah, bien observé ! Son cordon est noir. Cela signifie que l'homme que tu vois est à la tête de sa discipline.

— Les guerriers, alors. Et vous, quelle discipline étudiez-vous ?

— La chimie. Je l'enseigne, aussi.

— La chimie ?

Rothen réfléchit, se demandant comment présenter son explication de façon simple et compréhensible.

— Nous travaillons sur des substances : des liquides, des solides et des gaz. Nous les mélangeons, nous les chauffons, ou nous les soumettons à d'autres influences et nous étudions ce qui en résulte.

— Pourquoi ?

— Afin de savoir si nous pouvons découvrir quelque chose d'utile.

— Et vous avez découvert quoi ?

— Moi, en particulier, ou les chimistes de la Guilde ?

— Vous.

— Pas grand-chose, répondit Rothen en riant. On pourrait même dire que je suis un chimiste raté. Mais j'ai quand même fait une véritable découverte.

— Laquelle ?

— Que je suis un très bon professeur. (Le mage s'écarta de sa fenêtre et regarda la bibliothèque.) Si tu veux bien, j'aimerais t'aider à progresser en lecture. Aurais-tu envie d'y travailler cet après-midi ?

Rothen parcourut les volumes du regard. Il cherchait quelque chose de facile, mais d'intéressant. Il prit un livre et le feuilleta.

Tout ce qu'il devait faire, c'était la persuader que la Guilde n'était pas le monstre qu'elle croyait.

Dannyl sourit à Rothen. Depuis que Yaldin et sa femme les avaient invités, l'alchimiste n'avait pas fermé la bouche. Dannyl n'avait jamais vu son ami si bavard à propos d'un novice potentiel – mais il espérait qu'il avait autant parlé de *lui*, jadis.

— Tu es un incurable optimiste, Rothen. Tu l'as à peine rencontrée, et voilà que tu en parles comme si elle avait gagné un prix à l'université.

Dannyl sourit pour modérer ce qui pouvait passer pour un reproche.

— Vraiment ? répliqua Rothen. Si je ne l'étais pas, crois-tu que j'aurais eu tant de succès avec tous les novices dont je me suis occupé ? Quand on voit ce qu'ils sont devenus, ça donne envie de laisser une chance aux suivants.

Dannyl devait avouer qu'il n'avait pas été un novice très coopératif. Il avait lutté de toutes ses forces contre Rothen quand il lui avait déconseillé de chercher querelle à Fergun et à ses sbires. En dépit des attaques et de l'entêtement de Dannyl, Rothen n'avait jamais baissé les bras.

— Tu lui as dit que nous ne lui voulions pas de mal ? demanda Ezrille.

— Je lui ai expliqué que la mort du jeune garçon était un accident et que nous voulions uniquement l'aider à maîtriser ses pouvoirs. Qu'elle le croie ou non…

— Et qu'elle pouvait rejoindre la Guilde ? Tu le lui as dit ?

— Nous n'en avons pas encore vraiment parlé. Sonea ne nous aime pas beaucoup. Elle ne croit pas que nous sommes responsables du sort des pauvres, mais plutôt que nous refusons d'intervenir. Elle dit qu'elle n'a jamais vu un mage faire quelque chose de bien, ce qui est probablement vrai. Les miséreux, comme elle, ne se rendent pas compte des services que nous rendons à la cité. Sans mentionner l'effet de la Purge…

— Alors, il n'est pas étonnant qu'elle ne nous apprécie pas. Mais comment est-elle ? demanda Ezrille.

— Calme et méfiante. Visiblement terrorisée, elle retient ses larmes. Elle sait qu'elle doit apprendre à se Contrôler, donc, elle ne s'enfuira pas avant de l'avoir fait.

— Mais après ? demanda Yaldin.

— Après ? J'espère que nous l'aurons convaincue de rester parmi nous.

— Et si elle refuse ?

— Je ne sais pas ce qui arrivera, avoua Rothen en haussant les épaules. Nous ne pouvons pas forcer quelqu'un à nous rejoindre, mais la loi interdit aux mages de rester hors de la Guilde. Si Sonea refuse notre offre, nous devrons détruire ses pouvoirs.

— Les détruire ? s'écria Ezrille. Tu veux dire… Tu veux dire la blesser ?

— Pas du tout. C'est… Eh bien, c'est difficile à imaginer pour un mage, qui vit avec ses pouvoirs. Sonea ne connaît pas son don. Elle n'a jamais lancé de sort. Cela ne lui manquera pas.

— Combien de temps faudra-t-il pour lui enseigner le Contrôle ? demanda Yaldin. Je ne suis pas rassuré de savoir qu'un mage qui ne maîtrise pas son don vit à quelques portes d'ici.

— Il faudra un certain temps pour qu'elle me fasse confiance, répondit Rothen. Je dirai plusieurs semaines.

— C'est hors de question ! s'exclama Yaldin. Ça ne prend pas plus de deux semaines, même au plus crétin des novices !

— Sonea n'est pas comme les enfants gâtés qui nous viennent des Maisons.

— Je suppose que tu as raison, se résigna Yaldin. Mais je vais sursauter au moindre bruit.

— Cela dit, plus longtemps il lui faudra, conclut Rothen en levant son verre, plus j'aurai de chance de la convaincre de rester.

Assise sur le lit, Sonea, regardait les jardins par la fenêtre et jouait avec une épingle à cheveux. Il faisait nuit et la lune était levée. La neige qui tapissait les chemins luisait doucement dans la lumière argentée.

La cloche avait sonné une heure plus tôt. Sonea avait attendu pendant que les mages et les novices regagnaient leurs quartiers. Maintenant, tout était calme, à part quelques serviteurs en route vers leurs corvées, leur souffle blanc flottant dans l'air glacé.

Sonea alla coller son oreille à la porte. Elle écouta jusqu'à ce que son cou lui fasse mal, mais n'entendit aucun bruit dans la pièce d'à côté.

L'adolescente baissa les yeux sur la poignée. Polie et vernie, elle était en bois. On l'avait marquetée d'une essence plus sombre et le dessin représentait le symbole de la Guilde. Sonea le suivit du doigt, fascinée par le temps et le travail que représentait cette simple poignée.

Très doucement, elle commença à la tourner. Elle le fit sans heurt, jusqu'à ce que quelque chose la bloque. Elle poussa le battant, mais il ne bougea pas.

Sans s'émouvoir, l'adolescente actionna la poignée dans l'autre sens. Encore une fois, celle-ci tourna avant de s'arrêter. La porte ne bougea pas non plus.

La jeune fille s'agenouilla, voulut enfoncer l'épingle dans la serrure… et se pétrifia. Il n'y en avait pas.

Sonea s'assit sur ses talons. Elle n'avait entendu de clé tourner lorsque Rothen sortait de la chambre et elle avait noté que la porte n'avait pas de verrou de l'autre côté. Le battant était donc fermé par un sort.

Mais même si Sonea avait pu forcer cette porte, elle n'avait nulle part où aller. Pas avant de savoir se Contrôler.

Mais elle devait mieux connaître sa prison. Si elle ne cherchait pas un moyen d'évasion, elle n'en trouverait jamais.

Sonea se dirigea vers le lit. Le livre de poèmes était toujours à la même place. L'ouvrant à la première page, la jeune fille vit une dédicace. Elle s'installa à la table, alluma la chandelle et lut.

« À mon Rothen chéri, pour la naissance de notre fils. Yilara. »

Sonea sourit. Le mage était donc marié et il avait au moins un enfant. L'adolescente se demanda où était passée la famille de Rothen. Vu l'âge du magicien, son fils était sans doute adulte.

Le mage semblait être quelqu'un de bien. Sonea avait toujours pensé qu'elle savait juger les caractères – elle tenait sans doute cette aptitude de sa tante. Son instinct lui soufflait que Rothen était gentil et aimable. Mais ça ne voulait pas dire qu'on pouvait lui faire confiance. C'était un mage inféodé à la Guilde.

Un rire haut perché monta soudain des jardins : Sonea alla entrouvrir le rideau et vit un homme et une femme marcher sur le chemin, leurs robes vertes dépassant des pans de leurs manteaux et brillant sous la lune. Deux enfants les précédaient et se jetaient des boules de neige.

Sonea les regarda passer et s'étonna qu'une femme porte la tenue des mages. Elle n'avait jamais vu de magiciennes pendant les Purges. Choisissaient-elles d'être absentes ou une règle les empêchait-elle d'y participer ?

Jonna avait dit à Sonea que les filles des riches familles étaient étroitement surveillées jusqu'à ce qu'on les marie – à un époux choisi par leur père, bien souvent. Dans les Maisons, les femmes n'avaient pas voix au chapitre.

Dans les Taudis, personne n'arrangeait les épousailles. Si la plupart des femmes tentaient de trouver un homme capable d'entretenir une famille, elles se mariaient surtout par amour. Jonna trouvait que c'était la meilleure solution, mais Sonea était plus cynique. Elle pensait que les femmes étaient d'abord très amoureuses, mais qu'au bout d'un moment, l'amour laissait la place à des sentiments moins romantiques. D'après Sonea, il valait donc mieux trouver un mari avec qui on s'entendait bien et en qui on pouvait avoir confiance.

Les magiciennes étaient-elles écartées ? Encouragées à laisser la direction de la Guilde aux mages ? Il devait être très frustrant d'être un magicien de talent et de se retrouver sous les ordres de quelqu'un de moins doué.

Dans le jardin, la famille disparut de la vue de Sonea et l'adolescente quitta la fenêtre. Soudain, un mouvement attira son attention derrière une des croisées de l'université. En se penchant, elle aperçut puis vit nettement un visage rond et pâle.

Grâce à ses vêtements, Sonea devina que c'était un mage. Malgré l'obscurité et la distance, elle aurait juré qu'il la regardait. Un frisson lui parcourut l'échine et elle ferma vivement le rideau.

À bout de nerfs, Sonea traversa la chambre, souffla la chandelle, se coucha et tira les couvertures sur son nez. Elle se recroquevilla sur elle-même, fatiguée de penser et d'avoir peur.

Fatiguée d'être fatiguée…

Fixant le plafond, elle sut que le sommeil serait long à venir.

18

Loin des yeux indiscrets

Une lumière douce et délicate éclairait les arbres et les bâtiments de la Guilde. Cery fronça les sourcils sans comprendre. La dernière fois qu'il avait regardé dans cette direction, tout était noir. Il avait dû s'endormir, mais il ne se souvenait pas d'avoir fermé les yeux. Il se frotta le visage et repensa à la longue nuit qu'il venait de vivre.

Tout avait commencé chez Faren. Une fois reposé et rassasié, Cery avait de nouveau demandé au voleur de l'aider à sauver Sonea. La réponse de Faren n'avait pas varié :

— Si les gardes lui avaient mis la main dessus, ou même si elle avait été retenue dans le palais, je te l'aurais déjà ramenée et j'aurais été fier de le faire savoir. Mais tu parles de la Guilde, Cery. De la Guilde ! Ce que tu veux faire est hors de ma portée.

— Ce n'est pas difficile ! Les mages n'ont ni gardes ni barrière magique. Ils…

— Non, non ! explosa le voleur. Ce n'est pas une question de gardes ou de barrières, Cery ! Nous n'avons jamais fourni d'assez bonnes raisons à la Guilde pour qu'elle se bouge le cul et vienne nous régler notre compte. Si nous lui prenons Sonea, nous lui en donnerons une et de poids. Crois-moi, Cery, personne ne tient à savoir si nous sommes de taille contre les magiciens.

— Les voleurs ont peur de la Guilde ?

— Exactement. Et nous avons raison !

— Alors, faisons en sorte que les mages croient que quelqu'un d'autre…

— La Guilde saura parfaitement que c'est nous. Cery, écoute-moi une bonne fois pour toutes. Je te connais assez pour savoir que tu vas tenter quelque chose. Pense plutôt à ça : si les voleurs des autres factions croient que tu nous as trahis, ils te tueront. Ils ont l'œil posé sur nous en permanence.

Cery ne trouva rien à répondre.

— Tu veux toujours travailler pour moi ? demanda Faren. Bien, dit-il une fois que Cery eut acquiescé. Alors, j'ai une autre mission pour toi.

Cette nouvelle besogne avait mené Cery jusqu'au port, aussi loin de la Guilde qu'on pouvait l'être. Une fois son travail accompli, le jeune homme était retourné jusqu'au mur de la Guilde. Après l'avoir escaladé, il s'était caché dans la forêt pour espionner les mages.

Toute activité avait cessé une fois la nuit tombée, sauf, avait noté Cery, un visage qui s'était montré à une des fenêtres de l'université. Un faciès masculin qui fixait intensément les quartiers des mages.

L'homme était resté à son poste pendant une demi-heure. Finalement, un autre visage était apparu à une des croisées des quartiers des mages, et le cœur de Cery avait bondi dans sa poitrine. Même à cette distance, il avait reconnu son amie.

Sonea avait regardé les jardins pendant plusieurs minutes, puis elle avait enfin aperçu le visage, derrière la fenêtre, et avait immédiatement tiré le rideau.

L'homme avait disparu à son tour. Cery était resté dans son buisson toute la nuit, mais personne ne s'était montré ensuite. Maintenant que l'aube approchait, le jeune homme devait retourner près de Faren.

Le voleur n'apprécierait guère que Cery espionne les mages, mais l'adolescent avait un plan. Admettre qu'il avait raison et que

Sonea était trop bien gardée suffirait à amadouer le voleur. Si Faren avait interdit toute mission de sauvetage, il n'avait jamais rien dit à propos de la recherche de renseignements. Il devait bien s'attendre que Cery vérifie que son amie était toujours vivante.

Le jeune homme se leva et s'étira. Il ne soufflerait pas un mot à Faren de ce qu'il avait appris cette nuit. À part le veilleur silencieux, derrière son carreau, personne ne s'était donné la peine de faire un tour de garde ou une ronde autour des bâtiments. Si Sonea était seule dans sa chambre, il restait de l'espoir.

Cery sourit pour la première fois depuis longtemps, puis il retourna vers les Taudis.

Sonea se réveilla et vit la domestique de Rothen qui la fixait sans bouger un cil.

— Excusez-moi, demoiselle, dit la servante, très empressée. Mais lorsque j'ai vu que le lit était vide, je… Pourquoi dormez-vous par terre ?

Sonea se dépêtra des draps pour se lever.

— Le lit est trop mou, se justifia-t-elle. J'ai l'impression que je vais passer au travers.

— Mou ? Vous voulez dire qu'il est trop doux ? demanda la domestique sans y croire. Eh bien, c'est sans doute parce que vous n'avez jamais dormi sur un matelas de laine de reber. Voilà.

Elle tira les draps et montra à Sonea plusieurs épaisseurs d'une matière épaisse et spongieuse. Elle en saisit à peu près la moitié et les retira.

— Pensez-vous que ce sera plus confortable ainsi ?

Sonea appuya sur le lit. Sa main s'y enfonçait toujours, mais elle pouvait sentir la structure de bois, dessous. Elle hocha la tête.

— Parfait, dit la servante. Je vous ai apporté de l'eau pour vos ablutions, et… Oh ! Vous avez dormi dans vos vêtements. J'ai bien fait de vous en préparer d'autres. Quand vous aurez fini votre toilette, des gâteaux et du sumi vous attendront dans le salon.

D'un œil amusé, Sonea regarda la domestique enrouler les matelas et les emporter hors de la chambre. L'adolescente s'assit sur le bord du lit dès que la porte se fut refermée.

Je suis toujours là.

Elle repensa à ces dernières journées. Les conversations avec Rothen, son plan d'évasion, le visage blanc à la fenêtre de l'autre nuit. Sonea se planta devant la cuvette d'eau et fixa le savon et la serviette que la servante lui avait laissés.

La jeune fille se dévêtit avec un frisson, se lava et se changea avant de se diriger vers la porte. La main sur la poignée, elle hésita un dernier instant. Rothen l'attendait sans aucun doute derrière le battant. Sonea était nerveuse, mais elle n'avait pas peur.

Rothen était un mage. Cette pensée aurait pu l'angoisser encore plus, mais l'alchimiste avait juré de ne pas lui faire de mal… et elle avait choisi de le croire, pour l'instant.

Mais il ne serait pas aussi facile de le laisser entrer dans son esprit. Sonea ignorait si elle pouvait être blessée pendant l'opération. Que se passerait-il si Rothen modifiait ce qu'elle avait dans la tête, ses idées… et s'il pouvait la forcer à aimer la Guilde ?

Mais est-ce que j'ai le choix ?

Sonea allait devoir lui faire confiance et agir comme si le mage ne pouvait pas, ou ne voulait pas, lui faire subir ce genre de choses. C'était un risque à courir et retourner ces questions dans sa tête ne changerait rien au résultat.

Sonea se ressaisit et ouvrit la porte. Rothen passait visiblement le plus clair de son temps au salon. Au centre, des chaises étaient disposées autour d'une table basse, et des bibliothèques et des tables de travail avaient été poussées contre les murs. Assis sur une des chaises, Rothen parcourait un livre.

— Bonjour, Sonea, dit-il en la voyant entrer.

La jeune fille s'assit sur une chaise en face de Rothen. La domestique déposa son plateau sur une table, entre eux, puis plaça une tasse devant le mage et une autre devant Sonea.

—Je te présente Tania, dit Rothen à l'adolescente en posant son livre. Ma domestique.

—Bonjour, Tania, répondit Sonea.

—Je suis honorée de faire votre connaissance, demoiselle, la salua Tania.

Sonea sentit qu'elle rougissait et préféra baisser la tête. À son grand soulagement, Tania retourna à ses occupations.

En regardant la femme disposer les gâteaux sur un plat, Sonea se demanda si elle aurait dû se sentir flattée par l'obséquiosité de la domestique. Les mages pensaient-ils qu'elle allait y prendre goût, ainsi qu'au luxe omniprésent, et qu'elle déciderait plus facilement de rester parmi eux ?

Tania sentit peser sur elle le regard de Sonea et redressa la tête pour lui sourire nerveusement.

—As-tu bien dormi, Sonea ? demanda Rothen.

—À peu près…

—Veux-tu que nous reprenions nos leçons de lecture ?

Sonea examina le volume que tenait le mage et le reconnut.

—Ah, *Les Notes sur l'art de Fien* ! dit Rothen en suivant son regard. J'ai pensé qu'il me serait utile de savoir quel volume tu avais choisi toi-même. Ce n'est pas un livre de leçons, mais un vieux volume d'histoire, et les informations qu'il contient peuvent être obsolètes. Peut-être que…

Rothen s'interrompit lorsqu'on frappa à la porte et il alla entrebâiller le battant. Sonea devina qu'il cherchait à la protéger d'un visiteur indélicat, pas à l'empêcher de se sauver.

—Seigneur Fergun, l'entendit-t-elle dire, que puis-je pour vous ?

—Je voudrais voir la fille, répondit une voix douce et cultivée.

Tania posa une serviette sur les genoux de Sonea, qui lui lança un regard interrogateur. La domestique fronça les sourcils en direction du dos de Rothen et recula.

— Il est encore trop tôt, répondit Rothen. Elle est…

Il hésita, sortit et referma le battant derrière lui. Sonea n'entendit plus qu'un vague murmure.

Elle regarda Tania qui lui proposait un plat de petits fours. Sonea en choisit un et but une petite gorgée de sa boisson.

Un goût amer lui emplit aussitôt la bouche et elle grimaça. Tania désigna la tasse du menton.

— Je suppose que cela veut dire que vous n'aimez pas le sumi. Que voulez-vous boire ?

— Du raka, répondit Sonea.

— Nous n'en avons pas ici, je suis désolée. Puis-je vous apporter un jus de pachi ?

— Non, merci.

— Alors, de l'eau ?

Sonea lui jeta un regard outré et Tania sourit.

— L'eau d'ici est potable. Je vais vous en chercher.

Tania retourna à la table, au fond de la pièce, remplit un verre et l'apporta à Sonea.

— Merci, dit l'adolescente.

Elle leva le verre et s'étonna de la transparence du liquide. Elle n'y voyait pas la moindre particule. En en buvant une gorgée, elle ne sentit aucun goût.

— Vous voyez ! la rassura Tania. Bon, à présent, je vais faire votre chambre. J'en ai pour quelques minutes, mais si vous avez besoin de moi, appelez.

Sonea acquiesça et regarda disparaître la domestique. Puis elle sourit, vida son verre d'un trait, l'essuya avec une serviette, le colla entre son oreille et le bois de la porte, et écouta.

— … pour la garder ici. C'est dangereux, dit une voix inconnue de Sonea.

— Pas avant qu'elle ait retrouvé ses forces, répliqua Rothen. Ensuite, je lui montrerai comment se Contrôler. Il n'y a aucun danger pour les bâtiments.

— Je ne vois pas la moindre raison de la mettre au secret, répondit l'interlocuteur du mage.

— Comme je viens de vous le dire, elle s'effraie facilement et elle est inquiète. Elle n'a pas besoin qu'une bande de mages lui serine la même chose chacun à sa façon.

— Pas une bande, juste moi. Et je veux faire sa connaissance, pas me charger de son apprentissage. Il n'y a aucun mal à ça, non ?

— Je comprends, mais il y a un temps pour tout, et j'attends qu'elle prenne d'abord un peu confiance en elle.

— Aucune loi ne te permet de la garder hors de ma vue, Rothen, dit la voix inconnue, soudain vibrante de menaces.

— Aucune, non, mais je crois que la plupart de nos confrères comprendraient mes raisons.

— Je me soucie de son bien-être tout autant que toi, Rothen, et j'ai cherché cette fille très longtemps. Moi aussi, je me suis sali les mains dans les Taudis. Beaucoup penseraient que cela me donne voix au chapitre.

— Tu auras l'occasion de la rencontrer, Fergun.

— Quand ?

— Lorsqu'elle sera prête.

— Et tu en seras le seul juge, bien sûr.

— Pour le moment, oui.

— Eh bien, c'est ce que nous allons voir.

Les voix se turent et la poignée commença à tourner. Sonea bondit sur sa chaise et reposa la serviette sur ses genoux. Rothen entra. La contrariété qui se lisait sur son visage céda vite la place à de l'amusement.

— Qui était-ce ? demanda Sonea.

— Juste quelqu'un qui voulait te connaître.

— Pourquoi est-ce que Tania me salue et m'appelle « demoiselle » ? demanda Sonea en prenant un gâteau.

— Oh, lança Rothen en se laissant tomber sur sa chaise, tous les mages sont appelés « seigneur » ou « dames ». Ou « demoiselle ». Cela a toujours été comme ça.

— Mais je ne suis pas magicienne.

— Disons que Tania prend un peu d'avance…

— Je pense… que je lui fais peur.

— Tu la rends un peu nerveuse, répondit Rothen en portant sa tasse à ses lèvres. Se trouver à côté d'un mage qui ne se Contrôle pas peut être très dangereux. Elle ne semble pas être la seule à s'inquiéter, d'ailleurs. Comme tu mesures mieux qu'eux le danger que tu représentes, tu devines aisément que certains mages ne sont pas tranquilles en sachant que tu vis ici. La nuit dernière, tu n'as pas été la seule à ne dormir que d'un œil.

Sonea frissonna en repensant aux murs brisés, à sa capture et à sa lutte avant de perdre conscience.

— Quand m'apprendrez-vous le Contrôle ?

— Je n'en sais rien… Mais ne t'inquiète pas. Si tes pouvoirs s'affolent encore, nous nous en occuperons comme la dernière fois.

Sonea acquiesça. Quand elle regarda le gâteau qu'elle tenait, son estomac se contracta d'angoisse. Sa bouche devint trop sèche pour avaler quoi que ce soit. Elle jeta un dernier regard au petit-four et le reposa.

Le matin avait été sombre et brumeux et des nuages lourds couvraient la cité dès le début de l'après-midi. Tout était noyé d'ombres, comme si la nuit était trop impatiente pour attendre la fin du jour. C'était le genre de temps où l'on remarquait la faible lueur venue des murs de l'université.

Dannyl s'engouffra dans le bâtiment et pressa le pas. Rothen soupira. Il se força à marcher plus vite pour suivre son ami, puis rendit les armes.

— C'est étrange, ton boitillement semble avoir disparu, lança-t-il dans le dos de son ami.

Dannyl se retourna, visiblement surpris de voir Rothen si loin derrière lui. Il ralentit, et son déhanchement réapparut aussitôt.

— Le bureau est à deux pas, Dannyl. Pourquoi te presses-tu autant ?

— J'ai hâte d'en avoir fini.

— Mais nous nous contentons de déposer nos comptes-rendus et je parlerai pour nous deux.

— Peut-être, mais le haut seigneur m'a envoyé chez les voleurs et je devrai répondre à toutes ses questions.

— Il est à peine plus vieux que toi, Dannyl. Il a le même âge que Lorlen et l'administrateur ne te tire pas des larmes d'angoisse.

Dannyl ouvrit la bouche pour protester, mais il ne dit rien. Ils atteignirent le bout du couloir.

Rothen leva les yeux au ciel lorsqu'il entendit Dannyl prendre une inspiration chevrotante en frappant à la porte de l'administrateur. Le battant s'ouvrit et les deux mages entrèrent dans une grande pièce chichement meublée. Au fond, un globe de lumière flottait au-dessus d'un bureau et illuminait la robe bleu sombre de l'administrateur.

Lorlen posa sa plume.

— Bienvenue, seigneur Rothen, seigneur Dannyl. Prenez un siège.

Rothen fouilla la pièce du regard, mais aucune silhouette en robe noire ne les épiait, assise sur une chaise ou tapie dans un coin sombre.

Lorlen attendit que ses visiteurs aient pris place, puis il se pencha pour saisir les feuilles que lui tendait Rothen.

— J'avais hâte de lire vos rapports. Je suis certain que le vôtre, seigneur Dannyl, sera fascinant.

Le jeune mage sursauta et resta silencieux.

— Le haut seigneur vous adresse ses félicitations. (Les yeux de Lorlen passèrent de Rothen à Dannyl.) Et j'y ajoute les miennes.

— Et nous vous en remercions, répondit Rothen.

— Akkarin est heureux de pouvoir dormir en paix, maintenant que des éclats de magie brute ne le réveillent plus à longueur de temps.

— C'est sans doute le prix à payer quand on possède un don si fin, dit Rothen en voyant Dannyl écarquiller les yeux.

L'alchimiste imagina Akkarin en train de faire les cent pas dans sa chambre en maudissant la fille des Taudis. L'image ne correspondait pas à la prestance habituelle du haut seigneur. Rothen se demanda ce qu'Akkarin voulait faire de Sonea maintenant qu'ils l'avaient attrapée.

— Administrateur… Pensez-vous que le haut seigneur envisage de rencontrer Sonea ?

— Non. Il s'inquiétait seulement à l'idée de voir une partie de la cité partir en flammes. En outre, le roi devait se demander si nous étions capables de régler nos propres affaires. (Lorlen sourit à Rothen.) Je crois deviner la raison de votre question. Akkarin peut être intimidant et Sonea a déjà assez de motifs d'angoisse.

— Elle est facilement effrayée et se méfie de nous, acquiesça Rothen. Et ceci nous amène à un autre point. J'ai besoin de temps pour la rassurer. J'aimerais la garder isolée jusqu'à ce qu'elle se sente en confiance, *et ensuite* la présenter aux mages, un par un.

— Voilà qui paraît sensé…

— Fergun a demandé à la voir, ce matin.

— Ah ! Eh bien… j'entends d'ici les arguments qu'il a utilisés pour tenter de parvenir à ses fins. Je pourrais décréter qu'aucun mage ne la verra tant qu'elle ne sera pas prête, mais personne ne sera satisfait jusqu'à ce que j'aie défini ce que « prête » veut dire et que j'aie fixé une date.

Lorlen se leva et fit les cent pas derrière son bureau.

— Les deux demandes de tutelle compliquent aussi les choses. Les mages accepteront que vous vous occupiez d'elle, puisque vous avez déjà fait un très bon travail avec vos anciens novices. Mais si Fergun est exclu de l'instruction de base de Sonea, les gens le soutiendront par simple sympathie. Ne pourriez-vous pas présenter Fergun à Sonea ?

— Cette jeune fille est habile à cerner le caractère et les sentiments d'une personne, répondit Rothen. Fergun n'a aucune amitié pour moi. Si je dois convaincre Sonea que nous sommes tous en bons termes et que nous travaillons de concert, elle devinera qu'il y a anguille sous roche et cela ne nous aidera pas. Sans compter qu'elle pourrait prendre pour une agression la détermination de Fergun à la rencontrer.

Lorlen réfléchit un moment.

— Tout le monde est d'accord sur un point : il faut que Sonea se Contrôle le plus vite possible, finit-il par dire. Personne ne me contredira si j'affirme que rien ne doit la détourner de ce but. De combien de temps voulez-vous disposer ?

— Je l'ignore, avoua Rothen. J'ai appris le Contrôle à des élèves distraits qui traitaient leurs leçons par-dessus la jambe. Je n'ai jamais eu la charge de quelqu'un qui haïssait les mages à ce point. La rassurer pourrait me demander plusieurs semaines.

— Je ne peux pas vous accorder tout ce temps, répondit Lorlen en se rasseyant. Je vous donne deux semaines, durant lesquelles vous pourrez choisir qui la verra. Ensuite, je lui rendrai visite de temps à autre, pour savoir quand elle aura atteint un niveau de Contrôle que j'estimerai suffisant. Si cela vous est possible, présentez-la à un autre mage rapidement. Je dirai à Fergun qu'il la verra lorsque le moment sera propice. Mais souvenez-vous : plus vous prendrez de temps, plus il recueillera de sympathie.

— Je n'oublierai pas.

— Nous attendrons le prochain concile pour trancher cette affaire.

— Si je peux la convaincre de rester jusque-là…, répondit Rothen.

— Vous pensez qu'elle pourrait s'en aller ?

— Il est encore trop tôt pour le dire. Mais nous ne pouvons pas la forcer.

— L'avez-vous déjà mise au courant de ce qu'implique un départ ? demanda Lorlen en s'adossant à son siège.

— Pas encore. Si je dois gagner sa confiance, je préfère laisser de côté ce genre d'informations.

— Je comprends. Toutefois, et si vous choisissez le bon moment, cet argument pourra la convaincre de rester. Si elle nous quitte, Fergun sera persuadé que vous l'aurez manipulée pour lui causer du tort, à lui. D'une façon comme d'une autre, vous voilà avec de rudes batailles à mener, Rothen.

Dannyl toussota.

— Fergun a vraiment de bons arguments ? demanda-t-il.

— C'est difficile à dire, répondit l'administrateur. La décision qui va être prise ne dépend que des alliés que vous trouverez, lui comme vous, Rothen. Mais je ne dois pas en parler avant l'audience. (Lorlen les regarda tous les deux.) Je n'ai plus d'autres questions. Y a-t-il autre chose dont vous voudriez parler ?

— Non, dit Rothen en s'inclinant. Merci, administrateur.

Une fois dans le couloir, Rothen se tourna vers son ami.

— Ça s'est plutôt bien passé, non ?

— Il avait la tête ailleurs, répondit Dannyl en haussant les épaules.

— Tu as raison…

Ils entendirent des pas dans le corridor et Dannyl pressa l'allure.

— Mais ce boitillement va et vient à volonté ! railla Rothen.

— C'était une profonde blessure, se plaignit Dannyl.

— Pas si grave que ça, visiblement…

— Dame Vinara m'a dit que la raideur mettrait plusieurs jours à disparaître.

— Oh, si elle l'a dit…

— Rappeler que cette capture n'a pas été facile ne peut faire de mal à personne.

— Je suis très honoré par le sacrifice de votre dignité, seigneur Dannyl, répondit Rothen.

— Et pourquoi pas ? Si Fergun a le droit de se balader avec son pansement sur la tempe, je peux bien m'offrir un petit boitillement.

— Je vois. Tout va pour le mieux, alors…

Ils atteignirent les portes de l'université. Dehors, il neigeait. En échangeant une grimace de déplaisir, les deux mages s'enfoncèrent dans les tourbillons de flocons.

19

Les leçons commencent

La semaine de mauvais temps avait recouvert la Guilde d'un épais manteau de neige. Les pelouses, les jardins et les toits disparaissaient sous une couche de flocons scintillants. Protégé par son cocon de magie, Dannyl appréciait le spectacle sans avoir à souffrir du froid.

Les novices se pressaient autour des portes de l'université. Dannyl entra dans le bâtiment et un trio d'élèves le dépassa pour s'y faufiler. Les jeunes gens serraient frileusement leur manteau autour d'eux, et le mage devina qu'ils devaient être de la classe de la mi-hiver. Il fallait des semaines avant que les nouveaux apprennent comment se prémunir magiquement du froid.

Dannyl monta à l'étage et trouva un groupe d'élèves qui attendaient devant la classe d'alchimie de Rothen. Le mage leur fit signe d'entrer. On l'interpella au moment où il allait les suivre.

— Seigneur Dannyl ?

Le jeune mage jura entre ses dents en reconnaissant Fergun, accompagné du seigneur Kerrin.

— C'est bien la classe de Rothen ? demanda Fergun en jetant un coup d'œil par la porte.

— Oui, répondit Dannyl.

— C'est vous qui faites cours à ses élèves ?

— Oui.

— Je vois, dit Fergun en tournant les talons.

Suivi par Kerrin, il ajouta, juste assez fort pour que Dannyl puisse l'entendre :

— Je suis surpris qu'il puisse enseigner à de jeunes garçons !

— Que veux-tu dire ? demanda Kerrin.

— Tu ne te souviens pas de cette affaire, lorsqu'il était novice ?

— Oh, tu parles de *ça* ! Il leur donne un bien mauvais exemple, je parie, conclut Kerrin en partant d'un rire qui résonna dans tout le couloir.

Dannyl grinça des dents avant de se retourner et de se retrouver nez à nez avec Rothen.

— Rothen ! Qu'est-ce que tu fiches là ?

— Je faisais un petit tour à la bibliothèque, répondit l'alchimiste en regardant Fergun s'éloigner. C'est étonnant... Vous êtes toujours brouillés, même après toutes ces années ? Vous ne laisserez donc jamais le passé derrière vous ?

— Pour Fergun, ce n'est pas une brouille mais un sport, et il y tient trop pour arrêter.

— Eh bien, s'il colporte des ragots comme le dernier des novices, les gens prendront ce qu'il dit pour ce que c'est. (Rothen sourit à trois élèves qui couraient vers la salle de classe.) Comment vont mes novices ?

— Je ne sais pas comment tu réussis à t'en sortir, Rothen. Tu ne resteras pas absent trop longtemps ?

— Je ne sais pas. Tout dépend de Sonea... Des semaines, des mois, peut-être.

— Tu penses qu'elle est prête à apprendre à se Contrôler ?

— Toujours pas, non.

— Mais ça fait déjà une semaine !

— Ça fait *seulement* une semaine, corrigea Rothen. Je ne pense pas qu'elle nous fera confiance si nous la mettons sous pression. Elle ne nous déteste pas en tant qu'individus, mais elle croit que la

Guilde ne fait aucun bien – et elle n'en démordra pas tant qu'elle n'aura aucune preuve du contraire. Or, le temps nous est compté. Lorsque Lorlen nous rendra visite, il s'attendra à ce que les leçons aient commencé.

— Tout ce que tu as à faire pour l'instant, c'est lui enseigner le Contrôle, dit Dannyl en prenant le bras de son ami. Et, pour ça, il suffit qu'elle te fasse confiance. Si elle t'écoute, elle sentira que tu as ses intérêts à cœur. Et tu oublies que si tu n'arrives pas à lui dire quoi faire, tu peux le lui *montrer*.

Rothen haussa les épaules, puis comprit ce que proposait Dannyl, et les laissa retomber.

— Tu veux que je la laisse voir dans mon esprit ?

— Oui. Elle saura que tu lui dis la vérité.

— Eh bien, c'est... une façon inhabituelle de commencer à apprendre le Contrôle, mais les circonstances le sont, hors du commun. Je devrai mettre quelques petits détails hors de sa portée, mais...

— Alors, cache-les ! Maintenant, si tu veux bien m'excuser, j'ai une classe remplie de novices qui attendent, brûlant de faire de moi le cobaye de leurs nouvelles farces. Et tu ne devrais pas t'inquiéter à propos de Lorlen. C'est moi qui veux entendre dès ce soir que tu as fait des progrès.

— Sois agréable avec tes élèves et ils le seront avec toi, Dannyl, dit Rothen en riant.

Il tourna les talons et Dannyl eut un sourire sans joie. Quand la sonnerie retentit, le mage soupira avant d'entrer dans la classe.

De sa fenêtre, Sonea regardait les derniers novices courir vers l'université. Tous n'avaient pas obéi à la sonnerie. Dans le fond du jardin, deux silhouettes restaient immobiles.

L'une d'elle était une femme en robe verte à ceinture noire : la responsable des guérisseurs, donc.

Les femmes peuvent donc avoir une certaine influence...

L'autre était un homme vêtu de bleu. Sonea repensa aux explications de Rothen, mais elle ne se souvint pas qu'il ait parlé de cette couleur. L'homme était peut-être aussi une personne d'une certaine influence.

Rothen avait expliqué à la jeune fille comment les membres de la Guilde élisaient leurs responsables. Cette méthode intriguait l'adolescente. Elle avait tout simplement imaginé que c'étaient les mages les plus puissants qui commandaient.

La plupart des mages sans responsabilités, par exemple Rothen, passaient leurs journées à enseigner, à mener leurs recherches ou à travailler hors de la Guilde. Cette dernière occupation allait de la mission la plus impressionnante à la besogne la plus ridicule. Sonea avait été surprise d'apprendre que les mages avaient bâti le port – et amusée de savoir qu'un des leurs avait passé sa vie à fabriquer une colle la plus performante possible.

Sonea regarda encore autour d'elle. Pendant la semaine qui venait de s'écouler, elle avait eu le temps d'examiner le moindre recoin de sa chambre – ainsi que de celle de Rothen. La fouille en règle de chaque tiroir, coffre et placard n'avait rien révélé de plus exaltant que des vêtements et quelques objets personnels. Sonea avait aussi forcé les quelques coffres fermés à clé, mais n'y avait trouvé que des documents barbants.

Dehors, quelque chose attira l'œil de la jeune fille, qui regarda par la fenêtre. Les deux mages s'étaient séparés et l'homme en bleu se dirigeait vers la maison du haut seigneur.

L'adolescente frissonna en se souvenant de la nuit passée au pied du bâtiment. Rothen ne lui avait pas parlé d'assassins au sein de la Guilde, mais Sonea s'attendait à quelque chose de ce goût-là. Après tout, l'alchimiste voulait faire passer les magiciens pour des travailleurs au grand cœur. Mais si le mage en noir n'était pas un assassin, qui pouvait-il bien être ?

Sonea se souvint des vêtements tachés de sang.

C'est fait, avait-il dit. *Tu as apporté ma robe ?*

Sonea entendit la porte s'ouvrir, sauta sur ses pieds et vit Rothen apparaître dans un tourbillon de robe violette.

— Désolé d'avoir mis si longtemps, lança-t-il.

C'est un mage, et il s'excuse devant moi, pensa Sonea, amusée.

— Je t'ai ramené des livres de la bibliothèque, dit-il. J'ai pensé que nous pourrions commencer quelques petits exercices mentaux. Qu'en penses-tu ?

Sonea se raidit. Pensait-il vraiment qu'elle lui faisait déjà confiance ?

Une bonne question… Est-ce que tu lui fais confiance ?

— Il est trop tôt pour commencer à t'apprendre le Contrôle, la rassura-t-il. Mais nous devons travailler notre communication mentale pour nous préparer aux futures leçons.

Sonea pensa à tout ce que l'alchimiste lui avait appris durant la semaine écoulée.

Il avait passé le plus clair de ses journées à l'aider à mieux lire. Sonea s'était méfiée au début, puis elle avait suivi les leçons dans l'espoir d'apprendre quelque chose qui lui servirait plus tard. Elle avait été très déçue de travailler sur des textes historiques où personne ne parlait de magie.

Serin avait toujours pris garde à ne pas vexer l'adolescente. En revanche, Rothen n'hésitait pas à la reprendre lorsqu'elle se trompait. Il pouvait être sévère, mais Sonea s'était aperçue, à sa grande surprise, qu'elle n'avait pas du tout peur de lui. Lorsqu'il rouspétait, elle se surprenait même à vouloir le taquiner un brin.

Quand Rothen estimait qu'ils avaient assez travaillé, il parlait avec l'adolescente.

Sonea savait que c'était une tâche compliquée, à cause de tous les sujets qu'elle refusait d'aborder. Mais Rothen était toujours prêt à répondre à ses questions et il n'avait jamais tenté de la pousser à lâcher quoi que ce soit en retour.

La communication mentale ressemblait-elle à quelque chose comme ça ? Sonea se demandait si elle serait toujours capable de garder ses secrets pour elle.

Le seul moyen de le savoir, c'est d'essayer.

—Alors, on commence quand ? demanda-t-elle soudain.

—Si tu veux attendre encore un peu, il n'y a aucun problème, précisa Rothen.

—Non..., répondit-elle. Maintenant, ça me va.

—Assieds-toi, alors. Installe-toi confortablement.

Sonea prit une chaise et regarda le mage pousser le bureau sur le côté avant de rapprocher son propre siège.

Mince, il va s'asseoir tout près.

—Je vais te demander de fermer les yeux, Sonea. Puis je prendrai tes mains. Ce n'est pas nécessaire, mais c'est plus facile ainsi. Tu es prête ? (Sonea hocha la tête.) Ferme les yeux, alors, et détends-toi. Respire profondément. Écoute le bruit de ta respiration.

Sonea fit ce que le mage lui demandait. Rothen ne prononça pas un mot pendant un long moment. L'adolescente comprit qu'ils inspiraient au même rythme et elle se demanda si le mage l'avait fait exprès.

—Imagine, dit-il, qu'avec chaque inspiration, une part de toi se détend un peu plus. Tes orteils, puis tes pieds, tes chevilles, tes mollets, tes genoux, tes cuisses... Détends tes doigts, tes mains, tes poignets, tes bras, ton dos. Laisse retomber tes épaules. Laisse ta tête pencher un peu en avant.

Sonea trouva tout cela étrange, mais elle fit ce que Rothen voulait. Elle sentit pourtant la tension quitter ses membres et se rendit compte que son estomac gargouillait.

—Maintenant, je vais prendre tes mains dans les miennes.

Les paumes qui se posèrent sur les doigts de Sonea paraissaient trop grandes. La jeune fille s'interdit d'ouvrir les yeux pour les regarder.

—Écoute. Prête l'oreille à ce que tu peux entendre.

Sonea comprit soudain qu'elle était entourée de petits bruits qui n'arrêtaient pas. Chaque son s'infiltrait jusque dans le creux de ses oreilles et exigeait d'être entendu : les pas dehors, les voix étouffées des mages, celles des serviteurs dans le bâtiment…

— Maintenant laisse disparaître les bruits de l'extérieur. Concentre-toi sur ceux de la pièce.

La chambre était plus calme. Le seul son qui parvenait à Sonea était celui de leurs respirations, maintenant sur deux rythmes différents.

— Laisse-les disparaître aussi. Écoute ton propre corps. Le battement sourd de ton cœur…

Sonea ne comprit pas. Aucun son ne venait d'elle.

— … le sang qui coule dans tes veines…

La jeune fille se concentra mais n'entendit rien.

— … le bruit de ton estomac…

… Ou peut-être que si ? Elle entendait quelque chose…

— … les vibrations de tes tympans…

Puis elle comprit que ces bruits ne s'entendaient pas. Ils se *ressentaient.*

— … le son de tes propres pensées.

La jeune fille resta interdite, puis devina une Présence dans son esprit.

— Bonjour, Sonea.

— Rothen ?

— Oui.

La Présence se fit plus tangible. Sa personnalité était curieusement familière. C'était comme reconnaître une voix si particulière qu'aucune autre ne pourrait jamais l'imiter.

— Alors, c'est ça, la communication mentale ?

— Oui, Sonea. Grâce à elle, nous pourrions nous parler de très loin.

La jeune fille n'entendait pas des mots : elle captait le sens des pensées que Rothen projetait vers elle. Elles éclataient dans son esprit, Sonea les comprenant si vite et si parfaitement qu'elle savait exactement ce que voulait lui dire le mage.

— *Ça va tellement plus vite que parler !*

— *Oui, et aucun risque de ne pas se comprendre...*

— *Est-ce que je pourrais parler comme ça à ma tante ? Lui dire que je suis toujours en vie.*

— *Oui et non. Seuls les mages peuvent communiquer sans aucun contact. Tu pourrais parler à ta tante, mais tu aurais besoin de la frôler. Toutefois, rien ne t'empêche de lui envoyer un message plus classique... Pourquoi pas une lettre ?*

Sonea ne pouvait pas le faire sans avouer à sa tante où elle se trouvait. D'un coup, elle sentit fondre en elle tout enthousiasme pour la communication mentale. Elle ne devait pas oublier d'être prudente.

— *Mais... est-ce que les magiciens font ça tout le temps ?*

— *Non, parce qu'il y a des limites à cette forme de télépathie. Par exemple, on devine les émotions derrière les pensées de l'interlocuteur. Si quelqu'un ment, on le sait parfaitement.*

— *Et c'est une mauvaise chose ?*

— *Pas en soi, non. Mais imagine que tu remarques que ton meilleur ami devient chauve. Si ça t'amuse, il le saura. Et même s'il était incapable de dire ce que tu trouves si drôle, il comprendra que tu ris à ses dépens. Maintenant imagine que ce ne soit pas ton confident, mais quelqu'un que tu respectes et que tu veux impressionner.*

— *Je vois.*

— *Voilà. Pour la seconde partie de la leçon, je voudrais que tu voies ton esprit comme une chambre, avec des murs, un sol et un plafond.*

Sonea se retrouva aussitôt au centre d'une pièce. L'espace avait quelque chose de familier, même si elle ne se souvenait pas de l'avoir déjà vu.

— *Que vois-tu, Sonea ?*

— *Il y a des lambris sur les murs et tout est vide. Il n'y a ni porte ni fenêtres.*

— D'accord. Cette pièce est la part consciente de ton esprit.

— Tu… tu vois la pièce ?

— Oui. Je ne lis pas en toi, c'est toi qui m'envoies une image de ce que tu vois. Regarde, je fais la même chose.

— C'est… différent… c'est bien la même pièce, mais c'est comme si elle était pleine de brouillard. Je ne distingue plus les détails.

— C'est à cause du temps. Je commence déjà à perdre la mémoire de l'image telle que tu me l'as envoyée. Le brouillard, comme tu dis, voile ce qui m'a échappé : les couleurs, la texture. Bien. Maintenant, ta pièce doit avoir une porte.

La jeune fille vit immédiatement apparaître une porte dans l'un des murs.

— Tu te rappelles à quoi ressemblait ton pouvoir ?

— À une sphère lumineuse ?

— C'est souvent comme cela qu'on le voit. Je veux que tu penses à sa forme lorsqu'il était fort et dangereux, puis à celle qu'il avait, une fois amadoué. Tu peux le faire ?

— Oui.

— Bien. Ouvre la porte.

Sonea obéit. Devant elle s'étendaient les ténèbres. La jeune fille ne vit qu'une sphère blanche et lumineuse. Il était impossible de savoir à quelle distance se trouvait le globe. Il semblait à portée de bras, puis, l'instant suivant, paraissait gigantesque et à une distance inconcevable.

— Comment est-il par rapport à la dernière fois ?

— Pas aussi gros que lorsqu'il est devenu dangereux. Je t'en envoie une image.

— C'est bien qu'il soit encore petit… Il grossit plus vite que je l'aurais cru, mais il nous reste du temps avant de devoir nous en occuper. Ferme la porte.

— Elle vient de disparaître.

— C'est normal. Je veux que tu en imagines une autre. Cette fois, elle doit donner sur l'extérieur, alors imagine-la plus grande.

Une double porte apparut, et Sonea reconnut celles du meublé où elle avait vécu avant la Purge.

— *Lorsque tu ouvriras cette porte, tu verras une maison qui devrait ressembler à quelque chose comme ça.*

L'image d'une demeure au crépi blanc éclata dans l'esprit de Sonea. Une bâtisse très semblable à celles qu'elle avait vues dans le quartier ouest. La jeune fille poussa les deux battants de la porte. Lorsqu'ils s'ouvrirent, elle se trouva devant le bâtiment. Une venelle passait entre elle et la maison.

— *Traverse la ruelle, Sonea.*

La maison n'avait qu'une simple porte rouge. Sonea ne se sentit pas bouger, mais elle se retrouva soudain debout sur le seuil de la demeure. Elle frôla la poignée et la porte s'ouvrit sans effort. Sonea avança dans le vestibule.

Des tableaux étaient accrochés aux murs blancs et des chaises, recouvertes de coussins, étaient disposées dans les coins. Cette pièce rappela à Sonea le salon de Rothen, en plus grand. La personnalité du mage baignait chaque détail, comme un parfum très fort ou la chaleur du soleil.

— *Bienvenue, Sonea. Tu es dans ce que tu pourrais appeler: « la première pièce de mon esprit ». Je peux te montrer certaines choses, ici. Regarde les tableaux.*

Sonea s'approcha des toiles et se vit elle-même, en robe de mage, en train de converser avec d'autres magiciens. Troublée, elle recula.

— *Attends, Sonea. Regarde le tableau suivant.*

La jeune fille avança vers l'œuvre à contrecœur. Elle se vit en robe verte, soignant un homme à la jambe blessée.

Sonea se retourna vivement.

— *Pourquoi cet avenir te répugne-t-il?*

— *Ce n'est pas moi.*

— *Mais ça pourrait l'être! Vois-tu maintenant que je ne t'ai pas menti?*

Sonea regarda de nouveau les peintures et comprit que Rothen lui avait dit la vérité. Ici, il était incapable de cacher ses pensées. Il l'avait conduite dans ce lieu pour lui montrer toutes les possibilités qui s'offraient à elle. La Guilde avait réellement une place pour elle.

Sonea tourna les yeux, vit une porte noire et sut aussitôt que le verrou était fermé. Sa méfiance refit surface. Rothen ne pouvait pas lui mentir, mais…

— *Tu me caches des choses !*

— *Bien sûr. Nous avons tous cette capacité : garder pour nous ce que nous ne voulons pas révéler aux autres. Sinon, personne ne laisserait un étranger entrer dans son esprit. Je t'apprendrai à le faire, puisque ton désir d'intimité est très développé. Regarde, et je te laisserai apercevoir ce qui se cache derrière cette porte.*

Le battant s'ouvrit. Sonea vit une femme couchée sur un lit, le visage blafard. Un terrible chagrin emplissait la pièce. La porte se referma violemment avant que Sonea puisse en voir plus.

— *Ma femme.*

— *Elle est morte ?*

— *Oui. Comprends-tu pourquoi je garde certaines choses pour moi ?*

— *Je… je suis désolée.*

— *C'était il y a très longtemps, et je comprends que tu veuilles être sûre de moi.*

Sonea se détourna de la porte noire. Une odeur avait envahi la pièce, une senteur de fleurs qui couvrait quelque chose de bien plus déplaisant. Les peintures de Sonea s'étaient multipliées jusqu'à recouvrir les murs, mais les couleurs avaient fondu.

— *Nous avons bien travaillé aujourd'hui. Et si nous retournions dans ton esprit ?*

Avant que Sonea ait pu répondre, le sol se mit à glisser sous ses pieds, la repoussant jusqu'à la porte d'entrée. Une fois dehors, la jeune fille put voir sa propre maison. C'était un bâtiment de bois fatigué mais toujours robuste – une demeure typique des meilleurs quartiers des Taudis. La jeune fille traversa la rue, rentra chez elle, et la porte claqua dans son dos.

—*Maintenant, retourne-toi et regarde dehors.*

Sonea repoussa les battants et sursauta en voyant Rothen debout devant elle. Il semblait un peu plus jeune et un peu plus petit.

—Alors, tu m'invites à entrer ?

Sonea s'écarta pour lui laisser la place de passer. Alors que le mage franchissait le seuil, sa Présence emplit la pièce. Il regarda autour de lui et Sonea remarqua que la salle n'était plus vide.

Elle se sentit coupable en voyant qu'un coffre était ouvert sur la table. C'était l'un de ceux dont elle avait forcé la serrure et on pouvait voir les documents qu'il contenait.

Puis Sonea vit Cery assis en tailleur dans un coin, jouant avec trois livres facilement reconnaissables.

Et dans le coin opposé, Jonna et Ranel…

—*Sonea.*

Elle se retourna et vit que Rothen avait posé les mains sur ses yeux.

—*Range derrière une porte ce que tu veux garder pour toi.*

L'adolescente se concentra pour repousser toutes ses visions. Elles reculèrent jusqu'aux murs et s'y enfoncèrent.

—*Sonea ?*

La jeune fille vit que Rothen avait disparu.

—*Je t'ai chassé aussi ?*

—*Oui. Réessayons.*

Sonea ouvrit la porte, laissa à nouveau entrer Rothen et aperçut quelque chose du coin de l'œil – mais quoi que cela puisse être, elle le renvoya derrière le mur. En se retournant, la jeune fille vit avec étonnement qu'une nouvelle pièce avait « poussé » à sa maison. Une porte s'ouvrait sur l'un des murs, et Rothen se tenait dans son encadrement.

Il passa le seuil. Soudain, il y eut deux pièces entre eux. Puis trois.

—*Assez!*

Sonea sentit les mains de Rothen lâcher les siennes. Elle ouvrit les yeux, soudain consciente du monde extérieur. Rothen était assis sur sa chaise et se frottait les tempes.

— Tu vas bien ? lui demanda Sonea. Qu'est-ce qui s'est passé ?

— Je vais bien. Tu m'as simplement chassé de ton esprit. C'est une réaction naturelle et tu peux apprendre à la contrôler. Ne t'en fais pas, ce n'est pas la première fois que ça m'arrive. J'ai eu de nombreux élèves avant toi.

— Tu veux encore essayer? demanda Sonea en se tordant nerveusement les doigts.

— Pas maintenant. Nous allons nous reposer et travailler ta lecture. Nous retenterons peut-être le coup cet après-midi.

20

Prisonnier de la Guilde

Cery bâilla à s'en décrocher la mâchoire. Depuis que Sonea avait été capturée, dormir était devenu un luxe pour lui. Le sommeil le fuyait lorsqu'il le cherchait et lui tombait dessus aux plus mauvais moments. À cet instant précis, Cery avait besoin de toutes ses facultés.

Un vent violent secouait les arbres et les haies, faisant s'envoler les feuilles. Il faisait si froid que Cery avait des crampes. Il étira une de ses jambes, la massa et s'occupa ensuite de l'autre.

Il leva de nouveau les yeux vers la fenêtre de son amie. S'il pensait encore une fois *« Regarde dehors, Sonea »*, sa tête allait exploser. L'adolescente avait de l'empathie, mais pas au point de savoir quand quelqu'un campait sous ses fenêtres.

Cery avait fait un tas de boules de neige et il y jeta un coup d'œil. Il pouvait les lancer, mais il faudrait que le bruit soit assez fort pour réveiller Sonea sans attirer l'attention de quelqu'un d'autre. Cery ne savait pas si son amie était toujours dans la pièce – ni si elle y était seule.

En arrivant, il avait vu derrière le carreau une lumière qui s'était presque aussitôt éteinte. Les croisées de gauche étaient obscures, mais pas celles de droite. Cery lança un regard anxieux vers l'université qui se dressait non loin de là. Le bâtiment était sombre. Depuis la première nuit où il avait observé Sonea, il n'avait plus aperçu le visage mystérieux.

Le jeune homme vit une lumière du coin de l'œil et regarda le bâtiment des mages. Dans la pièce à côté de la chambre de Sonea, la lueur s'était éteinte. L'adolescent sourit et massa ses jambes. Plus que quelques instants...

Quand un visage blanc se colla à la vitre, Cery pensa qu'il s'était réellement endormi et qu'il rêvait. Mais, le cœur battant, il comprit qu'il regardait bien Sonea.

L'adolescente fouillait le jardin des yeux.

Hélas, elle disparut.

Tous ses tracas soudain envolés, Cery prit une boule de neige, et ses jambes protestèrent lorsqu'il se leva pour sortir de son buisson. Il visa avec soin. Au moment où la boule de neige quitta ses doigts, il replongea à l'abri des feuillages.

Cery entendit la neige s'écraser contre le carreau et se félicita en voyant que Sonea regardait par la fenêtre. Elle vit la neige collée à la vitre et baissa les yeux sur le jardin.

Le garçon surveilla les autres croisées et n'y vit personne. Il sortit la tête du buisson, et Sonea écarquilla les yeux, folle de joie en le reconnaissant.

Cery lui fit un signe de la main, puis lui posa une question dans le langage par signes des traîne-ruisseau. Elle lui fit « non » de la tête.

Non, aucun mal ne lui avait été fait.

Le code des voleurs restait basique : « prêt ? », « maintenant », « attends », « sors d'ici », et les évidents « oui » et « non ». Il n'y avait aucun signe pour : « Je viens te libérer. » ou « Est-ce que ta fenêtre est fermée ? »

Cery pointa un doigt sur son torse, mima une escalade, fit semblant d'ouvrir une fenêtre, désigna Sonea, puis finit avec le code : « Sortons d'ici ».

Sonea lui répondit « Attends ». Elle se désigna du doigt, ajouta « Sortons d'ici » et secoua la tête.

Cery ne comprit pas. Sonea connaissait plus de signaux des voleurs que la plupart des traîne-ruisseau, mais elle ne les maîtrisait pas aussi bien que lui. Elle pouvait vouloir dire qu'elle n'était pas en mesure de sortir, qu'elle ne le voulait pas pour l'instant, ou encore qu'elle demandait à son ami de revenir plus tard. Cery refit les signaux pour « Allons-nous-en » et « Maintenant ».

Sonea lui répondit « Non ». Elle tourna soudain la tête sur sa gauche et écarquilla les yeux. Puis elle recula et agita les doigts pour dire « Va-t'en », et le répéta plusieurs fois. Cery s'aplatit sur le sol et retourna dans son buisson en espérant que le vent couvrirait les bruits de sa fuite.

Le jeune homme écouta, mais il n'entendit rien. Au moment où il se demandait ce qui avait pu faire peur à Sonea, il sentit un courant d'air chaud le chatouiller, et les petits cheveux de sa nuque se hérissèrent.

— Lève-toi, dit une voix cultivée et bien trop proche. Je sais que tu es là-dedans.

Cery se retourna. Entre les feuillages, il aperçut l'étoffe d'une robe de mage, si près qu'il aurait pu la toucher. Une main fouillait les broussailles. Cery recula hors de portée, le dos collé contre le bâtiment. Le mage retira ses doigts. Cery comprit aussitôt qu'il avait été vu et détala en direction de la forêt.

Il n'eut pas le temps de faire trois enjambées… Quelque chose s'abattit sur son dos et il tomba le nez dans la neige. Il sentit un poids le plaquer au sol – si fermement qu'il pouvait difficilement respirer, la glace lui brûlant les joues.

Le jeune homme paniqua totalement lorsqu'il entendit qu'on s'approchait.

Calme ! Reste calme, pensa-t-il. *Tu n'as jamais entendu dire qu'ils tuaient les intrus… D'un autre côté, tu n'as jamais entendu dire non plus qu'ils en trouvaient…*

La pression se relâchant dans son dos, l'adolescent voulut se mettre à quatre pattes, mais une main lui saisit le bras. Elle le remit brutalement debout et le tira sur le chemin.

Cery regarda le mage et devint blanc comme un linge quand il le reconnut.

— J'ai l'impression de te connaître…, dit le mage en plissant les yeux. Ah ! ça y est ! Le pouilleux qui a tenté de me frapper. (Le magicien regarda la fenêtre de Sonea.) Il semble que notre amie ait un admirateur. Comme c'est touchant…

Les yeux du mage flamboyèrent pendant qu'il étudiait Cery.

— Qu'est-ce que je vais bien pouvoir faire de toi ? siffla-t-il. Les intrus sont en général interrogés avant d'être raccompagnés hors de la Guilde. Autant commencer tout de suite.

L'adolescent se débattit quand le mage le poussa vers l'université. Mais, si fines fussent-elles, les mains de l'homme étaient trop puissantes.

— Laissez-moi partir ! hurla Cery.

— Si tu t'entêtes à secouer mon bras dans tous les sens, je vais être obligé d'utiliser des moyens moins… terre à terre… pour t'immobiliser. Je te conseille de coopérer. Je suis aussi impatient que toi de connaître le fin mot de cette histoire.

— Où m'emmenez-vous ?

— À l'abri de ce vilain vent, en premier lieu.

Ils étaient à quelques pas de l'université lorsqu'une voix lança :

— Seigneur Fergun.

Le mage se pétrifia et regarda par-dessus son épaule. Deux silhouettes en robe approchaient. Cery sentit la main de son assaillant tressaillir et se demanda s'il devait se méfier ou pas de ces nouveaux arrivants. En tout cas, Fergun ne les portait pas dans son cœur, ça crevait les yeux.

— Administrateur, répondit Fergun, quel heureux hasard ! Je venais justement vous voir. J'ai découvert un intrus dans nos jardins, il voulait contacter la fille des Taudis.

— C'est bien ce qu'on m'a dit.

— Voulez-vous l'interroger ? demanda Fergun d'une voix pleine d'espoir.

— Évidemment, répondit le mage de haute taille.

Il fit un geste de la main et une sphère de lumière apparut devant Cery. Une douce chaleur se répandit aussitôt dans les membres de l'adolescent et le vent mourut. Autour d'eux des rafales rudoyaient les arbres, mais les robes des trois mages ne bougeaient plus.

À l'intérieur de la sphère, les couleurs de leurs vêtements semblaient plus vives. Le grand mage était habillé de bleu. Son compagnon, un vieil homme, portait du violet, et l'assaillant de Cery, lui, avait une robe rouge. Le grand magicien tourna la tête vers l'adolescent et lui sourit.

— Voudrais-tu parler à Sonea, Cery ?

L'adolescent se demanda comment le mage pouvait connaître son nom.

Sonea lui avait sans doute parlé de lui. Si elle avait voulu mettre Cery en garde, elle aurait donné un autre prénom aux mages. À moins qu'ils lui aient tiré les vers du nez, ou qu'ils aient lu dans son esprit, ou encore…

De toute façon, ils lui avaient bel et bien mis la main dessus. Si les mages avaient décidé de lui faire du mal, son destin était scellé. Au moins, il lui restait une chance de voir Sonea.

Cery hocha la tête et le grand mage dit à Fergun de le relâcher.

Fergun planta ses ongles dans le bras de Cery avant de le laisser aller. L'homme en robe bleue fit signe au jeune homme de le suivre, puis se dirigea vers le bâtiment des mages.

Les portes s'ouvrirent devant eux et Cery monta une volée de marches à la suite du mage, conscient de la présence des deux autres sur ses talons. Ils remontèrent un couloir percé de nombreuses portes. Quand ils s'arrêtèrent devant l'une d'elles, le vieux mage posa un doigt sur la poignée et elle s'ouvrit.

Cery étudia d'abord la pièce luxueuse du regard avant d'apercevoir Sonea. Assise sur une chaise, la jeune fille sourit dès qu'elle reconnut son ami.

— Vas-y, dit le mage vêtu de bleu en poussant Cery en avant.

Le jeune homme avança, et la porte se referma dans son dos. Son cœur s'emballant, il se demanda s'il n'était pas tombé dans un piège.

— Cery… Je suis contente de te revoir, dit Sonea. Assieds-toi. J'ai demandé à Rothen la permission de te parler. Je lui ai dit que tu essaierais de me sauver jusqu'à ce que tu saches pourquoi je ne peux pas partir.

— Pourquoi tu devrais rester là ? demanda Cery en se laissant tomber sur une chaise.

— Je ne sais pas comment t'expliquer… Les mages doivent contrôler leur pouvoir, et seuls d'autres mages peuvent le leur apprendre, parce que les leçons se font d'esprit à esprit. S'il ne se Contrôle pas, le mage lance des sorts dès qu'il a une émotion forte, sans le faire exprès. Son don prend des formes simples mais dangereuses, et gagne en puissance sans arrêt. Parfois même… je… j'ai failli mourir, Cery, le jour où ils m'ont trouvée. Ils m'ont sauvé la vie.

— J'ai tout vu, Sonea. Les bâtiments sont complètement détruits.

— Ç'aurait pu être bien pire s'ils ne m'avaient pas trouvée, tu sais. Des gens auraient pu mourir. Des tas de gens.

— C'est pour ça que tu ne peux pas rentrer chez nous ?

Sonea rit. Un son si joyeux que Cery la fixa sans rien trouver à dire.

— Tout ira bien, assura la jeune fille. Une fois que je me Contrôlerai, je ne serai plus un danger pour personne. Je commence à comprendre comment les choses se passent, ici. (Elle lui fit un clin d'œil.) Et toi, où as-tu été traîner, ces derniers temps ?

— Toujours dans le même coin. La meilleure gargote des Taudis.

— Et ton… ami ? Il te donne toujours du boulot ?

— Oui. Mais ce sera peut-être fini, après ce que j'ai fait ce soir.

Sonea réfléchit à ce que venait de dire Cery et son front se plissa d'inquiétude. Le garçon sentit son cœur se serrer si fort qu'il en eut mal. Il ferma les poings et regarda ailleurs. Il aurait voulu cracher toute la culpabilité et la peur qu'il traînait depuis la capture de son amie, mais il ne savait pas si les mages les écoutaient et il préféra donc se taire.

Cery regarda les chaises et leurs coussins, la table et les rideaux épais… Finalement, Sonea n'était pas si mal traitée. La jeune fille bâilla et l'adolescent se souvint qu'il était très tard.

—Je crois que je ferais mieux de te laisser, maintenant, Sonea.

Cery se leva mais ne réussit pas à quitter la pièce. Il ne voulait pas laisser son amie.

—Dis à tout le monde que je vais bien, recommanda Sonea en souriant tristement.

—Je le ferai.

Cery resta pétrifié. Le sourire de Sonea disparut lorsqu'elle croisa son regard, mais elle lui fit quand même signe de sortir.

—Tout ira bien, tu verras. File, maintenant.

Cery se força à aller frapper à la porte, qui s'ouvrit sur les trois mages qui attendaient dans le couloir.

—Dois-je escorter notre visiteur jusqu'à la grille ? proposa Fergun.

—Oui, merci, répondit le mage en robe bleue.

Un globe lumineux apparut au-dessus de la tête de Fergun. Le mage attendit que Cery lui emboîte le pas ; le jeune homme hésita un instant, le temps de remercier le magicien vêtu de bleu.

Celui-ci hocha la tête en réponse. L'homme blond sur les talons, Cery descendit l'escalier.

En repensant à ce que Sonea lui avait dit… Son message par signes prenait tout son sens, maintenant. Elle devait maîtriser le Contrôle avant de penser à s'échapper. Cery ne pouvait pas faire grand-chose pour elle, à part s'assurer qu'elle aurait un endroit où être en paix, une fois dehors.

—Tu es le mari de Sonea ? demanda soudain le magicien.

—Pas du tout, répondit Cery, étonné.

— Son… alors, heu… petit ami ?

— Non, un ami tout court, dit Cery en rougissant.

— Oh, je vois ! C'était un véritable geste héroïque de venir ici.

Cery décida qu'il n'avait pas besoin de répondre à cette question-là et il sortit du bâtiment.

— Attends, dit Fergun en s'arrêtant. Laisse-moi te montrer un raccourci à l'intérieur de l'université. On y sera à l'abri des bourrasques.

L'université ! Cery avait toujours voulu entrer dans ce bâtiment. Il n'aurait plus jamais une telle occasion, puisque Sonea s'échapperait bientôt ! Le jeune homme haussa les épaules comme si ça lui importait peu et se dirigea vers la porte du bâtiment.

Sa respiration s'accéléra à chaque marche montée. Ils entrèrent, et Cery vit une salle remplie de casiers élégants et travaillés.

Le globe lumineux se volatilisa et Fergun guida Cery vers un corridor qui s'étendait à perte de vue.

Des portes s'alignaient de chaque côté du couloir. Cery fouilla du regard le corridor, mais il fut incapable de dire d'où venait la lumière. On eût dit que les murs eux-mêmes brillaient.

— Sonea a été une véritable surprise, dit soudain Fergun. Nous n'avions jamais trouvé un jeune talentueux dans les classes inférieures…

Fergun regarda Cery, espérant visiblement engager la conversation.

— Ça lui a fait une sacrée surprise à elle aussi, répondit le jeune homme.

— Par là, dit le mage en désignant un couloir qui coupait le premier à angle droit. As-tu déjà entendu parler d'autres pauvres qui ont le don ?

— Jamais.

Ils suivirent le passage, franchirent plusieurs portes, tournèrent dans des couloirs et débouchèrent sur un corridor aux murs lambrissés où étaient accrochés des tableaux.

— C'est un vrai labyrinthe, ici, siffla Fergun. Viens, je connais un raccourci.

Il souleva un tableau et toucha quelque chose dessous. Une partie du mur coulissa, révélant un rectangle de ténèbres.

Cery jeta un regard interrogateur au mage.

— J'ai toujours aimé les secrets, dit Fergun. Ça t'étonne que nous ayons également nos souterrains ? Celui-ci mène hors du cercle intérieur – un voyage garanti sans vent ni pluie. Après toi.

Des passages sous la Guilde ? C'était très étrange… Cery secoua la tête et recula.

— Des souterrains, j'en ai déjà vu plein et je ne suis pas très frileux. Je préfère admirer les tableaux, dans le couloir.

— Je vois. Eh bien, c'est une bonne chose que tu ne craignes pas le froid.

Quelque chose poussa Cery vers le rectangle de ténèbres. Il cria et agrippa les montants de la porte secrète, mais la pression était trop forte et ses doigts glissèrent sur le bois ciré. Il tomba en avant et se protégea la tête en lançant ses mains en avant.

Comme dans les buissons, quelque chose appuyait très fort contre le dos de Cery. Mais cette fois, il était debout, le visage pressé contre un mur de brique et incapable de bouger un doigt. Il se maudit d'avoir fait confiance aux mages.

La porte secrète claqua derrière le magicien et lui.

— Crie autant que tu veux, souffla Fergun en riant. Comme personne ne vient jamais par ici, tu ne nous casseras pas les oreilles.

Cery vit qu'un morceau de tissu lui tombait devant les yeux, puis il sentit que le mage le nouait autour de sa tête. Puis il lui tira les mains en arrière pour les attacher. La force qui le plaquait contre le mur cessa de s'exercer, une main le saisit par le col et le poussa en avant.

Cery fit quelques pas et trébucha. Quand il tomba, les mains qui le guidaient le remirent debout et le forcèrent à avancer le long d'un chemin sinueux.

La température baissa rapidement. Fergun finit par s'arrêter et Cery se raidit en reconnaissant le bruit d'une clé dans un verrou.

Le mage lui retira son bandeau et il aperçut une grande pièce vide.

— Entre, dit Fergun en lui libérant les mains.

Cery avait une telle envie de brandir ses couteaux que ses paumes le démangeaient. Mais il savait que la lutte serait trop inégale. S'il n'avançait pas de lui-même, Fergun le pousserait.

L'adolescent entra dans la cellule à contrecœur. La porte claqua, le laissant seul dans les ténèbres. Le verrou grinça, puis le bruit des pas de Fergun retentit dans le couloir.

Le jeune homme se laissa tomber sur le sol. Faren allait être hors de lui.

21

Promesses de liberté

Rothen marchait à grandes enjambées dans les couloirs et plusieurs mages l'interrogèrent du regard. L'alchimiste en salua quelques-uns, sourit à ses amis, mais ne s'arrêta pour personne. Arrivé devant ses appartements, il saisit la poignée et ordonna au verrou magique de disparaître.

La porte s'ouvrit et Rothen entendit deux voix dans l'appartement.

— Mon père était un serviteur du seigneur Margen, le mentor du seigneur Rothen. Mon grand-père travaillait déjà ici.

— Tu dois connaître tout le monde, alors ?

— La plupart des gens, oui, acquiesça Tania. Mais beaucoup de serviteurs que je fréquentais sont partis se placer dans les Maisons.

Tania vit le mage et sauta sur ses pieds en rougissant.

— Ne vous dérangez pas pour moi, dit Rothen.

— Je n'ai pas encore fini mon travail, seigneur, avoua la domestique en baissant la tête.

Empourprée, elle fila vers la chambre du mage.

— *Elle n'a plus peur de moi, je crois.*

Rothen regarda attentivement sa domestique, qui revenait avec une pile de vêtements sur le bras.

— *Non. On dirait que vous vous entendez plutôt bien.*

— *Elle peut deviner que nous parlons comme ça ?* demanda Sonea en voyant le regard interrogateur de Tania.

—Elle voit que nos expressions ont changé. On n'a pas besoin de fréquenter des mages bien longtemps pour savoir que c'est un signe de conversation silencieuse.

—Excuse-nous, Tania, dit Rothen.

La jeune femme haussa les épaules et laissa tomber son linge dans un panier.

—Ce sera tout, seigneur Rothen ?

—Oui, merci, Tania.

Rothen attendit que la porte se referme derrière la domestique et s'assit à côté de Sonea.

—Il est temps que je t'apprenne qu'il est très impoli de parler d'esprit à esprit devant une personne qui n'en est pas capable. C'est comme chuchoter dans le dos de quelqu'un.

—J'ai vexé Tania ?

—Non. (Rothen sourit en voyant le soulagement de Sonea.) Et je dois aussi te dire que cette forme de communication n'est pas aussi secrète que tu pourrais le croire. D'autres mages peuvent coller l'oreille à la porte de la télépathie.

—Alors, quelqu'un aurait pu entendre ce que nous venons de dire ?

—C'est possible, mais j'en doute. Écouter ce genre de dialogue est grossier et irrespectueux. Sans oublier que cela demande de grands efforts et beaucoup de concentration. Heureusement d'ailleurs, sinon le vacarme mental incessant qui nous parviendrait nous rendrait tous fous.

—Si tu n'entends pas qu'on t'appelle, comment sais-tu que quelqu'un veut te parler ?

—Plus tu es proche d'un mage, plus il est aisé de l'entendre. En étant dans la même pièce, tu peux habituellement comprendre les pensées qu'on projette vers toi. Quand tu es plus loin, il faut en général tâter le terrain le premier. (Rothen posa la main sur le devant de sa robe violette.) Si tu voulais me parler alors que je suis à l'université, tu devrais *projeter* mon nom avec force. D'autres mages entendraient, mais ils ne répondraient pas et n'ouvriraient pas leur esprit pour écouter ce que nous dirions. Je penserais très fort à ton nom, tu saurais que je t'ai entendue, et nous commencerions à parler. En étant habitués à la voix mentale de l'autre, nous pourrions rendre la conversation plus difficile à suivre pour des oreilles indiscrètes. En nous concentrant sur nos pensées… mais cela devient presque impossible avec la distance.

— Certains mages se fichent-ils de la règle et écoutent-ils quand même ?

— Probablement. C'est pour ça que tu dois te souvenir que les conversations silencieuses ne sont pas privées. Nous avons un dicton, ici : « Il vaut mieux dire un secret qu'en parler. »

— Ça n'a aucun sens.

— Pas quand on le prend de façon littérale… Dans la Guilde, les mots « dire » et « parler » ont de multiples sens. En dépit de la règle de bienséance, il est fréquent qu'un mage désireux de cacher un secret découvre que c'est devenu le dernier potin à la mode. Nous oublions trop souvent que les mages ne sont pas les seuls à savoir écouter.

— Qui d'autre, alors ?

— Tous les enfants qui ont un don n'entrent pas forcément à la Guilde. Quand un adolescent est le fils aîné, il a plus de valeur – pour sa famille – comme héritier que comme mage. Dans bien des pays, des lois interdisent aux magiciens de faire de la politique. Par exemple, un mage ne pourrait pas devenir roi. C'est pour cette raison qu'il n'est pas judicieux d'en avoir un comme chef de famille. La communication silencieuse est un talent qui vient avec la magie. Parfois, bien que ce soit très rare, un individu « normal » verra se développer sa capacité télépathique de façon naturelle. Ces gens peuvent lire la vérité. Ce qui est très utile…

— Lire la vérité ?

— Il faut que le sujet soit volontaire. Par conséquent, lire la vérité ne fonctionne que lorsqu'une personne veut prouver sa bonne foi à une autre, ou lui montrer ce qu'elle a vu ou entendu. C'est ainsi que la Guilde fonctionne en matière de justice. Si un mage en accuse un autre de falsification ou de crime, il doit se soumettre à la lecture de la vérité.

— Ça ne semble pas très juste, puisque c'est l'autre qui a mal agi.

— Bien sûr, mais on élimine les faux témoignages… Les accusés, mages ou non, peuvent éviter cette « lecture », puisqu'il suffit de ne pas vouloir s'y prêter. Enfin, il y a une exception à toute règle. Il y a des années, un homme soupçonné de crimes atroces a été amené ici. Le haut seigneur a lu dans son esprit et a confirmé sa culpabilité. Il faut un talent certain pour passer outre les défenses mentales de quelqu'un et Akkarin est le seul à y être parvenu, même si j'ai entendu dire que d'autres ont réussi. Le haut seigneur est un homme extraordinaire.

— Le meurtrier n'aurait pas pu cacher ses secrets derrière une porte ? Comme ce que tu m'as montré ?

— Personne ne sait comment Akkarin a réussi ce tour de force, mais une fois dans l'esprit de l'homme, il n'a pas été long à lui arracher ce qu'il voulait. Sonea, tu t'es rendu compte par toi-même qu'il faut s'entraîner avant de savoir cacher ses secrets. Et plus ils sont lourds à porter, plus ils sont difficiles à dissimuler.

Sonea écarquilla les yeux et son expression s'assombrit. Rothen savait à quoi elle pensait : chaque fois que le mage entrait dans son esprit, les objets et les personnes qu'elle voulait lui cacher glissaient hors de vue. La jeune fille paniquait et les repoussait le plus loin possible.

Tous les novices réagissaient de cette façon. Rothen ne prêtait pas attention aux cachotteries qu'ils ne parvenaient pas à dissimuler. Ce que cachaient les jeunes hommes tournait autour d'habitudes ou de vices solitaires – voire d'un scandale politique – et était facile à oublier. En évitant d'en parler, Rothen respectait l'intimité des novices.

Mais sa discrétion ne rassurait pas Sonea, et le temps leur était compté. Lorlen viendrait voir la jeune fille à la fin de la semaine pour s'assurer qu'elle avait commencé ses leçons. Et si elle devait apprendre le Contrôle, il lui faudrait d'abord surmonter ses angoisses.

— Sonea.

— Oui, répondit la jeune fille, le regard fuyant.

— Je crois que nous devrions parler de tes leçons. D'habitude je ne mentionne pas ce que j'ai vu dans l'esprit de mes élèves et mon silence les rassure. Mais, entre nous, ça ne marche pas. Tu sais que j'ai vu des choses qui te sont personnelles et faire comme si de rien n'était aggrave la situation.

Sonea fixait la table, les phalanges blanches à force de serrer les accoudoirs de son siège.

— D'abord, Sonea, je savais que tu explorerais mes appartements. C'est la première chose que j'aurais faite si j'avais été à ta place. Ça ne m'ennuie pas du tout.

Sonea rougit, mais elle resta silencieuse.

— Ensuite, je peux t'assurer que tes amis et ta famille ne risquent rien de notre part. Tu crains que nous leur fassions du mal si tu refuses de coopérer. Il n'en sera rien. Agir de la sorte nous mettrait hors la loi. (Sonea ne se détendit pas.) Je vois que tu te fais toujours du souci. Tu n'as aucune raison de croire que nous respectons la loi. Et pratiquement aucune de nous faire confiance. Ce qui m'amène à ta troisième peur, celle que je découvre tes plans d'évasion.

Sonea devint blafarde.

— Tu n'as pas besoin d'ourdir ce genre de plans, Sonea. Nous ne te forcerons pas à rester si tu ne le désires pas. Une fois que tu sauras te Contrôler, tu resteras ou tu partiras, et ce sera ton choix. Nous avons prêté serment en devenant mage, et ce vœu nous engage pour toute notre vie. Cela ne se fait pas à la légère.

— Je pourrai m'en aller ?

Rothen choisit ses mots avec précaution. Il était trop tôt pour lui dire que la Guilde la laisserait partir à condition de détruire ses pouvoirs. Mais il devait lui avouer qu'elle ne pourrait plus se servir de son don si elle partait.

— Oui, Sonea, mais je dois t'avertir : sans apprentissage, tu seras incapable de te servir de ton don. Ce que tu as su faire ne sera plus à ta portée. En fait, tu n'auras plus la moindre magie en toi. (Il hésita.) Tu ne seras d'aucune utilité pour les voleurs.

À la grande surprise de Rothen, Sonea parut soulagée. Le fantôme d'un sourire flotta sur ses lèvres.

— Ça, je saurai m'y faire, dit-elle.

— Es-tu certaine de vouloir retourner dans les Taudis ? Tu n'auras aucune monnaie d'échange pour garantir ta sécurité.

— Ce sera comme avant. Et je m'en suis très bien sortie jusque-là.

Rothen en était moins sûr, même si l'assurance de la jeune fille l'impressionnait. Pour sa part, l'idée de la renvoyer à la pauvreté l'angoissait.

— Sonea, je sais que tu veux revoir ta famille. Te joindre à la Guilde ne veut pas dire abandonner tes amis, tu sais. Ils pourront venir te rendre visite ou tu iras chez eux.

— Non.

— Tu crains qu'ils aient peur de toi, qu'ils pensent que tu trahis les habitants des Taudis en intégrant les rangs de leurs pires ennemis ?

Sonea jeta un regard en coin à Rothen.

Le mage se rendit compte qu'il l'avait mieux comprise qu'elle ne s'y attendait.

— Que faudrait-il pour que tu restes acceptable à leurs yeux ?

— Ah ! Tu parles comme si la Guilde ou le roi étaient disposés à me laisser faire ce que je veux pour plaire aux pauvres !

— Je ne veux pas essayer de te faire croire que ce sera facile. Mais c'est une possibilité que tu devrais envisager. La magie ne se trouve pas sous le sabot d'un cheval. Bien des gens donneraient leur main droite pour recevoir le don. Pense à ce que tu pourrais en faire pour aider les autres.

Une seconde, le regard de Sonea se fit lointain, puis il redevint dur.

— Je suis là pour apprendre à me Contrôler.

— Si c'est tout ce que tu veux, c'est tout ce que je peux te donner. Tout le monde sera surpris lorsque j'annoncerai que tu as choisi de retourner dans les Taudis. Beaucoup de gens se demanderont comment quelqu'un qui a vécu toute sa vie dans la pauvreté a pu refuser une telle offre. Je te connais assez pour savoir, moi, que tu n'accordes aucune importance au luxe et au confort. En tout cas, je ne serai pas le seul à admirer ton courage. Mais n'oublie pas que je ferai tout mon possible pour te convaincre de rester parmi nous.

Sonea sourit enfin à Rothen.

— Merci de m'avertir...

Content de lui, le mage se frotta les mains.

— Alors, autant commencer tout de suite les leçons, non ?

Sonea hésita, puis avança sa chaise vers celle de Rothen. Surpris par sa bonne volonté, le mage prit les mains qu'elle lui tendait.

L'alchimiste ferma les yeux. Son souffle ralentit et il chercha la Présence qui le mènerait jusqu'à l'esprit de Sonea. La jeune fille savait bien visualiser désormais, et Rothen se trouva immédiatement face à une porte ouverte. Il entra dans la pièce familière et vit Sonea debout au centre.

Rothen attendit les habituelles apparitions, mais rien ne vint troubler la vision. Surpris et content, il salua Sonea.

— *Montre-moi ton pouvoir.*

Sonea tourna la tête. Rothen suivit son regard et se trouva soudain devant une porte blanche.

— *Maintenant, ouvre-la doucement. Je vais t'apprendre à maîtriser ce que tu es.*

À genoux, Cery laissa échapper un cri de frustration.

Il avait examiné chaque coin de sa cellule, sursautant dès que sa paume rencontrait les pattes velues d'un faren. Son exploration lui avait appris que les murs de sa cellule étaient en moellons et que le sol n'était rien d'autre que de la terre battue. La porte se réduisait à un énorme battant de bois aux épaisses ferrures.

Alors que les pas du mage résonnaient encore dans le couloir, Cery avait sorti un rossignol de sa poche et il s'était jeté sur la porte. Il avait trituré le mécanisme jusqu'à ce qu'il l'entende cliqueter. Même le verrou ouvert, la poignée tournait toujours dans le vide…

Cery avait ri en comprenant que le mage n'avait même pas fermé le loquet. Il venait de le faire à sa place !

Il avait ouvert la serrure, mais la porte n'avait toujours pas bougé d'un pouce. Il se souvenait pourtant d'un bruit de clé… Donc, le mage avait bien fermé quelque chose. Il devait y avoir un autre mécanisme. Cery se mit à le chercher.

Il n'en trouva aucun et conclut que la serrure manquante devait être accessible de l'autre côté de la porte. L'adolescent saisit une lame dans son manteau et l'inséra entre la porte et le montant. Elle rencontra une résistance.

Tout heureux d'avoir trouvé la clenche du premier coup, Cery se servit de son outil pour faire levier, mais sans succès. Il tenta de retirer la dague et s'aperçut qu'elle était coincée.

Cery la secoua, mais rien n'y fit. Il la laissa où elle était, de peur de la casser, et inséra une autre lame un peu plus haut que la première.

La seconde dague se coinça avant même d'avoir pu trouver la clenche. En s'acharnant dessus, Cery réussit seulement à tordre le métal.

Il saisit une troisième dague et l'enfonça entre le sol et la porte. Elle aussi se coinça, comme les autres, et rien ne sembla pouvoir les faire bouger.

Cery passa de longues heures à tenter de récupérer ses dagues, mais rien n'y fit. À sa connaissance, rien ne pouvait coincer des lames aussi rapidement, sauf de la magie.

Ses jambes commençant à souffrir du froid, le jeune homme se releva pour faire quelques pas. Son estomac gronda, mais la soif était pire que la faim. Sa gorge le brûlait. Il aurait tué pour une rasade de bol ou un verre de jus de pachi. Même pour un petit peu d'eau…

L'adolescent se demanda s'il allait être abandonné à son triste sort jusqu'à ce que mort s'ensuive. Pourtant, si la Guilde avait voulu qu'il meure, les mages lui auraient fait passer l'arme à gauche *avant* de le jeter dans une oubliette, et pas le contraire. Cette pensée lui redonna un peu d'espoir. Cela voulait sans doute dire que le mage avait besoin de lui vivant. Et même si ses manigances étaient découvertes, Cery aurait sans doute le temps de crever de faim dans le noir.

Le jeune homme repensa à l'autre mage, celui en robe bleue. Cery avait senti qu'il pouvait lui faire confiance. Peut-être ignorait-il tout de son emprisonnement ? Dans ce cas, Fergun était le seul fautif. Et Cery ne voyait que deux raisons à sa capture : les voleurs ou Sonea.

Si les mages espéraient se servir de lui pour manipuler les voleurs, ils allaient être déçus. Faren ne tenait pas à lui à ce point.

Les mages pourraient aussi le torturer pour lui arracher des informations. Cery aurait voulu croire qu'il ne céderait pas, mais il préférait être honnête. Il n'en savait rien !

Il était possible que les magiciens lisent dans son esprit. S'ils en arrivaient là, ils découvriraient qu'il ne savait presque rien qui puisse être utilisé contre les voleurs. Quand les mages l'auraient compris, ils l'abandonneraient dans le noir une fois pour toutes.

Mais Cery doutait que les voleurs soient la raison de sa présence dans le cachot. Sinon, les mages l'auraient déjà interrogé. Et jusque-là, les seules questions qu'on lui avait posées concernaient

Sonea. Le mage avait voulu savoir si Cery occupait une place importante dans la vie de la jeune fille, sans doute pour pouvoir la faire chanter.

L'idée qu'il ait pu mettre son amie en difficulté l'angoissa plus que de penser à sa propre mort. Si seulement il avait su refuser la visite de l'université ! Plus Cery retournait la situation dans sa tête, plus il avait envie de se gifler.

Entre deux inspirations, il entendit des pas s'arrêter devant la porte. Il y eut un bruit métallique, suivi du tintement de ses lames tombant sur le sol. Enfin, une langue de lumière jaune s'insinua entre le battant et le mur.

Fergun se glissa dans la cellule, une lampe à la main. Cery plissa les yeux à cause de la clarté, et vit le mage jeter un coup d'œil aux lames.

— Eh bien, qu'avons-nous là ? dit Fergun.

Il lâcha le pichet et l'assiette qu'il tenait.

Au lieu de se briser, les objets flottèrent vers le sol où ils se posèrent sans heurt. Fergun tendit un doigt et les dagues vinrent se nicher servilement dans sa paume.

— Tu ne croyais tout de même pas que ça allait marcher ? Je savais que tu avais déjà vu des serrures dans ta vie de traîne-savates et j'ai pris mes précautions pour t'enfermer. Au fait, as-tu encore sur toi des outils de ce genre ?

Cery ravala le « non » qu'il sentait monter dans sa gorge. Fergun ne le croirait jamais. Le mage tendit la main.

— Donne.

Cery réfléchit. Fergun pourrait se faire avoir s'il lui confiait plusieurs outils et gardait les plus précieux.

— À quoi veux-tu qu'ils te servent, ici ? Donne, j'ai dit.

Cery sortit une poignée d'outils de ses poches et les posa dans la paume du mage. Fergun les regarda attentivement, puis ses yeux glissèrent sur Cery.

— Tu penses que je vais te croire ?

L'index du mage bougea à peine. Projeté contre le mur, Cery sentit les pierres lui blesser le dos.

Fergun approcha, fouilla le manteau du jeune homme et en arracha la doublure pour mettre au jour les poches secrètes. Il les vida, puis s'intéressa aux autres vêtements de l'adolescent.

Lorsqu'il retira les couteaux des bottes de Cery, Fergun poussa un grognement de satisfaction – puis un « ah ! » quand il trouva ses dagues de combat. Il en tira une de son fourreau et regarda, sur la lame, la gravure maladroite qui représentait le rongeur dont Cery portait le nom.

— Ceryni.

Le jeune homme défia le mage du regard. Fergun éclata de rire, et, sortant un carré de tissu de sa robe, en enveloppa tout le matériel de l'adolescent.

Comprenant qu'il allait partir sans lui donner aucune explication, Cery lança :

— Attendez ! Qu'est-ce que vous voulez de moi ? Pourquoi je suis ici ?

Fergun ne se retourna pas et ferma la porte derrière lui. Au moment où la clenche claqua, la force qui plaquait Cery contre le mur disparut.

Le jeune homme se jeta sur son manteau. Il maudit le mage, car la plupart de ses outils avaient disparu. Ses dagues de combat lui manqueraient le plus, mais il était presque impossible de cacher des armes de cette taille.

Quelques objets avaient échappé à la fouille de Fergun et ils pourraient, peut-être, se révéler utiles.

Tout ce qu'il restait à faire, c'était de trouver un plan.

22

Une offre surprenante

— Je dois vraiment ?

— Oui ! (Dannyl prit Rothen par les épaules et le poussa hors de ses appartements.) Si tu ne fais rien, tu donneras plus de force à ce que racontent les amis de Fergun.

Rothen se résigna et suivit Dannyl dans le couloir.

— Je sais bien que tu as raison… Mais je n'ai parlé à personne depuis deux semaines et j'ai demandé à Lorlen de repousser sa visite de quelques jours… Attends, Dannyl ! (Le regard de Rothen s'éclaircit.) Que racontent les amis de Fergun ?

— Qu'elle a appris le Contrôle en quelques jours et que tu la gardes dans sa chambre pour empêcher Fergun de la rencontrer.

— Quels imbéciles ! J'aimerais les voir avec la migraine que je supporte depuis la semaine dernière. Bon, j'imagine que je dois inviter Lorlen, maintenant…

Dannyl acquiesça tandis qu'ils entraient dans les jardins. Si certains chemins étaient déblayés chaque matin par les novices, toutes les pelouses restaient couvertes d'un tapis blanc qui craquait sous les pas des deux amis.

Lorsqu'ils entrèrent dans le salon nocturne, toutes les têtes se tournèrent vers eux. Dannyl entendit Rothen grommeler lorsqu'il vit plusieurs mages se presser dans leur direction.

Sarrin, le chef des alchimistes, arriva le premier.

— Bonne journée, seigneur Rothen, seigneur Dannyl… Comment allez-vous ?

— Bien, seigneur Sarrin, répondit Rothen.

— Des progrès avec la fille des Taudis ?

Avant de répondre, Rothen attendit que d'autres mages les aient rejoints.

— Sonea se débrouille. Elle a eu besoin de temps pour arrêter de me chasser de son esprit. Vous vous doutez qu'elle ne nous faisait pas confiance du tout.

— Se débrouille ? grogna un mage. Les novices n'ont presque jamais besoin de plus de deux semaines pour se Contrôler.

Dannyl sourit en voyant son ami se rembrunir.

— Seigneur, dit Rothen, vous vous souvenez que Sonea n'est pas une petite novice gâtée que des parents trop laxistes nous ont confiée ? Il y a moins de deux semaines, elle était persuadée que nous voulions la tuer. Gagner sa confiance a nécessité plus de quelques minutes.

— Et quand avez-vous commencé les exercices de Contrôle ? demanda un autre mage.

— Il y a deux jours.

Les mages parlèrent entre eux, certains hochant la tête pour montrer leur désapprobation.

— Dans ce cas, seigneur Rothen, vous pouvez être fier de ce que vous avez accompli.

La foule s'écarta respectueusement pour laisser passer dame Vinara.

— Qu'avez-vous appris sur ses pouvoirs ?

— La première fois que j'ai mesuré la puissance de son don, je n'y ai pas cru. Il est extraordinaire.

Les mages murmurèrent de plus belle.

Bien, se dit Dannyl. *Si dame Vinara est de notre côté, beaucoup de mages suivront.*

—Mais ça, nous le savions déjà, grogna un vieux mage, sinon ses talents ne se seraient pas développés tout seuls !

—Bien sûr, répondit dame Vinara en souriant. La puissance n'est qu'un barreau de l'échelle que doit gravir le novice. Seigneur Rothen, dites-nous de quels autres talents elle a fait preuve.

—Elle visualise très bien. Cela l'aidera dans bien des disciplines. Sa mémoire est remarquable et j'ai trouvé en elle une élève attentive et intelligente.

—A-t-elle jeté un sort ? demanda un mage en rouge.

—Pas depuis son arrivée, non. Elle comprend tout à fait le danger.

Les questions s'enchaînèrent. Dannyl sonda la foule du regard et repéra vite un éclair blond au milieu d'un groupe de mages.

Dannyl s'approcha de Rothen et se pencha pour chuchoter un avertissement à l'oreille de son ami.

—*Seigneur Dannyl!* lança soudain une voix mentale, l'empêchant de parler.

Dans l'assemblée, quelques mages cillèrent et se retournèrent vers Dannyl. Reconnaissant la voix mentale, Dannyl chercha l'administrateur des yeux. Il était assis à sa place habituelle et leur fit signe de venir.

En souriant, Dannyl se pencha vers son ami et chuchota :

—Je crois que l'administrateur veut te sortir de ce guêpier.

Au moment où Rothen se tournait vers Lorlen, Dannyl vit que Fergun approchait. Une voix familière se joignit aux murmures des mages et quelques têtes se tournèrent vers le guerrier.

—Excusez-moi, dit Rothen. L'administrateur me demande.

Il salua l'assemblée de la tête, puis se dirigea vers Lorlen. Avant de le suivre, Dannyl se retourna un instant et vit qu'un vilain sourire flottait sur les lèvres de Fergun.

Lorlen fit signe aux deux amis de s'asseoir à ses côtés.

— Bonjour à vous. Asseyez-vous tous les deux et racontez-moi comment Sonea progresse.

— J'espérais avoir une conversation privée avec vous, administrateur, dit Rothen sans s'asseoir.

— Très bien. Si nous allions dans la salle de réception ?

— S'il vous plaît.

Ils se dirigèrent vers la pièce. Au moment où ils entraient, un globe lumineux apparut au-dessus de la tête de Lorlen et illumina la salle.

Une table occupait presque toute la place disponible. Lorlen tira une chaise et s'assit.

— Seigneur Dannyl, comment va votre jambe ?

— Mieux, répondit Dannyl, surpris par la question.

— Votre boitillement semble vous avoir repris, aujourd'hui…

— Le froid, sans doute.

— Oh, je vois ! (Lorlen hocha la tête et se tourna vers Rothen.) De quoi vouliez-vous me parler ?

— Il y a deux jours j'ai commencé à apprendre le Contrôle à Sonea. (Lorlen fronça les sourcils, mais Rothen continua :) Vous m'avez demandé de vous faire part de ses progrès après deux semaines - et vous vouliez que je la présente avant ce délai à d'autres mages. À cause de ses avancées, très lentes, je n'ai pas voulu lui imposer de nouvelles têtes, mais je sens qu'elle sera bientôt prête. Pourriez-vous repousser votre visite de quelques jours ?

Lorlen garda le silence, puis lâcha :

— Oui, mais pas plus.

— Je vous remercie. Il y a autre chose… Une possibilité que nous devons envisager, et le plus tôt sera le mieux.

— Oui ?

— Sonea refuse de rejoindre la Guilde. J'ai… Pour gagner sa confiance, je lui ai dit qu'elle serait libre de partir. Après tout, nous ne pouvons pas la forcer à prêter serment.

— Lui avez-vous dit que nous détruirions ses pouvoirs ?

— Pas encore. Mais je crois qu'elle s'en ficherait. Je l'ai informée qu'elle serait incapable de jeter un sort si elle partait et elle a semblé soulagée. Elle pense que sa magie est un handicap.

— Je n'en suis pas surpris. Sa seule expérience se résume à une monstruosité incontrôlable et destructrice. Mais si vous lui appreniez deux ou trois tours de passe-passe, elle commencerait peut-être à changer d'avis.

— Elle ne devrait pas jeter de sorts avant de se Contrôler… Et une fois que ce sera fait, elle s'attend à partir aussitôt.

— Elle ignore totalement la différence entre une leçon de magie et une leçon de Contrôle, coupa Dannyl. En plus, cela te donnerait plus de temps pour la convaincre de rester.

— J'en suis moins certain que vous, dit Lorlen. Fergun n'a pas besoin de savoir à quelle date exacte Sonea saura se Contrôler, mais vous ne le tromperez pas très longtemps. Vous pourrez grappiller encore une semaine, pas plus. (Lorlen regarda Rothen et, en voyant son air dubitatif, soupira.) Tant pis. Débrouillez-vous pour qu'il ne se rende compte de rien, ou alors je m'en laverai les mains.

— Si Fergun nous interroge, nous lui dirons que nous mettons son Contrôle à l'épreuve, et rien de plus, ajouta Dannyl. Nous ne voudrions pas qu'elle commette une erreur, non ?

Lorlen posa les yeux sur le jeune mage. Il ouvrit la bouche, hésita, puis la referma.

— Rothen, c'est tout ce que vous aviez à me dire ?

— Oui. Je vous remercie, administrateur.

— Je viendrai voir Sonea dans quelques jours. Avez-vous réfléchi à qui vous la présenterez en premier ?

Dannyl s'aperçut que les deux mages le fixaient.

— Moi ?

— Oui, répondit Rothen. Demain après-midi…

Dannyl voulut protester, mais il s'en abstint quand Rothen le foudroya du regard.

— Vous n'aurez qu'à cacher votre argenterie…

Sonea s'ennuyait.

Il était trop tôt pour dormir. Tania était partie après avoir débarrassé la table et Rothen avait disparu peu de temps après. Ayant fini le livre que le mage lui avait prêté le matin, Sonea marchait sans but dans la chambre.

Elle avait beau inspecter chaque volume de la bibliothèque, elle ne trouvait rien d'intéressant.

La jeune fille regarda par la fenêtre. C'était une nuit sans lune, et les jardins étaient sombres. Rien ne bougeait.

Sonea soupira et décida de se coucher tôt. Elle tira le rideau, puis se prépara à se mettre au lit, mais on frappa à la porte.

Sonea se tourna vers le battant. Rothen ne frappait pas et Tania tapotait à peine. Quelques invités étaient déjà venus, mais Rothen ne les avait jamais laissés entrer.

On frappa de nouveau, plus fort, et Sonea frissonna.

— Qui est là ?

— Un ami, répondit une voix étouffée.

— Rothen n'est pas là.

— Je ne veux pas le voir… C'est à toi que je désire parler…

— Quoi ?

— J'ai quelque chose d'important à te dire – quelque chose qu'il ne te dira jamais…

Rothen lui cachait quelque chose ? Le cœur de la jeune fille s'emballa à cette idée. Qui que soit cet inconnu, il était prêt à défier les mages pour elle. Sonea aurait aimé être capable de voir à travers la porte pour savoir de qui il s'agissait.

Mais était-ce une bonne idée de découvrir quelque chose de dérangeant à propos de Rothen, maintenant qu'elle devait apprendre à lui faire confiance ?

— Sonea… Laisse-moi entrer. Il n'y a personne dans le couloir, mais ça ne durera pas. C'est ma seule chance de te parler.

— Je ne peux pas. La porte est fermée.

— Essaie de l'ouvrir, bon sang !

Pendant ses premiers jours à la Guilde, Sonea avait déjà tenté plusieurs fois d'ouvrir la porte, sans aucun succès. Elle posa sa main sur la poignée, la tira vers elle et sursauta lorsque le battant s'ouvrit en grand.

Une manche rouge apparut et un mage se glissa dans l'entrebâillement. Sonea recula et regarda craintivement son visiteur. Elle s'était attendue à un domestique, ou à un sauveur déguisé… Mais quel sauveur aurait osé porter une robe de mage ?

L'homme ferma la porte derrière lui.

— Bonjour, jeune fille. Nous nous rencontrons enfin. Je suis le seigneur Fergun.

— Vous êtes magicien ?

— Oui, mais pas un magicien comme Rothen, dit-il en posant une main sur sa poitrine.

— Vous êtes un guerrier ?

Fergun sourit. Il était beaucoup plus jeune que Rothen – et très beau. Les cheveux blonds tirés en arrière, il avait des traits fins et pourtant virils. Sonea savait qu'elle l'avait déjà vu, mais elle aurait été incapable de dire où.

— Exactement… Mais je ne parle pas de cette différence, dit-il, une main sur le cœur. Moi, je suis de ton côté.

— Et pas Rothen ?

— Absolument pas, bien qu'il affirme le contraire. Rothen est le genre d'homme qui croit savoir ce qui serait mieux pour tout le monde, et particulièrement pour une jeune fille comme toi. Moi, je te vois comme une adulte qui a le droit de faire ses propres choix. Veux-tu m'écouter ou me demandes-tu de partir ?

— Restez, dit Sonea, malgré son cœur qui battait la chamade. Prenez une chaise.

Fergun la remercia de la tête et s'assit.

— En premier lieu, Rothen t'a-t-il dit que tu pouvais rejoindre la Guilde ?

— Oui.

— Et t'a-t-il expliqué ce que tu dois faire pour devenir mage ?

— Un peu. Il y a un serment et des années d'apprentissage.

— Et ce serment, sais-tu ce qu'il implique ?

— Non, mais je m'en moque. Je ne veux pas rester ici.

— Pardon ?

— Je ne veux pas rester à la Guilde.

Fergun se tut un moment, réfléchit, puis regarda de nouveau Sonea.

— Puis-je te demander pourquoi ?

— Je veux... (Sonea se souvint que Rothen lui avait dit que beaucoup de mages seraient surpris par sa décision.) Je veux rentrer chez moi.

— Sais-tu que la Guilde interdit aux mages de vivre hors de son autorité ?

— Bien sûr. Tout le monde le sait.

— Alors, tu as deviné qu'on ne te laissera pas partir simplement d'ici.

— Je serai incapable de me servir de mes pouvoirs, donc je ne serai pas une menace.

— Rothen t'a expliqué que la Guilde détruira tes pouvoirs ?

Détruire mes pouvoirs ?

— Non, je vois qu'il ne te l'a pas dit... Il te confie ce qu'il veut. Les hauts mages enfermeront tes pouvoirs en toi, pour que tu ne puisses plus y accéder. Ce n'est pas une opération plaisante, pas du tout, et elle est irréversible. Parce qu'il existe toujours une possibilité – même si tu ne sais pas te servir de ta magie – que tu apprennes toute seule ou que tu rencontres un mage renégat qui t'enseigne ce qu'il sait – bien que ce soit extrêmement risqué. C'est la loi de la Guilde : s'assurer, si tu en pars, que tu ne puisses plus jamais avoir recours à ton don.

Sonea avait mal au ventre. Elle regarda la table et pensa à ce que Rothen lui avait dit. Avait-il délibérément adouci ses propos pour ne pas lui faire peur ? Probablement. L'angoisse de la jeune fille monta encore lorsqu'elle s'avisa que Rothen lui avait toujours *parlé* de ce sujet, et qu'il ne l'avait jamais abordé lors d'une conversation silencieuse, où son mensonge aurait forcement éclaté.

Mais pourquoi croire un seul mot de ce magicien en robe rouge ? Sonea ignorait ce que mentir pouvait lui apporter et elle regretta de ne pas avoir le Contrôle suffisant pour s'assurer de sa bonne foi.

— Pourquoi vous me racontez tout ça ?

— Comme je te l'ai dit, je suis de ton côté. Tu as besoin de savoir la vérité, et… je peux t'offrir une autre solution.

— Laquelle ?

— Oh, elle n'est pas facile ! Rothen t'a-t-il parlé de la tutelle ? (En voyant Sonea secouer la tête, Fergun leva les mains vers le plafond.) Mais cet homme ne t'a rien dit du tout ! La tutelle permet de confier l'apprentissage d'un novice à un mage expérimenté. Rothen a réclamé ta tutelle depuis la Purge. Lorsque je l'ai su, j'ai aussitôt posé une demande. Cela force la Guilde à organiser un concile, une réunion, si tu préfères, au cours de laquelle l'un de nous sera choisi. Tu pourrais me soutenir, et…

— Pourquoi réunir un concile puisque je ne reste pas ?

— Sonea, écoute-moi jusqu'au bout. Si tu refuses de te joindre à nous, tes pouvoirs seront détruits et tu retourneras dans les Taudis. Si tu décides de rester et que j'ai ta tutelle, je te serai d'une grande aide.

— En quoi ?

— Tu disparaîtras. Tu retourneras dans les Taudis, si tu le veux. Je t'apprendrai à rendre ta magie indétectable et tu pourras toujours jeter des sorts. Les mages te poursuivront au début, mais ils seront incapables de te retrouver si tu te montres maligne.

— Vous serez hors la loi !

— Je le sais. Mais je ne supporte pas qu'on force des gens à aller contre leur volonté. J'en suis incapable. Regarde !

Il se leva et colla sa paume sous le nez de Sonea. La jeune fille vit que la chair était constellée de cicatrices.

— Le maniement de l'épée. Je suis un guerrier, comme tu l'as si finement vu. C'est tout ce que j'ai trouvé pour rester fidèle à mes rêves d'enfant. Lorsque j'étais petit, je désirais être escrimeur. Je m'entraînais des heures et des heures. Je rêvais de prendre des leçons auprès des plus grands maîtres. Puis mon potentiel magique a été découvert. Il était plutôt faible, mais mes parents voulaient à tout prix avoir un mage dans leur famille. Ils m'ont dit que j'apporterai un prestige colossal à leur Maison.

» Alors j'ai rejoint la Guilde. J'étais trop jeune pour refuser et savoir que la magie n'avait rien à voir avec la vie telle que je l'imaginais. Mes pouvoirs étaient si frustes… Même si j'ai appris à m'en servir, je n'y prends aucun plaisir. J'ai continué à m'entraîner à l'épée, bien que la plupart des mages méprisent le combat à l'arme blanche. C'est tout ce que j'ai trouvé pour ne pas renier mes rêves d'enfant.

Fergun leva les yeux sur Sonea.

— Je ne laisserai pas Rothen t'imposer le même destin. Si tu ne veux pas rejoindre les rangs de la Guilde, je t'aiderai. Mais tu dois me faire confiance. Les lois de la Guilde et les décrets sont complexes. (Fergun recula et posa la main sur le dossier de la chaise de l'adolescente.) Veux-tu de mon aide, Sonea ?

La jeune fille baissa les yeux. L'histoire de Fergun l'avait touchée, mais quelque chose l'empêchait d'y croire. Garder sa magie valait-il la peine de recommencer à fuir ?

Elle pensa à ce que lui avait dit Cery. Pourquoi seules les classes supérieures auraient-elles accès à la magie ? Si la Guilde fermait ses portes aux pauvres, pourquoi ceux-ci n'auraient-ils pas leurs propres mages ?

— Oui, répondit Sonea. Mais je dois y penser d'abord. Je ne vous connais pas. Je veux réfléchir à cette histoire de tutelle avant de donner ma réponse.

— Je te comprends. Réfléchis-y, mais ne prends pas trop longtemps. Rothen a convaincu l'administrateur Lorlen que tu ne dois voir personne – pour que tu n'apprennes pas ce que ces deux-là veulent te cacher, sans doute – avant que tu saches te Contrôler. Je risque gros en me dressant sur leur chemin. J'essaierai de revenir te voir, mais tu devras me donner ta réponse. Je n'aurai certainement pas de troisième occasion.

— D'accord…

— Je ferais mieux de partir. Si on me trouvait ici, ça ne te ferait aucun bien, dit Fergun en se dirigeant vers la porte.

Il se glissa dans le couloir et referma le battant derrière lui.

De nouveau seule, Sonea entendit les mots du mage lui tourner follement dans la tête. Elle ne voyait pas pourquoi Fergun lui mentirait. En interrogeant Rothen, elle pourrait trouver des détails qui confirmeraient ce que lui avait dit Fergun.

Mais pas ce soir… Elle était trop énervée par cette visite secrète pour ne pas se trahir devant Rothen.

Sonea alla se coucher.

23

L'ami de Rothen

— Il n'y a pas cours aujourd'hui…

Rothen leva les yeux de son livre. Sonea avait le nez collé à la vitre, où un petit nuage blanc grandissait à chacune de ses expirations.

— Non, répondit-il. On est vaindredi. Personne n'a cours le dernier jour de la semaine.

— Alors, vous faites quoi pour vous occuper ?

— Ça dépend à qui tu poses la question. Certains mages en profitent pour aller voir les courses, d'autres s'intéressent aux sports ou à d'autres choses. Quelques-uns rendent visite à leur famille.

— Et les novices ?

— Ils font la même chose, à part les élèves plus âgés, qui étudient seuls.

— Et qui doivent déblayer les allées.

Rothen comprit pourquoi les yeux de Sonea semblaient suivre des mouvements à travers le carreau.

— Ce travail est une des tâches qui leur sont confiées durant leur première année ici. Ensuite, ces besognes-là sont réservées aux punitions.

— Quoi ?

— Les punitions. Parfois les novices font des farces infantiles ou manquent de respect à leurs supérieurs. Et ils sont un peu trop vieux pour les fessées.

— Alors, c'est pour ça qu'il a l'air si grincheux.

Rothen écouta le tapotement des doigts de Sonea sur la vitre. Pendant deux jours, elle avait travaillé son Contrôle – et avec plus de talent que Rothen n'en avait jamais vu chez aucun novice. Pourtant, aujourd'hui, sa concentration s'était relâchée à plusieurs reprises. Elle ne le montrait pas – ce qui prouvait que les leçons portaient leurs fruits –, mais quelque chose la tracassait.

Rothen avait d'abord cru que c'était sa faute, car il n'avait pas prévenu la jeune fille de la visite de Dannyl, pensant qu'elle serait trop distraite pour travailler. Ayant deviné que le mage lui cachait quelque chose, elle s'était rembrunie.

Conscient de son faux pas, Rothen lui avait parlé de son ami.

— Je me demandais quand je rencontrerai quelqu'un d'autre, avait dit Sonea.

— Si tu ne veux voir personne aujourd'hui, je lui dirai de passer demain.

— Non, j'aimerais le connaître.

Rothen avait été surpris et enchanté par la réaction de la jeune fille, et il avait essayé de terminer la leçon au plus vite. Sonea n'avait pas été plus attentive, le mage captant sa frustration et son impatience. Chaque fois qu'ils avaient marqué une pause, Sonea s'était campée devant la fenêtre.

Rothen calcula le nombre de jours qu'elle avait passés sans sortir. Il était facile d'oublier que ces appartements étaient pour elle une prison. Elle devait s'ennuyer à mourir et avoir la nausée à force de voir toujours les mêmes meubles.

C'était décidément le bon moment pour lui présenter Dannyl. Le grand mage intimidait à première vue, mais ses manières amicales et sa gentillesse mettaient rapidement à l'aise ses interlocuteurs. Rothen espérait que Sonea se ferait à sa présence avant la visite de Lorlen.

Et ensuite ? Rothen sourit en voyant Sonea regarder les jardins. Ensuite, il l'emmènerait se promener.

On frappa à la porte. Rothen se leva pour aller ouvrir et fit entrer Dannyl, qui paraissait un peu tendu.

— Tu es en avance, Dannyl.

— Tu veux que je revienne plus tard ?

Rothen secoua la tête et posa les yeux sur Sonea, qui fixait Dannyl, l'évaluant du regard.

— Dannyl, je te présente Sonea.

— Honoré de faire ta connaissance, dit Dannyl en saluant la jeune fille de la tête.

— Je suis également ravie de vous connaître. (Sonea eut un sourire en coin.) Je crois que nous nous sommes déjà rencontrés. Comment va votre jambe ?

— Mieux, merci, répondit Dannyl avec un demi-sourire.

Rothen tenta d'étouffer un sourire, mais sans succès.

— Asseyez-vous, je vais faire du sumi.

Sonea alla prendre place en face de Danny et ils se regardèrent en chiens de faïence.

Rothen s'assit à une table et commença à préparer son breuvage.

— Comment vont les leçons ? lança Dannyl.

— Bien, merci. Et les vôtres ?

— Lesquelles ?

— Vous enseignez à la classe de Rothen, non ?

— Hum, oui… Eh bien, c'est… vivifiant. Je n'avais jamais donné de cours, et j'ai l'impression d'avoir plus à apprendre que les novices.

— Vous faites quoi, en temps normal ?

— Des expériences. Des petites. Parfois je participe à de plus grandes.

Rothen apporta le sumi sur un plateau et s'assit.

— Parle-lui de ton projet, suggéra-t-il.

— Oh, c'est juste un passe-temps ! Ça n'a rien de passionnant.

— De quoi s'agit-il ? demanda Sonea.

— Je cherche un moyen de transférer les images mentales sur du papier, répondit Dannyl en acceptant une tasse de sumi. Pour l'instant, ça ne donne rien. Beaucoup de mages ont essayé depuis des siècles, mais personne n'a trouvé une substance qui garde ses propriétés assez longtemps. J'ai fabriqué un papier spécial composé de feuilles d'anivope qui garde l'image pendant plusieurs jours, mais les contours bavent et les couleurs passent en moins de deux heures. Dans l'idéal, l'image devrait être permanente.

— Vous voudriez en faire quoi ?

— Des portraits, pourquoi pas ? Si nous avions tous eu une image te représentant lorsque nous étions à ta recherche, ça nous aurait aidés. Rothen était le seul à t'avoir vue. S'il avait été capable de créer une image de toi, nous aurions pu la montrer aux gens.

— Et à quoi ressemblent les images quand elles perdent leurs couleurs ?

— Passées. Éteintes. Mais, parfois, on distingue encore ce qu'elles représentaient.

— Je peux en voir une ?

— Bien sûr. Je t'en apporterai.

Les yeux de Sonea pétillaient de curiosité. Si Dannyl faisait quelques expériences ici, pensa Rothen, elle pourrait juger sur pièce. Puis il imagina son ami tentant de traîner ses presses et son bric-à-brac de fioles jusque dans ses appartements.

— Je crois que Dannyl serait ravi de te faire visiter son bureau, Sonea.

— Maintenant ? s'étrangla Dannyl.

Rothen ouvrit la bouche pour rassurer son ami – mais il hésita, car Sonea le regardait attentivement. Dannyl ne l'impressionnait visiblement pas. Des deux, c'était Sonea qui semblait la plus à l'aise. Les appartements de Dannyl étaient au rez-de-chaussée du bâtiment, et le trio n'aurait pas à aller loin.

— *Es-tu certain que ce soit judicieux, Rothen ?*

Sonea dévisagea Dannyl. L'alchimiste ignora l'appel mental de son ami et la regarda.

— Tu voudrais y aller ?

— Oui, si ça ne vous embête pas, répondit Sonea en fixant Dannyl.

— Pas du tout. Cela dit, mes appartements sont... un peu en désordre.

— Un peu ? lança Rothen en buvant son sumi d'un trait.

— Vous n'avez pas de domestique ?

— Si, répondit Dannyl. Si. Mais je lui ai ordonné de ne jamais toucher à mes expériences.

— Eh bien, dit Rothen en souriant, pourquoi ne prends-tu pas un peu d'avance pour essayer de retrouver trois chaises sous tes éprouvettes ?

— D'accord, je vais aller ranger un peu.

Rothen raccompagna son ami et sortit avec lui dans le couloir.

— Tu es fou ? s'exclama Dannyl. Et si quelqu'un vous voit tous les deux ? Si on t'aperçoit avec elle en dehors de tes appartements, on dira que tu n'as aucune raison de garder Fergun à l'écart.

— Dans ce cas, je le laisserai la voir. Je le repoussais parce que j'avais peur qu'elle se braque devant un mage qu'elle ne connaît pas. Mais, si elle est tellement détendue avec toi, je doute que Fergun l'impressionne beaucoup.

— Merci, c'est très gentil...

— Tu es plus intimidant que lui, avec ta grande taille !

— Vraiment, tu trouves ?

— Sans oublier qu'il a beaucoup plus de charme. (Rothen coupa court à la conversation en riant et agita la main en direction de l'escalier.) Allez, allez ! File dans ta chambre. Lorsque tu seras prêt, et que le couloir sera vide, préviens-moi. Ne mets pas trop de temps à ranger, sinon nous serons tous les deux persuadés que tu as réellement quelque chose à cacher.

De retour dans son salon, Rothen vit que Sonea était debout devant sa chaise, les joues roses.

— On dirait qu'il n'aime pas les visites...

— Oh si, il les adore ! Ce sont les surprises qu'il déteste...

Le mage rangea les tasses sur le plateau et écrivit un petit mot pour Tania, lui disant où ils étaient. Au moment où il finissait, Dannyl l'appela.

— J'ai fait un peu de place... Vous pouvez venir.

Enthousiaste, Sonea se leva d'un bond. Le mage sourit et ouvrit la porte. Les yeux de Sonea pétillèrent lorsqu'elle franchit le seuil.

— Combien de mages vivent ici ? demanda-t-elle en voyant les nombreuses portes qui donnaient sur le couloir.

— Plus de quatre-vingts, sans compter leurs familles.

— Il n'y a pas que des mages ?

— Non, mais uniquement les épouses et les enfants des magiciens. Personne d'autre.

— Pourquoi ?

— Parce que si nous devions accepter à la Guilde toutes les connaissances et les « proches » de chaque mage, la place manquerait vite, répondit Rothen en riant.

— J'avais compris, répondit aigrement Sonea. Et les enfants ? Que font-ils quand ils grandissent ?

— S'ils ont le don, ils rejoignent la Guilde – en général. Sinon ils doivent partir.

— Pour aller où ?

— Chez des amis, dans la cité.

— Dans le cercle intérieur.

— Voilà.

Sonea se tut un moment.

— Certains mages vivent dans la cité ?

— Quelques-uns... Ce n'est pas encouragé.

— Et pourquoi ?

— Parce que nous sommes supposés nous espionner les uns les autres, tu le sais bien. Pour que personne ne fasse de la politique ni ne complote contre le roi. C'est bien plus compliqué à mettre en place si tout le monde vit en dehors de la Guilde.

— Alors, pourquoi y a-t-il des exceptions ?

— Pour bien des raisons, répondit Rothen en s'engageant dans l'escalier. C'est au cas par cas. L'âge… La maladie…

— Il existe des mages qui n'ont pas voulu rejoindre la Guilde ? Des gens qui se Contrôlent mais qui ne savent pas se servir de leur magie ?

— Non. La magie des jeunes gens qui arrivent ici n'est pas encore éveillée. Nous apprenons d'abord le Contrôle à nos élèves. Souviens-toi que tu es unique : tu savais utiliser ta magie avant de savoir te Contrôler…

— Quelqu'un a déjà quitté la Guilde ?

— Non.

Sonea réfléchit à tout cela.

De l'étage inférieur montèrent soudain la voix de Dannyl, puis une autre. Rothen ralentit, laissant tout le temps à Sonea de prendre conscience qu'ils n'étaient pas seuls.

La jeune fille se plaqua contre le mur en voyant un mage flotter au-dessus des marches. Rothen sourit et salua son confrère.

— Bon après-midi, seigneur Garrel.

— Bon après-midi à vous, seigneur Rothen, répondit le mage.

Il vit Sonea et leva un sourcil.

La jeune fille ne le quitta pas des yeux. Une fois que ses pieds furent au niveau du sol, le mage se posa sur le parquet. Il jeta un coup d'œil à Sonea, puis continua sa route.

— Lévitation, souffla Rothen à l'adolescente. Impressionnant, non ? Ça demande un talent certain. La moitié des mages y parviennent.

— Et toi ?

— Dans le temps, oui... Maintenant, j'ai sans doute perdu cette capacité. Dannyl y arrive.

— Peut-être, mais je suis moins frimeur que Garrel.

Rothen baissa les yeux et vit que Dannyl les attendait au pied des marches.

— Je préfère me servir de mes jambes..., reprit-il. Mon tuteur disait que l'exercice physique est aussi important que l'entraînement mental. Néglige le corps, et...

— Tu négliges l'esprit ! acheva Dannyl avec un geste théâtral. Son tuteur était un homme sage et droit, Sonea... Il désapprouvait jusqu'au vin à table.

— C'est sans doute pour ça que tu le détestais, ajouta Rothen en riant.

— Tuteur ? répéta Sonea.

— C'est une tradition ici. Le seigneur Margen avait choisi de diriger mes études lorsque j'étais novice, et j'ai choisi de superviser celles de Dannyl.

Ils se dirigèrent vers les appartements du jeune mage.

— Comment tu lui as appris ce qu'il sait ?

— De bien des manières... Pour commencer, son puits de connaissance était à sec. J'y ai mis de l'eau. C'était la faute de certains professeurs, de leur négligence, de sa propre paresse et de son manque d'enthousiasme.

Sonea regarda Dannyl, qui sourit et hocha la tête.

— Dannyl m'a aidé à faire mes expériences et il a appris beaucoup plus que dans bien des classes. Le tutorat existe pour aider un novice à s'améliorer.

— Et tous les novices ont un tuteur ?

— Non. Ce n'est pas habituel. Peu de mages ont assez de temps ou de goût des responsabilités pour prendre un novice sous leur aile. Seuls les élèves très prometteurs ont un tuteur.

— Alors, pourquoi... Non, rien.

Dannyl tendit un doigt vers sa porte, qui s'ouvrit toute seule. Une odeur de produits chimique envahit le corridor. Ce n'était pas désagréable.

— Bienvenue chez moi.

L'entrée était similaire à celle de Rothen, mais ici, des établis prenaient presque toute la place. Chaque surface était couverte d'un fatras d'objets, et des boîtes s'empilaient un peu partout. Le bureau de Dannyl était pourtant impeccable et rangé avec soin.

Sonea lorgna la pièce d'un œil amusé. Bien que Rothen soit venu plus d'une fois chez le jeune mage, il s'étonnait toujours de voir un alchimiste obligé de faire ses expériences dans ses appartements à cause du manque de place à l'université.

— À chaque visite, je comprends un peu mieux pourquoi Ezrille veut te trouver une femme, Dannyl.

Le jeune mage répondit comme à son habitude :

— Je suis trop jeune pour me marier, Rothen.

— Tu veux plutôt dire que tu aurais peur de perdre ton épouse entre deux cartons ?

Dannyl préféra faire signe à Sonea de s'approcher des éprouvettes. Il lui expliqua ses expériences, puis exhuma quelques feuilles aux couleurs passées et les lui montra. Sonea les examina de près.

— Je suis si près du but ! gémit Dannyl. Il suffit de trouver comment glacer l'image...

— Et vous ne pourriez pas en faire peindre une copie avant que tout disparaisse ?

— Pourquoi pas ? Le problème serait résolu, mais il nous faudrait un bon peintre. Et rapide, avec ça.

Sonea rendit les images à Dannyl et regarda les murs.

— Vous n'avez pas de peintures, ici. Juste des cartes.

— Oui. Je les collectionne. Les vieilles cartes et les plans.

— C'est la Guilde, constata Sonea devant un des cadres.

Rothen approcha. Le plan était annoté de l'écriture régulière de l'architecte le plus réputé de la Guilde, le seigneur Coren.

— Nous sommes ici, dit Dannyl en désignant un point sur la carte. Dans les quartiers des mages. Là, ce sont ceux des novices. Ils vivent tous dans ce bâtiment, même s'ils ont une maison dans la cité.

— Pourquoi ?

— Pour que nous puissions les torturer à loisir, lança Dannyl.

— Nous arrachons les novices à leur famille et à leurs habitudes, répondit Rothen. Nous les éloignons des petites intrigues qui se trament sans cesse entre les murs des Maisons.

— Nous héritons de nombreux adolescents qui n'ont jamais eu à se lever avant midi, dit Dannyl. Quand ils apprennent à quelle heure ils doivent être en cours, c'est un vrai choc pour eux ! S'ils vivaient hors de ces murs, ils ne réussiraient jamais à quitter leurs draps. (Dannyl montra un cercle sur le plan.) Ce sont les quartiers des guérisseurs. Certains y vivent, mais la plupart des pièces sont réservées aux cours et aux malades. Le petit rond, ici, c'est l'arène. Les guerriers s'en servent pour s'entraîner. Elle est entourée de mâts qui servent de supports à un bouclier, pour éviter que les sorts partent un peu partout. Nous y instillons tous un peu de notre pouvoir, afin qu'il reste en bon état.

» Voilà les bains. Ils sont construits sur des sources. Pour les chauffer, nous avons canalisé l'eau jusqu'à des tuyaux qui conduisent à des fourneaux. Juste à côté, ce sont les Sept Voûtes, où on trouve les salons.

— Que sont les résidences ? demanda Sonea en montrant une flèche du doigt.

— Plusieurs petites maisons où vivent les mages les plus âgés. Là, sur la vieille carte, tu les verras mieux. (Dannyl se dirigea vers un plan jauni de la ville.) Juste ici, à côté du cimetière.

— Pourquoi ne voit-on pas tous les bâtiments de la Guilde ?

— Parce que la carte a trois cents ans. Je ne sais pas si tu connais l'histoire de la Kyralie. Tu as déjà entendu parler de la Guerre sachakanienne ?

— Oui.

— Eh bien, après cette guerre, il ne restait pas grand-chose d'Imardin. Les Maisons profitèrent de la reconstruction de la ville pour refaire les plans. Tu vois la façon dont les cercles se suivent ? D'abord, un mur a été élevé autour du palais royal, puis un autre autour de la cité. Le mur extérieur a suivi quelques dizaines d'années après. La vieille ville a été appelée : « le cercle intérieur », et la nouvelle zone a été divisée en quatre quartiers. Le quartier est a été donné entièrement aux mages pour services rendus – avoir repoussé les envahisseurs sachakaniens. La décision n'a pas été prise à la légère, puisque la source qui alimentait à l'époque le cercle intérieur se trouvait à côté de la Guilde, ce qui mettait l'eau à l'abri de presque toutes les tentatives d'empoisonnement. La guerre avait appris aux gens à se méfier. (Le doigt de Dannyl glissa vers un petit rectangle.) C'est le hall de la Guilde qui a été construit en premier. Il est construit en pierre locale, grise et solide. Le hall pouvait loger tous les mages et les apprentis, et il restait même de la place pour les salles de cours. Si on en croit les vieux livres d'histoire, un vent de solidarité avait soufflé sur nos prédécesseurs. Le partage des connaissances a fait avancer notre art à pas de géant. Il n'a pas fallu longtemps avant que la Guilde devienne la plus grande et la plus puissante de toutes les écoles de magie que le monde connaisse.

» Et sa renommée grandit encore. Lorsque les Lonmars, les Elynes, les Vindos, les Lans et les Kyraliens ont formé l'Alliance, une partie de leur accord portait sur la possibilité pour leurs novices de venir se former ici. D'un coup, le hall n'a plus été assez grand et les mages ont dû construire de nouveaux bâtiments.

— Et pour les novices d'autres pays, comment ça se passe, une fois qu'ils sont devenus mages ?

— En général, ils retournent chez eux, répondit Rothen. Parfois, ils restent ici.

— Alors, comment pouvez-vous les surveiller ?

— Dans chaque pays, des ambassadeurs surveillent les activités des mages étrangers, précisa Dannyl. Tout comme nous jurons obéissance au roi et à la Guilde, ils font allégeance à leur souverain.

— Il ne me semble pas très futé d'apprendre la magie à des étrangers. Et s'ils nous envahissaient ?

— Si nous leur fermions nos portes, c'est sûrement ce qui arriverait, dit Rothen. Comme par le passé… Que nous leur donnions des cours ou non, ils attaqueront s'ils le veulent. En les formant, nous savons ce qu'ils apprennent. En réalité, les cours ne sont pas différents de ceux de nos propres novices. Ainsi, les étrangers savent que nous les traitons correctement.

— Personne n'osera nous attaquer, ajouta Dannyl. Nos lignées sont porteuses d'une puissante magie et nous avons plus de magiciens que n'importe quelle autre contrée.

— Les Vindos et les Lans sont les pires, nota Rothen. Ce qui explique pourquoi tu verras très peu de mages de ces pays ici. Nous avons plus de novices lonmars et elynes, mais leurs pouvoirs sont rarement impressionnants.

— Les Sachakaniens étaient puissants, dit Dannyl. Mais la guerre a tout changé…

— Laissant notre pays à la première place, acheva Rothen.

— Si c'est le cas, pourquoi le roi n'envahit-il pas les autres pays ?

— L'Alliance. Si tu te souviens de notre première conversation, je t'ai dit que le roi avait d'abord refusé de signer le pacte. La Guilde a suggéré qu'elle pourrait se mêler de politique, s'il ne se décidait pas.

— C'est ce qui empêche les autres pays de s'envahir mutuellement ?

— Eh bien, répondit Rothen, c'est une toile de diplomatie finement tissée – mais il y a parfois des ratés. Depuis l'Alliance, il y a eu quelques confrontations mineures. C'est toujours une situation embarrassante pour la Guilde. Ces conflits se résolvent en général…

…hen se tut. On venait de frapper à la porte. Il regarda Dannyl … devina qu'ils se posaient la même question. Fergun avait-il eu vent de la promenade de Sonea ?

— Tu attends quelqu'un ?

— Non, répondit Dannyl en ouvrant la porte.

— Je vous ai descendu à manger, dit Tania en entrant.

Deux autres domestiques la suivaient, les bras chargés de plateaux. Ils les posèrent sur une table, saluèrent et repartirent.

— Je n'ai pas vu le temps passer, dit Dannyl en humant les bonnes odeurs de nourriture.

— Tu as faim ? demanda Rothen.

Sonea hocha la tête en lorgnant les assiettes pleines.

— Dans ce cas, assez d'histoire pour le moment et mangeons !

24

Questions sans réponse

Dannyl arrivait en vue des appartements de l'administrateur lorsqu'une porte s'ouvrit. Une silhouette vêtue de bleu sortit et avança résolument dans le couloir.

— Administrateur ?

Lorlen leva la tête.

— Bonjour, seigneur Dannyl, répondit le mage en souriant.

— Avez-vous un moment à me consacrer, administrateur ?

— Oui, mais faites vite !

— J'ai reçu un message de mon voleur, la nuit dernière. Il m'a demandé si nous avions entendu parler de quelqu'un qui aurait aidé Sonea pendant qu'elle tentait de nous échapper. J'ai pensé que ce devait être le jeune homme qui a essayé de la sauver.

— On a posé la même question au haut seigneur.

— Le voleur l'a directement contacté ?

— Oui. Akkarin a promis à Gorin de le tenir informé.

— Eh bien, je vais sans doute lui faire la même réponse.

— C'est la première fois que les voleurs vous contactent depuis la capture de Sonea ?

— Oui, et je peux vous assurer que je croyais ne plus jamais entendre parler d'eux. Leur message a été une véritable surprise.

— La véritable surprise, c'est que vous ayez pu vous entretenir avec eux, dit Lorlen avec un sourire en coin.

— Tout le monde n'a pas eu l'air étonné, répondit Dannyl, gêné. Le haut seigneur était au courant et j'ignore totalement comment il a fait.

— Ce n'est pas une surprise, au contraire. Akkarin n'a pas montré d'intérêt pour cette affaire, mais il ne fallait pas s'y fier. Il connaît plus de choses que n'importe qui à propos de tout ce qui se trame dans la cité ou ici.

— Je croyais que vous en saviez plus que lui sur les affaires de la Guilde.

— Oh, certainement pas ! Il en connaît plus que je n'en apprendrai jamais. (Lorlen jeta un coup d'œil par-dessus son épaule.) C'est d'ailleurs avec lui que j'ai rendez-vous. Vous vouliez me parler d'autre chose ?

— Non, et j'ai moi-même à faire... Je vous remercie, administrateur.

Lorlen salua le jeune mage et disparut dans le couloir. Dannyl tourna les talons et dut bientôt se frayer un chemin au milieu des novices et des mages qui grouillaient dans les couloirs. La première heure de cours approchait et le bâtiment bourdonnait comme une ruche.

Le message des voleurs tracassait beaucoup Dannyl. En se donnant la peine de lire entre les lignes, on pouvait croire qu'ils accusaient les mages. Comme si Gorin pensait que la Guilde avait retenu le jeune homme contre son gré. Dannyl savait que les voleurs n'étaient pas assez idiots pour blâmer la Guilde par principe – comme le faisaient trop souvent les habitants des Taudis – ni bêtes au point de contacter le haut seigneur pour une peccadille.

Gorin pouvait aussi penser que la Guilde serait capable de retrouver ce garçon. Dannyl sourit devant l'ironie de la situation. Après avoir aidé les mages à mettre la main sur Sonea, les voleurs leur demandaient maintenant le même type de faveur. Dannyl ignorait s'ils comptaient les payer...

Mais pour quelle raison Gorin pensait-il que les mages sauraient où trouver le jeune homme ?

Sonea, comprit soudain Dannyl.

Mais si le voleur croyait que l'adolescente savait où était son ami, pourquoi ne l'avait-il pas contactée directement ? Parce qu'il supposait qu'elle ne voudrait rien dire. Les voleurs l'avaient vendue à la Guilde, après tout…

Et son compagnon avait peut-être de bonnes raisons de disparaître.

Dannyl se massa les tempes. Il pourrait demander à Sonea si elle avait eu vent de ce qui se passait, mais si elle ignorait la disparition de son ami, la nouvelle l'angoisserait. Elle risquait même d'accuser la Guilde. Cela pourrait ruiner tout ce que Rothen était parvenu à accomplir.

Perdu dans ses pensées, Dannyl reconnut pourtant un visage dans la foule. Son estomac se noua, mais Fergun ne quitta pas le sol des yeux. Il marchait rapidement le long du couloir et disparut dans un passage perpendiculaire.

Dannyl se demanda ce qui avait pu absorber le mage aux cheveux blonds au point qu'il ne l'aperçoive pas, et il recula jusqu'au corridor qu'avait emprunté Fergun. En y jetant un coup d'œil, il vit une robe rouge disparaître derrière un autre tournant.

Dannyl était certain que Fergun mijotait quelque chose. Il se glissa jusqu'au coin du couloir, hésitant à suivre son collègue. À l'époque de son noviciat, il n'aurait pas manqué une occasion de découvrir un des petits secrets de Fergun.

Mais le noviciat était fini depuis longtemps et Fergun avait remporté la victoire sur Dannyl.

Le jeune mage siffla entre ses dents et rebroussa chemin jusqu'à la classe de Rothen. Les leçons commençaient dans cinq minutes, et un professeur sérieux n'a pas de temps à perdre avec des enfantillages.

Dans l'obscurité depuis une semaine, Cery avait conscience que ses sens s'étaient aiguisés. Il entendait les insectes gratter le sol avec leurs pattes, et ses doigts devinaient les particules de rouille qui se déposaient sur ses outils.

Cery jouait nerveusement avec une petite pique de métal. Il était hors de lui. Son ravisseur était revenu deux fois pour lui apporter de l'eau et de la nourriture. À chaque occasion, Cery avait tenté d'apprendre pourquoi il le retenait prisonnier.

Fergun ne s'était jamais donné la peine de répondre. Cery l'avait pourtant supplié de lui donner une explication. Mais le mage ne lui avait pas prêté la moindre attention. Et ce n'était pas juste ! Les méchants étaient censés révéler leurs plans, par bêtise – ou mieux encore, par vantardise.

Cery entendit un grattement dans le couloir. Il leva la tête, puis, reconnaissant le bruit des pas de Fergun, il se redressa en agrippant son poinçon. En silence, il alla se placer derrière la porte.

Les pas s'arrêtèrent. Cery entendit la clenche tomber. Puis le battant commença à s'ouvrir et de la lumière inonda la pièce, tombant sur le plateau que le jeune homme avait posé devant l'entrée. Il regarda le mage l'enjamber, s'arrêter et baisser les yeux sur le manteau déchiré et les pantalons que l'adolescent avait à moitié cachés sous sa couverture.

Le poinçon en avant, Cery se jeta sur le dos de Fergun en visant le cœur.

Le métal ricocha contre une surface solide et glissa des doigts de l'adolescent. Le mage se retourna, vif comme l'éclair. Cery sentit un choc dans sa poitrine et tomba en arrière. Quelque chose craqua quand il heurta le mur et une douleur atroce éclata dans son bras. En s'écroulant, il se roula en boule pour protéger son bras blessé.

Cery entendit à peine le soupir théâtral de Fergun.

— C'était idiot. Regarde ce que tu m'as forcé à faire.

Fergun se pencha sur le jeune homme, qui leva les yeux en serrant les dents.

— C'est comme ça que tu me remercies de tout le mal que je me suis donné pour t'apporter une couverture ?

En s'accroupissant près du garçon, Fergun secoua la tête.

Cery tenta de bouger, mais la douleur l'avait laissé sans forces. Fergun saisit le poignet de l'adolescent, qui étouffa un cri et tenta de dégager son bras – mais il avait trop mal.

— Cassé, dit le mage.

Son regard se perdit soudain dans le vide, comme s'il étudiait quelque chose bien au-delà des murs humides. La douleur de Cery devint moins vive et une agréable chaleur envahit son bras.

L'adolescent comprit que le mage le soignait et il se força à rester calme. Il regarda le mage, avec sa mâchoire carrée et ses lèvres fines. Les cheveux blonds de l'homme s'étaient échappés de leur lien et pendaient devant son visage.

Cery sut qu'il se souviendrait du moindre détail de ce visage jusqu'à la fin de sa vie.

Un jour, ce sera à moi de te tenir à ma merci. Et si tu as fait du mal à Sonea, je prendrai mon temps pour te tuer.

Le mage cligna des yeux et relâcha l'adolescent avant de se relever en se frottant les paupières.

— Ce n'est pas complètement guéri. Je ne gaspillerai pas mes pouvoirs pour quelqu'un de ton espèce ! Fais attention à ton bras ou l'os se rebrisera. Et si tu retentes quelque chose de ce goût-là, je te ligoterai puisque tu te blesses tout seul.

Fergun regarda le plateau renversé, devant la porte. La nourriture s'était répandue par terre et la bouteille fêlée laissait échapper toute son eau.

— Si j'étais toi, dit Fergun, je ferais plus attention à ça.

Puis il disparut dans le couloir – sans avoir oublié de ramasser le poinçon de Cery.

L'adolescent se roula en boule. Avait-il réellement pensé qu'il pourrait tuer un mage ? Son bras blessé lui prouvait le contraire et il le frôla du bout des doigts. Seule la faim lui permettait de sentir passer le temps et si cette étrange horloge ne le trompait pas, le mage passait tous les deux jours.

Si Cery ne mangeait pas, il s'affaiblirait. Sans parler des horreurs rampantes que la nourriture attirerait. Des créatures qui pour l'instant vivaient dans le coin qu'il utilisait pour ses déjections.

L'adolescent se mit à genoux et chercha à tâtons la nourriture sur le sol répugnant.

Sonea écarquilla les yeux en voyant le mage entrer dans la pièce. Élancé, les cheveux noirs tirés sur la nuque, il aurait pu être l'assassin qu'elle avait vu dans les soubassements de la maison du haut seigneur. Mais il lui fit face et elle se rendit compte que ses traits n'étaient pas aussi durs que ceux du meurtrier.

— Sonea, je te présente l'administrateur Lorlen, dit Rothen.

— Honorée de faire votre connaissance, répondit l'adolescente.

— C'est moi qui le suis, Sonea ! se récria Lorlen.

— Prenez place, ajouta Rothen en désignant les chaises.

Une fois qu'ils furent assis, Tania entra avec un plateau. Comme d'habitude, nota Sonea, c'était cette boisson acide que les mages semblaient tous apprécier. Elle accepta le verre d'eau que lui proposait la domestique pendant que l'administrateur portait sa tasse à ses lèvres. Il sourit, puis regarda Sonea.

— Rothen avait peur que tu t'effraies en me voyant dès ton arrivée. Voilà pourquoi tu me pardonneras sans doute de n'être pas venu te voir plus tôt. Avant toute chose, et en tant qu'administrateur de la Guilde, je tiens à te présenter toutes nos excuses pour la peur et les soucis que nous t'avons causés. Comprends-tu maintenant pourquoi nous ne pouvions pas t'abandonner dans la nature ?

— Oui, répondit Sonea en sentant qu'elle rougissait.

— C'est un grand soulagement pour moi, je t'assure. J'ai quelques questions à te poser et si tu veux me rendre la pareille, ne te gêne pas. Comment se passent tes leçons de Contrôle ?

Sonea jeta un coup d'œil à Rothen, qui hocha la tête pour l'encourager.

—Je crois que j'avance bien. Les exercices me semblent plus faciles.

—C'est un peu comme apprendre à marcher, dit l'administrateur après un court silence. D'abord tu as besoin d'y penser à chaque pas, mais une fois que la chose devient naturelle, tu n'y songes plus un instant…

—Sauf qu'on ne marche pas en dormant.

—Tout dépend des gens, répondit Lorlen en riant. Mais Rothen m'a dit que tu ne souhaites pas rester parmi nous. C'est bien vrai ?

—Oui.

—Puis-je te demander pourquoi ?

—Parce que je veux rentrer chez moi.

—Nous ne t'empêcherons pas de voir ta famille et tes amis. Tu pourras les rencontrer tous les vaindredis.

—Je sais, répondit Sonea, mais je veux partir quand même.

—Nous regretterons la perte d'un tel potentiel, soupira Lorlen. Es-tu bien sûre de vouloir sacrifier tes pouvoirs ?

Le cœur de Sonea s'emballa.

—Les sacrifier ? Ce n'est pas comme ça que Rothen m'a présenté la chose.

—Oh ? Et que t'a-t-il dit ?

—Que je ne pourrai pas m'en servir, puisque personne ne m'aura appris.

—Crois-tu que tu saurais te débrouiller pour apprendre toute seule ?

—Et vous, qu'en pensez-vous ?

—C'est totalement impossible. Rothen ne t'a pas menti, mais puisque le succès de tes leçons dépend de ta confiance en lui, il m'a laissé le soin de t'expliquer les lois qui régissent le départ d'un mage de la Guilde. Chaque homme ou femme possédant le don doit nous rejoindre ou sacrifier ses pouvoirs. Cette opération ne peut pas être faite avant que le sujet se Contrôle. Ensuite, elle l'empêche totalement d'accéder à la source de son pouvoir.

Sonea baissa les yeux en voyant que les deux mages la fixaient en silence.

Rothen lui avait bien caché quelque chose, même si Sonea comprenait ses raisons. Elle aurait eu du mal à lui faire confiance, sachant que les mages allaient lui triturer la cervelle.

Fergun lui avait dit la vérité !

— As-tu des questions ?

Sonea se souvint de sa conversation avec Fergun et hésita.

— Cette… opération… est douloureuse ?

— Non. Si tu tentes d'utiliser ta magie tu pourras sentir comme une sorte de résistance, mais rien qui fasse mal. Et puisque tu n'es pas habituée à te servir de ton don, je crois que tu ne sentiras rien du tout. (Lorlen la regarda un instant et sourit.) Je ne vais pas te supplier de rester, tu sais. Je veux juste te dire qu'il y a une place pour toi ici, si tu décides de ne pas repartir. As-tu autre chose à me demander ?

— Non. Merci, administrateur.

— Alors, je retourne à mes obligations, dit Lorlen en se levant dans un frou-frou de robe. Je reviendrai te voir, Sonea. Nous aurons peut-être plus de temps pour parler.

L'adolescente regarda Rothen refermer la porte derrière l'administrateur.

— Alors, que penses-tu de lui ? demanda l'alchimiste.

— Il a l'air gentil, mais il fait très sérieux.

— Ah, ça, on peut le dire !

Rothen alla dans sa chambre, en revint avec un manteau sur les épaules et en tendit un autre à Sonea.

— Tiens, essaie-le, je voudrais voir s'il te va.

L'adolescente enfila le vêtement et regarda l'ourlet balayer le sol.

— Il est encore un peu long pour toi, je le ferai reprendre. Pour le moment, prends garde à ne pas trébucher.

— Il est… c'est un cadeau ?

— Oui, pour remplacer l'autre. Tu vas en avoir besoin, dit Rothen en souriant. Il fait plutôt froid dehors.

— Dehors ?

— Oui. J'ai pensé que nous pourrions marcher un peu. Ca te dit ?

Sonea baissa la tête pour que le mage ne voie pas son visage et se contenta d'acquiescer. L'extérieur lui avait manqué plus qu'elle ne l'aurait pensé. Elle était ici depuis trois semaines, mais avec l'impression d'être prisonnière depuis des mois.

— Tu viens ? Dannyl nous attend en bas.

— Tout de suite ?

Pour toute réponse, Rothen se contenta d'ouvrir la porte.

Le couloir, cette fois, n'était pas vide. Deux mages se tenaient sur leur droite, et une femme en tenue civile marchait à gauche en tenant deux enfants par la main. Cinq paires d'yeux étonnés fixèrent la jeune fille.

Rothen salua ces personnes de la tête en se dirigeant vers l'escalier. Sonea lui emboîta le pas, s'interdisant de regarder en arrière. Aucun mage flottant ne les croisa lorsqu'ils descendirent les marches. En bas, un mage de grande taille les attendait en souriant.

— Bonjour, Sonea.

— Bonjour, répondit la jeune fille à Dannyl.

Le mage fit un geste vers les grandes portes, au fond du couloir. Elles s'ouvrirent lentement, un vent froid en profitant pour se faufiler à l'intérieur de la Guilde.

Sonea vit enfin le jardin et elle se souvint de l'aventure que Cery et elle y avaient vécue. À l'époque, elle avait aperçu les pelouses au clair de lune. Aujourd'hui, elle les voyait à la lumière trouble du crépuscule, et elles paraissaient aussi étranges qu'irréelles.

Ils franchirent les portes et Sonea frissonna à cause du vent mordant. Il avait beau faire froid, la jeune fille ne pouvait s'empêcher d'être en partie heureuse. *Dehors.*

Sonea sentit une soudaine vibration dans l'air et sa peau se réchauffa. Elle regarda autour d'elle, mais ne vit rien d'autre que Rothen et le sourire qu'il lui adressait.

— Un simple tour de magie, dit-il. Un bouclier qui retient la chaleur. Tu peux le traverser quand tu veux. Tu tentes le coup ?

Sonea fit à peine trois pas en arrière. Aussitôt le vent lui cingla le visage et son souffle forma un nuage de buée. Elle avança à nouveau et la bulle d'air chaud se referma autour d'elle.

À gauche, s'élevait l'université. Sonea regarda autour d'elle et reconnut la plupart des bâtiments qu'elle avait vus sur le plan de Dannyl. Ses yeux se posèrent sur une étrange structure perdue dans les jardins.

— Qu'est-ce que c'est ?

— Le dôme. Il y a des siècles, avant que l'arène soit construite, la plupart des entraînements s'y déroulaient. Malheureusement, il fallait être à l'intérieur pour voir ce qui s'y passait, donc les professeurs devaient être assez puissants pour pouvoir se protéger de n'importe quel sort échappant au contrôle de leurs élèves. Aujourd'hui, nous n'utilisons plus guère le dôme.

— On dirait une grosse balle qu'on aurait enfoncée dans le sol.

— C'est un peu le cas.

— Comment on y entre ?

— Par un passage souterrain. La porte ressemble à un gros bouchon qui s'ouvre uniquement de l'extérieur. Les murs font dix pieds d'épaisseur.

Les portes du quartier des novices s'ouvrirent et trois élèves se précipitèrent dehors, enroulés dans leur manteau. Ils s'affairèrent autour des lampadaires qui se dressaient aux coins de la cour, et les lumières s'allumèrent à leur contact.

Une fois les lampadaires en service, les trois garçons s'égaillèrent dans différentes directions. L'un d'eux longea le quartier des novices, un autre s'enfonça dans les jardins, vers l'université, et le troisième s'engagea entre le bâtiment des bains et celui du quartier des mages, d'où partait un long chemin qui s'incurvait vers la forêt.

Dannyl lança un regard interrogateur à Rothen et ce dernier le lui retourna. En ce qui concernait les décisions à prendre Dannyl finissait toujours par s'en remettre à Rothen, et Sonea laissa les deux amis à leurs taquineries muettes.

— Alors, où allons-nous ?

— Par là, dit Rothen en montrant la forêt.

Les trois novices avaient fini d'allumer les lampes et se dépêchaient de retourner au chaud.

Les deux mages et Sonea s'engagèrent sur le chemin.

La jeune fille leva la tête en dépassant le bâtiment des mages et vit, du coin de l'œil, un charmant visage aux cheveux blonds qui la regardait. Sonea eut un choc en reconnaissant Fergun, qui se cacha aussitôt dans les ombres. La jeune fille ignorait quand il pourrait lui rendre visite à nouveau, mais lorsqu'il le ferait, il exigerait une réponse.

Sonea devait prendre sa décision.

Elle n'avait eu aucune preuve de la sincérité de Fergun avant sa rencontre avec Lorlen. Elle avait attendu de pouvoir converser de cette tutelle avec Rothen, mais l'occasion ne s'était jamais présentée. Et d'abord, comment aborder le sujet sans éveiller la suspicion du mage ?

Rothen avait évoqué la tutelle, certes, mais sans jamais préciser qu'il se proposait lui-même pour cette tâche. Sonea ne serait pas surprise d'apprendre qu'il n'avait pas voulu lui en parler sans être certain qu'elle resterait à la Guilde.

Une fois qu'elle saurait se Contrôler, elle aurait le choix. Retourner dans les Taudis sans son don ou aider Fergun à obtenir sa tutelle pour s'enfuir après, en conservant ses pouvoirs intacts.

Ils atteignirent la forêt et la jeune fille regarda en direction des troncs enchevêtrés. Les plans de Fergun la mettaient mal à l'aise. Si elle lui disait oui, elle prendrait un risque énorme et risquerait une grande déception. Elle devrait jurer qu'elle voulait rester à la Guilde, mentir pour passer sous la tutelle de Fergun, prêter un serment qu'elle saurait ne pas pouvoir tenir, et enfin le briser – et violer les lois royales – en se sauvant.

Et pourquoi cette idée la répugnait-elle à ce point ? Tenait-elle tant à Rothen ?

C'est un mage, se souvient-elle. *Il est loyal à la Guilde et au roi.*

Sonea savait très bien qu'elle n'avait jamais été la prisonnière de Rothen. Mais si le roi lui avait demandé de la retenir contre son gré, il n'aurait pas hésité une seconde.

Ou était-ce l'idée de briser un serment qui l'ennuyait ? Harrin et sa bande volaient sans vergogne et mentaient comme des arracheurs de dents. Pourtant, ils pensaient que ne pas tenir parole était un acte impardonnable. Ils auraient fait n'importe quoi pour ne pas trahir un serment.

Bien sûr, un vœu peut toujours être prononcé de façon à ne plus tout à fait correspondre à ce que l'on est censé dire…

— Tu es bien silencieuse, ce soir, remarqua Rothen. Tu veux nous poser une question ?

Sonea leva les yeux sur le mage. En le voyant sourire, elle se dit qu'il était temps d'aborder certains sujets.

— Je pensais à ce serment pour devenir mage.

— Il y en a deux, en fait, répondit Rothen. Celui des novices et celui des mages. Le premier est prononcé lorsque les élèves arrivent ici, et le second à la remise du diplôme.

— Et que doivent-ils jurer ?

— Quatre choses. Les novices promettent de ne jamais faire délibérément du mal à qui que ce soit, sauf pour défendre les Terres Alliées. Ensuite, ils jurent de respecter les lois de la Guilde et les lois royales et aussi d'obéir aux ordres des autres mages, à moins qu'ils violent une loi, évidemment, et enfin de ne jamais se servir de la magie, sauf à la demande expresse d'un professeur.

— Et pourquoi ne peuvent-ils pas faire de la magie tout seuls ?

— Parce qu'un bon nombre de novices se sont blessés en tentant de jeter des sorts sans un maître pour les guider. Ils ont beau le jurer solennellement, nous sommes obligés de nous méfier. Tous les professeurs le savent : s'ils disent à un élève de s'entraîner il faut bien préciser à quoi, et comment, sous peine de se retrouver avec un novice qui pense qu'on lui a permis de faire ce qu'il veut. Je me souviens que j'ai moi-même utilisé cette façon de voir pour aller pêcher des journées entières.

— Peuh ! lança Dannyl. J'ai fait bien pire, moi.

Le jeune mage commença à raconter ses exploits et Sonea réfléchit au serment des élèves. C'était bien ce à quoi elle s'attendait. Elle ne connaissait pas toutes les lois de la Guilde, mais il était peut-être temps de demander des précisions à Rothen. Les deux derniers points semblaient avoir été ajoutés pour seul but de forcer les novices à obéir un peu.

Mais en quittant la Guilde avec des pouvoirs intacts, Sonea ne respecterait pas la seconde partie du serment. Étrangement, violer la loi ne l'avait jamais préoccupée. Tant que ce n'était pas synonyme de ne pas tenir sa parole.

Dannyl avait fini son anecdote et Rothen put reprendre ses explications.

— Les deux premières parties du serment des mages sont les mêmes. Mais la troisième est la promesse de servir le dirigeant de sa patrie, et la quatrième, celle de ne jamais se frotter aux arts de la magie noire.

En suivant l'idée de Fergun, Sonea et lui seraient hors la loi *et* violeraient le serment des mages.

La jeune fille hocha la tête.

— Et quelle est la punition quand on ne tient pas parole ?

— Tout dépend de la façon dont cela a été fait, du pays du mage et du jugement de son tribunal.

— Imaginons qu'il vive ici ?

— La pire des punitions est la mort et elle est exclusivement réservée aux meurtriers. Sinon, pour les fautes graves, le châtiment classique reste l'exil.

— Vous… détruisez le pouvoir du mage et vous l'envoyez au loin.

— Oui. Et aucun exilé ne trouvera refuge dans les Terres Alliées. Cela fait partie de l'accord que nous avons signé après la guerre.

Sonea ne répondit pas. Elle ne pouvait tout de même pas demander froidement ce que risquait Fergun si la Guilde découvrait ce qu'il complotait !

Si elle acceptait le plan du mage, elle devrait bien se cacher ou être condamnée à l'exil. La Guilde ne lui offrirait pas de seconde chance. Ainsi, une fois dehors, Sonea n'aurait pas d'autre issue que de se placer sous la protection d'un voleur. Mais si ses pouvoirs restaient intacts et contrôlables, elle était certaine d'intéresser Faren.

Restait à savoir ce que le voleur lui demanderait en retour. Sonea grimaça en imaginant une vie passée à servir Faren et à se cacher des mages. C'était injuste. Tout ce qu'elle voulait, c'était rentrer chez elle.

En voyant les congères sur le bord du chemin, Sonea sentit son cœur se serrer. Elle pensa à sa tante et à son oncle en train de grelotter de froid dans un réduit sordide perdu quelque part dans les Taudis. Pour eux, la vie devait être dure. Les clients n'étaient sûrement pas nombreux. Quant aux livraisons, avec le bébé de Jonna et la jambe de Ranel, surtout par ce froid… Sonea voulait les rejoindre et elle n'avait aucune envie de jouer au mage pour un voleur.

D'un autre côté, si elle rejoignait Faren avec des pouvoirs contrôlés, il mettrait Jonna et Ranel en sécurité – et sans doute même à l'abri du besoin. Et Sonea pourrait peut-être guérir son oncle…

Mais si elle coopérait avec Rothen, elle pourrait être près de sa tante et de son oncle dans quelques semaines. Les plans de Fergun, eux, prendraient des mois.

C'était un cercle vicieux.

Comme des dizaines de fois auparavant, Sonea souhaita ne jamais avoir découvert son don. Il avait ruiné son existence. Il avait failli la tuer et l'avait forcée à se sentir redevable envers des mages haïssables parce qu'ils lui avaient sauvé la vie. Elle voulait simplement que tout redevienne comme avant.

Rothen avait ralenti. Sonea leva les yeux et vit que le chemin, plus loin, devenait une belle route pavée. Ils s'y engagèrent et la jeune fille admira les jolies maisons qui se dressaient de chaque côté.

— Ce sont les résidences, lui dit Rothen.

Entre les bâtiments, on apercevait les squelettes noircis de quelques maisons. Rothen ne donna aucune explication à Sonea et marcha jusqu'à une place plus large, conçue pour que les chariots puissent faire demi-tour. Le mage alla s'asseoir sur une souche.

Dannyl suivit son ami et prit place à côté de lui en repliant ses longues jambes. Sonea regarda autour d'elle. Entre les troncs, elle aperçut des formes noires trop régulières pour être naturelles.

— Le vieux cimetière, répondit Rothen à la question muette. Veux-tu voir les tombes ?

— Maintenant ? s'étrangla Dannyl.

— Nous avons déjà fait tout le chemin. Avancer encore de quelques pas ne te tuera pas.

— On ne pourrait pas attendre le matin ?

Rothen tendit la main et une petite lumière y naquit. Elle grossit jusqu'à devenir un globe brillant, puis s'éleva pour se mettre à danser au-dessus de leurs têtes.

— Je prends ça pour un non, grogna Dannyl.

Ils avancèrent vers le cimetière, la neige crissant sous leurs semelles. L'ombre de Sonea s'allongea sur le sol puis se dédoubla lorsque Dannyl invoqua son propre globe.

— Alors, Dannyl, on a peur du noir ? lança Rothen par-dessus son épaule.

Le mage ne répondit pas. Rothen enjamba un tronc abattu, entra dans la clairière et envoya son globe flotter au-dessus d'une des pierres tombales. La neige fondit rapidement, révélant un texte de quelques lignes.

— Tu peux lire ça ? demanda Rothen à Sonea.

L'adolescente s'approcha.

— Seigneur Gamor, lut-elle. Et puis une date… Mais je n'arrive pas à déchiffrer…

— Je pense que c'est : « an vingt-cinq d'Urdon ».

— Quoi ? La pierre a sept siècles ?

— Sans doute. Toutes ces tombes ont au moins cinq cents ans. Et ce sont de véritables mystères.

— Pourquoi des mystères ? demanda Sonea.

— Parce qu'aucun mage n'a été enterré ici depuis. Ici ou hors de la Guilde, d'ailleurs.

— Alors, où sont-ils ?

— Nulle part.

Sonea regarda Rothen. Quelque chose siffla entre les troncs, et Dannyl tourna nerveusement la tête. Sonea sentit le duvet de sa nuque se hérisser.

— Je ne comprends pas.

— Il y a quatre cents ans, un mage a qualifié sa magie de « fidèle compagne ». « Elle peut être d'une grande aide, disait-il, ou devenir une ennemie acharnée. »

Rothen se tut et baissa les yeux sur Sonea. Le regard voilé par les ombres, il reprit :

— Pense à tout ce que tu as appris à propos de la magie et du Contrôle. Tes pouvoirs se développent seuls, mais les mages, pour la plupart, ont besoin d'un maître. Une fois que nous nous engageons sur ce chemin, nous sommes obligés de le suivre toute notre vie. Nous devons obéir à notre pouvoir, le contrôler et garder ce contrôle. Si nous ne le faisons pas, la magie nous détruit. Au moment de la mort, notre emprise se relâche et libère notre don. Nous sommes, littéralement, consumés par la magie.

Sonea regarda les tombes. En dépit du bouclier, elle se sentait glacée jusqu'aux os.

Elle était persuadée qu'une fois contrôlé, son pouvoir ne ferait plus parler de lui. Elle venait d'apprendre que non. Elle n'en serait jamais débarrassée ! Il serait toujours là. Un jour, dans un taudis crasseux, son corps s'embraserait…

— Si nous mourons d'une mort naturelle, c'est rarement un problème, continua Rothen. Lors de nos dernières années, notre pouvoir faiblit. Mais si nous mourons dans un accident, par exemple… Il y a un proverbe, ici. « Il faut un fou, un martyr ou un génie pour tuer un mage. »

Dannyl sursauta et Sonea comprit qu'il n'avait pas peur du cimetière. Il craignait ce qui allait lui arriver un jour. Mais il avait pu choisir sa vie. Sonea n'avait pas eu cette chance.

Fergun non plus. Ses parents l'avaient forcé à devenir mage, et lui aussi devait faire face à ce destin. Sonea se demanda combien de mages s'étaient vu imposer cette vie. Cette soudaine sympathie pour les magiciens la surprit et elle baissa les yeux.

— Alors, pourquoi ces tombes sont-elles ici ?

— Nous n'en avons aucune idée. Il ne devrait pas y en avoir. Plusieurs historiens pensent que ces mages ont expulsé leur pouvoir de leur corps en sentant la fin approcher, puis qu'ils se sont empoisonnés ou poignardés. En revanche, nous savons qu'ils se sont tués en présence d'un témoin. Le travail de cet assistant était peut-être de choisir le bon moment pour que le mage se donne la mort. Même un noyau de pouvoir suffit à détruire un corps, alors tout devait être calculé à la seconde près. Surtout lorsqu'on sait que les mages de cette époque étaient bien plus puissants qu'aujourd'hui.

— Nous ne sommes sûrs de rien, dit Dannyl. On a sans doute exagéré la portée de leurs pouvoirs. Les gens ont tendance à devenir des colosses lorsqu'on raconte leur histoire pendant des siècles.

— Il nous reste des livres écrits de leur vivant, rappela Rothen. Les journaux tenus par les mages eux-mêmes. Pourquoi se seraient-ils vantés de pouvoirs imaginaires ?

— C'est vrai, qui aurait envie de faire ça ? répondit Dannyl, vexé.

Rothen se tourna pour regagner la forêt.

— Je pense que ces premiers mages étaient réellement puissants, lança-t-il. Depuis, nous n'avons cessé de décliner.

Dannyl pointa le menton en direction de Sonea.

— Et toi, tu en penses quoi ? lui demanda-t-il en emboîtant le pas à Rothen.

— Je n'en sais rien, répondit la jeune fille. Ils avaient peut-être un moyen de se rendre plus forts.

— Il n'existe aucun moyen de renforcer son don. Tu vis avec ce qui t'a été donné à ta naissance.

Ils rejoignirent la route et se dirigèrent vers la Guilde. La nuit était tombée et des lumières brillaient derrière les fenêtres des maisons. Ils passèrent devant une ruine carbonisée et Sonea frissonna. Voilà donc ce que provoquait la mort d'un mage ?

Les mages marchèrent en silence. Rothen avait envoyé son globe en avant pour éclairer le chemin. Personne ne parlait et le bourdonnement des insectes résonnait dans le silence.

Ils arrivèrent en vue des quartiers des mages. Sonea pensa au nombre de magiciens qui y vivaient, se Contrôlant jusque dans leur sommeil. Les bâtisseurs de la nouvelle cité avaient sans doute eu plusieurs bonnes raisons de donner toute une partie de la ville aux mages.

— Je n'ai pas besoin de plus d'exercice ce soir, dit Rothen. Et il est juste l'heure de notre dîner. Dannyl, te joindras-tu à nous ?

— Évidemment. J'adorerais.

25

Changement de plans

Le soleil s'était levé sur les tours du palais et inondait les jardins de la Guilde d'une lumière dorée.

Sonea déambulait le long du chemin et ne disait pas un mot. Elle boudait. Rothen savait que la jeune fille n'était pas dupe : s'ils se promenaient aussi souvent, c'était parce que la Guilde était magnifique. Le mage avait compris que Sonea se surveillait et s'empêchait de trouver l'ombre d'une raison de rester.

Rothen sourit. Sonea critiquait tout ce qu'on lui montrait, mais le mage avait décidé de lui faire visiter tout le domaine. Si elle voulait rejeter la Guilde, au moins, qu'elle sache ce qu'elle allait rater !

À force de l'entendre jurer ses grands dieux qu'elle voulait partir, Rothen avait remis en question sa propre vie. Comme il était d'usage chez les enfants des Maisons, on avait testé ses capacités magiques dès qu'il avait eu dix ans. Il se rappelait encore l'excitation de ses parents, lorsqu'on leur avait annoncé le résultat. Son père et sa mère lui avaient dit et répété à quel point il était chanceux et hors du commun. Depuis ce jour-là, Rothen travaillait pour se faire une place à la Guilde.

Sonea n'avait pas été élevée dans l'optique de devenir mage. Son éducation lui avait appris à craindre les magiciens, à les haïr, à les critiquer et les accuser de tous les maux du monde. Dans un tel climat, Rothen devinait sans mal pourquoi s'installer à la Guilde ressemblait à une trahison pour elle.

Mais s'il parvenait à lui faire comprendre qu'elle pourrait utiliser ses pouvoirs pour le bien des habitants des Taudis, elle accepterait peut-être de rester.

Ils longèrent l'université, tournèrent à droite et traversèrent les jardins au moment où retentissait la cloche de fin des cours. Sachant que ce signal annonçait en général le déferlement d'une marée de novices pressés de regagner leurs chambres, Rothen avait choisi de rallier les quartiers des guérisseurs par un chemin plus long mais plus calme.

Le mage attendait beaucoup de cette visite. La guérison était la partie la plus noble des arts magiques – la seule pour laquelle Sonea montrait de l'intérêt. Rothen savait qu'elle ne serait pas impressionnée par les guerriers. Il l'avait donc emmenée assister à leur entraînement en premier. Toutefois, la démonstration avait moins ennuyé la jeune fille qu'il l'aurait cru. Le professeur avait longuement expliqué à Sonea comment fonctionnaient les protections et les sécurités de l'arène, mais elle avait pourtant reculé dès que les combattants étaient apparus.

Sonea avait eu un exemple de ce que pouvait être l'alchimie grâce aux expériences de Dannyl. Pourtant ce n'était rien de plus qu'un hobby. Si Rothen voulait impressionner sa protégée, il devrait lui montrer une facette plus complexe de son art dont les répercutions se verraient dans la vie quotidienne de la cité. Rothen n'avait pas encore décidé vers quoi s'orienterait son choix.

Il regarda Sonea alors qu'ils faisaient le tour du bâtiment des guérisseurs. La jeune fille ne souriait pas, au contraire, mais elle ne pouvait empêcher ses yeux de briller.

Ils s'arrêtèrent devant la porte.

— C'est le second quartier des guérisseurs, expliqua Rothen. Le premier était d'un luxe ostentatoire et les guérisseurs ont dû faire face à un souci imprévu : des résidents tout à fait guéris qui pensaient pouvoir rester dans leur chambre en payant un loyer. Lorsque l'université et les autres bâtiments ont été construits, les anciens quartiers ont été rasés et les mages en ont profité pour faire bâtir ceux-ci à la place.

Le bâtiment était propre et agréable, mais il n'avait rien à voir avec la splendeur de l'université. Rothen et Sonea entrèrent dans un petit hall aux murs nus. Une odeur de médicaments flottait dans l'air.

Deux guérisseurs, un homme d'âge mûr et une jeune femme, levèrent la tête. Le mage jeta à peine un regard à Sonea avant de tourner les talons, mais la femme sourit et avança vers eux pour les accueillir.

— Bienvenue, seigneur Rothen.

— Bonjour, dame Indria, répondit Rothen. Je te présente Sonea.

— C'est un honneur de vous connaître, dit l'adolescente.

— Et un plaisir de te rencontrer, Sonea.

— Indria va nous faire visiter le quartier des guérisseurs, précisa Rothen.

— J'espère surtout que je ne vous ennuierai pas trop, dit Indria en souriant. Par ici, je vous prie.

Deux battants s'écartèrent sur un geste de la magicienne, qui les précéda dans le corridor où s'alignaient des portes. Sonea se permit de jeter un coup d'œil dans une des chambres.

— Le rez-de-chaussée est réservé aux traitements et au logement des patients. Nous n'allons pas demander à des malades de monter des étages ? (Indria se tourna vers Sonea, qui répondit à cette fausse question par un sourire amusé.) Au premier se trouvent des salles de classe et nos chambres personnelles. Pour faire face aux urgences, la plupart d'entre nous préfèrent habiter ici plutôt que dans le quartier des mages. (Indria tendit la main vers la gauche.) Les chambres des patients offrent une jolie vue sur les jardins et la forêt. (Elle regarda à droite.) Les autres sont les pièces réservées aux traitements. Venez, allons en voir une.

Ils entrèrent. La salle de soins était petite et le mobilier s'y réduisait à un lit, un placard et quelques chaises toutes simples.

— Ici, nous ne faisons que des interventions banales et des traitements légers. (Indria ouvrit le placard pour montrer les flacons et les boîtes qui y étaient rangées.) Tous les médicaments dont nous avons besoin pour les urgences ou que nous devons mélanger à l'avance sont gardés à portée de main. Nous avons d'autres salles, à l'étage, où nous rangeons les solutions plus complexes.

Indria conduisit ses visiteurs jusqu'à l'entrée d'une autre pièce.

— Au centre du bâtiment, les chambres sont réservées à la médecine de pointe. Attendez-moi un instant, je m'assure que celle-ci est vide.

Elle regarda par un petit guichet, puis se tourna vers Rothen et Sonea.

— C'est bon, nous pouvons entrer.

Indria tint la porte à Rothen, qui sourit poliment. La pièce était plus grande que l'autre. Un lit étroit trônait en plein milieu et les murs étaient couverts d'étagères.

— C'est ici que nous procédons aux soins lourds et à la chirurgie. Personne ne peut entrer pendant les opérations, à part les guérisseurs et le patient, évidemment.

Sonea vit une ouverture dans le mur, en face d'elle, et s'en approcha.

— Les salles des préparations médicamenteuses sont juste au-dessus de nous, expliqua Indria. Certains de nos guérisseurs sont spécialistes en onguents et potions médicinales et ils les envoient ici dès que le besoin s'en fait sentir, par cette sorte de petit toboggan. C'est ingénieux, non ?

» À la Guilde, nous sommes à la pointe des connaissances médicales. Personne au monde ne peut rivaliser avec nous ! Nous ne soignons pas uniquement les gens grâce à notre don, sinon, nous ne réussirions pas à répondre à la demande. Même avec toutes nos fioles, nous n'y arrivons pas.

Indria ouvrit un tiroir et en sortit un flacon et un carré de tissu blanc. Elle jeta un coup d'œil à Rothen, qui secoua négativement la tête. Indria se mordit la lèvre, puis reposa le tissu et la bouteille.

— Bien, dit-elle. Nous allons peut-être oublier cette partie de la visite.

Sonea lorgna le flacon.

— Quelle partie ? demanda-t-elle, les yeux brillant de curiosité.

— C'est un onguent anesthésiant, répondit Indria en désignant l'étiquette. J'en mets en général un peu sur les paumes des visiteurs pour qu'ils découvrent par eux-mêmes ce que nous sommes capables de faire.

— Anesthésiant ?

— Ta peau ne sent plus rien. Les effets disparaissent en moins d'une heure.

Sonea tendit la main.

— Je veux essayer.

Surpris, Rothen regarda Sonea. Sa réaction le prenait au dépourvu. Où était passé le dégoût de la jeune fille pour les magiciens ? Le mage regarda Indria déboucher la bouteille et verser un peu de son contenu sur le carré de tissu.

— Tu ne sentiras pas l'effet tout de suite, expliqua la guérisseuse. Dans une minute, tu auras l'impression que ta peau devient épaisse et ne réagit plus. Tu veux toujours essayer ?

La voyant hocher la tête, Indria étala franchement le baume sur les mains de la jeune fille.

— Bien. Maintenant fais très attention à ne pas en mettre sur tes yeux. Ça ne te rendrait pas aveugle, mais ne plus contrôler ses paupières fait un drôle d'effet, tu peux me croire.

Sonea examina ses mains en souriant. Indria remit le flacon en place, jeta le tissu dans un seau, puis se frotta les paumes.

— Maintenant, allons en haut et jetons un coup d'œil aux salles de classe.

Ils remontèrent le corridor et croisèrent plusieurs guérisseurs et novices. Certains regardèrent Sonea avec intérêt. Au grand déplaisir de Rothen, d'autres détournèrent ostensiblement les yeux.

— Indria !

La jeune femme se tourna vers une des chambres de soins.

— Darlen ?

— Indria ! Viens me donner un coup de main, s'il te plaît.

— Je vais voir si le patient accepte de vous laisser entrer, dit la magicienne avant de pénétrer dans la chambre.

Rothen entendit parler calmement derrière la porte. Sonea regarda le mage, mais le quitta des yeux dès qu'il s'en aperçut.

— C'est bon, vous pouvez entrer, dit Indria en ouvrant la porte.

— Donne-nous une seconde, répondit Rothen.

La guérisseuse retourna dans la chambre et le mage s'agenouilla à côté de Sonea.

— Je ne sais pas ce que nous allons voir là-dedans, dit-il, mais je doute qu'Indria nous inviterait à entrer si c'était épouvantable. Mais, si la vue du sang te met mal à l'aise, nous ferions aussi bien de rester dehors.

— Ça va aller, répondit Sonea en souriant.

Rothen tint la porte à la jeune fille, qui entra dans la pièce, exactement semblable à celle qu'ils avaient vue auparavant. Un enfant d'une dizaine d'années gisait sur le lit. Seuls ses yeux, rouges à force d'avoir pleuré, donnaient un peu de couleur à son visage blafard.

Un jeune mage en robe verte, le seigneur Darlen, retirait doucement un bandage poisseux de sang de la main du garçon pendant qu'un couple assis dans un coin le regardait anxieusement.

— Restez là, ordonna Indria à Rothen et Sonea.

Ils se plaquèrent contre le mur et se contentèrent de suivre la scène. Le seigneur Darlen les regarda brièvement avant de retourner à sa tâche.

— Ça fait encore mal ? demanda-t-il à l'enfant.

Pendant que le petit garçon hochait la tête, Rothen examina ses parents. Ils s'étaient habillés à la hâte, mais leurs vêtements dénotaient une aisance certaine. L'homme portait un long manteau dont les boutons étaient des gemmes, et la femme, une simple cape noire au capuchon bordé de fourrure.

Sonea poussa un petit cri étrange et Rothen tourna son attention vers la table d'examen. Le dernier bandage venait de tomber et la main de l'enfant était à présent à nu. Le sang ruisselait de deux coupures en croix.

Darlen retroussa la manche du petit garçon et lui serra le poignet. Le flot de sang s'arrêta et le guérisseur regarda les parents.

— Comment est-ce arrivé ?

— Il... il jouait avec mon épée, dit le père en rougissant. Je le lui avais interdit, mais...

L'homme se tut et plaqua la main sur sa bouche.

— Il devrait seulement garder quelques cicatrices en souvenir de cette aventure, le rassura Darlen.

La femme fondit en larmes. Son mari lui passa un bras autour des épaules et regarda le guérisseur.

Darlen se tourna vers Indria, qui hocha la tête et alla ouvrir un tiroir. Elle en sortit plusieurs carrés de tissu, un bol et une grande bouteille d'eau. Puis elle reprit sa place à côté du lit et nettoya la plaie. Une fois la paume de l'enfant propre, Darlen posa la sienne dessus et ferma les yeux.

Un grand calme régnait dans la salle. La mère laissa encore échapper un sanglot, mais aucun autre son ne vint troubler le silence. Lorsque l'enfant commença à remuer, Indria le coucha sur le dos et garda la main sur son épaule.

— Reste tranquille. Ne brise pas sa concentration.

— Mais ça pique !

— Il n'y en a plus pour longtemps.

Rothen vit du coin de l'œil Sonea se frotter les paumes, puis Darlen ouvrir les yeux. Le guérisseur étudia la main de son patient et la toucha délicatement. Les blessures avaient disparu, et seules deux lignes rouges apparaissaient encore sur la peau de l'enfant.

— Ta main est soignée, expliqua Darlen en souriant au garçon. Je veux que tu la bandes tous les jours. Et ne t'en sers pas avant deux semaines. Tu ne voudrais pas gâcher tout mon travail ?

L'enfant suivit ces cicatrices du doigt et Darlen lui tapota l'épaule.

— Après deux semaines, qu'il utilise sa main, mais sans gestes brusques, dit-il aux parents. Il ne devrait y avoir aucun dommage permanent et il pourra faire tout ce qu'il faisait avant, même jouer avec l'épée de son père. (Darlen posa la main sur l'épaule du garçon.) Mais pas avant d'être plus grand…

Darlen aida l'enfant à descendre du lit et sourit en le voyant se jeter dans les bras de ses parents.

Le père regarda Darlen et ouvrit la bouche pour parler. Mais le guérisseur leva une main et se tourna vers Indria.

Elle fit signe à Rothen et Sonea de la suivre et ils sortirent de la salle. Avant que la porte se ferme, Rothen entendit le père remercier Darlen.

— Cela semble facile, non ? leur dit la guérisseuse. C'est pourtant extrêmement compliqué.

— Cette magie est la plus complexe des trois branches, expliqua Rothen à Sonea. Elle exige un contrôle total et de longues années de pratique.

— Et c'est pour ça que les novices s'en désintéressent, continua Indria. Ce sont tous des paresseux.

— Je connais beaucoup de novices auxquels ce qualificatif ne pourrait pas s'appliquer ! lança Rothen.

— Mais tous les mages savent que vous êtes un merveilleux professeur, Rothen, répondit la guérisseuse en souriant. Quels élèves pourraient suivre vos cours sans en tirer profit ?

— Je devrais venir ici plus souvent, plaisanta Rothen. Les guérisseurs redorent mon blason.

— Hélas, vous venez nous voir uniquement pour vous plaindre d'indigestions… et des brûlures que vous causent vos petites expériences.

— Ne m'en parle pas ! J'emmènerai Sonea visiter les laboratoires dès que nous serons partis d'ici…

— Bonne chance, alors, dit Indria à la jeune fille. Essaie au moins de ne pas mourir d'ennui.

— Continuons cette visite, petite insolente ! lança Rothen. Moins d'un an écoulé depuis son diplôme, et ça pense déjà pouvoir moucher ses aînés.

— À vos ordres, seigneur, répondit Indria avec une révérence ironique.

Sonea tira à demi les rideaux et regarda les jardins enneigés. Rothen et elle avaient regagné les appartements du mage.

La jeune fille était seule et ses paumes la tracassaient. Les sensations étaient revenues depuis plusieurs heures, mais le souvenir de ses mains insensibles ne l'avait pas quittée.

Sonea avait prévu que Rothen lui montrerait le travail des guérisseurs, qu'elle voudrait se joindre à eux et qu'elle devrait lutter contre ce sentiment. Elle s'était juré de rester de marbre, mais voir l'enfant se faire soigner devant elle avait éveillé des émotions qu'elle n'avait pas pu refouler. Sonea savait qu'elle avait le don, mais elle ne l'avait pas *compris* avant ce moment. Elle aussi pouvait faire des miracles !

Sonea soupira et tapota la fenêtre du bout de l'ongle. Rothen avait tout calculé depuis le début. Comme elle l'avait prévu, il la tentait pour qu'elle reste à la Guilde. Il voulait lui montrer tout ce qu'elle pourrait accomplir.

Sonea savait que Rothen avait deviné qu'elle ne serait pas impressionnée par les élèves guerriers. Des novices se jetant des sorts les uns aux autres ne lui donneraient pas envie de rester. Le mage avait peut-être voulu lui prouver que ces combats ne blessaient personne. Elle avait pu se rendre compte qu'ils étaient codifiés à l'extrême et ressemblaient plus à des jeux qu'à des batailles.

Avoir assisté à leur entraînement avait au moins fait comprendre à Sonea pourquoi les mages, sur la place, avaient réagi de cette façon. L'aspect ludique de leur formation leur avait fait oublier ce qu'infligeait un véritable sort à un corps sans défense.

Sonea soupira une nouvelle fois. Maintenant, Rothen ne devrait plus tarder à lui faire visiter les laboratoires des alchimistes. Elle eut une bouffée de curiosité et tenta de l'étouffer, mais son impatience fut la plus forte. De toutes les disciplines, l'alchimie était celle qui l'intriguait le plus.

On frappa soudain à la porte et le cœur de Sonea s'emballa. Tania lui avait dit bonsoir depuis des heures et Rothen était parti se coucher peu après.

Fergun.

Le guerrier exigerait sa réponse ce soir et l'adolescente n'en avait aucune à lui fournir.

Sonea traversa la pièce à contrecœur, espérant que le visiteur serait quelqu'un d'autre.

— Qui est-ce ?

— Fergun. Ouvre-moi !

Sonea prit une profonde inspiration. Dès qu'elle tourna la poignée, la porte s'ouvrit et le mage en robe rouge s'engouffra dans la pièce avant de refermer le battant derrière lui.

— Comment avez-vous fait ? demanda Sonea. Je croyais qu'elle était fermée.

— Elle l'était, mais elle s'ouvre quand on tourne la poignée des deux côtés à la fois. C'est une précaution, pour que n'importe qui puisse entrer en cas d'urgence. Si tu mettais le feu à quelque chose, par exemple…

— Alors ça, j'espère que ce ne sera plus jamais un problème ! Asseyez-vous, Fergun.

Le mage prit une chaise et se pencha aussitôt en avant.

— Alors, et ces leçons ?

— Ça va, du moins j'en ai l'impression.

— Hum... Dis-moi ce que tu as fait aujourd'hui.

— J'ai dû soulever une boîte. Et ce n'était pas facile.

Fergun siffla entre ses dents et Sonea sentit son cœur rater un battement.

— Soulever une boîte n'est pas un exercice de Contrôle, Sonea. C'est un tour de magie. Rothen te montre comment te servir de ta magie. Et si tu fais ce genre de choses, c'est que tu te Contrôles déjà.

— Rothen a dit qu'il testait simplement mon Contrôle, répondit Sonea en réprimant un frisson d'excitation.

— N'importe quel sort est un test de Contrôle. Il ne te demanderait jamais de soulever des objets par la pensée si tu ne te Contrôlais pas. Tu es prête, Sonea.

La jeune fille s'adossa à son siège et sourit sans s'en apercevoir.

Enfin. Enfin je peux rentrer chez moi.

Puis elle éprouva une pointe de mélancolie. Une fois partie, elle ne reverrait jamais Rothen.

— Alors, Sonea ? Tu es satisfaite maintenant que tu sais que je te disais la vérité et que Rothen te mentait ?

— Oui. D'ailleurs l'administrateur Lorlen m'a parlé de la destruction des pouvoirs.

— L'administrateur en personne. Eh bien...

— Il m'a dit que ça ne ferait pas mal et que je ne m'en rendrais même pas compte.

— Oui, si ça marche. La Guilde n'a rien fait de tel depuis de très longues années. La dernière fois, les mages ont un peu raté leur coup, mais tu as raison, tu ne dois pas t'en soucier. Accepte mon aide et tu n'auras pas à courir ce risque. Alors, Sonea, allons-nous travailler ensemble ?

La jeune fille hésita. Les doutes l'envahissaient plus que jamais.

— Sonea ? dit Fergun en voyant son expression. Tu restes ?

— Non.

— Que se passe-il ? Tu ne sais pas quoi faire ?

— C'est à propos de votre plan que je ne me suis pas décidée. De certains points.

— Lesquels ?

— Eh bien… si je deviens novice, je devrai prêter serment et je sais que je ne pourrai pas tenir parole.

— Et ?

— Je n'ai pas envie de mentir.

— Ce n'est que ça qui te fait hésiter ? Je brave les lois royales pour toi, Sonea. Je suis certain que nous réussirons à faire croire que tu es partie sans aide, mais il reste toujours un doute – la possibilité qu'on découvre ce que j'ai fait pour toi. Et je suis prêt à prendre ce risque. C'est à toi de voir si le roi a le droit de te retirer tes pouvoirs. Et si tu décides qu'il ne l'a pas, quelle valeur peut avoir le serment dont tu parles ?

Sonea baissa la tête et réfléchit. Fergun avait raison. Faren serait de l'avis du mage, et Cery aussi. Les Maisons s'étaient réservé la jouissance de la magie depuis trop longtemps et pour quel résultat ? Les Purges. Voilà à quoi les pouvoirs avaient servi. Les traîne-ruisseau ne tiendraient pas rigueur à Sonea de revenir sur sa parole, si cette parole avait été donnée aux mages. Et c'était l'opinion des habitants des Taudis qui comptait, pas celle des mages ou d'un roi.

Si Sonea retournait dans les Taudis avec ses pouvoirs et si elle apprenait la magie toute seule, elle pourrait aider d'autres personnes à développer leur don – voire monter sa propre Guilde secrète.

Cela reviendrait à s'en remettre à Faren pour la cacher. Dans cette configuration, elle ne verrait plus sa famille. Mais elle utiliserait ses pouvoirs pour soigner et guérir, ce qui justifiait tous les risques imaginables.

Sonea regarda Fergun. Serait-il aussi gentil avec elle si elle lui disait tout ce qui venait de lui passer par la tête ? La jeune fille frissonna. Si elle devenait sa novice, le mage devrait entrer dans son esprit. Comprenant ce qu'elle voulait faire de son aide, il découvrirait ses plans et refuserait de lui prêter main-forte.

Or, le plan du mage reposait sur la confiance que Sonea devait placer en lui. Mais elle ne le connaissait pas et n'avait jamais partagé ses pensées.

Si seulement elle avait pu quitter la Guilde sans son aide !

Mais peut-être... peut-être qu'elle pourrait... elle se Contrôlait, maintenant. Et Rothen ignorait qu'elle le savait. Une fois qu'il serait au courant, il la surveillerait de près. Mais tant qu'il ne savait rien, c'était le moment rêvé pour tenter l'aventure.

Et que se passerait-il si elle laissait échapper l'occasion, ou pire, si elle ratait son coup ?

Eh bien, elle pourrait toujours accepter l'offre de Fergun. Pour l'instant, elle devait se contenter de gagner du temps.

— Je ne sais pas, dit-elle. Même si votre plan fonctionne, j'aurai toujours la Guilde aux trousses.

— Elle sera incapable de te retrouver. Je t'apprendrai comment dissimuler tes pouvoirs. Les mages n'auront pas le moindre indice sur l'endroit où tu te caches et ils finiront par baisser les bras. Tu n'es pas la seule à avoir été exaspérée par la traque, Sonea. Les mages ne te chercheront pas pendant toute leur vie.

— Mais il y a des choses que vous ignorez ! Si je retourne dans les Taudis avec mes pouvoirs, les voleurs voudront que je travaille pour eux. Et je refuse d'être leur esclave.

— Tu l'as dit toi-même : tu auras tes pouvoirs. Personne ne te forcera à faire quoi que ce soit.

— Vous ne comprenez pas. J'ai une famille. Je serai peut-être hors de portée des voleurs, mais ceux que j'aime n'auront pas cette chance. Je... J'ai besoin de plus de temps, Fergun.

— Combien de temps ? demanda le mage alors que son sourire s'effaçait.

— Quelques semaines, peut-être.

— Je n'ai pas autant de temps. Toi non plus !

— Mais pourquoi ?

Fergun se leva soudain, sortit un objet d'un repli de sa robe et le jeta sur la table devant Sonea.

La jeune fille faillit crier en reconnaissant la dague. Combien de fois avait-elle vu cette lame aiguisée et polie par des mains attentionnées ? Elle se souvenait du jour où le petit rongeur avait été gravé sur la poignée.

— Je vois que tu la reconnais ! lança Fergun. Le propriétaire de cette dague est enfermé dans une minuscule chambre noire dont tout le monde a oublié l'existence. Et c'est heureux, sinon les mages seraient étonnés en voyant la taille que peuvent atteindre les rats, de nos jours. (Fergun posa les mains sur les accoudoirs du siège de Sonea et se pencha sur elle.) Fais ce que je te dis et je relâcherai ton ami. Cause-moi le moindre tracas et je le laisserai croupir dans son boyau jusqu'à ce que mort s'ensuive. Tu me comprends ?

Incapable d'articuler un mot, Sonea hocha la tête.

— Écoute-moi bien, dit Fergun. Je vais t'expliquer ce que tu dois faire. D'abord, tu annonceras à Rothen que tu restes. Après, il reconnaîtra que tu as le Contrôle et te fera entrer dans la Guilde avant que tu changes encore d'avis. Un concile sera organisé dans la semaine et nous déciderons qui aura ta tutelle. À ce concile, tu diras à tout le monde que je t'ai vue avant Rothen, pendant la Purge. Que je t'ai repérée après que la pierre eut traversé le bouclier et avant qu'elle me frappe. Lorsque tu auras dit tout ça, les hauts mages n'auront pas d'autre possibilité que de me charger de ton éducation. Tu entreras dans la Guilde, mais je t'assure que ce ne sera pas pour longtemps. Une fois que tu m'auras rendu un petit service, je te renverrai à ta place. Tu auras ce que tu veux, et moi aussi. Tu n'as rien à perdre à m'aider… (Il saisit la dague et passa son doigt sur le fil.) Mais désobéis-moi et tu perdras ton petit ami. (Fergun rengaina la lame.) Crois-moi, il vaut mieux que Rothen n'apprenne rien de tout ça. Personne ne sait où est notre rongeur favori, sauf moi, et si je ne lui apporte rien à manger, il va avoir très faim…

Fergun se redressa et se dirigea vers la porte. Il l'ouvrit et se retourna une dernière fois.

— J'espère que demain matin j'entendrai dire que Rothen t'a appris à te Contrôler. Ensuite, nous nous reverrons…

Fergun claqua la porte derrière lui et Sonea se rappela où elle l'avait vu. C'était lui qu'elle avait frappé avec sa pierre. Lui. Elle pressa les doigts sur ses paupières.

Les mages. Je ne leur ferai jamais plus confiance.

Puis Sonea pensa à Rothen et sa colère retomba un peu. Bien qu'il lui ait menti à propos du Contrôle, la jeune fille savait qu'il avait une bonne raison. Il avait sans doute perdu du temps afin de la laisser faire son choix en toute connaissance de cause. Dans ce cas, il n'avait rien fait qu'elle n'aurait fait elle-même si les rôles avaient été inversés. De plus, elle aurait mis sa main au feu que le mage l'aiderait si elle le lui demandait.

Mais elle ne pouvait pas se tourner vers lui. C'était impossible. Un sentiment d'impuissance la submergea. Si elle ne faisait pas ce que lui ordonnait Fergun, Cery mourrait.

Sonea se recroquevilla sur son siège et serra ses bras autour de son torse.

Ô, Cery ! Où es-tu ? Est-ce que je ne t'avais pas dit de faire attention ?

Mais qu'est-ce qui poussait Fergun à agir de cette façon ? Sonea revit le sourire du mage se transformer en grimace et elle frissonna.

Une minable petite revanche pour se venger d'avoir été frappé par un caillou lancé par une traîne-ruisseau ! Fergun était furieux parce que la Guilde, au lieu de punir Sonea, l'invitait à rejoindre ses rangs. Et pourquoi vouloir accabler la jeune fille puisque son seul souhait était de rentrer chez elle ?

Une fois que tu m'auras rendu un petit service, je te renverrai à ta place. Rejoindre la Guilde, puis être renvoyée dans les Taudis… Fergun voulait s'assurer que Sonea serait bel et bien punie pour avoir osé se défendre.

Il ferait en sorte qu'elle ne puisse jamais revenir chez les mages.

26

Les supercheries commencent

Entre les deux troncs – l'un très vieux et épais, l'autre fin et noueux – dansaient deux étincelles colorées. On aurait dit de minuscules insectes : les lumières voltigeaient l'une autour de l'autre, plongeant et virevoltant en un ballet complexe. L'étincelle bleue fondit soudain sur la jaune, qui éclata en une corolle de lumière. Alors que la bleue passait au travers, Rothen éclata de rire.

— Assez ! cria-t-il.

Les ombres se figèrent au moment où les deux lumières s'éteignaient. Rothen s'avisa soudain de l'heure tardive et de l'obscurité qui régnait dans la pièce. Étonné, il créa un globe lumineux et ferma les rideaux d'une simple pensée.

— Tu apprends vite, dit-il à Sonea. Tu te Contrôles de mieux en mieux.

— Je sais que je me Contrôle depuis plusieurs jours et que tu ne m'en as rien dit ! répliqua la jeune fille.

Surpris, Rothen se tourna vers Sonea. Elle ne lui posait pas la question. Elle était sûre d'elle. D'une façon ou d'une autre, l'adolescente savait.

Rothen réfléchit. S'il niait, Sonea lui en voudrait encore plus une fois qu'elle connaîtrait la vérité. Tout lui expliquer serait beaucoup plus simple.

Ce qui signifiait que Rothen n'avait plus de temps à perdre. Si Sonea savait qu'elle se Contrôlait, le mage n'avait plus aucune raison de la garder à ses côtés et elle serait partie dans un jour ou deux. Rothen pourrait demander à Lorlen un délai avant la destruction du don de Sonea, mais il savait qu'elle ne changerait pas d'avis en aussi peu de temps.

— C'est vrai, Sonea. Depuis quelques leçons, tu as atteint un stade où j'estime qu'un novice sait se Contrôler. J'ai senti, dans ton cas, qu'il était particulièrement important que tu testes ton Contrôle. Si quelque chose tournait mal et que tu ne puisses pas te Contrôler, nous serions incapables de t'aider.

Rothen regarda la jeune fille. Il ne lut aucun soulagement dans ses yeux. Seulement de l'appréhension.

— Ça ne veut pas dire que je pense que quelque chose va mal se passer, tu sais. C'est juste que…

— Je reste ! coupa Sonea.

Rothen ne sut que répondre.

— Tu restes ? répéta-t-il. Tu as changé d'avis ?

Sonea hocha la tête.

— Mais… mais c'est merveilleux !

Rothen eut envie de prendre la jeune fille dans ses bras et de l'étouffer de baisers. Mais s'il cédait à son impulsion, elle se recroquevillerait dans sa coquille.

Le mage se dirigea vers un placard et l'ouvrit.

— Nous devons fêter ça ! dit-il en sortant du vin de pachi et des verres.

Sonea ne dit pas un mot et n'esquissa pas un geste pendant que Rothen débouchait la bouteille et versait la liqueur dorée dans les verres. Le mage lui en tendit un.

Sonea le prit d'une main tremblante. Rothen vit que sa protégée était dépassée par les événements et, sans doute, morte de peur.

— Qu'est-ce qui t'a fait changer d'avis ?

— Je veux sauver la vie de quelqu'un, répondit Sonea en se mordant la lèvre.

— Oh ! Tu veux dire que les guérisseurs t'ont impressionnée, c'est ça ?

— Oui, dit Sonea en buvant une gorgée. Oh ! mais je connais ce vin !

— C'est du pachi. Tu en as déjà bu ?

— Un voleur en a dérobé une bouteille pour moi, une fois.

— Tu ne m'as jamais dit grand-chose à propos des voleurs. Je n'ai rien voulu te demander, pour que tu ne penses pas que je voulais te soutirer des informations.

— Je ne sais pas grand-chose sur eux non plus. Pendant le temps que j'ai passé chez eux, j'étais toute seule…

— J'ai cru comprendre qu'ils échangeraient leur protection contre ta magie ?

— C'est ça. Mais je n'ai jamais réussi à leur donner ce qu'ils voulaient. Je me demande… Faren va-t-il croire que je n'ai pas tenu parole, maintenant que je reste ici ?

— Il n'a pas réussi à te protéger, lui rappela Rothen. Pourquoi devrait-il s'attendre que toi seule remplisses ta part de contrat ?

— Parce qu'il a fait beaucoup d'efforts et a sollicité beaucoup de gens qui lui devaient des faveurs.

— Je ne m'inquiéterais pas de ça si j'étais toi, Sonea. Je te promets que les voleurs ne t'ennuieront plus. Ce sont eux qui nous ont dit où te trouver.

— Ils m'ont trahie ? souffla Sonea.

Devant la fureur de la jeune fille, Rothen se sentit mal à l'aise.

— J'en ai bien peur, oui. Je ne crois pas que c'était ce qu'ils voulaient au départ, mais tes pouvoirs devenaient bien trop dangereux. Ils ne pouvaient plus faire face.

— Que va-t-il se passer maintenant ? demanda Sonea en lorgnant son verre.

Rothen hésita. Le temps était sûrement venu d'expliquer à la jeune fille ce qu'était une tutelle. Mais l'idée de devoir être placée sous la responsabilité d'un inconnu pouvait l'angoisser au point de la faire changer d'avis. Et c'était exactement ce que voulait éviter Rothen.

— Il y a un certain nombre de points à régler avant que tu deviennes une novice, Sonea. D'abord, tu dois savoir lire et écrire à la perfection. Ensuite, il te faudra apprendre à compter. Tu devras aussi connaître et comprendre les us et coutumes de la Guilde. Et, avant tout, tu devras devenir la pupille de quelqu'un.

— Pupille ? Mais tu m'as dit que seuls les novices très prometteurs…

— J'ai su dès le premier jour qu'il te faudrait le soutien d'un tuteur. Tu seras la seule novice qui ne vient pas d'une Maison et tu auras besoin de temps pour trouver tes marques. Avoir un mage à ta disposition devrait résoudre la plupart des problèmes que tu rencontreras et j'ai demandé à me charger de ta tutelle.

» Mais je ne suis pas le seul à l'avoir fait. Nous sommes deux. L'autre est un jeune mage nommé Fergun. Lorsque ce genre de cas se présente, la Guilde réunit tous les mages et c'est le concile qui tranche. Selon les lois, le premier à avoir détecté le potentiel magique d'un novice en a la charge. Comme tu le vois, c'est en général une décision très simple. Mais pas cette fois.

» Ce ne sont pas les tests habituels qui nous ont fait découvrir ton don. Certains mages pensent que c'est moi qui ai d'abord repéré ton potentiel, et d'autres disent que c'est Fergun, frappé par ta pierre, qui a été le premier à expérimenter tes pouvoirs. Et la Guilde débat de ces points de vue depuis des mois. Quoi qu'il en soit le concile est prévu dans une semaine, ce qui nous laisse peu de temps. Ensuite, tu continueras tes leçons. Avec moi ou avec Fergun.

— Alors, les novices ne peuvent pas choisir leur tuteur ?

— Non.

— Dans ce cas, je ferais mieux de rencontrer Fergun pour savoir à quoi il ressemble.

Rothen regarda Sonea. Étonné par le calme de la jeune fille, il aurait dû se réjouir de la voir ainsi, mais il était déçu. Il aurait préféré qu'elle renâcle à l'idée de lui être retirée.

— Eh bien, j'imagine que je peux arranger une rencontre, dit-il. Il voudra aussi te connaître et il ne sera sans doute pas le seul dans ce cas. Avant, il faudra que je t'enseigne les règles de bienséance en vigueur à la Guilde.

Sonea sembla aussitôt impatiente d'apprendre et Rothen oublia sa déception.

— Avant tout, jeune fille, voyons la révérence.

Sonea se rembrunit aussitôt, mais Rothen continua.

— Oui, la révérence, Sonea. Tous les non-magiciens, à part, bien sûr, les membres de la famille royale, doivent saluer les mages.

— Et pour quelle raison ?

— Pour leur montrer qu'on les respecte. Aussi idiot que cela puisse paraître, certains d'entre nous se sentent insultés si on ne les salue pas.

— Et toi ?

— Pas en général… Mais parfois, faire exprès d'oublier une révérence est une véritable insulte.

— Tu veux que je te salue à partir de maintenant ?

— Oui et non. Pas en privé, mais tu devrais le faire quand nous sommes en dehors d'ici, pour prendre l'habitude. Il faudra aussi utiliser les titres. On s'adresse aux mages en leur disant « seigneur » et « dame », sauf dans les cas des directeurs, administrateur et haut seigneur, pour lesquels on cite le titre. (Rothen sourit devant l'air déconfit de la jeune fille.) Je ne m'attendais pas à ce que cela te plaise, Sonea. Tu es peut-être née dans les plus basses classes de la société, mais tu as la fierté d'un roi. Un jour, ce sera toi que les gens salueront. Et ça ne sera pas plus facile à accepter.

Sonea ne répondit pas et se contenta de vider son verre.

— Maintenant, voici les autres règles dont on doit se souvenir, dit Rothen en lui versant à nouveau du vin. Voyons si elles te sembleront plus digestes.

Rothen partit aussitôt après le dîner, sans doute pour informer les mages de la décision de Sonea. Tania entra pour débarrasser la table et l'adolescente alla prendre sa place à la fenêtre. Elle écarta le rideau et remarqua pour la première fois que de minuscules armoiries de la Guilde y étaient brodées.

Sa tante avait une vieille paire de rideaux tachés de moisissures. Ils n'étaient pas de la même taille que les fenêtres, mais Jonna ne les en avaient pas moins installés. Lorsque le soleil passait doucement au travers, il était facile d'oublier leurs défauts.

Sonea n'éprouva qu'un pincement au cœur en y repensant. D'habitude, le moindre souvenir lui faisait monter les larmes aux yeux.

Le confort et la nourriture lui manqueraient, pensa-t-elle en regardant le mobilier et les livres, mais elle s'y était résignée. En revanche, ne plus voir Rothen serait loin d'être facile. Sonea aimait sa compagnie, sa conversation et leurs dialogues silencieux.

J'allais partir de toute façon, se rappela-t-elle. *Je n'avais simplement pas pensé à tout ce que j'avais gagné, ici.*

En quittant la Guilde, elle perdrait quelque chose qui lui tenait maintenant à cœur et elle ne pourrait jamais revenir en arrière. Faire croire à Rothen qu'elle voulait rester avait été presque trop facile.

Il ne faut surtout pas que Fergun l'apprenne. Sa vengeance serait trop parfaite.

Fergun risquait gros pour laver une simple humiliation. Il devait être dans une rage noire, ou être certain de son coup. D'une façon comme d'une autre, il était prêt à tout mettre en œuvre pour être sûr que Sonea disparaisse de la Guilde.

— Demoiselle ?

Sonea se retourna et regarda la domestique.

— Je voudrais vous dire que je suis contente que vous restiez. Il aurait été dommage que vous partiez.

— Merci, Tania, répondit Sonea dont les yeux picotèrent.

— On dirait que les doutes vous assaillent de toutes parts, demoiselle. Vous ne devez pas vous laisser aller. Vous faites ce qui est bien. La Guilde n'a jamais laissé entrer les gens pauvres, et ça lui donnera une leçon de voir que vous pouvez faire aussi bien que les riches.

Un frisson glacé courut le long de l'échine de Sonea lorsqu'elle comprit ce que faisait Fergun. Il ne voulait pas seulement se venger !

La Guilde n'avait jamais été forcée d'inviter la jeune fille. Les mages auraient pu détruire la source de ses pouvoirs et la renvoyer comme une malpropre dans les Taudis. Mais ils ne l'avaient pas fait. C'était la première fois depuis des siècles que la Guilde ouvrait ses portes à un novice qui ne vînt pas des Maisons…

Une fois que tu m'auras rendu un petit service, je te renverrai à ta place.

À ma place ? Sonea avait entendu du plaisir dans la voix du mage, mais elle n'en avait pas saisi la signification. Fergun ne voulait pas simplement l'empêcher d'entrer à la Guilde. Il désirait qu'aucun autre traîne-ruisseau n'ait la possibilité de le faire. Jamais plus. Quelle que soit la tâche que Fergun réservait à Sonea, elle serait impossible à accomplir. Et tout ça pour prouver que les pauvres étaient incapables de rivaliser avec un mage.

Sonea agrippa le rideau, le cœur battant de rage.

Ils m'ouvrent leurs portes, à moi, une traîne-savates, et je pars de moi-même comme si ça ne représentait rien !

Puis elle se sentit accablée par son impuissance. Elle ne pouvait pas rester, un point c'était tout. La vie de Cery en dépendait.

— Demoiselle ?

Tania posa une main sur le bras de Sonea.

— Vous ferez au mieux, demoiselle. Rothen dit que vous êtes forte et que vous apprenez vite.

— Il a dit ça ?

— Oh, il le répète à longueur de journée ! (Tania prit son plateau.) Bien, je vous verrai demain matin. Ne vous tracassez pas. Tout ira bien, je vous assure.

— Merci, Tania.

— Je vous en prie. Dormez bien.

La domestique passa la porte et Sonea regarda par la fenêtre, seule avec ses pensées. La neige avait commencé à tomber et les flocons dansaient dans le vent.

Cery, où es-tu ?

Sonea repensa à la dague que Fergun lui avait montrée. Peut-être qu'il l'avait trouvée… Si Cery n'était pas à sa merci…

Sonea se laissa tomber sur une chaise. Fergun, Cery, les guérisseurs, la tutelle… Sa tête semblait prête à exploser. Non, malgré les souhaits de Tania, elle n'allait pas bien dormir.

Chaque semaine, Dannyl allait dîner chez Yaldin et sa femme. Imaginant qu'un célibataire se nourrissait mal, Ezrille avait lancé l'idée des années auparavant. Elle avait eu peur de le voir dépérir.

Dannyl tendit son assiette vide au domestique et soupira d'aise. Il savait qu'il ne sombrerait jamais dans une mélancolie morbide comme Ezrille le craignait, mais il était tout de même heureux de manger en bonne compagnie au moins une fois par semaine.

— Des rumeurs courent à ton propos, Dannyl, lui dit Yaldin.

Le jeune mage sentit que sa bonne humeur s'évaporait. Si rumeurs il y avait, Fergun y était certainement pour quelque chose.

— Des rumeurs ? répéta-t-il. Tiens donc.

— Oui. L'administrateur semble avoir été si impressionné par ton affaire avec ces voleurs qu'il pense à toi pour un poste d'ambassadeur.

— Je n'en savais rien.

— Qu'est-ce que tu en penses, Dannyl ? Tu aimerais voir du pays ?

— Je… je n'y ai jamais pensé. Moi ? Ambassadeur ?

— Et pourquoi pas ? Tu n'es plus le Dannyl jeune et fou que j'ai connu, assura Yaldin en riant.

— Je ne sais pas si c'est un compliment.

— Ça pourrait être bon pour toi, ajouta Ezrille. Tu trouverais peut-être une femme, qui sait.

— Ne recommence pas avec ça, tu veux ? lança Dannyl.

— Eh bien, répliqua Ezrille, il paraît évident qu'aucune femme dans ce pays n'est assez bonne pour toi…

— Ezrille, coupa Dannyl, la dernière jeune fille que j'ai rencontrée m'a poignardé au coin d'une rue. Tu sais que ça se finit toujours comme ça.

— Ce que tu dis est ridicule. Tu voulais la capturer, pas la séduire. Comment va-t-elle, au fait ?

— Rothen dit qu'elle avance à grands pas, mais qu'elle n'est toujours pas décidée à rester. Elle parle beaucoup avec Tania.

— Je suppose qu'elle doit se sentir plus à l'aise avec les domestiques qu'avec nous, répondit Yaldin. Ils sont d'un rang bien inférieur au nôtre.

Dannyl ne répondit pas. Quelques semaines auparavant il aurait été d'accord, mais plus maintenant, après avoir conversé avec Sonea. La remarque lui semblait mesquine, et même insultante.

— Rothen n'aimerait pas entendre ce genre de chose, finit-il par dire.

— Je sais, répondit Yaldin. Et il est le seul dans son cas. C'est une sorte d'excentrique. Le reste de la Guilde reconnaît l'importance du statut social.

— Et de quoi d'autre parle la Guilde ?

— Cette histoire de tutelle n'est plus une affaire d'orgueil entre Fergun et Rothen. Beaucoup de gens pensent que garder parmi nous quelqu'un ayant un passé aussi douteux serait une erreur.

— Ils veulent encore la chasser ? Et pour quelle raison, cette fois ?

— Est-elle en état de tenir une promesse ? Quelle sera son influence sur les autres novices ? Tu l'as rencontrée, toi. Qu'en penses-tu ?

Dannyl s'essuya les doigts sur sa serviette.

— Ce n'est pas à moi qu'il faut s'adresser. Elle m'a poignardé, vous vous souvenez ?

— Et tu ne nous laisseras pas l'oublier, nota Ezrille. Allez, tu dois bien avoir ton opinion.

— Elle ne s'exprime pas dans un langage des plus corrects, mais elle est bien moins vulgaire que je l'avais cru. Elle n'a aucune des manières auxquelles nous sommes habitués. Ni salut ni « seigneur ».

— Rothen ferait mieux de les lui apprendre avant le concile.

— Vous oubliez tous les deux qu'elle s'en va. Pourquoi s'ennuyer à lui enseigner l'étiquette ?

— Peut-être que ça vaut mieux. Qu'elle parte, je veux dire.

Ezrille lança un regard furieux à son mari.

— Yaldin, tu voudrais renvoyer cette pauvre fille à la pauvreté après lui avoir montré ce qu'est la vie entre nos murs ? Ce serait très cruel.

— Bien sûr que non, Ezrille. Mais elle veut partir et ça simplifie les choses. Pas d'audience pendant le concile pour commencer, et tout ce fatras à propos de novices roturiers sera oublié.

— Ça ne sert à rien d'en parler, dit Dannyl. Nous savons tous que le roi veut qu'elle reste sous notre contrôle. Donc ici.

— Alors apprendre son départ imminent ne l'enchantera pas.

— C'est exact, répondit le jeune mage. Mais il ne peut quand même pas la forcer à prononcer son serment.

Yaldin voulut dire quelque chose, mais il fut interrompu lorsqu'on frappa à la porte. Le battant s'ouvrit et Rothen s'engouffra dans la pièce.

— Elle reste, elle reste ! cria-t-il.

— Eh bien, voilà qui met fin à la conversation, nota Ezrille.

— Pas tout à fait, ajouta Yaldin. Il reste encore le concile.

— Le concile ? lança Rothen. Qui s'en soucie ? Pour le moment, je veux fêter la nouvelle.

27

Quelque part, sous l'université

Sonea repensa à sa journée et bâilla. Lorlen lui avait rendu visite dans la matinée pour l'interroger à propos de sa décision. Une nouvelle fois, il lui avait expliqué ce qu'étaient la tutelle et le concile. Sonea s'était sentie coupable de mentir à l'administrateur et ce malaise ne l'avait pas quittée de la journée.

Dannyl était aussi passé la voir ainsi que l'intimidante responsable des guérisseurs, puis enfin un couple de vieux amis de Rothen. Chaque fois qu'on avait frappé à la porte, la jeune fille avait sursauté de peur de voir apparaître Fergun. Mais le mage ne s'était pas montré.

Sonea avait fini par comprendre que Fergun viendrait la voir lorsqu'elle serait seule. Rothen la quitta après le dîner et elle fut soulagée de l'entendre dire qu'il rentrerait tard.

— Je peux vous tenir compagnie, si vous voulez, proposa Tania.

— Merci, mais je crois que je préférerais rester seule ce soir.

— Comme vous voudrez, dit la domestique. Je vais répondre, demoiselle ? demanda-t-elle alors qu'on frappait à la porte.

Sonea acquiesça et sentit son estomac se nouer en reconnaissant la voix du visiteur.

— Dame Sonea est-elle présente ?

— Oui, seigneur Fergun. Je vais lui demander si elle peut vous recevoir.

— Fais-le entrer, Tania, dit Sonea, très calme.

Fergun salua Sonea, une main sur la poitrine.

— Je me présente : seigneur Fergun. Rothen vous a sans doute parlé de moi ?

— Oui, il l'a fait. Prenez un siège, je vous en prie.

— Je vous remercie, répondit le mage.

— *Renvoie la femme*, ajouta-t-il mentalement.

Sonea déglutit péniblement et leva les yeux sur Tania.

— As-tu autre chose à faire ? demanda-t-elle à Tania.

— Non, demoiselle. Je reviendrai plus tard pour débarrasser la table.

La domestique salua Fergun et Sonea, puis quitta la pièce.

Une fois la porte fermée, l'expression aimable de Fergun s'évanouit.

— La nouvelle ne m'est parvenue que ce matin. Il t'en a fallu du temps pour tout dire à Rothen.

— J'ai dû attendre le bon moment. Si je lui en avais parlé comme ça, il aurait eu la puce à l'oreille.

— C'est bon, coupa Fergun en secouant la main. Tu n'as qu'à te souvenir de m'obéir. Répète-moi ce que tu dois faire.

Sonea récita sa leçon et le mage hocha la tête en l'écoutant.

— Pas trop mal. Tu as des questions ?

— Oui. Comment puis-je être sûre que vous détenez bien Cery ? Je n'ai vu que sa dague !

— Fais-moi confiance, répondit Fergun en souriant.

— À vous ? Je veux le voir. Je veux voir Cery. Si vous refusez, j'irai demander à Lorlen si le chantage est considéré comme un crime !

— Tu n'es pas en position d'avoir des exigences, susurra Fergun.

— Ah non ? (Sonea se leva et se versa un verre d'eau. Comme ses mains tremblaient, elle tourna le dos au mage pour les cacher.) Vraiment ? Je sais tout ce qu'il y a à savoir sur vos pratiques. J'ai vécu parmi les voleurs, vous l'avez oublié ? Vous devez fournir des preuves, c'est la règle du jeu. Je n'ai vu qu'une dague. Pourquoi je devrais croire que vous détenez son propriétaire ?

Sonea fit volte-face pour regarder Fergun. Il avait l'air moins sûr de lui et serrait les poings. La jeune fille sourit.

— Très bien, capitula-t-il. Je vais te conduire vers lui.

Sonea éprouva un sentiment de triomphe – malheureusement de courte durée. S'il acceptait, c'est qu'il détenait bien son ami. De plus, lorsqu'on négocie la vie de quelqu'un, il est facile de se débarrasser du témoin gênant après avoir obtenu ce qu'on voulait.

Fergun ouvrit la porte et attendit que Sonea le suive. La jeune fille sortit dans le couloir et les deux mages qu'elle y croisa la regardèrent d'un œil glacé. Puis ils virent Fergun à ses côtés et se détendirent.

— Rothen t'a raconté l'histoire des bâtiments de la Guilde ? demanda le mage en descendant l'escalier.

— Oui…

— Ils ont été construits il y a plus de quatre cents ans, continua Fergun comme s'il n'avait pas entendu la réponse de l'adolescente. La Guilde était devenue trop petite pour…

La semaine est enfin finie ! jubila Dannyl en sortant de sa classe. La plupart des novices n'avaient même pas imaginé que Sonea pourrait se joindre à eux. Ils en avaient parlé toute la journée et Dannyl avait été obligé d'en punir deux qui bavardaient assez fort pour perturber le cours.

Le jeune mage fourra ses livres et ses crayons sous son bras en avançant dans le corridor et se pétrifia soudain devant l'escalier. Il ne croyait tout simplement pas ce qu'il voyait.

Fergun et Sonea descendaient les marches côte à côte. Le guerrier regardait autour de lui, anxieux. Dannyl recula pour se mettre hors de vue et écouta mourir le bruit de leurs pas.

Le jeune mage leur emboîta le pas, les suivit jusqu'à un croisement et ralentit. Fergun et Sonea étaient à quelques pas et marchaient vite. Dannyl les vit s'engager dans un passage perpendiculaire.

Le jeune homme les prit en filature, ralentit avant d'arriver au croisement et reconnut ce couloir. C'était celui que Fergun avait emprunté le jour où Dannyl avait failli le suivre. Le mage y jeta un coup d'œil.

Le passage était vide. Dannyl s'y engagea et écouta attentivement. La voix étouffée de Fergun parvint à ses oreilles et Dannyl la suivit jusqu'à une porte qui donnait sur les anciens couloirs de l'université. Dannyl continua à pister le mage à l'oreille et soudain, la voix se tut.

Le silence s'éternisa. Fergun s'était-il rendu compte qu'il était suivi ? Était-il embusqué pour surprendre son poursuivant ?

Dannyl arriva à un autre croisement et maudit le guerrier à voix basse. Il n'entendait plus rien et ignorait totalement où se trouvait le mage. Il jeta un coup d'œil dans le couloir. Personne.

Il avança et jura en se retrouvant dans un cul-de-sac. Ou du moins ce qui semblait en être un, puisqu'il n'y avait aucune impasse dans les couloirs de l'université. Les portes, autour de lui, menaient évidemment quelque part. Mais, si Fergun était passé par-là, Dannyl aurait entendu une clenche s'ouvrir et se fermer, car le guerrier n'avait pas été discret.

Sauf s'il s'était aperçu qu'on le suivait.

Dannyl tourna une des poignées. Elle céda avec un grincement sinistre, confortant son hypothèse. Si Fergun avait ouvert une porte, il l'aurait entendu. Dannyl tendit le cou mais le couloir était aussi vide que les précédents.

Dannyl avança jusqu'au premier croisement, mais il ne vit personne. Il n'y comprenait plus rien. Retournant sur ses pas, il vérifia les autres portes sans trouver Fergun ou Sonea.

Il sortit du labyrinthe de couloirs et revint dans le hall de l'université. Pourquoi Fergun avait-il fait sortir Sonea des appartements de Rothen ? Pourquoi l'avait-il amenée dans ces vieux corridors ? Et surtout, comment avaient-ils disparu ?

—*Rothen ?*

—*Dannyl…*

—*Où es-tu ?*

—*Dans le salon nocturne.*

Dannyl l'aurait parié. Fergun avait attendu que Rothen parte de chez lui pour s'approcher de Sonea. Typique.

—*J'arrive, ne bouge pas !*

Cery serra la couverture autour de ses épaules en écoutant ses dents claquer. Depuis des jours, la température baissait dans le cachot et il faisait maintenant assez froid pour que la moisissure gèle sur les murs. Au-dessus de l'oubliette, l'hiver resserrait son emprise sur la cité.

Fergun apportait une bougie avec chaque plateau, mais c'était une pauvre chandelle qui durait à peine quelques heures. Une fois l'obscurité retombée, Cery n'avait rien d'autre à faire que dormir ou faire les cent pas pour tenter de se réchauffer. Il devait compter ses enjambées pour ne pas se cogner aux murs et garder la bouteille d'eau contre sa poitrine pour l'empêcher de geler.

Cery se figea soudain. Il entendait des pas, il l'aurait juré. Il écouta, mais le son s'était tu. Il secoua la tête et recommença à marcher sans but.

À la faveur de l'obscurité, Cery avait tenu des centaines de conversations imaginaires avec son geôlier. Après avoir tenté de tuer le mage, il avait examiné de près sa situation. Il lui était impossible de s'échapper et Fergun n'était pas le genre de personne qu'on peut acheter. Cery avait dû s'avouer que son destin était entre les mains du mage.

Sa seule chance de survie serait de s'attirer les bonnes grâces de Fergun, même si cette idée lui faisait venir un mauvais goût dans la bouche. De plus, la tâche semblait impossible, puisque le mage refusait de lui adresser la parole et le traitait comme un chien.

Pour Sonea, se dit l'adolescent. *Je dois essayer pour elle.*

Sonea. On avait pu la forcer à dire à Cery qu'elle avait besoin de la Guilde, mais il n'en était pas convaincu. À aucun moment, elle n'avait paru nerveuse ou tendue. Cery avait vu comment le don de son amie réagissait lorsque ses émotions prenaient le dessus et à quel point il était dangereux. Il savait que sa magie pouvait la tuer.

Il avait aussi dû s'avouer que confier Sonea aux voleurs avait été la pire décision de sa vie. Par sa faute, elle avait été forcée de se servir de son don chaque jour. Sa magie avait grandi au point d'échapper à tout contrôle.

Elle aurait pu en mourir et Cery n'aurait rien pu y faire…

Il repensa à la lettre des mages disant qu'ils ne voulaient aucun mal à son amie et qu'ils lui offraient une place parmi eux. Sonea et Faren avaient cru que la Guilde mentait. Mais Cery, lui, fréquentait des domestiques qui y travaillaient. Il aurait pu se renseigner et apprendre la vérité. Hélas, il ne l'avait pas fait.

Je ne voulais pas savoir. Je désirais seulement que nous restions ensemble. Sonea et moi, chez les voleurs… ou peut-être même tout seuls.

Mais Sonea n'appartenait ni aux voleurs ni à lui. Elle avait le don. Qu'elle le reconnaisse ou pas, elle faisait partie des mages.

Cery sentit la douloureuse morsure de la jalousie, mais il refusa de se laisser aller. Seul dans l'obscurité, il s'était interrogé sur sa haine pour la Guilde. En sachant tout ce qu'avaient fait les mages pour sauver Sonea de ses pouvoirs – elle et beaucoup d'habitants des Taudis – il n'arrivait pas à s'expliquer pourquoi ils seraient tout à coup indifférents au sort des traîne-ruisseau.

Et qui pourrait rêver d'un meilleur avenir pour Sonea ? À la Guilde, elle aurait la santé, la connaissance et le pouvoir. Qui pouvait le nier ?

Cery ne s'y risquerait pas, en tout cas, même si le reconnaître était difficile. À la seconde où Sonea était revenue dans sa vie, son cœur s'était emballé. Mais elle ne lui avait jamais rien montré d'autre qu'une amitié sincère.

Cery se pétrifia une nouvelle fois. Il entendait du bruit, il en était certain. Quelqu'un approchait de la cellule. Fergun devait être pressé, à en croire ses enjambées rapides.

Le mage passa devant la porte sans ralentir.

Cery ne comprit pas. Qui marchait dans le couloir ? Son ravisseur, qui pour une fois allait ailleurs ?

Ou quelqu'un d'autre ?

Cery se jeta sur la porte pour la marteler de coups de poing mais il s'arrêta avant que ses paumes touchent le battant. Fergun devait certainement se servir de lui pour faire chanter Sonea et, dans ce cas, saboter les plans du mage pourrait la mettre en danger.

Si Sonea connaissait les plans de Fergun, il irait peut-être jusqu'à la tuer pour cacher ses forfaits. Cery avait entendu plus que sa part d'histoires de chantage et d'enlèvements à la fin tragique, et il frissonna lorsque certains détails morbides lui revinrent en mémoire.

Les bruits de pas moururent et Cery posa sa tête contre la porte en se mordant les lèvres. Trop tard. L'inconnu était parti.

Cery se promit de se montrer aimable avec Fergun, afin de connaître la raison de son enlèvement. Les conversations imaginaires de Cery lui envahirent aussitôt l'esprit et, lorsque les pas revinrent dans sa direction, il pensa qu'ils étaient le fruit de sa rêverie.

Lorsqu'ils résonnèrent trop fort entre les murs de la geôle pour ne pas être réels, le cœur de Cery s'emballa. Il discernait même deux bruits de pas distincts. Les deux visiteurs s'arrêtèrent devant la porte et la voix de Fergun retentit.

— Voilà, c'est ici, dit-il.

Le verrou grinça et la porte s'ouvrit, dévoilant un globe de lumière qui éblouit Cery. Malgré tout, il reconnut une petite silhouette.

— Sonea ! cria-t-il.

— Cery !

La jeune fille arracha le bandeau qu'elle avait sur les yeux et entra dans la cellule en battant des paupières.

— Tu vas bien ? demanda-t-elle. Tu es blessé ? Malade ?

Elle frôla le visage de Cery à la recherche d'une blessure.

— Non, non, tout va bien. Et toi ?

Sonea ne répondit pas, mais lança à Fergun :

— Laissez-nous seuls !

Le mage hésita avant de répondre :

— Après tout, pourquoi pas ? Quelques minutes, pas plus.

Il ferma la porte derrière lui et laissa les deux jeunes gens dans l'obscurité totale.

— Eh bien, nous voilà dans la même souricière, Sonea.

— Il ne me laissera pas ici. Il a besoin de moi dehors.

— Pour quoi faire ?

— C'est compliqué, tu sais.

Sonea résuma la situation à Cery, qui hocha la tête avant de s'aviser qu'elle ne pouvait pas le voir.

— Il jure qu'il te laissera sortir si je lui obéis, continua-t-elle. Tu crois qu'il tiendra parole ?

— Je n'en sais rien, Sonea. Il n'a pas été cruel. Les voleurs auraient fait bien pire. Tu dois raconter à quelqu'un ce qui nous arrive !

— Non ! Si je fais ça, Fergun refusera de dire où il te cache jusqu'à ce que tu meures de faim.

— Il ne peut pas être le seul à connaître ces passages...

— Mais te trouver pourrait prendre des jours ! Nous avons beaucoup marché pour venir jusqu'ici. Pour ce que j'en sais, tu pourrais même être à l'extérieur des murs de la Guilde !

— Ça ne m'a pas paru très long et...

— Le problème n'est pas là, Cery ! Je ne voulais pas rester de toute façon, alors pourquoi risquer ta vie ?

— Tu voulais quitter la Guilde ?

— Oui.

— Pourquoi ?

— Pour beaucoup de raisons. Déjà, parce que tout le monde déteste les magiciens. J'ai l'impression de trahir les Taudis en vivant ici.

— Sonea, tu dois rester. Et apprendre à te servir de ta magie.

— Tout le monde me haïra !

— Tu racontes n'importe quoi. La vérité, c'est que tous les pauvres crèvent d'envie d'être des magiciens. Si tu quittes les mages, tout le monde se dira que tu es folle, ou idiote. Les gens te comprendront, si tu restes… Personne voudrait que tu laisses tomber. (Cery se força à mentir.) Je veux pas que tu laisses tomber !

— Tu ne me haïrais pas ?

— Non.

— Moi, je me haïrais.

— Les gens qui te connaissent te comprendront.

— Mais… j'aurais l'impression de changer de camp !

— Sonea, sois pas stupide ! Si tu deviens magicienne, tu pourras aider les gens. Agir pour arrêter les Purges. Les gens t'écouteront.

— Mais Jonna et Ranel… ils ont besoin de moi.

— Absolument pas. Ils vont bien. Pense à leur fierté de savoir que leur nièce est dans la Guilde !

— Mais ça ne compte pas, Cery ! cria Sonea en tapant du pied. Je ne peux pas rester ! Fergun a dit qu'il te tuerait. Je ne vais pas abandonner un ami pour faire quelques tours de magie.

Un ami. Les épaules soudain voûtées, Cery ferma les yeux et laissa échapper un long soupir.

— Sonea, tu te souviens de la nuit que nous avons passée dans les jardins ?

— Évidemment…

À sa voix, Cery devina que la jeune fille souriait.

— Je t'ai dit que je connaissais quelqu'un, un domestique de la Guilde. J'aurais pu aller voir cet homme et lui demander ce que tramait la Guilde à ton sujet. Mais je ne l'ai pas fait. Tu sais pourquoi ?

— Non.

— Je n'avais pas envie de savoir ce que la Guilde te voulait. Tu étais à peine revenue et je ne voulais pas que tu repartes. Je refusais de te perdre à nouveau.

Sonea ne répondit pas. Cery continua, même si sa bouche lui semblait soudain aussi sèche que du carton.

— J'ai eu beaucoup de temps pour réfléchir, dans le noir. Je sais qu'il… qu'il n'y a que de l'amitié entre nous, et que c'est…

— Oh, Cery, souffla Sonea. Tu ne m'avais jamais rien dit !

Sentant ses joues brûler, Cery trouva soudain l'obscurité rassurante. Il retint son souffle et attendit que Sonea parle. Il voulait tant qu'elle lui dise qu'elle partageait ses sentiments, ou qu'elle touche son bras…

Le silence s'éternisa et il ne put plus le supporter.

— Eh bien, ce n'est pas grave, dit-il. Ce qui compte, c'est que tu n'as pas ta place dans les Taudis. Du moins depuis que tu as découvert ton don. Peut-être ne te sentiras-tu pas bien ici non plus, mais tu dois essayer.

— Non, répondit Sonea, catégorique. Je dois te sortir de là. Je ne sais pas combien de temps Fergun compte me faire chanter, mais il peut te garder ici pour toujours. Je vais lui dire de me donner des messages de ta part, pour m'assurer que tu vas bien. S'il ne le fait pas, j'arrêterai de coopérer. Tu te souviens de Hurain, le charpentier ?

— Bien sûr…

— Nous allons faire comme lui. Je ne sais pas combien de temps prendra ta libération, mais je…

La porte s'ouvrit et Sonea se tut. Le globe de lumière éclaira un instant son visage et son cœur s'affola.

— Vous avez eu assez de temps, dit le magicien.

Sonea embrassa rapidement Cery et disparut. Bizarrement, cette brève étreinte blessa le jeune homme plus que le silence de son amie.

— Prends soin de toi, lui souffla-t-elle avant que la porte se referme.

Cery se précipita pour coller son oreille au battant et entendit Fergun lâcher :

— Fais ce que je te dis et tu le reverras. Sinon…

— Je sais, je sais, répondit l'adolescente. Mais souvenez-vous de ce que font les voleurs à ceux qui ne tiennent pas parole…

Bien envoyé ! pensa Cery.

Au moment où Dannyl était entré dans le salon nocturne, Rothen avait deviné que quelque chose le tracassait.

Rothen s'excusa auprès des mages qui l'accablaient de questions et alla accueillir son ami.

— Qu'est-ce qui ne va pas ?

— Je ne peux pas te le dire ici…

— Alors, accompagne-moi dehors.

Ils sortirent dans les jardins enneigés. Dannyl alla jusqu'à la fontaine et se tourna vers son ami. Les flocons glissaient sur le bouclier de Rothen.

— Devine qui je viens de voir à l'université.

— Je ne sais pas, Dannyl.

— Fergun et Sonea.

Rothen réprima une montée d'angoisse.

— Il a le droit d'aller se promener avec elle, Dannyl.

— Et celui de la faire sortir de tes appartements ?

— Rien ne le lui interdit.

— Alors, tu t'en moques ?

— Non, mais protester ne ferait aucun bien. Il vaut mieux que Fergun dépasse les bornes du savoir-vivre plutôt que je me plaigne de chacun de ses actes. De toute façon, Sonea ne l'aurait pas suivi si elle ne l'avait pas voulu.

— Alors, tu ne veux pas savoir où il l'a emmenée ?

— Bien sûr que si.

— J'ignore l'endroit exact. Je les ai suivis jusqu'aux vieux couloirs, et c'est là que je les ai perdus. Ils ont… disparu.

— Ils se sont volatilisés ?

— Pas littéralement. J'entendais Fergun et, d'un coup, tout est devenu silencieux. Trop silencieux. J'aurais dû capter des bruits de pas, ou ceux d'une porte. Ou quelque chose.

L'angoisse revint, plus forte.

— Demain, je demanderai à Sonea où il l'a amenée et ce qu'il voulait lui montrer.

— Et si elle ne te répond pas ?

Rothen regarda la neige fondue, à ses pieds. Les vieux couloirs menaient à de petites chambres privées. Fermées, ou vides, pour la plupart. Il n'y avait rien d'autre. Rien d'autre, à part…

— Il ne lui a quand même pas montré les souterrains, murmura Rothen.

— Mais bien sûr que si ! cria Dannyl, c'est forcément ça !

Rothen regretta aussitôt d'avoir parlé.

— Ce n'est pas une bonne nouvelle, Dannyl. Personne ne connaît leurs entrées, à part…

— Tout s'éclaire ! coupa Dannyl en se pressant la tête à deux mains comme si c'était un citron. Pourquoi n'y ai-je pas pensé tout seul ?

— Je te suggère fortement de te tenir éloigné des souterrains. Ils ne sont pas désaffectés pour rien. Ces tunnels sont anciens et prêts à s'effondrer.

— Et les rumeurs selon lesquelles un mage les utiliserait comme chambre secrète ?

— Dannyl, Fergun peut s'en servir comme il veut et je suis sûr que ce n'est pas un tunnel effondré qui viendra à bout de lui. Je suis tout aussi certain qu'il n'aimerait pas te voir fourrer ton nez partout. Que diras-tu s'il te découvre là-bas ?

Dannyl se rembrunit.

— C'est pour ça que je ferai très attention. J'attendrai qu'il soit occupé ailleurs.

— N'y pense même pas. Tu te fourres dans de gros ennuis.

— Ça ne pourra pas être pire que les Taudis…

— Dannyl, n'y va pas !

Mais Rothen savait que la cause était entendue. Une fois la curiosité de Dannyl éveillée, rien ne pouvait l'arrêter. Et le jeune mage pariait que la Guilde ne le jetterait pas dehors pour avoir enfreint une loi mineure.

— Fais bien attention, Dannyl. Tu ne voudrais pas gâcher ta chance de devenir ambassadeur ?

— Si on me laisse marchander avec les voleurs, je peux bien me faire prendre à fureter, non ?

Rothen s'avoua vaincu. Il baissa la tête et retourna vers le salon nocturne.

— Sans doute, Dannyl, mais prends garde à ne pas abuser les mauvaises personnes.

28

Le concile commence

— Vous n'avez rien à craindre, souffla Tania à Sonea. Tout ira bien. Les mages sont de vieux barbons qui devraient rester dans leur chambre à siroter du vin plutôt que de s'entasser dans un hall humide. Tout sera fini avant que vous vous rendiez compte.

Sonea pouffa en écoutant la domestique. Les deux femmes se tenaient devant l'université, et la jeune fille prit une longue inspiration avant de monter les marches puis de passer la porte.

La pièce où elles entrèrent était un ensemble d'escaliers, montant du sol au plafond. Tous étaient faits d'un étrange mélange de verre et de pierre et semblaient trop frêles pour supporter le poids d'un homme. Les volées de marches s'imbriquaient les unes dans les autres, légères, comme un bijou précieux.

— L'autre côté de l'université ne ressemble pas à ça !

— L'autre entrée est réservée aux novices et aux mages, expliqua Tania. Celle-ci est pour les visiteurs et elle doit les impressionner.

Elles continuèrent leur chemin et arrivèrent dans un petit corridor. Sonea aperçut des portes gigantesques. Elle s'arrêta pour regarder autour d'elle.

Les deux femmes se tenaient à l'entrée d'une immense pièce. Des murs d'un blanc immaculé montaient jusqu'à un haut plafond de verre qui laissait filtrer les rayons du soleil de l'après-midi.

Des balcons couraient autour de la salle à partir du troisième étage, si légers qu'ils semblaient flotter.

Et au milieu de la salle, Sonea découvrit un bâtiment. Un bâtiment dans le bâtiment ! Ses murs de pierre grise contrastaient avec le blanc céleste de la pièce. Une rangée de fenêtres était creusée dans le mur de la bâtisse, aussi régulière que des soldats à la parade.

— Voilà le grand hall, dit Tania. Et le premier hall, ajouta-t-elle en désignant le bâtiment. Il a sept siècles.

— C'est le premier bâtiment de la Guilde ? Je croyais qu'on l'avait détruit.

— Absolument pas. Il est solide et a une grande valeur historique. Ç'aurait été une honte de le démolir. Les mages l'ont laissé tel quel et ils ont construit le grand hall autour.

Impressionnée, Sonea suivit la domestique. Sept autres portes s'ouvraient dans les murs du hall. Tania lui en désigna une.

— C'est là que vous allez. L'audience est déjà commencée et le concile à proprement parler s'ouvrira juste après.

Sonea sentit son estomac se nouer. Une centaine de mages se tenaient dans la pièce, attendant de décider ce qu'elle allait devenir. Sonea n'avait plus qu'à avancer vers eux et à leur mentir.

La jeune fille se sentit mal. Et si Fergun, bien qu'elle l'ait aidé, perdait le bras de fer qui l'opposait à Rothen ? Laisserait-il partir Cery ?

Cery…

« Je n'avais pas envie de savoir ce que la Guilde te voulait. Tu étais à peine revenue et je ne voulais pas que tu repartes. Je refusais de te perdre à nouveau. »

Il l'aimait. La surprise avait été si forte que Sonea n'avait rien trouvé à dire. Mais, en y réfléchissant, elle se souvenait maintenant des regards du jeune homme, de ses hésitations quand il lui parlait, et de certains sous-entendus de Faren. Tout s'éclairait…

L'aimait-elle aussi ? Elle s'était mille fois posé la question depuis leur dernière rencontre, mais elle avait été incapable de trouver une réponse satisfaisante. Elle ne se sentait pas amoureuse, mais la peur qu'elle éprouvait pour lui voulait bien dire quelque chose. Ou aurait-elle la même angoisse pour n'importe quel ami ?

Si elle l'aimait, pourquoi pensait-elle que c'était à cause d'elle qu'il était prisonnier ? Elle aurait dû être fière qu'il tente de la sauver…

Quelqu'un d'amoureux ne se poserait sûrement pas toutes ses questions.

Lorsque Tania lui tapota l'épaule, Sonea tenta d'oublier ses tourments.

— Au moins, ce ne sera plus très long…

Un craquement retentit et les lourdes portes s'ouvrirent. Un mage sortit du hall, suivi de près par un autre, puis une multitude d'hommes en robe leur emboîtèrent le pas.

— Pourquoi partent-ils ? demanda Sonea qui commençait à s'inquiéter. Le concile est annulé ?

— Pas du tout. Seuls ceux que le concile intéresse vont rester.

Certains mages quittaient le grand hall alors que d'autres y restaient et conversaient par petits groupes. Quelques-uns jetèrent des coups d'œil curieux à Sonea, qui soutint leur regard.

— *Sonea ?*

— *Rothen ?*

— *L'audience a été rapide, très rapide. Tu vas bientôt être appelée.*

Sonea vit une silhouette noire se glisser entre les portes et son cœur s'emballa.

L'assassin !

Elle le regarda avancer, certaine de reconnaître l'homme qu'elle avait vu dans le sous-sol de la maison. Il avait la même expression, et sa robe noire battait sur ses jambes.

Quelques mages se tournèrent vers lui et le saluèrent avec le respect que Faren montrait aux assassins de sa propre guilde. L'homme hocha la tête en retour, mais il ne s'arrêta pas. À force de le fixer, Sonea allait sans doute attirer son attention, mais elle ne baissa pas les yeux. Elle ne le pouvait pas. L'homme se tourna vers elle, puis il regarda ailleurs.

Tania toucha l'épaule de Sonea, qui sursauta.

— Là-bas, c'est le seigneur Osen, dit la domestique en montrant les portes, l'assistant de l'administrateur.

Sonea regarda le mage qui la salua dès qu'il la vit.

— Allez, courage, répéta Tania. C'est bientôt fini.

Sonea alla rejoindre le jeune mage devant les portes et s'inclina devant lui.

— Bienvenue, Sonea, dit Osen. Bienvenue dans le grand hall.

— Merci, seigneur…

La révérence maladroite de la jeune fille amusa le mage, qui lui fit signe d'entrer dans le hall.

L'odeur de bois et de cire prit Sonea à la gorge, mais elle ne trouva pas cela désagréable. Une fois qu'on était à l'intérieur, le hall semblait plus grand, car les murs montaient très haut. Cachés sous les poutres, plusieurs globes magiques illuminaient la salle.

Le bâtiment était rempli de sièges en bois. Des mages y étaient assis et Sonea frissonna quand tous les regards se tournèrent vers elle. Elle fixa le sol avant de perdre tous ses moyens.

Osen lui souffla de rester où elle était, puis monta l'escalier jusqu'à une rangée de sièges, sur sa droite. Sonea savait que cette estrade était réservée aux hauts mages, car Rothen lui avait dessiné un plan des places pour qu'elle se souvienne des nom et rang des participants.

La jeune fille réussit à lever les yeux sur la plus haute place et nota qu'elle était vide. Rothen lui avait expliqué que le roi n'assistait presque jamais aux conciles. Son siège était plus grand que tous les autres et il portait les armoiries royales.

Une seule chaise se dressait devant le trône et Sonea fut déçue de voir qu'elle aussi était vide. Elle avait espéré pouvoir parler devant le haut seigneur.

Lorlen était au centre de l'estrade du milieu.

Sur sa droite et sur sa gauche, les sièges étaient aussi vides que les autres. Lorlen et Osen parlaient à un homme au visage chevalin qui portait une écharpe noire sur sa robe rouge. Sonea se souvint que c'était le seigneur Balkan, le responsable des guerriers.

À la gauche de Balkan se trouvait dame Vinara, qui avait un jour rendu visite à Rothen. À sa droite, Sonea vit un vieil homme aux traits anguleux et au gros nez – le seigneur Sarrin, le chef des alchimistes. Tous les trois regardaient intensément Lorlen.

Au rang inférieur se tenaient les professeurs qui contrôlaient et organisaient les leçons.

Osen descendit de son estrade. Les hauts mages sondèrent la salle du regard, et Lorlen pointa le menton vers les retardataires.

— Le concile qui décidera de la garde de Sonea va maintenant commencer, dit-il. Que les seigneurs Rothen et Fergun, prétendants au titre de tuteur, s'avancent.

Sonea entendit des bruits de pas et se tourna vers Rothen. Le mage s'arrêta non loin d'Osen, regarda la jeune fille et lui sourit.

Émue, Sonea lui sourit en retour. Puis elle baissa les yeux, se souvenant de ce qu'elle était sur le point de faire. Elle allait tellement le décevoir…

D'autres bruits de pas résonnèrent dans le hall et la jeune fille releva la tête. Fergun s'était arrêté à deux pas de Rothen. Lui aussi souriait à Sonea.

Elle frissonna et tourna les yeux vers Lorlen.

— Vous avez tous deux demandé à avoir la tutelle de Sonea, dit l'administrateur. Chacun de vous croit avoir été le premier à déceler ses pouvoirs. Nous sommes ici pour décider lequel aura la charge de la jeune fille. Je laisse mon second, le seigneur Osen, diriger cette audience.

Le jeune mage avança jusqu'au milieu de la salle. Sonea ferma les yeux et tenta de se souvenir de ce qu'elle devait faire.

— Seigneur Rothen, dit Osen, faites-nous part des événements qui vous ont amené à comprendre que Sonea avait le don.

— Très bien… Le jour où j'ai détecté son talent, pendant la Purge, je faisais équipe avec le seigneur Fergun. Nous sommes allés sur la place Nord où nous devions ajouter nos forces au bouclier magique. Comme toujours, un groupe d'adolescents a commencé à jeter des cailloux.

» Je faisais face au seigneur Fergun. Le bouclier était à environ trois pas de nous, sur la gauche. J'ai soudain capté du coin de l'œil un éclair de lumière. Simultanément j'ai senti la barrière vaciller. Puis une pierre a frappé le seigneur Fergun à la tempe, lui faisant perdre connaissance.

» J'ai rattrapé notre collègue et je l'ai allongé sur le sol. Ensuite, j'ai cherché des yeux le coupable. C'est alors que j'ai remarqué Sonea.

— C'est à ce moment-là que vous l'avez vue pour la première fois ? demanda Osen.

— C'est exact.

— Vous ne l'avez donc pas vue jeter un sort ?

— Non, répondit Rothen après une courte hésitation.

Un murmure monta des rangs des mages assis à sa droite, mais il mourut dès qu'Osen regarda dans cette direction.

— Comment avez-vous su que c'était elle qui avait jeté le projectile ?

— J'ai cherché à voir d'où venait la pierre et pensé qu'un des adolescents devait l'avoir lancée. Le premier que j'ai vu, un garçon, ne me regardait même pas. Sonea, au contraire, fixait ses mains et avait les yeux écarquillés. Elle m'a vu et, à son expression, j'ai su que c'était elle.

— Et vous pensez que le seigneur Fergun n'aurait pas pu l'apercevoir avant ?

— Non. À cause de sa blessure, le seigneur Fergun n'aurait pas pu voir Sonea, même si elle s'était penchée sur lui.

Osen hocha la tête, recula et se plaça devant Fergun.

— Seigneur Fergun, voulez-vous nous faire part de votre version des événements de cette journée ?

Fergun s'exécuta après un salut gracieux.

— Je participais au soutien du bouclier, comme l'a dit Rothen. Un groupe d'adolescents a commencé à nous jeter des pierres. Ils étaient une dizaine. L'un d'entre eux était cette jeune fille. (Fergun regarda Sonea.) Trouvant qu'elle agissait d'une façon étrange, j'ai continué à la surveiller du coin de l'œil. Je n'ai rien pensé de spécial quand elle a jeté sa pierre. Mais, lorsque j'ai vu l'éclair, j'ai compris qu'elle devait avoir fait quelque chose pour que le projectile traverse la barrière. Très surpris, au lieu de repousser la pierre, j'ai fixé la jeune fille pour m'assurer que l'agression venait bien d'elle.

— Vous avez donc compris qu'elle utilisait de la magie après que la pierre eut franchi la barrière et avant qu'elle vous frappe ?

— C'est exactement ça.

Tous les mages chuchotèrent et le hall bruissa d'échos de voix. Rothen serra les dents et résista à l'envie de dévisager Fergun. Ce salaud mentait. Il n'avait jamais regardé Sonea. Ni même posé les yeux sur elle.

Sonea se tenait dans l'ombre, les épaules voûtées. Rothen espéra qu'elle mesurait l'importance de son témoignage.

— Seigneur Fergun.

Les murmures moururent. Rothen leva les yeux et les écarquilla quand il reconnut dame Vinara. La guérisseuse le fixait sans ciller.

— Si vous regardiez Sonea, seigneur Fergun, par quel miracle la pierre a-t-elle frappé votre tempe droite ? Pour moi, cela signifie que vous regardiez Rothen.

— Tout s'est passé très vite, ma dame, répondit Fergun. J'ai vu l'éclair et ensuite, j'ai regardé la fille. Ce fut un regard fugace et je me souviens d'avoir tourné la tête pour savoir si un de mes compagnons avait vu ce qui venait de se passer.

— Vous n'avez pas songé à vous baisser ? demanda le seigneur Balkan, incrédule.

— Je n'ai pas pour habitude d'être la cible de jets de pierres seigneur. Je crains que la surprise m'ait ôté tous mes réflexes.

Le seigneur Balkan se tourna vers ses compagnons et Osen accepta qu'on pose encore une question.

— Seigneur Rothen, avez-vous vu le seigneur Fergun regarder Sonea entre le moment où la pierre a jailli et celui où elle l'a frappé ?

— Non, répondit l'alchimiste en luttant pour ne pas montrer sa colère. Il était en train de me parler. La pierre l'a coupé au milieu d'une phrase.

Osen fronça les sourcils, regarda les hauts mages puis se tourna vers l'assemblée.

— Quelqu'un veut-il faire un témoignage qui viendrait infirmer ou confirmer ce que nous venons d'apprendre ?

Personne ne pipa mot. Osen hocha la tête.

— J'appelle Sonea comme témoin de l'événement.

La jeune fille avança et s'arrêta à quelques pas de Fergun. Elle leva les yeux sur les hauts mages et leur fit une rapide révérence.

Rothen était fier d'elle. Quelques semaines auparavant, Sonea était terrifiée à la seule vue d'un mage et voilà qu'elle faisait face à un concile.

— Sonea, dit Osen avec un sourire d'encouragement, donnez-nous, s'il vous plaît, votre version de l'événement.

— J'étais avec les autres adolescents, dit Sonea, les yeux baissés. Nous jetions des cailloux. Je n'ai pas l'habitude de faire ce genre de choses. En général, je reste plutôt aux côtés de ma tante. Je crois que les choses se sont enchaînées toutes seules. Je n'ai pas tout de suite lancé des pierres, j'ai d'abord regardé les mages et les adolescents. Je me souviens que j'étais… en colère, et quand j'ai fini par jeter mon caillou, c'était comme si j'y avais mis toute ma hargne. Plus tard, je me suis rendu compte que j'avais fait quelque chose, mais tout était déjà si… confus.

» Quand j'ai lancé la pierre, elle a traversé le bouclier. Le seigneur Fergun m'a regardée, la pierre l'a frappé et Ro – … le seigneur Rothen l'a soutenu. Les autres mages fouillaient la place des yeux et j'ai vu que le seigneur Rothen me fixait. Après, je me suis enfuie.

Rothen n'aurait pas pu dire un mot, même si sa vie en avait dépendu. Il chercha le regard de la jeune fille, mais elle refusa de lever la tête. Le mage fixa Fergun et le vit sourire de satisfaction. Au moment où le guerrier s'avisa qu'on le regardait, son rictus disparut.

Rothen ne pouvait plus rien faire, à part serrer les poings et tenter de ne pas entendre le rugissement d'approbation des membres de la Guilde.

Une vision frappa Dannyl : le grand hall, mais l'image était brouillée par la colère et l'incrédulité. Le jeune mage s'arrêta, alarmé.

— *Qu'est-ce qui ne va pas, Rothen ?*

— *Elle a menti ! Elle soutient le mensonge de Fergun !*

— *Calme-toi, on pourrait t'entendre.*

— *Je m'en moque. Je sais qu'elle a menti !*

— *Peut-être qu'elle a dit sa propre vérité.*

— *Non. Fergun ne lui a pas jeté un regard : jamais ! J'étais en train de lui parler, tu te souviens.*

Dannyl ne sut que répondre. Depuis des années, il tentait de faire découvrir le vrai visage de Fergun à Rothen, sans que son ami prête attention à ses mises en garde. Le jeune mage aurait dû être heureux de voir changer les choses, mais les circonstances étaient trop graves. Et Fergun, encore une fois, avait gagné.

Mais on devait encore pouvoir lui barrer le chemin.

— *As-tu trouvé quelque chose, Dannyl ?*

— *Non, mais je cherche toujours.*

— *Nous avons besoin de plus de temps. Si Sonea est du côté de Fergun, les mages prendront sans doute leur décision dans les minutes qui viennent.*

— *Demande-leur un délai.*

— *Sous quel prétexte ?*

— *Dis que tu veux parler en privé à Sonea !*

Dannyl avait à peine fini sa phrase quand la Présence de Rothen disparut. Le jeune homme retourna à l'exploration des murs qui l'entouraient. Tous les mages savaient que certains souterrains donnaient dans l'université et Dannyl avait deviné que ces portes devaient être bien dissimulées, pour éviter que les novices ne se perdent.

C'était pour ça qu'une simple exploration des couloirs ne pouvait rien donner. Dannyl était sûr et certain de découvrir ce qu'il cherchait, mais quand ? Le temps lui manquait. Il avait besoin de trouver ce passage secret, et vite.

Un seul indice, voilà tout ce qui lui fallait – un seul, même tout petit. Des traces de pas, pourquoi pas ? Les souterrains devaient être couverts de poussière. Ou Fergun avait pu laisser quelque chose derrière lui. Dannyl remonta les couloirs en scrutant le sol.

Le nez baissé, il se cogna à une petite femme rondouillarde qui couina de surprise avant de reculer, la main sur la poitrine.

— Pardonnez-moi, seigneur ! dit-elle en le saluant, l'eau de son seau à deux doigts de se renverser. Vous marchiez en silence, seigneur, je ne vous ai pas entendu.

Dannyl regarda le seau et les chiffons, puis il comprit que toute trace de Fergun avait été nettoyée depuis longtemps. La femme avait repris contenance et continua son chemin. À force de nettoyer ces couloirs du matin au soir, pensa Dannyl, elle devait les connaître mieux que n'importe qui.

— Attendez ! cria-t-il.

— Oui, seigneur ?

— Vous vous occupez toujours de cette partie des couloirs ? (La femme acquiesça.) Avez-vous vu des traces inhabituelles, des empreintes boueuses, par exemple ?

— Quelqu'un a fait tomber de la nourriture par terre, répondit la servante comme si elle parlait d'un acte contre nature. Pourtant les novices ne sont pas censés manger ici.

— Et où était-elle, cette nourriture ?

La domestique le conduisit devant un tableau.

— C'était là, et il y en avait aussi sur la peinture. Comme s'ils s'étaient essuyé les doigts dessus.

— Je vois, répondit Dannyl. Vous pouvez disposer, je vous remercie.

Une fois seul, le mage se pencha sur la toile. Elle représentait une plage et le cadre était orné de petits coquillages.

Dannyl souleva le tableau. Derrière, il vit les mêmes lambris que dans tous les anciens couloirs. Il voulait savoir ce qui se cachait dessous. Laissant courir sa main sur le plaquage, il étendit ses sens. Du métal. Dannyl toucha ce qu'il devinait sous le bois, trouva un creux et y enfonça les doigts.

Il entendit claquer un mécanisme. Lorsque toute une partie du mur glissa sur le côté, un vent glacial cingla le visage de Dannyl. Tremblant d'excitation, celui-ci remit le tableau à sa place, invoqua un globe de lumière et fit un pas en avant.

Un escalier s'enfonçait sous terre. Dannyl se retourna, trouva un levier sur le mur, le tira, et la porte se referma.

Le passage étant étroit et bas, il dut se pencher en avant pour éviter de se cogner la tête. Dans les coins, le moindre souffle d'air faisait danser des toiles de faren. Le mage atteignit le premier couloir transversal. Cherchant un flacon dans ses poches, il l'en sortit, le déboucha et posa un peu de peinture sur le mur pour ne pas perdre son chemin.

La teinture passerait du blanc au grisâtre dans quelques heures et ne serait bientôt plus visible. Dannyl retrouverait son chemin, et personne ne pourrait savoir qu'il était passé par là.

Très fier de lui, il baissa les yeux et éclata de rire. Le sol était couvert de traces de pas qui montraient le chemin à suivre. Dannyl s'accroupit et reconnut sans peine les semelles des chaussures d'un mage. Et à voir le nombre d'empreintes, Fergun était souvent passé ici.

Dannyl suivit la piste sur quelques centaines de pas, tourna plusieurs fois et atteignit une fourche. En se penchant, il examina les empreintes de près. Certaines partaient à gauche et d'autres à droite. Il y avait quatre séries d'empreintes dans le passage secondaire : deux de mage, et deux plus petites. Celles de l'autre corridor étaient plus fraîches et plus nombreuses.

Dannyl entendit un soupir indéniablement humain. Il se pétrifia, et un frisson courut le long de son échine. Son globe n'éclairait pas loin. Au-delà du cercle de lumière, les ténèbres semblaient soudain épaisses, glauques et grouillant de choses répugnantes.

Dannyl eut la certitude que quelqu'un le regardait.

Ridicule. Il n'y a rien ici. Personne.

Il s'ordonna de mobiliser son attention sur les empreintes. Après s'être relevé, il les suivit sur une centaine de pas et croisa des couloirs transversaux, eux aussi couverts d'anciennes empreintes.

Dannyl sentait le poids d'un regard sur sa nuque et il entendait quelqu'un marcher derrière lui. Chaque courant d'air charriait avec lui une odeur de pourri – les effluves de quelque chose de vivant et de répugnant.

Dannyl tourna dans un couloir et son imagination s'emballa. Une porte s'ouvrait sur le mur, en face de lui. Il avança vers elle, mais une silhouette émergea du couloir et Dannyl se figea de terreur.

— Seigneur Dannyl. Que faites-vous ici ?

Dannyl reconnut l'homme à sa voix et il eut l'impression que son cerveau se divisait en deux. L'une des parties débitait une suite d'excuses sans fin, et l'autre la regardait se rendre ridicule sans rien pouvoir y faire.

Le jeune mage sentit dans son esprit une Présence familière, sympathique et condescendante.

— *Je t'avais bien dit de ne pas descendre là-bas*, lui souffla Rothen.

Dans le silence, les gargouillis de l'estomac de Cery résonnaient comme des coups de tonnerre. L'adolescent se massa le ventre en continuant de faire les cent pas.

Il aurait juré que son dernier repas datait de plus d'une journée et qu'une semaine s'était écoulée depuis son entretien avec Sonea.

Cery frappa du front contre la porte de sa cellule et insulta copieusement Fergun. Quand il fut à bout de souffle, il entendit des bruits de pas.

Son estomac gronda par anticipation. Les pas se firent plus lents, juste pour le torturer. Ils s'approchèrent, puis s'arrêtèrent. Cery entendit deux voix d'hommes et il colla son oreille à la porte.

— … tunnels sont très étendus. Il est facile d'y perdre son chemin. Des mages y ont erré des jours durant et en sont revenus amaigris et à bout de forces. Je vous suggère de retourner sur vos pas.

La voix était dure et sévère. Cery ne se rappelait pas l'avoir déjà entendue.

L'autre homme répondit. L'adolescent saisit quelques mots, mais assez pour reconnaître des excuses. Cette voix ne lui disait rien non plus, mais il supposait que Fergun pouvait changer d'intonation à l'envi.

Le mage au ton sévère n'approuvait visiblement pas la présence de Fergun dans les souterrains. Sans nul doute, il n'aimerait pas non plus apprendre que le guerrier y gardait un prisonnier. Cery devait crier et frapper à la porte. Alors, le plan de Fergun s'écroulerait comme un château de cartes.

Il leva le poing pour tambouriner sur le battant, mais il se pétrifia lorsque les voix se turent, les mages avançant en direction de sa cellule.

Cery se mordit les lèvres et recula.

La porte s'ouvrit et de la lumière inonda la pièce.

— Qui es-tu ? lui demanda une voix inconnue. Et qu'est-ce que tu fiches ici ?

Cery ouvrit les yeux… et resta sans voix lorsqu'il reconnut l'homme debout devant lui.

29

Courir parmi les magiciens

— Sonea pense qu'il a monté tout ce plan pour qu'un pauvre n'ait plus jamais la possibilité de devenir mage, expliqua Cery.

— C'est du Fergun tout craché, répondit son interlocuteur. Le concile a lieu en ce moment. Je peux y révéler les crimes de Fergun, mais uniquement si tu as des preuves de sa culpabilité.

Cery désigna la pièce d'un geste circulaire.

— Je n'ai rien ici, à part ce qu'il a apporté. Mais il a volé mes lames et mes outils ! Ça suffira, si vous les trouvez ?

— Non, répondit l'homme. Les preuves dont j'ai besoin se cachent dans ton esprit. Me laisserais-tu lire tes pensées ?

Cery ne répondit pas. Fouiller son cerveau ? Mais pourquoi ? L'adolescent avait un jardin secret, comme tout le monde. Des choses que son père lui avait dites. Des confidences à propos de Faren. Des histoires que même le voleur serait surpris d'apprendre. Et le mage allait tout savoir ?

Si c'est la seule façon de sauver Sonea…

Cery ne pouvait pas préférer ses piteux secrets à la vie de son amie. De plus, il ignorait si le mage allait jeter un rapide regard dans son esprit ou le « visiter » de fond en comble.

L'adolescent ravala sa peur et hocha la tête.

— Allez-y !

— Ça ne te fera pas mal. Ferme les yeux.

Cery obéit. Des doigts se posèrent sur ses tempes et, aussitôt, il eut conscience d'une présence qui semblait suivre son esprit comme une ombre. Puis il entendit une voix venue de… nulle part.

— Pense au jour où ton amie a été capturée.

Aussitôt, un souvenir se forma dans l'esprit du garçon.

La Présence l'attrapa au vol et l'étudia. Cery se tenait dans une ruelle, les pieds dans la neige. C'était comme un dessin froissé, net et pourtant sans détails précis.

Cery revit Sonea s'éloigner et revécut la peur et le désespoir qui l'avaient envahi au moment où la barrière magique l'avait empêché de suivre son amie. Il s'était alors retourné et trouvé face à face avec un grand homme vêtu d'un manteau.

— C'est celui qui t'a capturé ?

— Oui.

— Montre-moi.

Un autre souvenir revint à la surface, haché et fragmentaire. Cery était dans la Guilde, sous la fenêtre de Sonea. Fergun apparut, poursuivit l'adolescent et l'attrapa. Mais l'alchimiste et son compagnon arrivèrent, puis l'emmenèrent voir Sonea. Ensuite, Cery quitta la jeune fille et se dirigea vers le bâtiment des mages. Fergun proposa de passer par l'université. Ils entrèrent dans la bâtisse et marchèrent dans des couloirs sans fin.

Fergun ouvrit soudain la porte secrète et y poussa Cery. Il posa un bandeau sur les yeux de l'adolescent et lui tint le bras pendant qu'il l'emmenait le long d'autres passages.

Cery entrevit la cellule, fit un pas à l'intérieur, entendit la porte se fermer…

— Fergun ! Quand l'as-tu revu ?

Cery se vit dépouillé de ses chers outils, revécut la honte de son attaque ratée et la douleur de son bras brisé. Il vit Sonea entrer dans la pièce et dut réentendre une nouvelle fois leur conversation.

Puis, la Présence sortit de son esprit et disparut. Cery sentit les doigts du mage quitter ses tempes et il ouvrit les yeux.

— C'est plus qu'il n'en faut, dit le mage. Viens avec moi, il faut nous presser si nous ne voulons pas manquer l'audience.

L'homme se précipita hors de la cellule. Cery le suivit et éprouva un étrange sentiment en passant la porte de sa prison. Il jeta un coup d'œil en arrière et ne se retourna plus.

Le mage faisait de si grandes enjambées qu'il fut obligé de le suivre au pas de course le long des couloirs.

Le mage et Cery grimpèrent une volée de marches, puis l'homme plaqua la joue contre un mur. Avant qu'il y colle son œil, Cery vit un rai de lumière : un judas.

— Je vous remercie de votre aide, dit soudain Cery. Un voleur de bas étage ne peut sûrement pas faire grand-chose pour quelqu'un comme vous, mais si vous avez besoin de quoi que ce soit, demandez-le-moi.

Le mage se retourna et regarda Cery.

— As-tu la moindre idée de qui je suis ?

— Bien sûr, répondit Cery en rougissant. Quelqu'un comme vous n'a rien à recevoir d'un minable comme moi. Je voulais quand même vous dire que vous pourrez compter sur moi.

— Tu parviens à gober tes propres sornettes, gamin ? lança le mage avec un demi-sourire.

— Heu… oui.

— Tu sais, je ne te forcerai pas à me faire une promesse. Quoi que tu en penses, les méfaits de Fergun doivent être révélés et ça n'a rien à voir avec toi. Quant à ton amie, elle sera libre de partir si c'est ce qu'elle veut.

» Mais puisque tu le proposes si gentiment, il se peut que je te contacte un jour. Je ne te demanderai rien de plus que ce que tu peux offrir, pour ne pas mettre en danger ta carrière chez les voleurs. Quand je viendrai, tu me diras si ce que je veux te semble acceptable. Ce marché te semble-t-il juste ?

— Oui. Tout à fait.

L'homme lui tendit la main et Cery la serra. Il plongea ses yeux dans le regard du mage et n'y lut que de la franchise.

— Marché conclu, dit-il.

— Marché conclu, alors, répondit le magicien avant de recoller son œil sur le judas.

Il regarda un instant puis actionna un levier. Un panneau se déplaça, et il s'engagea dans le couloir.

Cery le suivit et vit qu'ils étaient entrés dans une grande pièce, avec un bureau et des chaises dans un des coins.

— Où sommes-nous ?

— Dans l'université... Suis-moi, souffla le mage pendant que le panneau revenait en place.

Il traversa la pièce, ouvrit une porte et la franchit, Cery sur les talons. Puis ils longèrent un grand corridor. Deux mages en robe verte s'arrêtèrent pour lorgner l'adolescent. Mais, lorsqu'ils reconnurent son guide, ils le saluèrent respectueusement.

Le mage les ignora et continua sa route, le jeune homme collé à ses basques. Ils passèrent une autre porte, Cery leva les yeux et sursauta. La pièce était pleine d'escaliers en spirale qui s'envolaient vers le plafond. Les portes de l'université étaient grandes ouvertes et l'adolescent aperçut les jardins de la Guilde couverts de neige et une partie de la cité.

Cery se retourna et vit que le mage ne l'avait pas attendu.

— Harrin ne voudra jamais me croire, marmonna-t-il en courant pour rattraper le magicien.

— Tu n'as pas raconté ce qui s'est vraiment passé, dit Rothen à Sonea.

— Je sais ce que j'ai vu... Tu préférerais que je mente ?

Ces mots lui laissant un goût de cendre dans la bouche, Sonea tenta de déglutir et de paraître choquée par la question de Rothen.

— Non, je ne veux pas que tu mentes, répondit le mage en secouant la tête. Si on découvre que tu as menti aujourd'hui, on pensera que tu n'as pas ta place à la Guilde, Sonea, et tu le sais.

— C'est bien pour ça que je ne mens pas !

— Ce sont vraiment tes souvenirs de cette journée ?

— C'est ce que j'ai dit, non ? s'écria Sonea avec un regard suppliant. Ne rends pas les choses plus difficiles qu'elles le sont, Rothen, s'il te plaît…

— D'accord. D'accord… J'ai peut-être manqué quelque chose sur la place, pourquoi pas. Si c'est le cas, j'ai honte de mon comportement d'aujourd'hui, mais c'est trop tard. Nos leçons vont me manquer, Sonea, et je…

— Seigneur Rothen ! lança soudain Osen.

Rothen retourna à sa place, les épaules voûtées. Fergun s'approcha de Sonea, qui lâcha un gémissement étouffé.

Lorsque Rothen avait demandé à parler à la jeune fille, Fergun s'était empressé de l'imiter. Que pouvait-il vouloir lui dire ? Sonea aurait donné cher pour que ce concile finisse au plus vite.

— Tout va comme prévu ? lui demanda Fergun avec un sourire taquin.

— Oui.

— Bien, très bien. Ton histoire était convaincante, même si tu es une piètre oratrice. En tout cas, ton mensonge était d'une honnêteté désarmante…

— Contente qu'il vous ait plu…

— Je ne pense pas qu'ils débattent encore très longtemps, dit Fergun en regardant les hauts mages. Dès qu'ils auront pris leur décision, je te ferai préparer une petite chambre dans le quartier des novices. Tu devrais sourire, Sonea. C'est notre but : il faut qu'ils te croient ravie de devenir ma pupille.

Sonea se força à obéir, espérant que sa grimace, de loin, ressemblerait à un sourire.

— J'en ai assez de tout ça, grinça-t-elle entre ses dents. Retournons-y et finissons-en.

— Oh, certainement pas ! Tais-toi et laisse-moi savourer mon quart d'heure de gloire.

Tais-toi ?

Sonea se jura de ne plus dire un mot. Même lorsque Fergun lui adressa la parole, elle ne répondit pas. Le mage parut ennuyé et elle trouva soudain plus facile de sourire.

— Seigneur Fergun ?

Osen leur faisant signe de venir, Sonea suivit le mage jusqu'au milieu de la pièce. Osen leva les mains pour demander le silence.

Les mages se tournèrent vers eux et se turent. Du coin de l'œil, Sonea vit que Rothen la dévisageait. Sa propre culpabilité la rendait malade.

— D'après ce que nous avons entendu aujourd'hui, il nous semble clair que le seigneur Fergun a été le premier à repérer les dons de Sonea. Quelqu'un ici conteste-t-il cette conclusion ?

— Moi.

La voix familière retentit dans le dos de la jeune fille. Des craquements et un bruissement de tissu froissé emplirent le hall quand tous les mages se tournèrent sur leurs sièges. Sonea se retourna aussi et vit que l'une des grandes portes avait été ouverte. Deux silhouettes s'y découpaient.

Au moment où elle reconnut la plus petite, Sonea poussa un cri de joie.

— Cery !

Elle voulut courir vers son ami, mais s'immobilisa en reconnaissant l'homme qui l'accompagnait. Les mages chuchotaient entre eux et le hall bruissait comme une ruche. Le mage en robe noire s'approcha de l'adolescente et la regarda.

Gênée, Sonea se tourna vers Cery.

Blême et amaigri, le jeune homme souriait pourtant de toutes ses dents.

— Il m'a trouvé et m'a fait sortir, Sonea. Ne t'inquiète pas, tout va bien.

La jeune fille riva un œil interrogateur sur le mage vêtu de noir. Ses lèvres dessinèrent un demi-sourire, mais il ne dit rien. Il la dépassa, salua Osen de la tête et grimpa les marches, entre les hauts mages. Personne ne protesta lorsqu'il s'assit dans le siège du haut seigneur.

— Et pourquoi êtes-vous contre cette décision, haut seigneur ? demanda Osen.

Dans son dos, la jeune fille sentait que l'assistance était prête à exploser. Ainsi, le mage en noir n'était pas un assassin, mais le chef de la Guilde.

— Parce que la fille a été forcée de mentir, répondit le haut seigneur.

Sonea entendit quelqu'un haleter sur sa droite. Tournant la tête, elle vit que Fergun était blanc comme un linge. Soudain emportée par la rage et oubliant jusqu'au mage en noir, Sonea tendit un index vers Fergun.

— Il m'a obligée à mentir ! hurla-t-elle. Il disait qu'il tuerait Cery si je ne faisais pas ce qu'il voulait !

L'assemblée hoqueta de surprise.

Sonea sentit que Cery lui agrippait le bras. Elle se tourna vers Rothen. Lorsque leurs regards se croisèrent, elle sut qu'il avait tout compris.

— On accuse Fergun, nota simplement dame Vinara.

Le hall se tut aussitôt. Rothen voulut prendre la parole, mais il secoua la tête et préféra se taire.

— Sonea, connais-tu les lois de la Guilde en ce qui concerne les accusations ? demanda Osen.

— Oui !

— Alors, qui lira dans son esprit ? lança Osen en se tournant vers les hauts mages.

Les trois sages échangèrent de longs regards, puis levèrent les yeux sur Lorlen. L'administrateur hocha la tête et se leva.

— Ce sera moi.

— Qu'est-ce qu'il va te faire ? souffla Cery à Sonea pendant que Lorlen descendait les marches.

— Entrer dans mon esprit…

— Oh, c'est tout ?

— Ce n'est pas aussi simple que tu le crois, Cery.

— À moi, ça m'a paru facile.

— Sonea ? demanda Lorlen.

— Cery, tu vois Rothen, là-bas ? dit Sonea. Tu peux lui faire confiance. Va te mettre à côté de lui.

Cery serra une dernière fois le bras de son amie et alla rejoindre le mage.

— Pendant ton apprentissage, tu as appris ce qu'est une conversation silencieuse, dit Lorlen. Ceci sera un peu différent parce que je vais voir tes souvenirs. Il te faudra une grande concentration pour séparer ce que tu peux me montrer de ce que tu veux garder pour toi. Pour t'aider, je te guiderai en te posant des questions. Tu es prête ? Alors, ferme les yeux.

Sonea sentit les doigts de Lorlen se poser sur son crâne.

— Montre-moi la pièce de ton esprit.

Sonea invoqua sa chambre aux murs lambrissés, en envoya une image à Lorlen et capta son amusement.

— Une bien humble salle, Sonea. Maintenant, ouvre les portes.

Sonea obéit. À sa surprise, elle découvrit des ténèbres à la place de la rue habituelle. Une silhouette vêtue de bleu y marchait.

— Bonjour, Sonea.

Lorlen souriait. Il traversa l'obscurité, passa le seuil et tendit la main vers Sonea.

— Tu me fais entrer ?

La jeune fille prit la main de Lorlen et la chambre sembla glisser sous les pieds du magicien.

— Ne t'inquiète pas. Je regarderai quelques souvenirs, puis je partirai. Montre-moi Fergun.

Sonea créa un tableau, sur le mur. Dedans, elle plaça une image de Fergun.

— Bien. Maintenant montre-moi ce qu'il a fait pour te forcer à mentir.

Sonea n'eut pas à produire un gros effort pour que l'image s'anime. La peinture s'agrandit jusqu'à occuper tout le mur et représenta le salon de Rothen.

Fergun jeta la dague de Cery devant Sonea.

« Le propriétaire de cette dague est enfermé dans une minuscule chambre noire dont tout le monde a oublié l'existence. »

La scène se brouilla et Fergun, plus grand que nature, envahit tout le tableau.

« Fais ce que je te dis et je relâcherai ton ami. Cause-moi le moindre tracas et je le laisserai croupir dans son boyau jusqu'à ce que mort s'ensuive. Tu me comprends ? À ce concile, tu diras à tout le monde que je t'ai vue avant Rothen, pendant la Purge. Que je t'ai repérée après que la pierre eut traversé le bouclier et avant qu'elle me frappe. Lorsque tu auras dit tout ça, les hauts mages n'auront pas d'autre possibilité que de me charger de ton éducation. Tu entreras dans la Guilde, mais je t'assure que ce ne sera pas pour longtemps. Une fois que tu m'auras rendu un petit service, je te renverrai à ta place.

Tu auras ce que tu veux, et moi aussi. Tu n'as rien à perdre à m'aider, mais désobéis-moi et tu perdras ton petit ami. »

Sonea sentit la rage de Lorlen. Elle le regarda et la peinture disparut.

La jeune fille se retourna et se concentra pour qu'elle revienne.

Cette fois, elle y projeta une image de Cery, sale et maigre, et de la cellule où il avait été emprisonné. Fergun se tenait sur le côté, l'air très satisfait. Une odeur de nourriture pourrie et de déjections humaines débordait du tableau, empuantissant la pièce.

Lorlen secoua la tête devant ce que Sonea lui montrait.

— C'est outrageant ! Il est heureux que le haut seigneur ait trouvé ton ami aujourd'hui.

En entendant parler du mage en noir, Sonea vit le tableau changer. Elle se tourna vers la toile et Lorlen cria :

— *Qu'est-ce que c'est ?*

Le haut seigneur portait des vêtements tachés de sang. Lorlen se tourna vers Sonea.

— *Quand as-tu vu cette scène ?*

— *Il y a plusieurs semaines.*

— *Où ? Comment ?*

Sonea hésita. Si elle lui laissait voir ça, il saurait qu'elle avait espionné la Guilde et elle ne tenait pas à ce qu'il soit au courant. Elle était certaine qu'elle avait le droit de repousser Lorlen.

Mais une part d'elle-même voulait qu'il voie. Les mages ne lui en voudraient pas de découvrir son intrusion, maintenant, et elle mourait d'envie de savoir le fin mot de cette histoire.

— *Très bien. Ça a commencé comme ça…*

Sur le tableau, Sonea montra sa visite nocturne de la Guilde. Elle sentit la surprise de Lorlen, puis son amusement en les voyant, Cery et elle, sauter de scène en scène. Sonea regardait par une fenêtre pour, l'instant suivant, courir dans la forêt ou regarder les livres que Cery avait volés pour elle.

— *Qui aurait pu deviner où étaient passés les livres de Jerrik ? Mais Akkarin, Sonea ?*

La jeune fille hésita.

— *Sonea, je t'en prie. C'est le chef de notre Guilde… et mon ami. Je dois savoir. Était-il blessé ?*

Sonea reconnut la forêt, sur le tableau, et revécut la scène : la maison grise, le domestique, la grille et tout ce qui avait suivi.

Lorlen souffla le nom du serviteur :

— *Takan.*

Sur la toile, le haut seigneur retirait ses vêtements tachés de sang, sa ceinture de cuir et enfin sa dague. Il s'examinait, sortait un moment de l'image et revenait vêtu de sa robe. Puis il commençait à nettoyer la lame.

Sonea devina la surprise de Lorlen.

Le domestique dénuda son bras, le haut seigneur fit glisser sa lame et plaça sa main sur la blessure.

Dans sa tête, Sonea entendit un étrange écho du bourdonnement.

—*Non!*

Une vague d'horreur la submergea. Noyée par la force des émotions de Lorlen, la concentration de la jeune fille vola en éclats. Le tableau devint noir puis disparut totalement.

—*Ce n'est pas possible! Pas Akkarin!*

—*Qu'est-ce que c'est? Je ne comprends pas! Qu'est-ce qu'il a fait?*

Mais Lorlen semblait vouloir garder ses émotions pour lui.

Son image se dissipa et Sonea se rendit compte qu'elle était seule.

—*Ne bouge pas et n'ouvre pas les yeux. J'ai besoin d'y penser encore avant de pouvoir regarder Akkarin en face.*

Lorlen ne dit rien pendant quelques secondes, puis Sonea sentit à nouveau sa Présence.

—*Ce que tu as vu est quelque chose d'interdit. C'est ce que nous appelons de la « magie noire ». En l'utilisant, un mage peut prendre l'énergie de n'importe quelle créature vivante, animale ou humaine. Qu'Akkarin y recoure est une perversion qui dépasse l'entendement. Il est puissant, plus puissant que nous tous… Mais c'est peut-être là que réside le secret de sa force. Si c'est la raison, alors il pratique les arts noirs depuis longtemps, très longtemps.*

» Il a violé son serment. Il devrait être déchu de son titre et expulsé de la Guilde. S'il a utilisé son pouvoir pour tuer, la sentence est la mort. Toutefois…

—*Lorlen?* demanda Sonea lorsque le silence lui parut trop long.

—*Je suis désolé, Sonea. Cet homme est mon ami depuis que nous sommes novices. Tant d'années… pour finalement voir ça! Nous devons nous débarrasser de lui, mais pas maintenant. Il est bien trop puissant. Si nous nous dressons contre lui, il gagnera facilement et chaque mort lui donnera plus de puissance. Si nous dévoilons son secret, il n'aura plus aucune raison de cacher ses crimes et il se mettra à assassiner à plus grande échelle. La cité entière pourrait être en danger.*

Sonea frissonna à cette idée.

—Ne t'inquiète pas, je ne permettrai pas que cela arrive. Nous ne pouvons pas le défier avant d'être sûrs d'avoir le dessus. Jusque-là, nous ne devons nous confier à personne. Nous nous préparerons en secret. Tu comprends ?

—Oui. Mais… va-t-il rester le chef de la Guilde ?

—Oui, et nous ne pouvons rien y faire. Lorsque nous serons assez forts, j'appellerai tous les mages. Il nous faudra passer à l'attaque, et vite. Jusque-là, seuls toi et moi serons au courant.

—Je comprends.

—Je sais que tu veux retourner dans les Taudis, Sonea, et je ne serais pas surpris si cette découverte apportait de l'eau à ton moulin. Mais je dois te demander de rester. Nous aurons besoin de toute l'aide possible, le moment venu. Et, bien que l'idée me soit désagréable, je pense que tu feras une proie de choix pour Akkarin. Il sait que tu es puissante – une grande source de magie potentielle. Sans tes pouvoirs, ni personne pour reconnaître un décès dû à la magie noire, tu serais la victime idéale. Je t'implore, pour ta sécurité et la nôtre, de rester parmi nous.

—Vous voulez que je reste ici, sous son nez ?

—Oui. Parce que tu y seras plus en sécurité qu'ailleurs.

—Si vous n'avez pas pu me trouver sans l'aide des voleurs, comment le pourrait-il, lui ?

—Akkarin a des sens bien plus développés que nous. Quand tu as commencé à te servir de tes pouvoirs, il a été le premier à le sentir. Je t'assure qu'il te trouverait très facilement. Trop facilement.

Sonea sentit que Lorlen craignait réellement pour sa sécurité. Et comment argumenter avec l'administrateur ? S'il croyait qu'elle serait en danger, c'était vrai.

Sonea n'avait pas le choix. Elle devait rester. À sa grande surprise, elle ne se sentit pas contrariée, mais plutôt soulagée. Cery lui avait dit qu'elle ne devrait pas se considérer comme traîtresse si elle devenait magicienne. Et c'était vrai, à condition qu'elle apprenne la magie pour retourner dans les Taudis et aider les gens.

De plus, il serait satisfaisant de river le clou aux mages comme Fergun qui pensaient que les traîne-ruisseau ne devaient pas entrer à la Guilde.

— *Oui, je vais rester.*

— *Merci, Sonea. Nous mettrons sans doute quelqu'un d'autre dans la confidence. Rothen, ton tuteur, aura de nombreuses raisons d'entrer dans ton esprit. Il verra sans doute ce que tu m'as montré aujourd'hui. Tu dois parler d'Akkarin à Rothen et lui répéter tout ce que je t'ai dit. Je sais qu'on peut lui faire confiance.*

— *Je le ferai.*

— *Bien. Maintenant je vais te laisser et confirmer les crimes de Fergun. Essaie de ne pas montrer ta peur à Akkarin. Si cela peut t'aider, ne le regarde pas du tout. Et dissimule tes pensées.*

Sentant les doigts de Lorlen quitter ses tempes, Sonea ouvrit les yeux. L'administrateur la fixait, les yeux brillants. Mais son expression s'adoucit et il se tourna vers les hauts mages.

— Elle dit la vérité.

Un silence choqué suivit cette déclaration, puis le hall commença à bruire de commentaires et d'interrogations.

Lorlen leva une main et les mages se turent.

— Le seigneur Fergun a emprisonné ce jeune homme après lui avoir promis de le raccompagner dehors. Il l'a enfermé dans une cellule, sous la Guilde, puis il a dit à Sonea qu'il le tuerait si elle n'obéissait pas à ses ordres.

— Mais pourquoi ? demanda dame Vinara.

— Selon Sonea, le seigneur Fergun ne veut pas que d'autres malheureux se voient offrir une place au sein de la Guilde.

— Elle voulait partir de toute façon…

Toutes les têtes se tournèrent vers Fergun, qui défiait les hauts mages du regard.

— J'avoue que j'ai pris mes plans un peu trop à cœur, dit-il. Mais c'était dans l'intérêt de la Guilde. Vous voudriez accueillir des voleurs et des mendiants parmi nous, sans vous demander si les mages, ou les Maisons, ou le roi – ceux que nous servons – seraient d'accord. Faire entrer une petite pauvresse chez nous semble sans importance, mais regardez où cela nous mènera. Les miséreux seront-ils de plus en plus nombreux ? Deviendrons-nous une Guilde des voleurs ?

Effrayée, Sonea se rendit compte que des murmures couraient dans les rangs des mages et que certains approuvaient les propos de Fergun. Le guerrier sourit à la jeune fille.

— Elle voulait que nous détruisions ses pouvoirs afin de pouvoir rentrer chez elle. Demandez à Rothen et à Lorlen. Je ne lui ai suggéré de faire que ce qu'elle s'apprêtait à accomplir de toute façon.

— Je ne voulais certainement pas briser le serment des novices ni mentir ! Vous avez emprisonné mon ami. Vous avez menacé de le tuer ! Vous êtes… (Sonea se pétrifia, soudain consciente que tous les regards étaient rivés sur elle. Mais elle se calma et se tourna vers les hauts mages.) Quand je suis arrivée, j'ai mis du temps à comprendre que vous n'étiez pas… (Elle se rattrapa avant d'insulter ses sauveurs et préféra regarder Fergun.) Mais lui, il incarne tout ce qu'on m'a appris des magiciens !

— Vous avez commis de nombreux crimes, seigneur Fergun, dit Lorlen. Certains sont très graves. Je ne vous demanderai pas de vous expliquer, vous l'avez déjà fait. Un concile se tiendra dans trois jours afin de statuer sur votre cas. Je vous conseille fortement de coopérer.

Lorlen regagna sa place, en haut des marches. Le haut seigneur le regarda passer, un demi-sourire sur les lèvres. Sonea frissonna sous ce regard en imaginant les pensées contradictoires de Lorlen à ce moment précis.

— Le sujet du jour est réglé, dit Lorlen. Je confie la tutelle de Sonea au seigneur Rothen et déclare le concile terminé.

Sonea ferma les yeux pendant que les mages quittaient leur place dans un concert de bruit de bottes.

C'est fini !

Puis elle se souvint d'Akkarin.

Non, ça commence à peine… Mais pour le moment, c'est tout ce dont j'ai à me soucier.

— Tu aurais dû me le dire, Sonea.

— Je suis désolée, Rothen.

Le mage serra Sonea un instant dans ses bras.

— Ne t'excuse pas. Tu devais protéger un ami. (Rothen regarda Cery.) Au nom de la Guilde, je te présente mes excuses pour les mauvais traitements que tu as subis.

Cery haussa les épaules.

— Si je peux récupérer mes affaires, disons que l'éponge est passée…

— Que te manque-t-il ?

— Deux dagues, quelques couteaux et mes outils.

— Il est sérieux, pas vrai ? demanda Rothen à Sonea.

— Oui, il l'est.

— Bien, je vais voir ce que je peux faire. (Rothen soupira et regarda par-dessus l'épaule de Sonea.) Tiens, voilà quelqu'un qui en sait plus que moi sur les voleurs… Dannyl, comment vas-tu ?

Sonea se retourna et le jeune mage lui tapota l'épaule.

— Bien joué ! Tu as rendu un fier service à la Guilde… et à moi. Surtout à moi, d'ailleurs. Alors, qui avait raison, Rothen ?

— Toi, admit le mage en souriant.

— Maintenant, tu comprends pourquoi je le détestais à ce point ? (Dannyl posa les yeux sur Cery et réfléchit un instant.) Toi, je crois que les voleurs te cherchent et ils ont l'air de se faire du souci. J'ai reçu une lettre qui parlait de toi.

— Une lettre ? De qui ? demanda Cery.

— D'un homme nommé Gorin.

— Alors, c'est lui qui m'a vendue aux mages et pas Faren, dit Sonea.

— Les voleurs t'ont trahie ? s'exclama Cery.

— Ils ne pouvaient rien faire d'autre. Et ils ont bien agi, finalement.

— Ça ne les excuse pas, dit Cery.

Une étincelle brilla dans ses yeux et Sonea sourit.

Je l'aime, c'est vrai. Comme un ami, et rien de plus. Mais ça peut changer...

Si on leur laissait le temps... S'ils pouvaient se reposer de leurs aventures des derniers mois, cette amitié donnerait peut-être quelque chose d'autre. Mais ça ne risquait pas d'arriver, maintenant que Sonea rejoignait la Guilde et que Cery allait sans doute retourner chez les voleurs.

Sonea éprouva une nostalgie diffuse qu'elle repoussa aussitôt.

Le hall était déjà presque vide. Sonea aperçut Fergun dans un groupe de mages. Il leva les yeux au même moment et tendit le menton dans leur direction.

— Regardez-moi ça ! On touche un pauvre et on finit par fréquenter des voleurs ! lança-t-il.

Ses compagnons éclatèrent de rire.

— Il ne devrait pas être enfermé ? demanda Sonea.

— Non, répondit Rothen. Il sera surveillé, mais, s'il se montre repentant, il gardera une chance de rester parmi nous. Mais je pense qu'il sera envoyé faire quelque chose de très désagréable, très loin et pour très longtemps.

Fergun tourna les talons et sortit du hall, ses compagnons sur les talons. Le sourire de Dannyl s'épanouit, mais Rothen secoua tristement la tête.

— Et Sonea ? demanda Cery.

— Elle est libre de partir, répondit Rothen. Elle devra rester un jour ou deux, mais c'est tout. Ses pouvoirs devront être détruits avant son retour dans les Taudis...

— Ils vont détruire ta magie ? demanda Cery.
— C'est hors de question, répondit la jeune fille.
— Comment ça ? s'étonna Rothen.
— Parce que j'en aurai besoin pour suivre tes cours, non ?
— Tu restes vraiment ?
— Bien sûr, dit Sonea. Je reste.

Épilogue

Une minuscule étincelle flottait au-dessus de la table. Elle grossit jusqu'à atteindre la taille d'une tête d'enfant et monta jusqu'au plafond.

—Voilà, dit Rothen à Sonea. Tu as invoqué un véritable globe lumineux.

—Maintenant, je me sens comme un authentique mage, répondit Sonea, souriante.

Rothen la regarda, attendri. Il avait du mal à se dire qu'il ne lui donnerait plus de cours, alors qu'elle adorait visiblement leurs leçons.

—À la vitesse à laquelle tu apprends, je pense que tu auras des semaines d'avance sur les autres élèves de l'université, dit Rothen. En magie, du moins. En revanche… (Il se pencha vers des livres empilés derrière sa chaise et fouilla pour en trouver un.) Tes mathématiques laissent à désirer. Et il est temps de nous atteler à une véritable tâche.

Sonea baissa les yeux sur les livres et soupira.

—Avant de choisir de rester ici, j'aurais aimé savoir que tu comptais me torturer.

Rothen rit et poussa un livre en direction de la jeune fille. Il reprit son sérieux et dévisagea Sonea.

—Tu n'as jamais répondu à ma question.

—Laquelle ?

—Quand as-tu décidé de rester ?

La main que Sonea tendait vers le livre se figea aussitôt.

L'adolescente regarda Rothen et lui sourit, mais ses yeux restèrent de glace.

— Quand il est devenu évident que je le devais, répondit-elle.

— Mon enfant, dit Rothen en tendant un doigt vers la jeune fille, ne recommence pas à noyer le poisson.

— Au concile, lâcha Sonea à contrecœur. Fergun m'a fait comprendre que je baissais les bras, mais ça n'a pas suffi. Cery m'a dit que je serais stupide si je vous quittais et ça a fait pencher la balance.

— J'aime bien ton ami, dit Rothen en riant. Je ne suis pas d'accord avec lui, mais je l'aime bien.

Sonea sourit plus franchement et hocha la tête.

— Rothen ? Y a-t-il un risque qu'on nous écoute, en ce moment ? Des domestiques, d'autres magiciens ?

— Aucun, Sonea.

— Tu en es certain ?

— Oui.

— Il y a… (La jeune fille se laissa glisser de son siège et s'agenouilla devant Rothen, avant de murmurer :) Il y a quelque chose que Lorlen m'a chargée de te dire…

Glossaire de l'argot des Taudis, par le seigneur Dannyl

À la bonne place : digne de confiance, quelqu'un au cœur là où il faut

Aller à la pêche : chercher des informations (un « poisson » est aussi quelqu'un recherché par les gardes)

Argent du sang : paiement obtenu pour un assassinat

Boulet : quelqu'un qui trahit les voleurs

Caniveau : revendeur d'objets volés

C'est fait : l'assassinat est réussi

C'est réglé : l'affaire est réussie

Chope : bouche (en référence au contenant habituel du bol)

Clan : les proches de confiance d'un voleur

Client : personne en affaires avec les voleurs

Coureurs : terme générique pour les traîne-ruisseau

Corde : évasion

Couteau : assassin, tueur à gages

Cueillir : reconnaître, comprendre

Dans la peau : avoir un faible pour quelqu'un (je l'ai dans la peau)

Encapuchonnés : clients des bordels

Étiqueter : reconnaître (une étiquette est aussi un espion)

Eu : attrapé

Face d'égout : abruti notoire

Gantelet : garde pouvant être corrompu ou travaillant pour les voleurs

Garder l'œil ouvert : rester attentif à une cible

Grand-maman : maquerelle

Hey ! : expression de surprise ou cri pour attirer l'attention

Hic : des ennuis (Y a un hic !)

Huiles : bourgeois

Aller dehors : chercher quelque chose de précis

Mandrin : passeur

Messager : voyou qui porte des messages à travers la cité

Mine d'or : homme préférant les garçons

Monté : furieux (monté contre quelqu'un)

Montrer : présenter

Mou dans la corde (avoir du) : avoir la permission de faire quelque chose

Museler : persuader quelqu'un de garder le silence

Repousser : refuser/refus (Ne nous repousse pas !)

Style : façon de mener ses affaires avec classe

Sur du velours (c'est) : le plan est facile

Surveiller : cacher (Surveille ce que tu fais. Je vais surveiller ça pour toi !)

Tarte : difficile (C'est pas de la tarte !)

Tirelire : prostituée

Vigile : celui qui observe quelqu'un ou quelque chose

Visiteur : quelqu'un qui dérobe dans les maisons

Voleur : meneur d'un groupe de criminels

Glossaire

Animaux

Anyi : mammifère marin doté de petites épines

Ceryni : petit rongeur

Enka : animal domestique à cornes, élevé pour sa chair

Eyoma : sangsue de mer

Faren : terme générique pour les arachnides

Gorin : gros animal domestique élevé pour sa viande et utilisé pour haler les barges et tirer les chariots

Harrel : petit animal domestique élevé pour sa chair

Limek : chien sauvage, prédateur

Mite aga : petits insectes se nourrissant de vêtements

Mullook : oiseau nocturne sauvage

Rassook : oiseau de basse-cour élevé pour sa chair et ses plumes

Ravi : rongeur, plus gros qu'un ceryni

Reber : animal domestique, élevé pour sa viande et sa laine

Sapfly : insecte des forêts

Sevli : lézard venimeux

Squimp : créature proche de l'écureuil, connue pour voler sa nourriture

Zill : petit mammifère intelligent, parfois élevé comme animal de compagnie

Plantes/nourriture

Anivope (vigne) : plante sensitive, réceptive aux ondes psychiques

Bol : alcool fort extrait du tugor (veut aussi dire « boue de rivière »)

Brasi : végétaux verts feuillus et à petits bourgeons

Chebol (sauce) : sauce riche à la viande faite à partir de bol

Crots : gros haricots violets

Curem : épice douce et au goût de noisette

Curren : épice à la saveur robuste

Dall : long fruit à la chair granuleuse et orange vif

Gan-gan : buisson fleuri originaire de Lan

Iker : drogue stimulante, réputée pour ses propriétés aphrodisiaques

Jerras : longs haricots jaunes

Kreppa : herbe médicinale à l'odeur nauséabonde

Marin : agrume rouge

Monyo : bulbe

Myk : drogue psychotrope

Nalar : racine piquante

Pachi : fruit doux et croustillant

Papea : épice proche du poivre

Piorre : petit fruit en forme de cloche

Raka/Suka : boisson stimulante faite de grains grillés, originaire de Sachaka

Sumi : boisson amère

Telk : grain dont on extrait de l'huile

Tenn : graine pouvant être consommée telle quelle, coupée, ou réduite en farine

Tugor : racine ressemblant à une carotte

Vare : baie dont on fait la plupart des vins

Armes et habillement

Cache-poussière : manteau tombant jusqu'aux chevilles

Incal : symbole carré, proche d'un blason, cousu sur une manche ou un revers

Kebin : barre de fer munie d'un crochet permettant de désarmer l'adversaire. Arme des gardes.

Maisons publiques

Maison de bains : établissement de bains publics offrant aussi d'autres services

Gargote : établissement vendant du bol et servant d'auberge pour de courts séjours

Brasserie : maison fabriquant du bol

Meublé : maison louée, occupée par une famille par chambre

États des Terres Alliées

Elyne : le plus proche de la Kyralie géographiquement et culturellement, climat tempéré

Kyralie : terre d'élection de la Guilde

Lan : région montagneuse où vivent des tribus guerrières

Lonmar : région désertique sous la férule de la religion mahgane

Vindos : îles réputées pour leurs marins

Autres termes

Casse-croûte : en-cas

Casse-dalle : déjeuner

Pièce percée : monnaie pouvant être enfilée sur un bâtonnet jusqu'à atteindre la somme voulue

Tapis simbarite : tapis fait de fibres de roseau

CPI
AUBIN IMPRIMEUR

IMPRIM'VERT
Votre imprimeur agit pour l'environnement

Achevé d'imprimer en décembre 2012
N° d'impression 1210.0490
Dépôt légal, janvier 2013
Imprimé en France
36231071-1